※広告ページの表示価格はすべて**税抜き**のものです。

2021年刊行詩集

最新刊

若松丈太郎 詩集
『夷俘の叛逆』

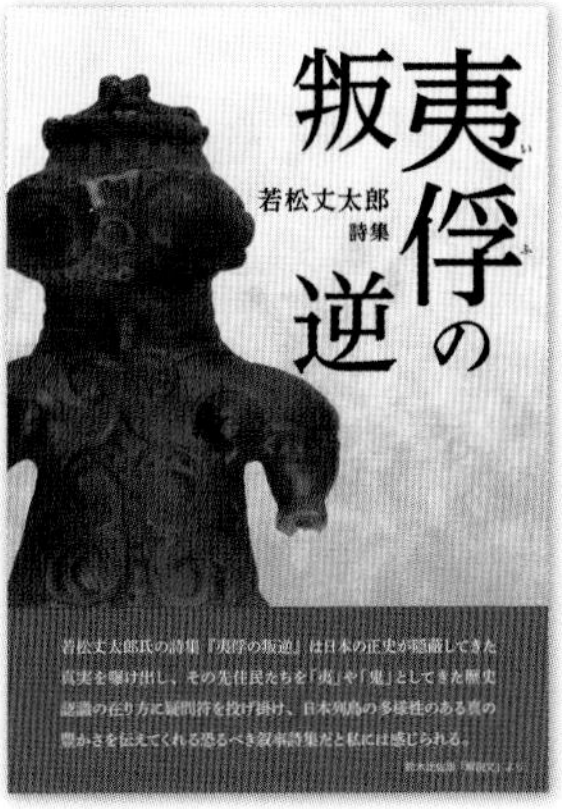

若松丈太郎氏の詩集『夷俘の叛逆』は日本の正史が隠蔽してきた真実を曝け出し、その先住民たちを「夷」や「鬼」としてきた歴史認識の在り方に疑問符を投げ掛け、日本列島の多様性のある真の豊かさを伝えてくれる恐るべき叙事詩集だと私には感じられる。
（鈴木比佐雄・解説文より）

A5判160頁・並製本・1,500円
栞解説文／鈴木比佐雄

最新刊

恋坂通夫 詩集
『欠席届』

若狭や越前の自然から立ち上がる生命力、人間愛が詩行に宿る。

A5判192頁・並製本・1,800円
解説文／鈴木比佐雄

斉藤六郎 詩集
『母なる故郷 双葉
—震災から10年の伝言』

A5判152頁・
並製本・1,500円
解説文／鈴木比佐雄

鈴木比佐雄 詩集
『千年後のあなたへ
—福島・広島・長崎・沖縄・アジアの水辺から』

A5判176頁・
並製本・1,500円
紙撚作品／[illegible]

尹東柱 詩集 上野都 訳
『空と風と星と詩』

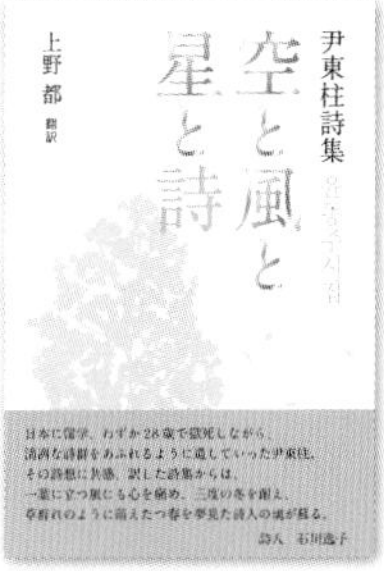

四六判192頁・
並製本・1,500円
帯文／石川逸子

三刷刊行

…のレクイエム』

A5判136頁・
並製本・1,600円
解説文／鈴木比佐雄

長嶺キミ 詩集
『静かな春』

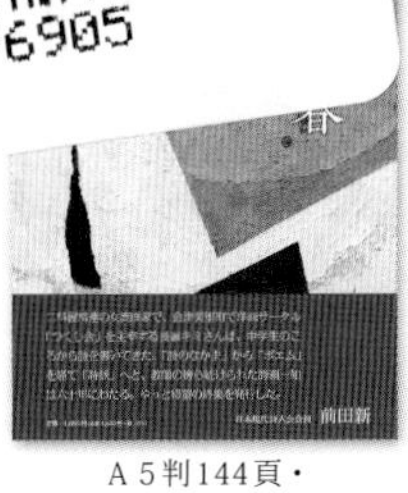

A 5判144頁・
並製本・1,500円
解説文／鈴木比佐雄

声で伝える
鈴木文子の朗読の会 編
『合同詩集 心をみつめて』

A5判128頁・
並製本・2,000円
序詩／新川和江

沖縄文学　小説・評論・詩集

ローゼル川田
最新刊
『随筆と水彩画
よみがえる沖縄風景詩』
B5判64頁・並製本・1,800円　序文／又吉栄喜

四六判204頁・並製本・1,500円
解説文／鈴木比佐雄

最新刊
おおしろ房 句集
『霊力《セジ》の微粒子』
沖縄の文化・宗教・歴史が息づく
多次元的関係性を詠う句集。

元澤一樹 詩集
『マリンスノーの
降り積もる部屋で』
A 5判120頁・
並製本・1,500円
解説文／大城貞俊

『記憶は罪ではない』
四六判192頁・
並製本・1,800円
解説文／鈴木比佐雄

『抗（あらが）いと創造
沖縄文学の内部風景』
A5判360頁・並製本・
1,800円　装画／野津唯市
解説文／鈴木比佐雄

最新刊
大城貞俊 評論集
『多様性と再生力
―沖縄戦後小説の現在と可能性』
A5判464頁・
並製本・2,000円
装画／高島彦志

第114回芥川賞受賞作家
又吉栄喜 小説
『仏陀の小石』
四六判448頁・
並製本・1,800円
装画／我如古真子

第41回沖縄タイムス出版文化賞正賞
平敷武蕉 評論集
『修羅と豊饒
沖縄文学の深層を照らす』
四六判384頁・
並製本・2,000円
装画／野津唯市
解説文／鈴木比佐雄

伊良波盛男 小説
『神歌《カンヌアーグ》が聴こえる』
四六判280頁・
並製本・1,700円
解説文／鈴木比佐雄

平得壮市 俳句・短歌集
『飛んで行きたや
沖縄愛楽園より』
四六判208頁・
並製本・1,500円
装画／野津唯市
解説文／大城貞俊

与那覇恵子 評論集
『沖縄の怒り
政治的リテラシーを問う』
重版
四六判160頁・並製本・
1,500円　解説文／平敷武蕉

第33回福田正夫賞
与那覇恵子 詩集
『沖縄から 見えるもの』
A5判176頁・並製本・
1,500円　解説文／鈴木比佐雄

八重洋一郎 詩集
『日毒』
重版
A 5判112頁・並製本・
1,500円　解説文／鈴木比佐雄

八重洋一郎 詩集
『血債の言葉は
何度でも甦る』
A5判120頁・並製本・1,500円
解説文／鈴木比佐雄

世界に発信する英日詩集シリーズ

コールサック社HP英語版で海外からも購入できます！

日本語版HP右上の

＞ENGLISH をクリック！

安森ソノ子英日詩集
『TOUCHING MURASAKI
SHIKIBU'S SHOULDER
紫式部の肩に触れ』

Ａ５判 218 頁・上製本・2,000 円
訳・序文／北垣宗治

井上摩耶英日詩集
『SMALL WORLD
スモールワールド』

Ａ５判144頁・並製本・2,000円
訳／与那覇恵子
解説文／鈴木比佐雄

最新刊 ヒューズのアメリカ精神が現代に蘇る翻訳

ラングストン・ヒューズ
英日選詩集
水崎野里子 翻訳
『友愛・自由・
夢屑・霊歌
For Brotherly
Love, Freedom,
Dream Dust, and
Spirituals』

四六判280頁・
並製本・2,000円
解説文／鈴木比佐雄

2020年刊行詩集

小林功 詩集
『月山の風』

A5判192頁・上製本・2,000円
解説文／万里小路譲

近藤八重子 詩集
『仁淀ブルーに生かされて』

A5判240頁・上製本・2,000円
解説文／鈴木比佐雄

坂本麦彦 詩集
『漏れどき』

A5判128頁・並製本・1,500円
解説文／鈴木比佐雄

谷光順晏 詩集
『ひかることば』

A5判128頁・並製本・1,500円
解説文／鈴木比佐雄

堀田京子 詩文集
『おぼえていますか』

四六判248頁・並製本・1,500円
解説文／鈴木比佐雄

鈴木文子 詩集
『海は忘れていない』

A5判192頁・上製本・1,800円
解説文／鈴木比佐雄

青山晴江 詩集
『夏仕舞い』

A5判160頁・並製本・1,500円
解説文／石川逸子

吉田正人 第一詩集
『人間をやめない
1963～1966』

Ａ５判208頁・上製本・1,800円
跋／長谷川修児
解説文／鈴木比佐雄

吉田正人 詩集・省察集
『黒いピエロ
1969～2019』

Ａ５判512頁・上製本・3,000円
解説文／鈴木比佐雄

『福司満全詩集
「藤里の歴史散歩」と
朗読ＣＤ付き』

Ａ５判352頁・並製本・3,000円
帯文／浅利香津代
解説文／亀谷健樹・鈴木比佐雄

岸本嘉名男／詩・評論選集
『碧空の遥か彼方へ』

A5判304頁・上製本・2,700円
解説文／神月さよ・鈴木比佐雄

俳句関係

照井翠 句集文庫新装版
『龍宮』
文庫判264頁・並製本・1,000円
写真／照井翠
解説文／池澤夏樹・玄侑宗久

照井翠 句集
『泥天使』
四六判232頁・上製本・1,800円
写真／照井翠

黒田杏子 句集
『木の椅子』
増補新装版
二刷刊行
四六判216頁・
上製本・2,000円

森有也 句集
『鉄線花』
46判176頁・
上製本・1,800円

渡辺誠一郎 紀行文集
『俳句旅枕 みちの奥へ』
四六判304頁・
上製本・2,000円

永瀬十悟 句集
『橋朧 ふくしま記』
A 6判272頁・上製本・1,500円
解説文／鈴木比佐雄

第74回現代俳句協会賞

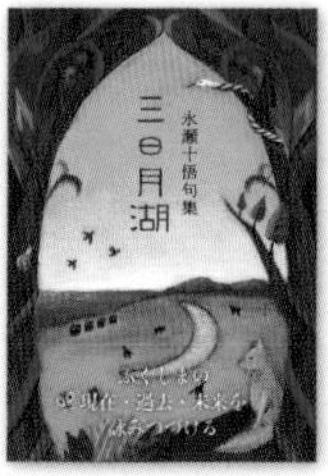

永瀬十悟 句集
『三日月湖』
文庫判256頁・
上製本・1,500円
装画／澁谷瑠璃
解説文／鈴木光影

銀河俳句叢書

四六判変型・並製本・
1,500円

現代俳句の個性が競演する、洗練された装丁の句集シリーズ

1 齊藤保志 句集
『花投ぐ日』
192頁　装画／戸田勝久
解説文／鈴木光影

2 乾佐伎 句集
『未来一滴』
128頁　帯文／鈴木比佐雄
解説文／鈴木光影

3 齊藤實 句集
『百鬼の目玉』
180頁　序／能村研三
跋／森岡正作

4 河野美千代 句集
『国東塔』
192頁　序／能村研三
跋／田邊博充

辻 美奈子 句集
『天空の鏡』
四六判184頁・並製本・1,500円
栞解説文／鈴木比佐雄

大畑善昭 評論集
『俳句の轍』
A5判288頁・並製本・
2,000円 解説文／鈴木光影

大畑善昭 句集
『一樹』
A5判208頁・並製本・
2,000円 解説文／鈴木比佐雄

第12回日本詩歌句随筆評論大賞
随筆部門・大賞

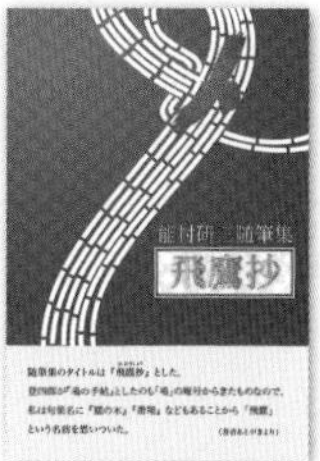

能村研三 随筆集
『飛鷹抄』
四六判172頁・上製本・
2,000円　栞解説文／鈴木比佐雄

短歌関係

今井正和 歌論集
『猛獣を宿す歌人達』

四六判280頁・上製本・2,000円
解説文／鈴木比佐雄

望月孝一 歌集
『風祭』

四六判224頁・上製本・2,000円

原詩夏至 評論集
『鉄火場の批評
─現代定型詩の創作現場から』

四六判352頁・
並製本・1,800円

古城いつも 歌集
『クライム ステアズ
フォー グッド ダー』

A5判変形192頁・
並製本・1,500円
解説文／鈴木比佐雄

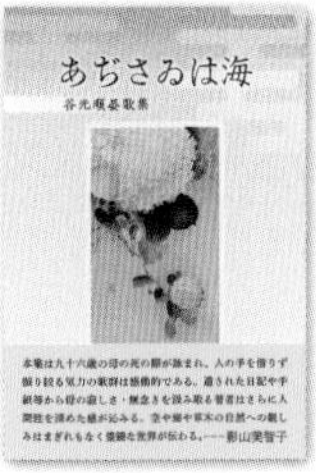

谷光順晏 歌集
『あぢさゐは海』

四六判176頁・
上製本・2,000円

高橋公子 歌集
『萌黄の風』

四六判182頁・
上製本・2,000円
解説文／春日いづみ

『新城貞夫全歌集』

A5判528頁・上製本・3,500円
解説文／仲程昌徳・松村由利子・
鈴木比佐雄

銀河短歌叢書

四六判・並製本・1,500円

9 岡田美幸 歌集
『現代鳥獣戯画』
128頁
装画／もの久保

8 原ひろし 歌集
『紫紺の海』
224頁
解説文／原詩夏至

7 安井高志 歌集
『サトゥルヌス菓子店』
256頁　解説文／依田仁美・
原詩夏至・清水らくは

6 糸田ともよ 歌集
『しろいゆりいす』
176頁
解説文／鈴木比佐雄

平成30年度 日本歌人クラブ
南関東ブロック優良歌集賞
第14回 日本詩歌句随筆評論大賞
短歌部門大賞

5 奥山恵 歌集
『窓辺のふくろう』
192頁　装画／北見葉胡
解説文／松村由利子

1 原 詩夏至 歌集
『ワルキューレ』
160頁
解説文／鈴木比佐雄

第13回日本詩歌句随筆評論大賞
短歌部門・優秀賞

2 福田淑子 歌集
『ショパンの孤独』 重版
176頁　装画／持田翼
解説文／鈴木比佐雄

3 森水晶 歌集
『羽』
144頁　装画／石川幸雄
解説文／鈴木比佐雄

4 望月孝一 歌集
『チェーホフの背骨』
192頁
解説文／影山美智子

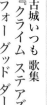

2019－2021年　評論集・エッセイ集

『孤闘の詩人・
石垣りんへの旅』
四六判288頁・上製本・2,000円
解説文／鈴木比佐雄

万里小路　譲

『詩というテキストⅢ
言の葉の彼方へ』
四六判448頁・並製本・2,000円

最新刊

日野百草

赤城さかえの再評価は
この評伝から始まる。

『評伝　赤城さかえ
――楸邨・波郷・兜太に
愛された魂の俳人』
四六判264頁・上製本・2,000円

山本 萠
『こたつの上の水滴
萠庵骨董雑記《もえぎあんこっとうざっき》』
四六判256頁・
並製本・1,800円
帯文／尾久彰三

永山絹枝 評論集
『魂の教育者
詩人近藤益雄』
四六判360頁・
上製本・2,000円
カバー写真／城台巌
解説文／鈴木比佐雄

髙橋正人 評論集
『文学はいかに思考力と
表現力を深化させるか』
四六判384頁・
上製本・2,000円
装画／戸田勝久
解説文／鈴木比佐雄

福田淑子
『文学は教育を
変えられるか』
四六判384頁・
上製本・2,000円
装画／戸田勝久
解説文／鈴木比佐雄

齋藤愼爾
『逸脱する批評
寺山修司・埴谷雄高・中井英夫
・吉本隆明たちの傍らで』
四六判358頁・並製本・
1,500円　解説文／鈴木比佐雄

2020年5月20日朝日新聞で紹介されました

照井 翠エッセイ集
『釜石の風』
四六判256頁・並製本・
1,500円　帯文／黒田杏子

『高橋和巳の文学と思想
その〈志〉と〈憂愁〉の彼方に』
太田代志朗・田中寛・鈴木比佐雄　編
A５判480頁・上製本・2,200円

加賀乙彦
『死刑囚の有限と
無期囚の無限
精神科医・作家の死刑廃止論』
四六判320頁・並製本・1,800円
解説文／鈴木比佐雄

天空の瞳

高柴　三聞

私にとって「カンポーのフェーヌクサー」という言葉を直接人から聞いたのは、その時が初めてであった。デイサービスに勤めていた頃、元気なおじいさんの口から出た言葉であった。正確には「チューや（今日は）、カンポーのフェーヌクサーター（艦砲射撃の喰い残し達）でカラオケ大会」と楽しげに語られたのである。この方は、戦争当時は鉄血勤皇隊にいたというから、今にして思えば同期の人たちとたまにカラオケ店とかに集まっていたのかもしれない。

小柄ではあったけれど骨はがっしりしていたし、膝に変形があって歩行は緩慢ではあったけれども背中はまっすぐでかくしゃくとしたものだった。威張ったところも無く朗らかであったから同じ利用者の方からも好かれていて、カラオケの時はいつも大活躍であった。その当時は２０００年代で大きなデイサービスに大きな車でたくさんのお年寄りを迎えて「元気」なお年寄りがカラオケやレクを楽しんで、再び大きな車に乗って帰っていくというスタイルのデイサービスが主流であった。その人は典型的な「元気」なお年寄りの一人であった。今もしお元気なら九十の半ばは優に過ぎているはずだ。

その人のお話で、大変印象に残っているお話がある。沖縄戦の最中に那覇から南部に徒歩で一列になって移動しているときであったという。突然上空からグラマン戦闘機の襲撃にあった。皆、蜘蛛の子を散らすように四方に逃げたのだった。ところが、その人は誰かに押された拍子にもんどりを打って仰向けに転んでしまった。空を見上げると、いつの間にか一切の音が消えてしまったのだという。まるで時間が止まってしまったかのようだった。深い群青色の空の中から巨大な半眼の瞳が空に浮かんでいるのが見えた。空の中を切り裂いて、瞳だけが片方だけ大地を覗き込むように見つめている。丁度こんな感じと、その人は語りながら左手で左目を隠してみせた。

その瞳は些か憂いを帯びていたのか、少しだけ潤んでいるように思えた。その時は、ひどく長い時間その瞳に釘付けだったと思うのだけれども、ひょっとすると本当はごく短い時間だったのかもとその人は少し自信なさげに言い添えた。

やがて、巨大な瞳はそっと空の中で閉じられて音もたてずに消えて、ただただ群青色の空と白い雲だけの景色が広がっているだけだっだ。ふと我に返って辺りを見渡すと戦闘機はいつの間にか去っており、怪我をした人やそれを助ける人で混乱を極めていた。どうやら、あの巨大な瞳を見ていたのは自分だけだったらしいと、この人はやや寂しげに語った。

この人はその話を一通りすると、真顔で神様は人間を直接は助けないけど人の事見ているよ、これ本当だよと言って話を締めくくったのだった。

コールサック（石炭袋）107号 目次

詩 III

俳句・短歌

書評

特集　福島浜通りの震災・原発文学フォーラム

「福島浜通りの震災・原発文学フォーラム」の開催要項

二〇二一年四月三日に開催した「3・11から10年、震災・原発文学は命と寄り添えたか」をテーマにした「震災・原発文学フォーラム」は、オープニングコンサートから始まり、一部は詩人・俳人・歌人、二部は作家・ライター、三部は震災・原発文学を教材とする教育者たちによる座談会、合計三時間半に及ぶ充実した内容であった。当日の登壇者の発言を文字起こしたものを再現収録させて頂いた。この十年の「震災・原発文学」の成果と今後の課題に思いを馳せて頂ければと願っている。

日時　二〇二一年四月三日（土）十三時〜十六時二十分
場所　いわき芸術文化交流館アリオス中劇場
（福島県いわき市平字三崎一 - 六）
主催　「福島浜通りの震災・原発文学フォーラム」
実行委員会（若松丈太郎委員長）
協賛　福島民報社
後援　日本ペンクラブ、NHK福島放送局、福島県、いわき市、いわき市教育委員会、いわき市草野心平記念文学館、いわき民報、日々の新聞社、福島大学、福島県現代詩人会、福島県俳句連盟、福島県歌人会、コールサック社
（順不同）

※当日の三時間半の模様は遠隔、左右の三台のカメラで録画、動画編集しＤＶＤを制作しました。限定75枚を実費の二千円でお分け致します。ご希望の方はコールサック社まで。

いわき芸術文化交流館アリオス

開会の辞　森ミドリ／オープニングコンサート

森ミドリ●音楽家、エッセイスト。日本ペンクラブ環境委員会委員長（当時）。いわき市の女声合唱団「月曜コール」に作品を提供。著書『雲の歌　風の曲』『花のエチュード』。著作はピアノの即興演奏による「宇宙逍遥」「雨過天青」など。

森　皆様こんにちは。ようこそお越しくださいました。東京の桜はもう葉桜に近いということで、いわきはどうかなと思って、昨日参りましたら、まあ、それは見事で、先ほど川べりで少し写真を撮ったり、歩いてみたりしましたが、今日のために桜が待っててくれたというか、早く咲いたというか、そんな感じがしております。お帰りにはまたあの辺りを歩いて、この会の余韻を心に持ってお帰りいただき、今日のこと、これからのことを、ご夕食の時などにお話し合いいただければと思っております。

　あれから十年経ちました。今は、こうやって私がお話しているように、お家で、あるいはいろいろなところでお話することに慣れている人が多いようです。お話は大好きという人は多いのですが、文字でもって、書く力でもって伝えていくとなると、私はとても苦手だわ、という人は結構いらっしゃいます。こういうことを生業にしている小説家とか、あるいは、エッセイスト、歌人、俳人、詩人など、そういう方々がこれまでの十年に、いろいろな形でいろいろな励ましをされました。でも、それでよかったのかしら、もっとすべきことがあったのかしら、それぞれが心の中に抱えているものがあるのかもしれません。もし心の中で文字を書くことが私は下手、書けないわ、とお思いの方がいらしても、今日、これを機に、また新たに書くことの素晴らしさ、文字の力強さというのを感じ取っていただければ、こんなに嬉しいことはございません。

　そういう私も、書く方はエッセイを少し書くだけで…あと、恥をかいたりもしておりますが（笑）、音楽を中心にしております。歌一つとっても、やはり詩がなければ歌はできません。詩と音楽というのは非常に結びつきの強いものです。今日は、きっと桜がきれいだから、「さくらさくら」を歌おうかしらと思っておりましたら、この後にお出になります齋藤貢さんから、ちょっと前にお書きになった『夕焼け売り』というご著書が我が家に届きました。すぐ拝見しましたら、ちょうどパッとめくったところに、なんと「さくらさくら」という詩があったものですから、意を強くしまして…。美しい桜のような、平均年齢は四十？　五十？　とは言いませんが（笑）、今日お迎えしている月曜コールの皆さん、そして、根本尚恵《ひさえ》さん指揮で、歌っていただきますが、その前に「さくらさくら」の詩を朗読し、その後、「さくらさくら」を歌います。皆さんにも本当は歌っていただきたいのですが、こういう状況の中ですので、どうぞ心の中でお歌いください。そしてもうおひとり、いわきと言えば草野心平です。その心平さんがお書きになった可愛らしい「春のうた」というのがあり、私がそれに曲を付けましたので、続けて二曲お聴きいただきます。

さくらさくら　　齋藤貢

さくらさくらが
いっしょに歌えなくなった。
カラダはまだこの世に置いているけれど
こころは
もうこの世にはない。

　さくらさくら、弥生の空は
　見渡す限り
　霞か雲か♬

ひとの
いのちとは
何なのだろう。
こころとは何なのだろう。

この世は、とても塩辛くて
いのちの
塩分含有量は、約二百gだという。

わずかにしょっぱい海だ。

でも
あなたの海には
もう、浮かべる舟がない。
あなたの歌声は
もう、聞くことができない。

いつのまにか、あなたは
透きとおって
無色透明になって
無味無臭になって

弥生の空に
さくらの花びらのように
散っていったのだろうか。
知らないところへ
誰の手も届かないところへ
霞や雲のように
消え去ってしまったのだろうか。

叶うものなら
もう一度。
あなたの海に
わたしのこころとからだを浮かべて

同じ旋律に揺れながら
いっしょに歌いたかったなぁ。
花盛りの
さくらさくら、を。

　いざや、いざや

わたしはひとりぼっちで口ずさんでいる。

♫「さくらさくら」（日本古謡）
演奏：森ミドリ（ピアノ）・月曜コール（合唱）・根本尚恵（指揮）

♫「春のうた」（詞：草野心平／曲：森ミドリ）
演奏：森ミドリ（ピアノ）・月曜コール（合唱）・根本尚恵（指揮）

森　ありがとうございました。可愛い「クック」っていう心平さんの歌をご存知の方も多いと思います。もちろん、初めての方もいらっしゃるかもしれませんが、こんな可愛らしい詩も心平は書いているんですね。私は心平さんと共に、弟の天平さんの大ファンなのですが、残念ながら、早くに天国にいってしまわれました。三十何才でしたかしら。ですから、長生きされていたら、きっと、たくさん良い詩を書かれたのでしょうね。「簡素」という二文字は、今本当に必要な言葉ではないかと。簡素に生きる、簡素な生活。その詩を見つけた途端、「作曲したい」と思いまして。他にもたくさん良い詩がありましたので、それにいくつか曲をつけて女声合唱組曲にいたしました。今回は初演ではなくて、前にいわきの草野心平記念館で歌わせていただいたのですが、今日は二回目。さらに磨きをかけておりますて(笑)。どうぞ、天平の世界をお楽しみいただければ幸いです。では、私の作曲による草野天平の「簡素」、お聴きください。

♫　女声合唱組曲「簡素」（詞：草野天平／曲：森ミドリ）
演奏：森ミドリ（ピアノ）・月曜コール（合唱）・根本尚恵（指揮）

月曜コール　メンバー
（ソプラノ）
上野悦子・米川久美子・田中公子・伊藤由美子・横山きい
（メゾソプラノ）
中尾眞枝・鈴木アサ子・木村きみ枝・佐藤信子・横山真沙子
高槻智恵子・寺田美智子
（アルト）
星野とら子・蜂谷伸子・遠藤すみ江・篠田迪子・伊藤佳子
岡田啓子

女声合唱組曲「簡素」の演奏。ピアノを弾く森ミドリ（向かって左）、指揮をする根本尚恵《ねもとひさえ》（中央・手前）、合唱する「月曜コール」（中央・奥）。

【第一部】浜通りで体験した地震・原発事故を短詩型作家はいかに書き続けているか

パネリスト

齋藤《さいとう》 貢《みつぐ》（詩人）

本田一弘《ほんだかずひろ》（歌人）

永瀬十悟《ながせとおご》（俳人）

コーディネーター

鈴木比佐雄《すずきひさお》（詩人・評論家）

記録と伝達

鈴木　今回のフォーラムの企画と運営をさせていただいている事務局長の鈴木比佐雄と申します。第一部は、詩・俳句・短歌のこの十年間と今後の課題について、三名の方と一緒に座談会をしていきたいと思っております。今回の実行委員会の副委員長です。一番左端はいわき市の詩人の齋藤貢さんです。真ん中は会津若松市から来られた本田一弘さんです。歌人で、福島のことを素晴らしい短歌で詠んでくださっています。右は俳人の永瀬十悟さんです。須賀川市から来ていただきました。

一つお断りをしておきたいんですが、フォーラムの実行委員長で、我々の精神的リーダーでもあり、半世紀以上原発の危険性を詩、エッセイで書いてきた若松丈太郎さんが数週間前にちょっとお身体を悪くして、今、検査入院をされています。そこで、私が質問をさせていただいて、それに答えるかたちのメッセージが届いております。それは今回のプログラムにも載っています。はじめに私が若松さんに質問したことを読み上げさせていただきます。この中で、若松さんがこの二十年間どういうことをされてきたかということも語られていますので、まずお聞きください。〈若松さんは三・一一の際に、東電福島第一原発から約二十五キロの南相馬市原町区に住んでおられました。一九九四年五月には、チェルノブイリに視察旅行をされ、東電福島原発事故を予言していたと言われている連詩「かなしみの土地　6　神隠しされた街」を、五年後の二〇〇〇年に刊行された第四詩集「いくつもの川があって」に収録されました。視察後の半年で書かれたエッセイ「原子力発電所と想像力」で、チェルノブイリ三十キロメートル圏内が無人地帯で、暮らしていた約十五万人が、他郷に移住し苦悩している姿を見聞きして衝撃を受けたことを記しています。翻って福島原発が事故を起こした場合の三十キロメートル圏内にある相馬・双葉地方とそこに暮らす約十五万人に想像力を及ぼしております。若松さんが書かれている、例えば貞観大地震などの古代歴史などを直視する叙事詩と想像力の関係をどう考えているかをお聞きしたいと思っております。〉それでは、齋藤さん、読み上げてください。

齋藤　今の質問に対しての若松さんからの回答を私の方から読み上げさせていただきます。〈人類には、ことばがあります。ことばによって、人類は記録と伝達が可能になりました。人類がこれまでに学びとったことがらすべてを、未来の人類へ伝え残すことが、なによりも大事な役割だと考えます。〉以上です。

鈴木　若松さんは、私たちが「予言的なことをおっしゃっているんじゃないか」と言った時も、それを否定して、「記録と伝達」ということをおっしゃっていて、そこで学んだことを未来の人類へ伝え残すことが大事だと、事実を直視しながら未来を見通していく、ということをここでおっしゃっているのではないかと思います。もう一つ、質問をさせていただきました。〈若松さんは十周年に合わせて第十一詩集『夷俘《いふ》の叛逆』を刊行されましたが、その中の詩「三千年未来へのメッセージ」で南相馬市鹿島の鷺内遺跡から出土した「縄文晩期のオニグルミ」について、三千年前の縄文人たちが今もこの地域の人びとに生きることの重要な意味を与えてくれると語っています。翻って私たちは三千年未来に何を伝えることが出来るかを問われてきます。若松さんはどんなメッセージを残したいとお考えですか。〉齋藤さん、お願いします。

齋藤　今のご質問に対する若松さんの回答です。〈核物質は、百年たらずのヒトの生存期間、いや、万年程度の人類の存続期間をはるかに超える長期間を存続しつづけます。核物質は人類の手に負えない物質です。ヒトは、その生存期間内で管理を全うできない核物質を扱うべきではありません。〉以上です。

鈴木　若松さんはこういうことを半世紀前から語っていた方なので、やはりこの言葉はこれからも有効なのではないかなと思っております。この二つの質問に対する若松さんの答えについて皆さんに考えていただければと思っております。

鈴木比佐雄●詩人・評論家。日本ペンクラブ理事（当時）、コールサック社代表。詩論集『福島・東北の詩的想像力』。詩集『千年後のあなたへ』。父母はいわき市出身。

「喪失の文学」から「覚醒」へ

鈴木　次に、齋藤貢さんへの質問に移りたいと思います。〈齋藤さんは三・一一の時にいわき市にお住まいで小高商業高校の校長をされていました。二〇一三年十月に刊行された詩集『汝は、塵なれば』の中で、冒頭の詩「南相馬市、小高の地にて」で《「津波が来るぞ」という叫び声に背中を押されて、避難した。／高台から眺めた村上浜の集落の無惨。／取材で相双支社を飛び出した／二十四歳の熊田記者は、津波にのみこまれて帰らぬ人となった。／／地震と。津波と。被曝と。／小高はこの三重苦に、唇をかみしめている。》と東電福島第一原発から十四キロの地点で目撃した時の思いを語られています。詩集名ともなった詩「汝は、塵なれば」は、旧約聖書「創世記」第三章「楽園追放」から引用されていて、齋藤さんは、神から「人類の原罪」や「科学文明の罪」を突き付けられて、それを内面に激しく問うていたように思われます。齋藤さんからは、この津波に呑み込まれる光景から突き付けられた切実な思いを、この十年を経てどのように持続的に考えてきたか、またどのような新たな問いに展開してきたかを質問したいと思っています。二〇一八年十月に刊行された詩集『夕焼け売り』の中のタイトル詩の中で《夕方になると、夕焼け売りが／奪われてしまった時間を行商して歩いている。／誰も住んでいない家々の軒先に立ち／「夕焼けは、いらんかねぇ」／「幾つ、欲しいかねぇ」》と語っています。その詩の中にヒントがあると思いますが、それも含めてお話しして下されればと考えます。〉この中の「奪われてしまった時間」という、この言葉はすごく重たいと思うんですが、そのことを含めて、齋藤さんに語っていただきたいと思っております。

齋藤　齋藤貢です。わたしは三・一一の時に、南相馬市の小高区にある高等学校に勤務しておりました。今、鈴木さんから話がありましたけれども、われわれ、浜通りの住民は、その時に大きな地震と津波と、そして放射線被曝というか、放射線被害、この「三重苦」を背負ったという現実があります。それに付け加えて、風評被害という問題もありますから、「四重苦」という方もいます。

まず、最初に、その時のことを振り返るのに、震災直後の小高で撮影した写真がありますので、それを少し見ていただいて、そこから、今、鈴木さんから質問された内容についてお答えしていきたいと思います。

これが小高の町のシンボル的な建物でした［図1］。蔵造りの民家なんですが、地震でこんなふうに崩壊してしまいました。

それから、これが小高の駅前通りです［図2］。突きあたり

齋藤貢●詩人。福島県現代詩人会会長。詩集『夕焼け売り』で現代詩人賞。詩集『汝は、塵なれば』他。福島県立高校校長を歴任。いわき市在住。

図1　崩壊した蔵造りの民家（南相馬市小高区、2011年4月22日撮影）

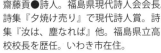

図 2　小高の駅前通り（南相馬市小高区、2011 年 4 月 22 日撮影）

図 3　小高の駅の東側（南相馬市小高区、2011 年 4 月 22 日撮影）

が小高駅です。この写真を撮ったのは四月二十二日に、小高が警戒区域に入るということで、町内に立ち入ることができなくなるということがあって、三月十二日に、小高を離れた時は、着の身着のままの状態で何も取り出せない状態でいたものですから、私と家内と二人で小高に戻って、そして必要なものを取り出そうとした時に、この写真を撮りました。ですから、これは震災から一か月ぐらい経過してからの小高駅前の姿です。正面の駅舎の向こう側に海があります。そして、この鉄道の線路のところで津波が止まったのですが、ここに、このように津波の泥のあとが残っています。

これは小高の駅の東側。海側のほうですね［図3］。ここに六号線があって向こう側が海です。ここはかなり津波でやられているので、こんなふうに自動車が、ガードレールに打ち上げられています。

これは国道六号線です［図4］。右に行けば浪江方面。左に行くと原町方面。正面側が海ということになります。だいたい海岸から一キロぐらいの場所です。ガソリンスタンドが、もうひどい状態になっています。

これは、南相馬市の鹿島地区ですね［図5］。田んぼの中にまで、漁船が乗り上げて入って来ている状態です。

これは、相馬市の松川浦漁港［図6］。港から船が民家のほうに乗り上げています。

これは、私が勤務していた小高商業高校の職員室です［図7］。ちょうど震災から半年ぐらい経過した時に、許可をもらって、校舎に「一時立ち入り」をしました。もうすでに「警戒区

図4　国道六号線のガソリンスタンド（南相馬市小高区、2011年4月22日撮影）

図5　田んぼに入って来た船（南相馬市鹿島、2011 年 4 月 22 日撮影）

図6　民家の方にまで乗り上げた船（相馬市・松川浦漁港、2011 年 4 月 22 日撮影）

図7　一時立入り時の小高商業高校・職員室（南相馬市小高区）

域」内にある学校には立ち入れなくなっていたんですが、大事なものは全部、学校に残したままになっているんです。震災時に持ち出す余裕などありませんでしたから自分の大切なものなど、整理して持ち出せるものは持ち出して、必要最小限のものを持ち出そうと、「一時立ち入り」をしたときの写真です。

この震災を通して、いろいろなことを考えさせられたのですが、その中で、いちばん、言葉について、アンビバレントな言葉の危険性というものを感じました。アンビバレントとは両義性という意味です。言葉にはいろいろな意味があるのですけれども、まるで正反対の二つの意味があります。それが両義性という意味です。たとえば、戦う武器としての言葉は、もう一方では人を傷つける言葉にもなります。それから、人を傷つける言葉は、希望を与えたり人に癒しを与えたりする言葉にもなります。しかし、その一方で、希望を与える言葉や癒しの言葉によって癒やされて、うっとりと目を閉じて眠ってしまえば、それは、思考停止をうながす言葉になってしまいます。特に、震災直後はこういう言葉があふれたんです。「絆」だとか、「愛」だとか、そういう言葉があふれた時に、これはとても危険だなと思いましたね。こういう言葉、つまり、思考停止をうながす言葉によって、眠らされてしまってはいけないぞ、駄目だ、と感じました。

それから、もう一つは、気づかないうちに非日常がいつのまにか日常となっているということ。今も「風化」が懸念されていますね。震災がいつのまにか「風化」してしまうんじゃないかと危惧されていますが、詩人の石原吉郎という人がいまして、その方は戦後シベリアで収容所にいてラーゲリを経験した人なんですね、その方が収容所の中で人間性がどんどん、どんどん破壊されていく、つまり、人が壊れていく姿を「風化」と表現したのです。こんなふうに定義づけているんですね。『異常なものが徐々に日常的なものに還元されていくという異常な現実の中でわたしたちは、徐々に、確実に風化されていったのである』（「沈黙と失語」より）と。われわれが考える風化とは少し違うかもしれません。シベリアの強制収容所での「風化」と原発事故の「風化」とは同じ質のものではないかもしれませんけれども、私たちがふと自分たちの日常を考えた時に、単調な歳月の繰り返しが異常な現実を異常と感じさせない日常性を生み出しているのではないか、毎日同じ日常が繰り返されていくことによって、異常を異常と認識しない、そういう現実がここにあるとすれば、それは恐ろしいことだな、という気がします。

それから、ハイデガーという哲学者について。哲学者の国分功一郎さんが『原子力時代における哲学』という本で、唯一原子力に対してNOを突きつけた哲学者はこの方しかいないと話しているんです。ハイデガー自身はナチスに協力するようなところがあって、問題がないわけではないのですけれども、人間の存在というのはどういうものなのか、存在論の哲学者だというふうに言われているその人が、「不在ゆえの現前」ということを言っているんです。「震災文学」とは何かと聞かれれば、つまりそれは「喪失の文学」だと私は思うんですね。失われてしまってはじめて、私たちはその日常がいかにかけがえのないものであるか、ということに気づくんです。そのことをハイデガーは不在になったから目の前に喪失したものが現れてくる、現前するのだと言うわけです。なかなかわれわれは、それに気が付かない。それはどうしてなのかというと、「生の朦朧性」といって、私たちの生というのは一所懸命生きれば生きるほど、ぼんやりとしてしか認識できないものだからだと言うんですね。ですから、なかなか、自分たちにとって大事なもの、かけがえのないものに気が付くことができない。この一番下に書いてある「Don't sleep through life!」というのは、日本語訳すると、例のあの「ぼうっと生きてんじゃないよ」という意味の言葉になるのですが、「人生の中で、眠ってはいけない」、「眠るな」、という言葉は、──「ぼうっと生きてんじゃないよ」というのは僕はあまりよい言葉じゃないと思うんですけど──やはり「眼を覚ませ」、「覚醒しろ」とわたしたちに警告を与え、覚醒を促す大切な言葉なんです。あったことがいつのまにかなかったことになってしまうような時代にあって、やっぱり僕たちは「眠らされてはいけないぞ」、「きちんと目を覚ませ」というのが、僕が震災後十年をとおして、今感じる大きな問題点だなと思っています。答えになっているかどうかわかりませんが、今とりあえずこんなふうに感じております。

鈴木　ありがとうございました。

原発事故による不条理を詠む

鈴木　次に語っていただく、永瀬十悟さんは、三・一一の際に、原発から六十キロぐらいの須賀川市周辺におられて、震度六強にあわれて、大変だったということをお聞きしています。二〇一三年に刊行された、『橋朧―ふくしま記』、この「橋朧」という言葉が今、齋藤さんが仰っていた「不在への現前」と重なるような気がします。それでは、永瀬さん、私と永瀬さんで選んだ十句が挙げられていますので、この十句の解説をしていただければと思っております。

永瀬　永瀬十悟と申します。須賀川市に住んでいます。私はここいわき市の福島工業高等専門学校で五年間を過ごしました。中学を出て上荒川の寮に入り、その後にこの会場の近くに下宿していたこともあります。思い出がたくさんありますが、先ほど松ヶ岡公園の桜の所を通って来て、当時高専生がやっていた仮装行列を思い出しました。私たちのクラスはオープンまもないハワイアンセンターのフラガールさんから腰蓑を借りて踊ったことがありました。きょうはどうぞよろしくお願い致します。

私は震災後に句集を二冊出しています。一つはこの『橋朧―ふくしま記』です。プリントには載せていませんが「流されてもうないはずの橋朧」という句を句集名にしました。ずっと当たり前にあった故郷の橋が、地震や津波で流されてなくなってしまった。でも夜になるとその橋が朧に見えているという句です。この橋は大切なものの象徴です。それが無くなった時人はそれを幻視してしまうという思いです。カタカナのフクシマばかりが吹聴されるのに対して、ひらがなの「ふくしま記」としました。もう一冊の句集『三日月湖』については後で話したいと思います。

永瀬十悟●俳人。「ふくしま」50句で第57回角川俳句賞。句集『三日月湖』で現代俳句協会賞。俳誌「桔槹」同人。須賀川市在住。

激震や水仙に飛ぶ屋根瓦　『橋朧』

私は地震発生の時、白河市のビルの一階で仕事をしていました。震度6強という強い揺れでした。家との連絡が付かずとても心配でしたが、仕事上個人情報を扱っていましたのでその整理をしてから職場を出ました。家に帰る間にブロック塀の倒壊や道路の陥没などで、何度も遠回りをして三時間くらいかかってやっと帰りましたが、既に暗くなっていました。家の前の道路は水道管が破裂していて水を噴き上げていました。庭の杏の木が半分に折れていたり、そして家は半壊状態で余震もひどかったので、夜中まで片付けをしてどうにか寝ました。翌朝庭を見ると、咲き始めていた水仙に、隣の家の屋根瓦が飛んできて刺さっていました。水仙というか細い植物と、飛んできた屋根瓦の対比で地震の激しさを表現してみました。

打ち続くなゐのハンマー砂あらし　『橋朧』

「なゐ」は「なゐふる」の省略で、大地が震えるという地震の古語です。地震の直後から激しい余震が続きました。それはまるでハンマーで叩かれているような衝撃でした。そのたびに家やビルから黒い土埃が立ち上がり、また地面には砂嵐が舞っていました。「なゐ」は方丈記にもありますが、日本は昔から地震の国だったという記憶を俳句で現代によみがえらせたいと思いました。内陸部でも、白河市では葉ノ木平で大規模な地滑りが発生して十三人の方が犠牲になりました。また須賀川市の灌漑用のダム藤沼湖では堤防が決壊して山津波が起き、八人の方が犠牲になっています。共に震度6強で内陸では被害が大きかったところです。

淡雪や給水の列角曲がる　『橋朧』

それからしばらくは断水が続き、給水に並ぶ日々でした。ここでは何人もの人が並んでいるという状況と、その礼儀正しさを「角曲がる」で表現してみました。もっとも行列についてはイギリス人の方が徹底していると思います。「イギリス人は一人でも列を作り並ぶ」というジョークがあるくらいです。ただこの句は原発が爆発したと騒然となっている時のものです。そんな時でも整然と給水に並んでいたことに、これを詠んでおかなければと思いました。

戻らない子猫よ放射線降る夜　『橋朧』

家には野良猫の親子がいつのまにか家猫となって住んでいました。妻が大事に育てていたのですが、あの大地震に驚いて飛び出して行ってしまいました。いわゆる猫窓も壊れてしまって、仔猫の方がいつまでも帰ってきませんでした。政府からは原発の爆発で避難か屋内退避をしてくださいとのニュースが続きました。妻は丁度大きな手術を終えたばかりでしたし、どこにも避難せずに家に居ながら猫を探しました。津波で多くの方が犠牲になっているニュースを聞きながらですので複雑な思いがありましたが、でも何も知らない牛などの動物や愛情をかけたペットが放射線の下でさまよっているのを思うと切ない思いでした。この子猫は一週間ほどで戻って来たのですが、その年の夏に死んでしまいました。親猫はもう20歳くらいになりますがまだ生きています。介護が必要で妻が老々介護をしています。

産土《うぶすな》を汚すのはなに梅真白　『橋朧』

産土は生まれ育った故郷ということです。私は大震災後の二か月の間に俳句を五十句作り角川俳句賞というのに応募しました。賞を取りたいというより、震災と特に原発事故が生み出した不条理を何らかの形で伝えたいと思い応募しました。私は長く俳句を続けてきましたので、俳句で「ふくしま」の現状を伝えたいと思ったのです。福島の俳人がこの原発事故による不条理を詠めなくてどうするという思いでした。強く思ったのは、地震からは何とか回復できるが、原発事故の放射線はそうはいかない。それは子ども達の世代、そしてずっとずっと後の世代まで影響する。そんな取り返しのつかないものを私達の世代は作ってしまった。私にもその責任があるとの思いがありました。白梅は産土の象徴です。

蜃気楼原発へ行く列に礼　『橋朧』

ご存知のように原発の事故後に、その収束のために多くの人たちが原発に向かいました。私のいる須賀川には福島空港があり、そこから原発に向かう車列もありました。その人たちへの敬意を込めた句ですが、同時にその人たちを飲み込んでいくような原発というものの不気味さを蜃気楼で表現しました。

早蕨《さわらび》や土ふくらみて人を待つ　『三日月湖』

早蕨は芽が出たばかりのわらびです。この句は一年後に飯舘村に行った時に詠みました。誰も居ない村にも春は来ていました。土もふっくらとして柔らかく、わらびも出ていました。いつもならわらび採りの人がいるであろう村に誰もいない。そんなささやかな、しかし当たり前の生活が奪われてしまった悲しみを詠みました。

除染袋すみれまでもう二メートル　『三日月湖』

汚染土が入った袋を国は除染袋と呼びます。このような言い換えによる洗脳には注意しなければなりません。そんなフレコンバッグの山がどんどんできていました。すみれというとても可憐な花が押しつぶされようとしている。すみれは小さな生き物の象徴として出しました。

鴨引くや十万年は三日月湖　『三日月湖』

三年前に第二句集を出しました。句集名はこの句から『三日月湖』としました。三日月湖は大きな川が蛇行した跡にできる三日月の形をした湖です。原発事故によって汚染された地域が三日月湖のように残されましたが、同時に原発事故直後の脱原発の大きな流れはいつの間にか変わってしまいました。被災地の思いは置き去りにされ、あたかも取り残された三日月湖のようだという思いでした。放射線が無害になるには十万年の時を要すると言われています。想像も及ばない時間です。ひとたび事故が起これば放射線の影響は取り返しのつかないものとなります。この句では、春になって北へ帰って行く鴨の群の自然の時間と、十万年という途方もない人災による時間を背負った場所とを対比しました。

泥土より生れて春の神となる　『三日月湖』

震災以来消えてしまったようだった季節が少しずつ戻ってきました。半分に折れてしまった杏の木の洞《うろ》から蛙が顔をだしたり、夏には蟬が羽化したりというささやかなものですが、そうしたものを俳句に詠むことで命を確かめているような希望を感じていました。そして震災後にまた春は巡ってきました。一斉に芽吹いて花が咲いて、本当に泥の中から生まれたビーナスのように思いました。俳句は小さい詩型ですが、小さいながらも、自分の身の回りの生活や、生き物の力を詠むことができます。そしてこのように当時のことを思い出すことができます。復興の確かな歩みとともに、年月の経過により震災の激しさや怖さ、その時人がどう思っていたかなどを実感できるものが消えていきます。今、言葉で震災を伝えることの大切さを改めて思っています。言葉により過去を想像することは、未来に繫がることになる。それが俳句でできたらと思っています。

鈴木　どうもありがとうございました。「産土を汚す」ということに対して、そういうような鎮魂の思いと同時に、「土ふくらみて」という未来を語る言葉を語って下さって、多くの人を勇気づけるんじゃないかと感じました。

言葉にできない思いを歌に

鈴木　次に、本田さんは会津若松市で高校の先生をされていて、当時は大熊町などの原発の立地されているところから様々な人たちが避難されて来て、受け入れで大変だったとお聞きしています。それでは、本田さん、よろしくお願いします。

本田　本田一弘と申します。これまで四冊の歌集を出していて、スライドにある二冊が震災以降に出したものです。二〇一四年に出した『磐梯』、そして二〇一八年に出した『あらがね』です。お二人が震災当時のことをお話しになったので、私も話します。今、会津若松で暮らしていますが、出身は福島市です。二〇一一年三月十一日は、母の四十九日でした。福島市の寺で法要を行い、その法要の間、母方の伯父が倒れて市内の病院に搬送されたという連絡が入っていたので、すべて終わった後、伯父が運ばれた病院に行きました。そして二時四十六分。長く大きな揺れは今まで体験したことのない震度6強。三階の病室にいた九人全員（伯母、いとこ二人、伯母の妹夫婦、父、妹、弟、私）で伯父のベッドを抑えました。その後何度も続く余震のたびに伯父のベッドの柵を全員で握りしめました。そしてその日の夕方、伯父は息をひきとりました。そんなことから、震災は私にとっては、亡くなった人、つまり「死者」と結びついています。

震災以前震災以後とみちのくの時間まつぷたつに裂かれき
『磐梯』

震災直後の歌です。震災直後といっても、一ヶ月くらいは、何にも言葉が出なくて、いわゆる失語状態だったのですが、絞り出すようにして詠んだ歌です。当時の率直な思いです。震災によって、みちのくの時間が真っ二つに裂かれてしまったのです。地震、津波、そして原発事故に伴う放射能による土の汚染、海の汚染によって、みちのくの豊かな時間が、味わえなくなってしまったという実感があります。十年前の歌ですが、まだその思いはあります。改めて読み返すとこの「き」という過去の助動詞の響きがものすごく強烈です。この「き」という助動詞は動かない。永遠に取り戻すことの出来ない過去としての「みちのくの時間」なんです。この「みちのく」という語は「ふるさと」という語と置き換えてもいいでしょう。地震、津波、そして原発事故による避難によって、これまでの「ふるさと」で過ごした時間をもう取り戻すことができないことを心から悲しく思います。今日この会場にお越しになった方々の中にも、私などよりも切実にお感じになっている方々がいらっしゃることと思います。さきほど齋藤さんがおっしゃっていた、まさに「喪失」です。震災の影響というのは私たち大人への影響もさることながら、今日は磐城高校の方々もいらっしゃっていますが、子どもたち、私の職場である学校現場でいえば、生徒たちのこころへの影響ははかりしれないものがあったと思います。震災当時、私は会津若松市内の高校に勤務していて、会津に避難してきた生徒のみなさんたちを受け入れました。

本田一弘●歌人。歌集『磐梯』で前川佐美雄賞。歌集『あらがね』で日本歌人クラブ賞。その他歌集『銀の鶴』『眉月集』。福島県教員。会津若松市在住。

線量の高い双葉に帰れない子が学校に二十人ゐる　『磐梯』

楢葉より来たる生徒の言の葉の雪のま白く降り積もりたり　『あらがね』

双葉や楢葉といった浜通り地方から避難してきた生徒たちのことを詠んだ歌です。今日来ている高校生は、十年前は六～七歳でしょうか。いわきに暮らしていたとなれば、被災の現場を見たり、聞いたりしていることと思います。たぶん複雑な思いを抱えていてそれを言葉に出来る人もいれば、出来ない人もいる。いま一見何も感じていないようだが、実は言葉が体の奥底に眠り続けているだけかもしれません。今回は「十年」という時間が経ちましたが、まだ時間が足りないのかもしれません。自分の心の中で雪のように言葉が降り積もっているのだと思います。楢葉から来た生徒たちが発する言葉も、いや発することができない言葉も、まるで雪の、この「の」は「～のように」という意味です。まるで雪のように真っ白く降り積もっているよ、と私はうたいました。

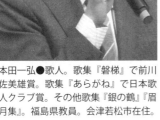

磐梯《ばんだい》山を宝の山と呼ぶならば磐梯山に降る雪も宝ぞ　『あらがね』

震災以前も、たしかに目の前にあるものを見て、あるいは耳に聞こえてくるものを聞いて、歌っていたのでしょうが、でも何か、上っ面、表面だけを見て、聞いて歌っていたのかもしれません。震災後は、自然のありようが心底いとしいと思うようになりました。春ならば、桜。夏ならば、若葉、青々とした山、鳥の声。秋ならば、稲穂の稔り、まさに「笹に黄金がなりさがる」です。冬ならば雪。雪も宝のように感じています。

みちのくのしのぶもぢずり誰ゆゑにわが産土を捨てねばならぬ　『あらがね』

百人一首にとられている河原左大臣の歌「陸奥のしのぶもぢずり誰ゆゑに乱れそめにし我ならなくに」（陸奥国の信夫郡で作られる忍草のすり染めの模様が乱れているように、あなた以外の誰かのせいで思い乱れた私ではないのに）を踏まえました。いわゆる「忍ぶ恋」の歌ですが、それを反転させて、みちのくの受難、受忍の、震災という出来事へわれわれが耐え忍ぶ歌として表現してみました。いったい誰のせいで自分の生まれた土地を捨てねばならないのだ。国や県や町といった行政のせいか、それとも電力会社のせいか、それとも自然のせいか、海のせいか、地球のせいか、いや原発事故だったら原発を受け入れてきた人々のせいか、それには自分は含まれていないのか。震災及び原発事故にはさまざまな要素が絡み合っています。それらにまつわる、なんともいえない思いを詠みました。

福島の土うたふべし生きてわれは死んでもわれは土をとぶらふ　『あらがね』

黒き袋は土のなきがら入れられて仮仮置き場に置かれてゐたり　『磐梯』

今回の震災で死者となったのは、私たち人間だけではない、と思っています。震災による原発事故のために、放射性物質が拡散し、そしてそれらが地上におりてきて、土壌は、高い放射線量を示しました。その土は削り取られ、黒や青の袋に閉じこめられ、息ができない状態にあります。そういった「土」もまた、私はこの震災の犠牲者に数えています。「土のなきがら」が福島県をはじめとして、近隣の地域に厳然としてあります。歌は「訴ふ」が語源だともいわれますが、土や空や水や田んぼ、亡くなった母、伯父、祖父母、震災によって亡くなったたくさんの方々、まだ見つかっていない方々、「震災関連死」とは認定されなかったあまたの人々、そして今も行くあてもなくフレコンバッグに入れられている土、福島の風土、福島でともに歌を作っている仲間とともに歌を作っていきたいと思っています。

文学に関わっている人は誰でも感じていると思うのですが、言葉にしてしまった時点で、そうじゃないんだよなという部分の方が、ほんとうの思いのような気がしています。短歌なら、五七五七七の三十一音にできなかった部分。俳句なら五七五の十七音に出来なかった部分を常に追い求めて、表現に関わっていきたいと改めて思いました。震災を経験した上での自然の見え方、聞こえ方、言葉との向き合い方が確実に変わりました。十年経ってもまだ言葉にできないことがたくさんあります。言葉では表現できない思いを、何とか言葉にして、歌にして、福島という土地をベースにして、訴えていきたいと思います。

鈴木　本田さんがプログラムの中で引用している、冒頭の〈みちのくの体ぶつとく貫いてあをき脈打つ阿武隈川は〉（『磐梯』）は名作だと思うんですが、まさに福島県全体を自分の肉体のように感じて、阿武隈川を自分の動脈のように感じている、そういう歌人ですね。ハイデッカーの言葉の中に、「言葉は存在の住処である」という言葉がありますけれども、それを一行で言うと、こういうことなのかな、というふうに思います。それと、若松丈太郎さんがチェルノブイリ原発事故の八年後にチェルノブイリに行って、連作十一篇「かなしみの土地」を書かれた、その「かなしみの土地」というのを今の、その後の詩人たちは、齋藤さんは、地震と津波と被曝の三重苦を噛み締めながら、奪われてしまった時間を生き直してしまうようなそういうような想像力で書かれている。それから、永瀬さんは、季語が通用しないにも関わらず、季語の可能性を追究して、同時に「土ふくらみて」という十万年後に向けて土ふくらんでいく福島の大地を夢想している、といいますか、そこに希望を感じていらっしゃいます。そして、本田さんの最後に挙げられた歌では「死んでもわれは土をとぶらふ」というくらいの決意を短歌の中で語られていて、私は福島の詩・俳句・短歌の短詩型の作家たちはこの十年間、本当に一生懸命頑張って来たんじゃないかな、と、また、今後もやられるんじゃないかなと感じました。そのような感想を抱かせていただいて、後は会場の皆さんに考えていただければと思います。短い時間でしたが、詩や俳句、短歌の魅力を少しでも感じていただければ幸いです。

【第二部】地震・原発事故をどんな観点で作家・ライター達は書き続けているか

パネリスト

桐野夏生《きりのなつお》（作家）

吉田千亜《よしだちあ》（フリーライター）

玄侑宗久《げんゆうそうきゅう》（作家）［ビデオ出演］

コーディネーター

ドリアン助川《すけがわ》（作家）

福島県外から福島を書く

助川　第一部を楽屋で拝見していましたが、まさにこの福島でお生まれになり、お育ちになった被災の当事者として、いかに文芸を紡いできたかというお話で、胸に迫るものがありました。私たち三人は言ってみれば「外部」から来て、福島で起きたこと、ここで生きる人々を描こうとした、多少の緊張があるわけですね。私たちの言葉で「それは福島の事を全然分かっていないよ」とか「被災者の気持ちに寄り添っていないよ」なんてひょっとしたら思われてしまうことがあるかもしれません。しかし、福島県外から福島を書こうとした三人であることは少なくとも間違いありませんので、大きなお気持ちで聴いていただけるとありがたいと思います。さて、そこ（ホールの扉）を出ていただくと、今日のフォーラムに関係している作家や詩人、歌人、俳人の本が置いてありますが、桐野さんは、中でも一際分厚い『バラカ』という小説があります。桐野さんの本は、大体分厚いですかね（笑）。

桐野　桐野です。よろしくお願いします。大体分厚いと思います（笑）。書き出すと止まらなくて、ついつい長い尺になってしまう癖があります。

助川　いや、その分厚い本を手に取った時は、これは時間がかかるかもしれないと一瞬思うんですけれども、まさに人間の心理のジェットコースターの中に入っていくような、もう読むことをやめられないというか、一気に読者も突っ走ってしまう、そういう物語です。この「バラカ」というのは主人公の少女の名前で、この少女が震災後、福島で人間関係の渦の中に巻き込まれていく。この辺はまた後で伺おうと思うんですけれども、今日は桐野さんに『バラカ』をなぜ書いたとか、そのあたりの話を中心に伺いたいと思います。それから、吉田千亜さん。

吉田　よろしくお願いします。

助川　吉田千亜さんは小説ではなくルポルタージュです。『孤塁』は双葉郡の消防士たちのドキュメントですね。もっと端的に言ってしまいますと、福島第一原発の事故の対応に当たった双葉郡の消防士たちが、援軍来たらずの中でどんな活躍をしたのか、どんな心理だったのか、それをインタビューして克明に綴ったという、『バラカ』とはまた違う意味で胸に迫る本でした。後でゆっくり聞きますけれど、『孤塁』に登場する消防士の数は何名ですか。

吉田　六十六人の消防士さんからお話を伺いました。

助川　六十六人の消防士に一人一人インタビューをしていくというのは、大変なことだと思いますし、それぞれの胸に秘めた思いを綴っていく、また、それを本にする時というのは言葉を選ばなければいけないわけですよね、この人のここを伝えようとか、これも大変な作業だったと思いますが、後でゆっくり話を伺いたいと思います。私は『あん』という、映画化の時は樹木希林さんが主役をやってくださった、ハンセン病問題を背景にした小説が唯一多く読まれている本です。福島とはどういう関わりがあるかと申しますと、『線量計と奥の細道』というドキュメントを書きました。「奥の細道」の芭蕉が辿ったコースを、折りたたみ自転車で追体験しながら、被ばく量を測り、芭蕉が俳句を詠んだ場所はどれほど汚染されたんだろう、それから、そこに住んでいる皆さんは今どんな気持ちなんだろうといったことをインタビューした旅の本です。これを出したことによって、その後、定点観測、被災地を毎年廻るようになりました。そういうことで今、ここに座っております。

自らの混乱と恐怖を書いた『バラカ』

助川　さて、桐野さん、『バラカ』の話に戻りたいと思いますが、まず、この本は二〇一一年からの連載ですよね。とすると、震災が起きたその年から書き始めた。もともと最初から震災をテーマにしようとされていたんですか。

桐野　それがちょっと違いました。三月から新しい連載を立ち上げることになっていたんですが、それは子どもを探すお父さんの話で、ドバイの取材とかも始めて、もう終わっていたんですね。さあ、書き出そうというところに、三・一一の東日本大震災が起きました。私は東京に住んでおりますので、被災ということはありませんでしたけれども、やはりテレビで見る映像の凄まじさといいますか、ショックを受けてしまって。作家の中には本当に書けなくなってしまった人も沢山いるそうですが、私も想像の範囲が及ばないカタストロフといいますか、壊滅するというような状況を初めて見たものですから、大変ショックを受けました。たまたま自宅にいて、仕事をしていましたので、何事もなかったんですけれども、その翌日、翌々日ですかね、福島の原発が爆発したということを聞いて、これまたショックでした。私がやはり東京に住んでいることで申し訳ないという気持ちがありました。実は二〇一〇年か二〇〇九年くらいに別の仕事の取材で柏崎に行ったことがあります。たまたま近くに柏崎原発があって、それでついでに見学しようかという話になりまして、編集者の方と三人で見学を申し込みましたら、すごく手続きが大変で、みんなで身分証を出したり、免許証を出したり。その一、二年くらい後に柏崎で事故が起きたんですね。その時にはっと思い出したのが、柏崎からすごい送電線が東京に向かってダーっとあって、その巨大な送電線を見た時に、本当に申し訳ない気持になりました。東京に住んでいて、それを容認している、そういう立場をすごく感じたのを覚えているんですね。今回も、やはり福島の原発が爆発したと聞いた時に、こちらも怖いのですが、その前に申し訳ない、これはどうしたらいいんだろうという気持ちがありました。その自分の動揺というものを隠して新しい小説は書けないと思いました。どうい

桐野夏生●作家。日本ペンクラブ会長（当時同理事）。『柔らかな頬』で直木三十五賞、『グロテスク』で泉鏡花賞、『ナニカアル』で読売文学賞。

うふうに生かしたらいいのか分からないし、津波の映像を見た衝撃もあるわけですよね、どうやってそれを自分は書き表すことができるんだろう。言葉について第一部の方が仰っていて「大変有効である」「言葉の記録を残す」とさっき第一部の方が仰っていて、それもその通りなのですが、やはり小説を書く仕事をしていますと、言葉から零れ落ちるものもある。その零れ落ちるものを自分は拾えないんじゃないか、その恐怖の方が先にあります。だから、今回は無理かもしれないと思ったんですが、自分のその混乱を今書くべきではないか、後でもしかしたら「こんなこと書いてどうしたんだ」みたいな批判が起きるかもしれない、でも、それはもう甘んじて受けようと思いました。三月からの連載だったんですが、五月に書いて、ちょっと何月号が忘れましたけれども、やはりその自分の混乱と恐怖を、福島の原発の爆発というものを考えていこうということで書いたのが『バラカ』です。主人公のバラカという少女は本当に無垢な存在で、その無垢な少女が結局被曝するということで、私としては福島の象徴みたいな気持ちで書いたものです。

助川　ということは、躊躇はあったけれども、時の先端に立っている作者として時の先端に立っている読者に届けようと、そういう気持ちで書かれた。登場する人物が、たとえば原発推進派か否定派か、と単純に二分できるものではなくて、非常に多層な人間模様になっています。

桐野　そうですね。私自身は原発反対です。でも、原発反対派の方の中にもきっと色合いの違う方もいらっしゃるでしょうし、やはり作家としてはいろんな人間を書かなくてはいけないので、その中のいろんな色合いみたいなものを書いていきたいと思いましたので、そこはすごく複雑になったと思います。もしかすると、私の事も誤解されているかもしれませんけれども、なるべく現実の醜さ、あるいは美しさ、そういうものの清濁あわせて書くものが小説ではないかという考えがありますので、どうしてもそういう書き方になってしまいます。

数字の向こうにあるもの

助川　さて、一方で、千亜さんがこの六十六人の消防士の皆さんにインタビューを始めたのが二〇一八年ですね。震災から時間が過ぎています。私も二〇一二年には自転車で被ばく量をチェックして回る旅を終えたんですけれども、実は刊行できたのは二〇一八年なんですよ。これはかなり躊躇があったんですね。私の場合は後で話しますけれど、千亜さんはなぜ二〇一八年からこの原発事故に対応した消防士たちに会おうという気持ちになったのか、その辺から、つまりモチベーションのあたりからお話しいただいていいですか。

吉田　はい。原発事故の取材自体はずっと続けていたんですけれども、双葉郡の消防士の皆さんに出会ったのが二〇一八年でした。原発事故直後の初期被曝といわれているもののデータがすごく少ないので、いろいろなジャーナリストの方が、きちんと記録に残っていないものをなんとか掘り出せないか、ということをずっと続けているんですが、二〇一七年に私が避難指示のあった地域の皆さん、三、四十人くらいの方にお話を伺った時に、消防士、自衛隊、警察の方々は防護服を着て線量計を持って避難の誘導をされていたと知りました。私が消防に伺ったきっかけというのは、持っておられた事故直後の放射線のデータをいただけないか、ということで伺ったのが初めてなんです。ところが、そこで初めて対応してくださった当時総務課長の消防士の渡辺さんが自分のご経験を話してくださって、それが本当に壮絶なご経験の話だったのもあって、すごくびっくりしたんですね。もちろん、記録としてのデータというのは大切なんですけれども、やっぱり一つ一つの数字の向こうには人の経験があるんだということを渡辺さんから教えていただいて、ああ、これはきちんと伺わないといけない、と思ったのが、二〇一八年でした。双葉の消防本部は事故当初、初めの数年間は取材を受けないというふうになっていたそうなんです。地域の住民の皆さんが避難をしておられる中で、自分たちだけが目立って、何か良いことをやった、ヒーローになる必要はないということで。けれども、次第に「双葉の消防は何やっているんだ」という話になったり、外から何をしているか見えないようになったりして、一転して取材を受けますということになりました。実は私の書いた『孤塁』という本の前にも、NHKで少し放送があったり、雑誌に記事が載ったりということはありましたが、渡辺さんが全員から聞いていいよと言ってくださって、それを真に受けて私は通ったんです。

吉田千亜●ノンフィクションライター。著書に『ルポ母子避難』『孤塁　双葉郡消防士たちの3・11』『その後の福島：原発事故後を生きる人々』。

助川　そこでまさに機が熟したということですね。自分の場合、二〇一二年に取材を終えていたものをずっと出せなかったのは、やはり線量の高いところで暮らされている皆さんの忍耐ですとか……例えば、二〇一一年は実っても桃を集荷することはできないですよね。さらに、樹皮も被曝していますから木の皮を剝いで、翌年ようやく基準値以下の桃を出荷できるんですけれども、炎天下の国道四号の福島市内から伊達へ向かう坂のところで、主婦の皆さんが桃を並べて売っていても誰も買わないわけですよ。どんな気持ちでこの桃を育てて、しかもここに今いらっしゃるんだろう、と思うと、外から来た人間が「ここはこれだけ被曝している」ということを数値で出すことが、この皆さんにとってどれだけの障害になるだろう、もうこれは書くべきではない、いや、でもやっぱり書かないと誰が伝えるんだ、と、この揺れ動きが激しかったんですね。旅をすればするほど記録は残っていくけれども、これを世に出すということはどういうことだろう、と。しかし、いつの間にか、何もなかったように原発を再稼働するとか、そういうふうに世の中が変わってきますと、やっぱり出すべきじゃないかと気持ちが決まりまして、それで遅れたということになります。私もやっぱり躊躇がずいぶんあったわけですね。吉田千亜さん、本の中で、消防士の方々が防護服を着てマスクもして、もし死んでしまった時のことを考えたら、誰が誰だかわからないので名前が必要だ、ということで、防護服の上からテープを貼って、そこに名前、名字を書く、というエピソードがありました。その時に「もし俺が帰ってこなかったら家族に愛していると伝えてくれ」と。あそこが一回目に、落涙してしまったところです。千亜さんは六十六人の方からお話を聞いていて、全部強烈だと思うんですけれど、他にどんな強烈なエピソードがありますか。

吉田　エピソードという言葉自体も合っているのかというほど、お一人お一人に本当に壮絶な経験があって、やっぱり書けなかったことも沢山あったんですね。一番印象に残っていることは実を言うと書けなかったことかもしれないというのを、ふっと昨日思ったんですね。本の中で書けたことで一番印象深かったことは、やっぱり、本来やるはずのなかった活動をせざるを得なかったということで、皆さん一番大変だったことだと思うんです。特に、本来であれば、「住民の皆さん、こちらに避難してください」というふうに誘導するだけの役割だったはずが、爆発した原発の構内まで水を運ぶとか、爆発した原発の中で具合の悪くなった作業員さんを救急車で迎えに行くとか、あとは、避難が出来なかった住民の方を迎えに行くために原発から三キロのところまでわざわざ戻らなければいけないとか、被曝の恐怖、死の恐怖と闘いながら活動しなければいけなかったということが一番びっくりしたことでした。一方で、すごく逃げたかったという思いを皆さん抱えておられて、その気持ちを家族や大切な人に宛てた遺書に書いて、活動に行ったという……。本当に一つ一つ印象深いんですけれども、やっぱり原発事故は起きないと言われ続けてきた中で、何度も「嘘でしょ」と思わされながら、そこに留まらざるを得なかった、ということがやっぱり印象に残っていますね。

最新作『日没』と原発事故

助川　桐野さん、書店に行きますと、『バラカ』も恐らく並んでいますけれども、今は『日没』ですね。

桐野　はい。

助川　『日没』は大変読者の評価も高く、多く読まれている本です。物語の内容は言いませんけれども、強いて言いますと、カフカの『審判』、あるいは、ジョージ・オーウェルの『１９８４』。何か不気味な、敵がわからない、いったい自分は何と闘っているのか、すごく不透明な体制のようなものが霞のようにのし掛かっている、そしてその個人の運命が翻弄されていく、という設定の本です。これはやはり『バラカ』にも共通する雰囲気があったと思うんですね。一人一人はべつに誰かの不幸を願って生きているわけではないんですけれども、それが国家になったり、体制というものになったりすると、なんだか非常に不気味な存在になっていく。桐野さんは、その辺に『バラカ』も『日没』も一つのモチベーションとして書かれたような気がします。あの『日没』の原動力というのは、今の日本のどんな部分なんでしょうね。

桐野　やっぱり『日没』に至った経緯というのは、原発事故が大きかったと思うんですね。私がその年に原発を扱った小説を書くということが業界内でもみんなびっくりしたみたいです。ネットを見ても反原発と原発推進派と闘っている、そういう状況の中で表立って書いているということが、誰からも言われないんですけれども、何となく雰囲気的に自分は抗っている、という感じがすごくありました。「忖度」という言葉が後で流行りましたけれども、当時は言っていけないこと、批判してはいけないことみたいな、それがちょっと出版界の中でもあったような気がします。ですから、私は『バラカ』を書いて半年後くらいに、何となく自分の家のパソコンがちょっと遅いんじゃないかとか、知らない車が自宅の前に止まってこっちの様子を覗っているんじゃないかとか、被害妄想気味になりました。もしかすると被害妄想でないのかもしれませんけれども、あの当時はやっぱりかなりピリピリしていたムードがあったと思います。私の中で「これはちょっと危ないな」という感じが、この先自由にものが書けなくなるかもしれないという恐怖があったと思います。以前に『ナニカアル』という林芙美子の小説を書いたことがあるんですけれども、戦前の作家の言論弾圧のことをずいぶん調べましたので、「これ、だんだん似て来たな」みたいな、そういう危機感があって、ちょっと激しい小説かもしれませんけれども、『日没』という、じわじわと弾圧されていく一介の物書きの話を書いてみました。

助川　ある日、文科省から「桐野先生、ちょっと来ていただけませんか」と、そんなことは無いこともないという世の中になりつつある。

桐野　ですから、『日没』を出した後は「私が突然消えたらみんな探してくれ」と言っておきました（笑）。やはり上からの圧力だけではなくて、同調圧力の高まりと言いますか、一般の方からの告発が一番怖いんじゃないかと思います。

助川　昔は「悪書追放箱」というものがありまして、大体ビニールで包んである本だったんですけれども、そうじゃない言葉とかジャンルに対して、人がレッテルを張りだす可能性が出て来たという、そういうことなんですね。

桐野　そうです。そう思います。

出初式で涙が止まらなかったわけ

助川　吉田千亜さん、もう一つ伺いたいんですけれども、いい

ドリアン助川●作家、詩人、歌手。明治学院大学教授。『線量計と奥の細道』で日本エッセイスト・クラブ賞。その他、小説『朱花の月』『あん』。

ですか。吉田千亜さんは六十六人へのインタビューをしている時に涙をこらえていたと。

吉田　そうですね。感情のスイッチは切っていましたね。

助川　ところが、ある日、消防士たちの出初式を見て嗚咽が止まらなかった。実は私は実家が神戸でして、阪神大震災の時に震度七の真上に家があったんですね。それで、ひどい状況になりまして、震災の翌日に水をリュックサック二つ分背負って、東京から戻って、友だちの家を巡ったりしたんですけれども、その一週間は崩れた三宮の駅とか見ても、やっぱり涙出ないんですよ。ところが、東京に帰ろうとして、何とか大阪まで来た時に、大阪の街に普通の営みがありまして、みんな笑顔で歩いているんですよ。それを見た瞬間に涙が止まらなくなってしまった。これは何なんだろう、と今でも思うんですね。何でその出初式を見て、千亜さんはわんわん泣いてしまったんでしょう。

吉田　感情的にならないようにしようと思ってお話を伺っているんですけれど、そのお話を伺う環境は、長いテーブルを二つ並べて、向こうに消防士さんが座って、一対一でお話を伺うというスタイルだったんですね。出初式は毎年、富岡消防署でやっています。要は帰宅困難区域で火災が発生したというデモンストレーションをやるんですが、それに行った時、皆さん、普段会議室で向かい合う消防士さんではなく、完全にフルのマスクに防護服に防火衣を着て、私がずっと聞いてきた三・一一直後の皆さんのその姿で、消火活動や救急搬送する様子が目の前に出てきたんですよね。今まで自分の頭の中で一生懸命思い描いてきたものが目の前にばっと出て来た時に、「ああ、こうやって行ったんだ」ということが感じられて、同時に生きていてくださって本当に良かったと、本当にそれだけでしたね。

助川　私たち書き手も、その時の中で様々な発見や心情の変化があって、生きているっていうことなんですけれどね。今年で十年ですが、もちろん福島で十年暮らされてきた皆さんには、大きな心の変化があったんだと思います。

人の感情は真実

助川　そろそろ私たちもまとめに入って、それぞれ一言ずつということになります。二年前に、私は二十分にわたる福島第一原発の事故の合唱曲を作ったんですね。その合唱団も気合を入れて練習してきたんですけれども、コロナ禍になってしまって、合唱の練習はできないし、メディアはもうコロナしか伝えないし、つまり、コロナのカーテン、コロナのニュースのカーテンによって、一切の他のニュースが消えてしまったんですよ。まるで福島が今置かれている状況も解決したかのように、コロナの向こうに霧散してしまったという、これはひどい言い方かもしれませんが、そのような印象があります。コロナ禍の今と三月十一日の距離感のようなもの、これを感じながら、私たち書き手というのはどこに向かって歩いていくのかを最後、一、二分でお話ししていただいてもよろしいでしょうか。いいですか、桐野さん。

桐野　今確かにコロナに覆われています。コロナによって分断や差別も強まったかもしれませんけれども、科学がこれから解決してゆく問題かもしれません。私にとっては、本質が糊塗されている原発事故の方が憂えるべきことで、この国の病弊というのがすごく表れたんじゃないかなと思います。私はただの小説書きで、小説なんて嘘っぱちですから、たいしたことはできないかもしれませんけれども、ただ、物事の本質というものは絶対に摑んでいきたいと思っています。

助川 ありがとうございます。では、吉田千亜さん。

吉田 私も桐野さんと同じで、やっぱり原発事故のインパクトが大きくて、もちろん、コロナも大変なんですけれども、これからも原発事故の被害の事を取材し続けたいなと思っています。私は人の言葉を伝えたいという思いでずっと取材をしていまして。以前、桐野さんがペンクラブの動画で「人の感情というは真実じゃないかなと思うんです」とおっしゃっていました。覚えていらっしゃいますか。

桐野 言ったと思います。感情というものは結構論理的だし、正しいんじゃないかと思っています。

吉田 私はそれがすごく嬉しくって。嬉しくってって変な言い方ですけど（笑）、私も人の感情って真実だと思うし、大切にされるものだと思っていて、それはやはり原発事故の中でもそうだと思うんですね。その感情から発せられる言葉というのも真実だと思っていて、とにかく私はいろんな人の言葉を聞きたいし、それを伝えられたらいいなと願っています。コロナと原発事故を比べたような、友人の被災者の言葉で、例えば、「これでもしかしたら、東京の人はあの時の福島の私たちの気持ちが分かってくれたんじゃないかな」と言われたこともありましたし、一方で「今はみんなマスクをするのは大げさだと言われたけれど、今はみんなマスクをするんだよね」という素朴な疑問とか、そんなふうに皆さんが感じている、ちょっとした一言にはっとさせられたということはありました。ずっと電力の享受側の人間で、いつも怖いなと思いながら関わらせてもらっているところがあるんですけれども、これからもいろんな人の言葉が伝えられたらいいなと思っています。

助川 まさに送電線は東京に向かっているわけで、福島第一原発の問題というのは東京の問題であり、国の問題であり、私たち自身の問題だという。例えば、慰安婦の問題一つ取っても「この女性はどうだったんだ」というような話し方になりますけれど、いやいや、男性の問題でしょ、と。慰安婦の問題は男の問題を語らずに言えないわけですよね。あらゆることが関係し合っている、その関係性の中で、人間存在というものに向かい合っていきたいなというふうに思っております。それでは、私たち三人はここで去りたいと思います。これから、玄侑さんのビデオを見ていただこうと思います。

人間の理解を超えた「自然」――玄侑宗久・ビデオコメント

玄侑 こんにちは。玄侑宗久です。この度は一身上の都合でそちらに伺えなくなりまして、本当に申し訳ありませんでした。一身上という通り、わが身の管理不行き届きで、非常に残念だったんですけれども、こういう形での参加……参加したことにな

玄侑宗久●作家。福島県三春町福聚寺住職。「中陰の花」で芥川龍之介賞。『光の山』で芸術選奨文部科学大臣賞。東日本大震災復興構想会議委員。

らないですね、ちょっとだけ思いを語らせていただきたいと思います。

「震災・原発文学」という括り方というのは私の中では特になかったんですけれども、どうしてもよく知っている「場」を背景にしますから、当然、そのエポックメイキングな出来事が入ってきます。『光の山』に収めている作品たちは、ほとんど視線人物が被災者になっています。そういう気持ちで書けた時期があったんだと思いますけれども、後で振り返ってみて面白いなと思うのは、アメンボとか、コオロギとか、オガミムシとか、東天紅という鶏ですね、人間以外の虫とか鳥獣、そういうものに非常に目が行くようになっていた。前々から自然というものに対する思いというのはテーマとしてあったように思うんですけれども、この十年で自然の比重というのが増してきたように思います。仏教的に言うと、「華厳の見方」というのですかね。奈良時代に聖武天皇が『華厳経』というお経に三年間学びまして、その教えをもとにして奈良の大仏を建てたわけなんですけれど、目指したのは「影の無い光」なんですよね。どこにでも光が届くという。そんな光があるのか、と不思議なんですが、「蓮華蔵世界」といいまして、恐らく蓮の中の様子を観察したんじゃないでしょうか。蓮の中って「影の無い光」に満ちているような気がするんですよね。別な言い方をすると、「序列のない世界」というんでしょうか、あるいは「みんなが普通」、そういう方向にその後の興味がどんどん進んだなという気がしています。経典としての『華厳経』も非常に興味深く読むようになりましたし、経名の原意である「雑華厳飾《ぞうけごんじき》」、自分の関心がそういう方向に行っているんだなと思いました。

地元といいますか、うちのお寺は原発から四十五キロ地点にあるんですけれども、そこに住んでいることで、やっぱりどうしても書きたかったのは、原発の問題と放射能の問題は別なんだということですね。原発はこれだけ地震が多く津波も来る国で、やめるべきでしょう、という考え方は非常に分かりますし、同意できるんですけれども、放射能は昔からいながらにしてあるわけですね。付き合っていく相手であって、反対するような相手ではないといいますかね。人工的に俄かに増えたという、そのことには反発があるでしょうけれども、ただ、どの程度からどの程度になったんだろう、これってどういう状態なんだろうということを、なかなか教えてくれない。これはＩＣＲＰという国際放射線防護委員会の基本方針にも関係してくるんですけれども、健康に影響のない範囲の中での高い低いというのは知らしめるべきではない、という考え方なんですね。あくまで防護的な観点で考えるので、低ければ低いほど良いという考え方、ゼロに近いほど良いんだという、ＬＮＴ仮説というんですけれども、それを一応採用しているんですね。でも、現実を考えますと、塩とか防腐剤と一緒でありまして、あるいはホルモンもそうですが、少量はあった方がいいんですね。でも、あるリミットを超えると非常に困ったものになる、そういう閾値というのがあるはずだというふうに、例えば、フランスの科学医学アカデミーは考えていますし、実際に数字も出しています。この考え方だったら、福島の人がどれだけ暮らしやすいか、その辺のことも含めて、放射能の問題のややこしさ、というんですかね、国が学問に関与して曲げていることが非常にあるわけです。その辺を科学系の大学を出た若い四人に語らせる、というかたちでなるべくきめ細かに理解してほしいなという思いがあって、『竹林精舎』は書きました。

自然というものの反対語というのは何なのかというのは難しいところですけれども、人間って自然というものを常に分かった気になるんですね。「それって不自然でしょう」という言葉を平気で言うわけです。不自然が分かるということは、自然を理解したつもりだという事ですよね。自然というのは恐らく定義として、人間の理解を超えたものでしょうし、その意味での自然に興味関心が強くなっている感じがします。自然の反対語はある意味で概念かもしれない、というふうに思うんですけれども、なるべく概念化しないようにということで小説を書き続けています。

復興構想会議の委員というものをやらせていただいたものですから、ジャーナリスティックな目線で県内のことを見なきゃいけないという点はあったんですけれども、それではどうしても収まらないものが小説になっていったという気がしています。ただやっぱり、十年という期間は長いですから、歩けなかった幼児がもう今はサッカーボールを蹴っていますし、元気に歩いていた人が今は寝たきりになっているかもしれない。十年あれば視点そのものが変化していますから、なかなかこの十年の変化を一口で語るというのは難しいわけですけれども、この春に「すばる」に載せました「火男おどり」というものなんかを自分で冷静に観察しますと、やっぱり被災者を語り手にできないわけですね。あまりにも個別で複雑な状況ですから、それを被災者として語るというのは私にも難しくなっています。だから、震災の後でこっちに移り住んだ人を語り手にしていますし、そういう形でだんだん距離は出来てくるのかなと思います。ただ、やっぱり背景にはどうしても震災というものがあり続けるのだろうなという気はしております。

深い話は会場にいらっしゃるドリアンさん、桐野さん、吉田さんで深めていただければと思います。三人の皆さん、本当に今日は申し訳ありませんでした。

【第三部】福島の教育現場でいかに震災文学・原発文学を教材として教えるか

パネリスト

髙橋正人《たかはしまさと》（仙台白百合女子大学特任教授）

菜花美香《なばなみか》（福島県立安積高等学校教諭）

齋藤恵子《さいとうけいこ》（福島県立磐城高等学校講師）

コーディネーター

齋藤《さいとう》　貢《みつぐ》（元・福島県立小高商業高等学校校長、詩人）

四つの「震災文学」と教材としての可能性

齋藤（**貢**）　引き続いて、第三部に入りたいと思います。まず一人一人に自己紹介をしてもらいます。高橋先生からお願いしてよろしいでしょうか。

髙橋　高橋正人と申します。三月まで福島大学教職大学院特任教授として勤めており、この四月より仙台白百合女子大学人間発達学科特任教授として勤務しております。十年前の東日本大震災の折には、いわき教育事務所長として皆さんと同じようにこのいわきの地において震災対応に当たっておりました。本日はよろしくお願いいたします。

齋藤（**貢**）　それでは、菜花先生お願いしてよろしいですか。

菜花　県立高校の国語科の教諭をしております。菜花美香と申します。四月より県立安積高校へ異動いたしました。いわき市の出身です。どうぞよろしくお願いいたします。

齋藤（**貢**）　それでは齋藤先生よろしくお願いします。

齋藤（**恵**）　齋藤恵子と申します。磐城高校で講師を務めさせていただいております。国語です。どうぞよろしくお願いします。

齋藤（**貢**）　司会を務めます齋藤貢です。どうぞよろしくお願いします。ここに登壇している方々はみな、高校の教員だった方々と現役の方です。本日は、高等学校の教材として震災文学・原発文学をどういうふうに扱っていくかという重い中身の議論になっていくと思います。また、申し訳ありませんが、マスクを着用してお話をさせていただくことをご了承下さい。どうぞよろしくお願いいたします。

それでは、はじめに、高橋先生から、先生が福島大学において、高等学校の教材として、震災文学教材をどのような形で扱ったらよいのかというご研究をしていましたので、先生のほうから、教材として使用した時の具体的な例も含めて話していただきます。そのあとに、教育現場で扱う時にどのような課題があるか、どういうことに気をつけなければならないかというようなことも含めて、現場で今、教員をなさっている菜花先生、齋藤先生お二人の先生から話していただく。このような順序で進めたいと思っています。時間があまりありませんので、できるだけスピーディーにやりたいと思いますのでどうぞよろしくお願いいたします。それでは、高橋先生よろしくお願いいたします。

髙橋　本日はありがとうございます。このような会場でお話しするのは初めてですが、会場の皆さんと一緒に高校生にも聞いていただきたいと思っております。今日この場にいるということが大切なことだと思います。ぜひお家に帰られましたら、お子様お孫様にもお伝えいただければ幸いです。実は、小学校四年生のすべての小学生が新美南吉の『ごんぎつね』を読みますが、その小学校の教科書も昨年度すべて改訂されました。この四月からは中学校の教科書がすべて改訂され、来年度令和四年度からは高等学校の国語教科書が新しく変わります。そして、高等学校国語科は、「現代の国語」「言語文化」「論理国語」「文学国語」「国語表現」「古典探究」に再編されることになります。

新学習指導要領「国語科」において重要になる視点として二つ指摘したいと思います。一つは、「探究的な学び」が重要になるということです。自分で問いを見出し仲間とともに交流しながら解を見つけていくことが重要になります。その時、ただ一つの正解を見付けることではなく、最適解や、納得のいく解、すなわち納得解などを見出すことも重要になります。もう一つは、国語科において、「マルチモーダル・テクスト」が用いられていくという点です。ここにあるのは「河北新報」の二〇二一年三月十一日の朝刊ですが、ここには、十年前の東日本大震災に見舞われた翌日の「河北新報」の一面を掲載しています。このように文字テクストだけでなく、写真やデータなどを含んだ「マルチモーダル」な「テクスト」が今後は高等学校国語科の教科書で扱われていくという点です。

さて、今回私が「震災文学」として紹介したいのは四つの作品です。一つは、川上弘美の『神様２０１１』です。この作品は、現在使用されている高等学校国語科の『現代文Ｂ』（教育出版）において唯一扱われている作品です。私は、個人的には今後、第二部に登壇されたドリアン助川さんや桐野夏生さんの作品もいずれ高等学校国語科教科書に掲載されると思っております。川上弘美の『神様２０１１』の冒頭は次のように始まっています。

> くまにさそわれて散歩に出る。川原に行くのである。春先に、鴫を見るために、防護服をつけて行ったことはあったが、暑い季節にこうしてふつうの服を着て肌をだし、弁当まで持っていくのは、「あのこと」以来、初めてである。散歩というよりハイキングといったほうがいいかもしれない。
>
> くまは、雄の成熟したくまで、だからとても大きい。三つ

表1　学習指導要領改訂スケジュール

	小学校	中学校	高等学校	大学入学共通テスト
平成29年度（2017）	周知	周知	改訂	実施方針公表 事前プレ（約5万人）
平成30年度（2018）	移行期 教科書検定	移行期	周知	プレテスト （約10万人）
令和元年度（2019）	移行期 採択	移行期 教科書検定	移行期	実施大綱策定公表
令和2年度（2020）	令和2年度～ 全面実施	移行期 採択	移行期 教科書検定	第一回大学入学 共通テスト実施
令和3年度（2021）		令和3年度～ 全面実施	移行期 採択	新要領対応大綱予告
令和4年度（2022）			令和4年度～ 年次進行	
令和5年度（2023）				新要領対応大綱公表

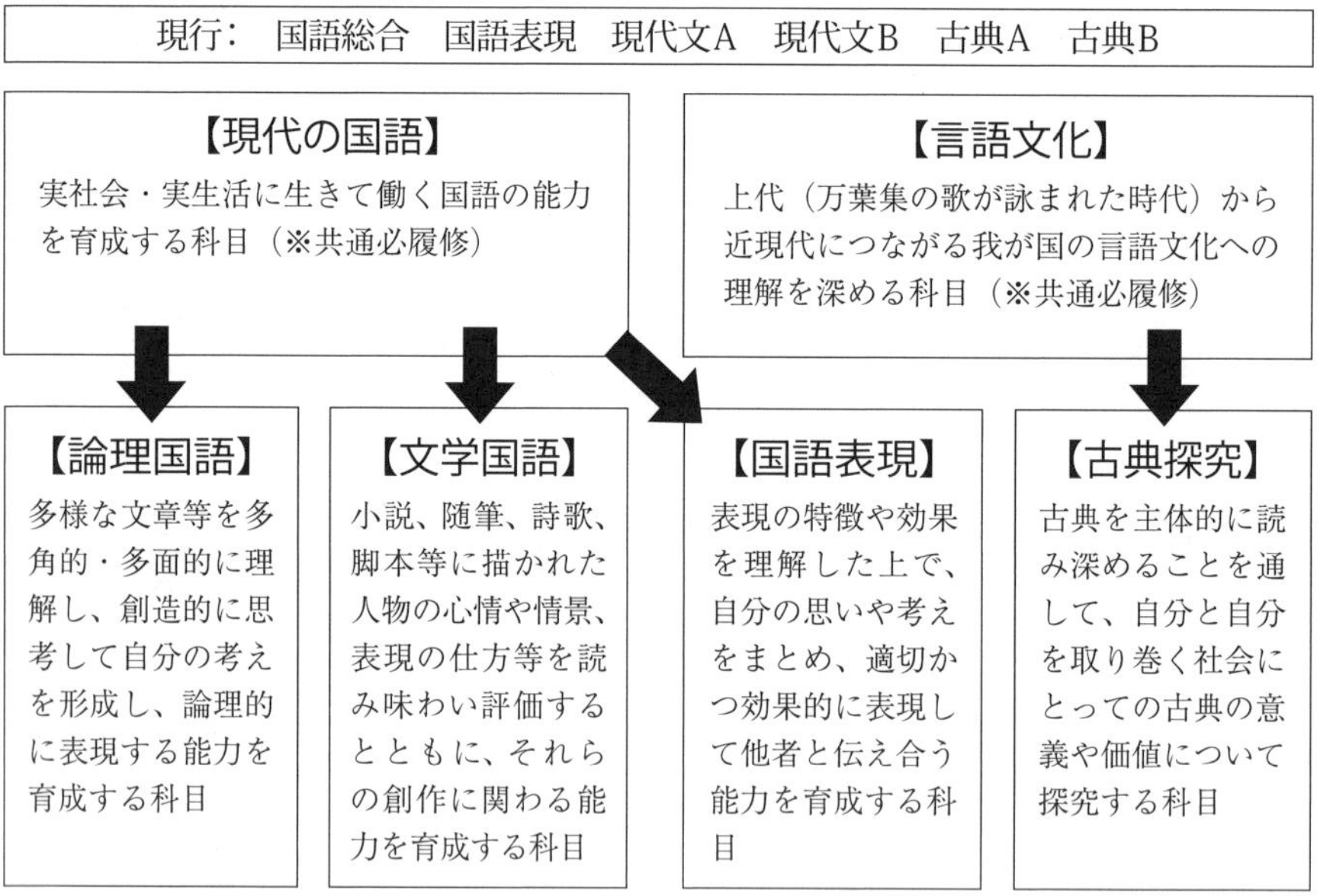

現行：　国語総合　国語表現　現代文A　現代文B　古典A　古典B
【現代の国語】
実社会・実生活に生きて働く国語の能力を育成する科目（※共通必履修）
【言語文化】
上代（万葉集の歌が詠まれた時代）から近現代につながる我が国の言語文化への理解を深める科目（※共通必履修）
【論理国語】
多様な文章等を多角的・多面的に理解し、創造的に思考して自分の考えを形成し、論理的に表現する能力を育成する科目
【文学国語】
小説、随筆、詩歌、脚本等に描かれた人物の心情や情景、表現の仕方等を読み味わい評価するとともに、それらの創作に関わる能力を育成する科目
【国語表現】
表現の特徴や効果を理解した上で、自分の思いや考えをまとめ、適切かつ効果的に表現して他者と伝え合う能力を育成する科目
【古典探究】
古典を主体的に読み深めることを通して、自分と自分を取り巻く社会にとっての古典の意義や価値について探究する科目

図8　高等学校国語科改訂の方向性

隣りの305号室に、つい最近越してきた。ちかごろの引越しには珍しく、このマンションに残っている三世帯の住人全員に引越し蕎麦をふるまい、葉書を十枚ずつ渡してまわっていた。ずいぶんな気の遣いようだと思ったが、くまであるから、やはりいろいろとまわりに対する配慮が必要なのだろう。（後略）

この作品の「あとがき」において、川上弘美は次のように記しています。

２０１１年の3月末に、わたしはあらためて、『神様２０１１』を書きました。原子力利用にともなう危険を警告する、という大上段にかまえた姿勢で書いたのでは、まったくありません。それよりもむしろ、日常は続いてゆく、けれどその日常は何かのことで大きく変化してしまう可能性をもつものだ、という大きな驚きの気持ちをこめて書きました。静かな怒りが、あの原発事故以来、去りません。むろんこの怒りは、最終的には自分自身に向かってくる怒りです。今の日本をつくってきたのは、ほかならぬ自分でもあるのですから。この怒りをいだいたまま、それでもわたしたちはそれぞれの日常を、たんたんと生きてゆくし、意地でも、「もうやになった」と、この生を放りだすことをしたくないのです。だって、生きることは、それ自体が、大いなるよろこびであるはずなのですから。

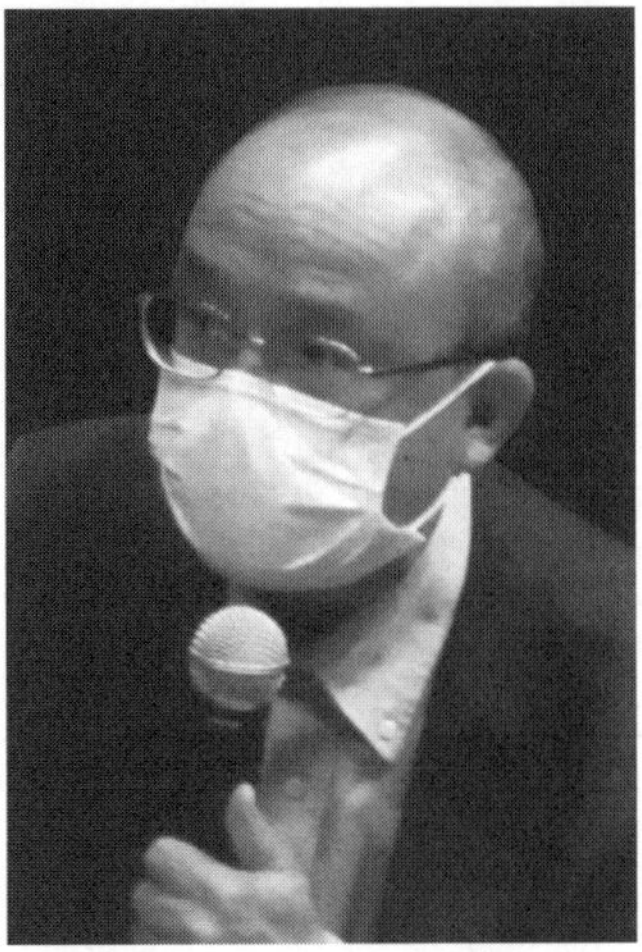

髙橋正人●福島大学特任教授を経て、現在・仙台白百合女子大学特任教授。著書に『文学はいかに思考力と表現力を深化させるか』。

なお、作品の元となった『神様』において登場していた「邪気」のない「子供」は『神様２０１１』においては姿を消しており、川原の風景は次のように示されています。

遠くに聞こえはじめた水の音がやがて高くなり、わたしたちは川原に到着した。誰もいないかと思っていたが、二人の男が水辺にたたずんでいる。「あのこと」の前は、川辺ではいつもたくさんの人が泳いだり釣りをしたりしていたし、家族づれも多かった。今は、この地域には、子供は一人もいない。

このように東日本大震災以前の日常と震災以後の日常との差異に着目することができます。

次に紹介したいのは、照井翠の句集『龍宮』です。震災後十年の今年の三月十一日付けの新聞各紙にも取り上げられており、「河北新報」でも紹介されており、お読みになった方も多いかと思います。また、毎日新聞のコラム「余録」には次のように記載されていました。

三・一一神はゐないかとても小さい

岩手県釜石市で被災した照井翠さんの句は、震災三日後に避難所から初めてがれきの街を歩いた時の実感という。津波は人の心のよりどころを根こそぎ奪い去った▲子を守るため、介護する老親のために逃げ遅れた人々の話が胸を詰まらせた当時だ。人々を避難させようと職務に殉じた人々も涙を誘った。家族への愛情も職務への献身も、人の世の宝をこともなげに流し去った津波の惨禍であった▲人の情理をあざ笑うような災害の魔に、「神はいるのか」と不遜な問いが胸をよぎったりもした。だが列島各地で被災地で避難所で、人々のいたわり合いや助け合い、責務への献身が人の心に宿る「神」を感じさせた惨禍の日々だった。（後略）

（毎日新聞二〇一一年三月十一日付「余録」）

また、山形新聞のコラム「談話室」には次の文章が載っています。

▼▽死は免れたが、地獄を見た。高校教諭の照井翠さんは10年前、赴任先の岩手県釜石市で大震災に遭遇した。津波の後、泥の中から遺体が次々運ばれる。対照的に避難所で仰ぐ夜空は怖いほど澄み、星がきらめいていた。▼▽極限の状況で正気を保つ支えは句作だった。「泥の底繭のごとくに嬰と母」「春の星こんなに人が死んだのか」。現場に居続けてこその慟哭である。季節の巡りとともに新たな感情も湧く。「何もかも見てきて澄める秋刀魚かな」「なぜみちのくなぜ三・一一なぜに君」と。▼▽これらを収めた句集「龍宮」（2013年）を経て、今年『泥天使』を上梓した。歳月を重ねても生々しい過去は消えない。「まだ立ち直れないのか　三月来」。加えて新型コロナである。「たましひも距離を取りたる花見かな」。亡き人々も気遣ってくれている、と思う。（中略）今は亡き人たちへの哀惜と共感に満ちた照井さんの震災詠は「東北の受難曲」と言えるだろう。

（山形新聞二〇二一年三月十一日付「談話室」）

私自身、次の句には衝撃を受けています。

喪へばうしなふほどに降る雪よ
黒々と津波は翼広げけり
泥の底繭のごとくに嬰と母
御仏の合掌の泥拭ひけり
なぜ生きるこれだけ神に叱られて
一切を放下の海や桜散る
なぜみちのくなぜ三・一一なぜに君

（照井翠『龍宮　文庫新装版』コールサック社）

「なぜみちのくなぜ三・一一なぜに君」という句を繰り返し読み、当時の多くの人々の思いが凝縮されていると衝撃をもって受け止めました。皆さんはいかがでしょうか。
三つ目に紹介したいのは、齋藤貢さんの詩集『汝は塵なれば』です。

ひかり野

小高は、機織りの音が軽やかに響く町通りに、八百屋、魚屋、畳屋、時計店などが軒を連ねて、駅から真っ直ぐな一本道が、ひかりの道のようにそこから未来へと連なっている。東には、海まで続く、平たく低い土地。海辺の、村上の浜では、沖からの強い海風が防風林を叩きつけている。長く続く砂浜の、白い砂塵が、時に嵐のように舞い上がるが、松林のなかは、ひっそりとした静けさに包まれている。浮舟の小高城趾が、遠くに、こんもりとした佇まいを見せている。その向こう、小高のはるか西方には、なだらかな阿武隈の山脈が横たわっていて。夕日が沈む頃には、そのたおやかな山巓があかあかと朱色に染まり、夕日の名残が、峰々から夕焼けとなって転げ落ちてくる。
その時刻に、町を歩く。
小高は、ひかりの、野原になる。

ここには、失われたかけがえのない日常と喪失した時と場所の記憶が、かつてそこにあったごく普通の人々の営みをいとおしむ眼差しによって語られています。

最後に紹介したいのは、佐藤雅通『シュレーディンガーの猫』という戯曲です。

シュレーディンガーの猫

絵里　……「シュレーディンガーの猫」って聞いたこと、ある？
弥生　シュレーディンガーの……猫？
絵里　生きている状態と死んでいる状態が、五〇％の確率で同時に存在している猫。
弥生　なに……それ。
絵里　想像上の物理の実験の話なんだ。箱の中で、放射性物質に運命を握られている猫。
弥生　よくわからないけど、その猫、私たちみたい。
絵里　世界には生きている人と死んでいる人のどっちかしかいないと思ってたけど。
弥生　私たち、どっちなんだろう。
絵里　仲間外れだよね。
弥生　仲間外れ？
絵里　うん。それが悔しいんだ、うち。でもね、シュレーディンガーの猫と違って、うちらはどっちかを選べるんだよ、弥生ちゃん。
（中略）
弥生　選べる……？
絵里　どんなことがあっても、負けない。

絵里と弥生と陽佳と克哉が手を挙げる。

絵里　それでも、他人には、やさしくしたい。

絵里と弥生と陽佳と克哉と聡美と壮太が手を挙げる。

絵里　絶対に、忘れない。

全員、手を挙げる。

絵里　「うちも、弥生ちゃんも、……ちゃんと生きていけると思う人。」

絵里と弥生以外、手を挙げる。間。

しばらくして絵里が、最後に、全員に見守られて弥生が手を挙げる。

一同、微笑む。照明変わり、同時に音楽。

音楽、高まり、幕。

（日本演劇教育連盟編『脚本集３・11』二〇一四年、晩成書房）

佐藤雅通氏は、「『うそをつかない芝居』を創る」で次のように述べています。

２０１１年５月、演劇部に三名の二年生が入ってきました。東日本大震災で被災し、本校に転入してきた生徒たちです。（中略）やがて、三名のうちの二名は本校を去り、一人残ったのが坂本幸さんでした。取材の申し入れにひたすら逃げていた彼女だけが残ったのです。私は彼女の様子を見て、被災者が受けた心の傷の深さを理解できているフリだけは決してするまい、ただひたすら彼女の気持ちを優先しよう、と考えました。

（日本演劇教育連盟編『脚本集３・11』二〇一四年、晩成書房）

このような作品が今後高等学校国語科の教科書教材として可能性を秘めていると考えております。なお、写真は、南相馬・かしまの一本松を訪れた折の写真です［図９］。また、写真に付した文言は、「３・11に寄せて」における文章の一部です。

ふくしま創生の物語が、今、始まる。
学ぶことこそが、未来を創造する。
学ぶことによって私たちは
未来とつながることができる。

以上で私の発言を終えたいと思います。

齋藤（眞）　ありがとうございました。お手元の資料の中に第三部の資料としてＡ４の表裏でペーパーを挟んでおきました。

図９　かしまの一本松（南相馬市）

これもご参考になさっていただければと思います。今、高橋先生からお話がありました、高校の指導要領の改訂の方向性については、どうもこの「文学国語」というのがかなり軽視されて、大学入試で使われないから高校の授業でも扱われなくなるのではないかと、そのようなことが危惧されています。

「震災文学」は教材として扱えるか

齋藤（貢）　それでは、続きまして、齋藤恵子先生のほうから、お話をしていただきたいと思います。よろしくお願いします。

齋藤（恵）　まず、自分の立ち位置についての話をさせていただきたいと思います。高橋先生から声をかけていただいた時に、震災文学、原発文学に関する教材を、自分が福島県のいわき市で、教材として生徒たちと読むことはできるのか、この地域では難しいんじゃないかと思い、それをお話ししようと思いました。虚構を拒絶する現実の重さ、現実の重さに私自身が大きな衝撃を受けたこと、それと、現実の重さを子どもたちも幼い頃から直接に間接に引き受け言葉にならないストレスの中で生きていると感じることが多々あったからです。

ところが、お話をするに当たって、まずは生徒たちが今どういう状況にあるのかということを知らないと、自分の独りよがりになってしまうと考えました。生徒たちはこのいわき市にあって、多様な状況にそれぞれの身を置き、内面のありようも異なります。そこで彼らにお願いをしてアンケートを実施したんです。アンケートは今年の一月から二月にかけて、高校二年生、三年生、合わせて一四二人にお願いしました。震災当時は小学校の一年、二年生、大変幼い時代を過ごしている子どもたちです。

当時の記憶に関してはどのぐらいあるのか、という質問に対して、小学校一、二年生ではありますけれども、はっきりとあるという生徒が、約七割、百人。それからうっすらとではあるけれども記憶があるというのが、残りの三割、四十二人でした。いずれにしても、何らかの記憶を持っているということがはっきりしました。この生徒たちに対して、震災・原発事故関連の本を、それはどういうジャンルものでも構わないのですが、読みたいですか、と質問したのですが、読みたいという生徒が五十五パーセント、七十八人、それから、読みたくないという生徒が四十四パーセント、六十二人。いろいろ考えたのかもしれませんが無回答が二人。それでは、読みたくないという四十四パーセントの生徒の理由は何なのか。これは自由に書いてもらったのですが、彼らの理由というのが、「思い出したくない」が六十八パーセント、七割近くになりました。それから、「十分に体験した」が十四パーセント。津波も、津波の後の泥にまみれた瓦礫や残骸、その泥の中に埋もれて亡くなった人も見ましたという生徒もいます。その他に「十分に見たり聞いたりした」という生徒が九パーセント［図10］。これら、トータルで九割の生徒が、もう十分だ、思い出したくない、そのように回答しました。やはりそういう状況なのだなと、私も胸が締め付けられる感じがしました。

ところが「本を読みたい」と答えた生徒が、それよりまた多くいたわけです。どういう本を読みたいのかジャンルを聞きましたら、七十八人の生徒たちの回答数九十件なんですが、二つに大きく分けますと、まず、「体験談」とか「事実の記録」それから「写真集やデータ類」、そういうものが見たいというのが、九割。そして、文学ですね、小説・詩・短歌・俳句が約一割。そんな結果でした［図11］。読みたいという積極的な意見

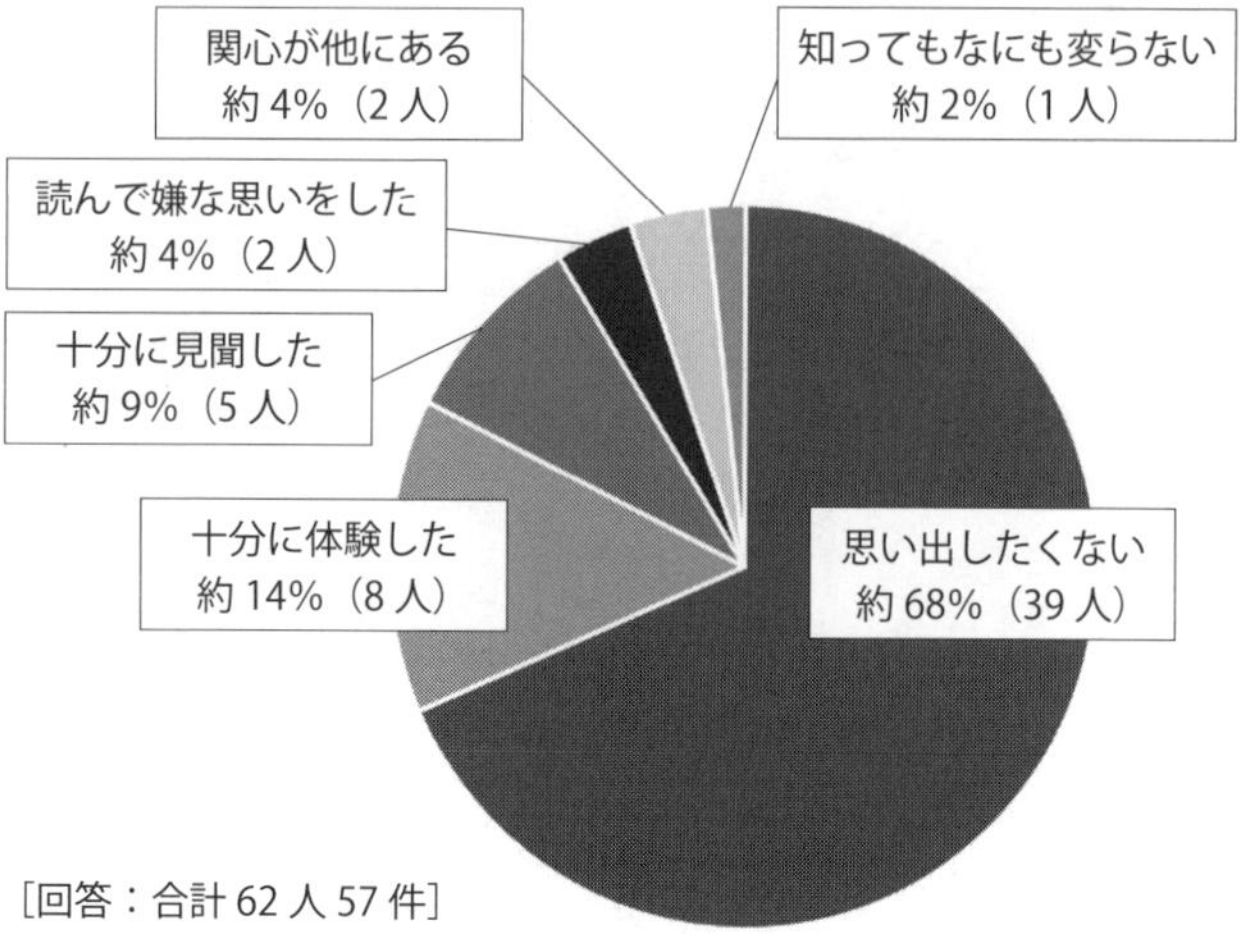

図10　震災関連本を読みたくない理由

を書いてくれた生徒たちは、「自分も大変な経験をしたけれども、さらに大変だった人の体験を知って理解を深めていき、コミュニケーションをしたい」、また、「気持ちをあおるものでなく、冷静に客観的にわかるものを希望している」、それからな

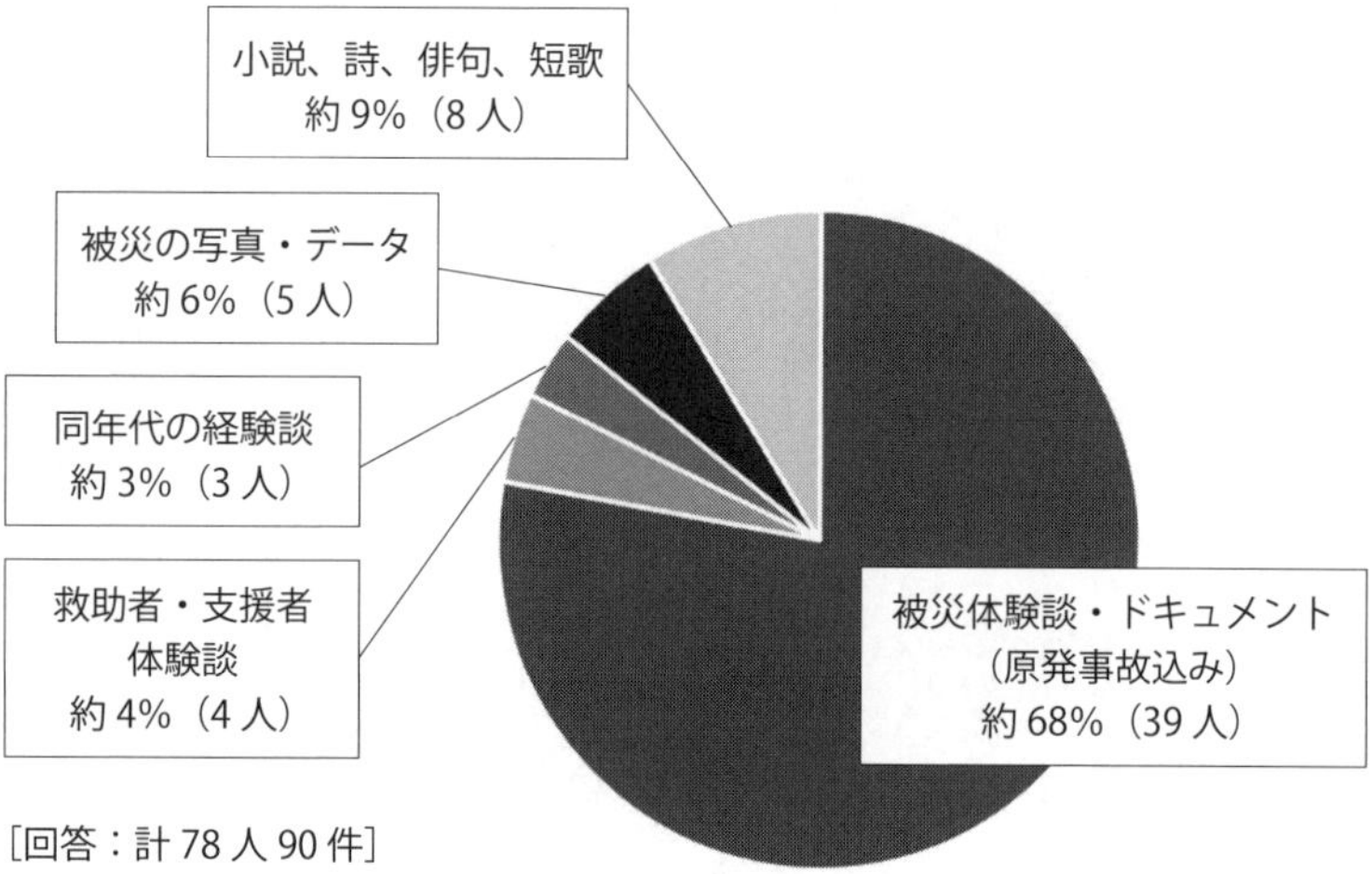

図11　読みたい震災関連本

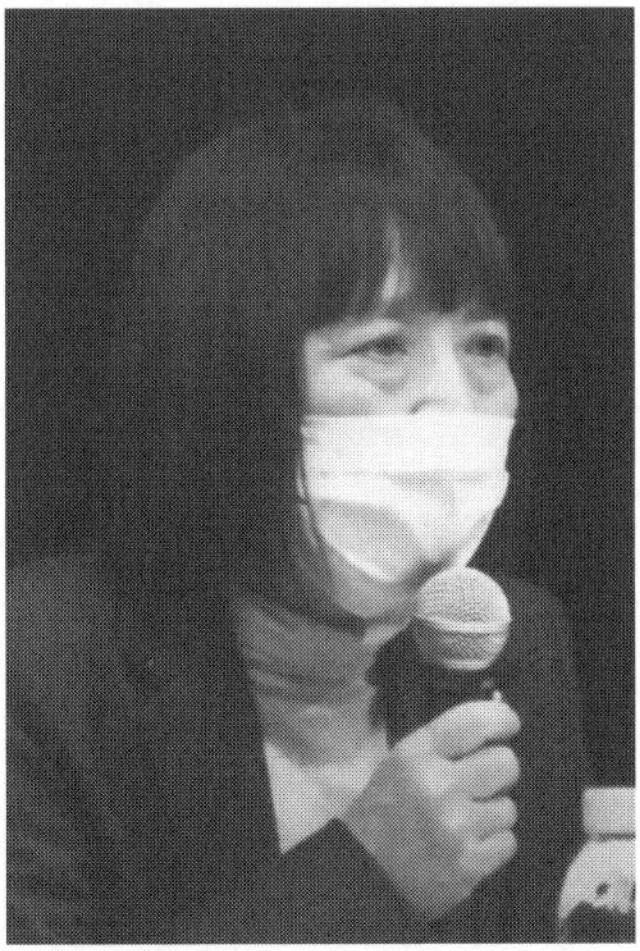

齋藤恵子●東北大学文学部卒。福島県教員を経て、現在・県立磐城高校講師。いわき市在住。

るほどと思ったのは、「さまざまな地域のいろいろな人の状況を知ることで、逆に、幼かった自分の体験を整理して震災というのを理解し直すことができるんじゃないか」、そのようにコメントしていました。

以上のようなアンケートではありましたけれど、今彼らがどういう状況にあるのかといったら、百何十人がみんなそれぞれいろんな意見を書いてくれていて、それをまとめるのは、ちょっと申し訳ない感じがするのですが、大きくまとめるとみんなが思っているのは、「太刀打ちできない自然の恐ろしさを痛感していて、今もトラウマで、今年の2月13日の福島県沖地震、あの時もどきどきして、トラウマがあるというのがわかった」。それから、これも切ない意見なんですが、「震災がなかったら今の自分はどんな暮らしをしていただろう、そういうことをよく考えている」。やはり失ったものへの思いはかなりなものなのだなと思います。それから、「震災ではつらい体験をしたけれども、また差別や偏見、福島県から来たと言っただけでさあっと人が引いていく。それから、放射線なんか運んでくるなと言われた。そういうつらい経験もしたけれども、それ以上に感謝してもしきれないほど手を差し延べてもらった。だから、自分も、もし同じような災害が起こったら、災害に遭われた人たちに手を差し延べたい」、こういった意見を言っている生徒もいます。

また、「つらい思いを震災でした、そういう体験をした人の思いが伝わって、それで自分も他の多くの人も防災意識を持って対策ができるようになるといい」とか。その他にこういう意見もあります。「原発事故、また、放射能汚染に関して根拠のない差別は許せない。それから、原発再稼働やコロナの差別。人は震災から学んでいないなあとよく思う」。そしてもう一つ、「被災地以外の地区ではどんどん風化しているし、今の小学生はすでに体験者でなくなりつつある。ぜひ伝えていかなければならない」。この「伝えなければならない」という生徒は、百四十二人のうち九十七パーセントにのぼりました。

アンケートをとおして、やはり生徒の悲しみや苦しみの存在を忘れてはならないと思いました。反面、生徒のポジティヴな気持ちにも触れられたように思いました。それらを確かめてから、川上弘美さんの『神様２０１１』の感想を求めてみました。震災や原発事故関連のワードが入った作品ですが、これを生徒たちに読んでもらうのが私としては申し訳なくて、ちょっと崖から飛びおりるような気持ちで、ごめんね、嫌なら何も書かなくてもいいけれど、もし感想を書けるんなら書いて下さいとお願いしました。生徒たちは、フィクションとして『神様

２０１１』を把握し、本当に伸びやかな精神で、誠実に感想を書いてくれました。鋭い見方で『神様２０１１』のすばらしさ、魅力、そういうものを逆に私に教えてくれる感想がたくさんありました。十年前にはもう小説など読めないと私自身は思ったんです。本当に絶望的な気持ちになっていたのですが、生徒のアンケートや感想文を見て、今後「震災文学・原発文学」に触れることは可能ですし、触れなければならないんじゃないか、そのように思いました。以上、現状報告です。

齋藤（貢）　貴重なアンケートをありがとうございました。今の高校生もかなり心の中で揺れがあるのが、よくわかるなあと思いました。

文学教材で「対話」の機会を作る

齋藤（貢）　それでは次に菜花先生よろしくお願いします。

菜花　はい、では私のほうからは今お二方のお話を受けたところで、実際に教室のなかで作品を取り扱うにあたり考えていきたいことということで話題提供さし上げたいというふうに思っております。話題提供さし上げる点、三点あります。

まず一点目ですが、子どもたちはどこに立っているのかというような問題です。これまでの、第一部から今現在のお二方までのお話のなかでも、たとえばあの被害の中心に自分はいるのか、被害の当事者なのかこれを読ませるということはよくないことなのか、「ごめんね」って思ってしまうことなのかというようなお話があったかと思いますが、そういうことと関わって被害の「中心」にいるのか、「境界」にいるのか、「周縁」にいるのか、子どもたちはいったいどこに自分がいると思っていながら今を生きているのか、その多様なグラデーションでありますとか、それぞれの人生の中の、それぞれの人生の中心というのは自分であるのだとするならば、その中心である自分が三・一一の出来事についてどのように考えているのかというところまで考えながら授業を組み立てていく、あるいは指導していく必要があるのではないかということ。そして次に当事者という表現に気をつけたいなという思いが今私のなかにはあるということです。当事者というふうに言った時にですね、とても何か、日本語でいうと、ダイレクトな感じがします。二〇一一年三・一一の時、私は当事者であったのか、ではそこから十年経った私は今どこにいて、果たして当事者と言えるのかどうか、そういったところにひょっとしたら、その当事者ということばのもつ暴力性、暴力性ということもそれは（その表現は）よいの

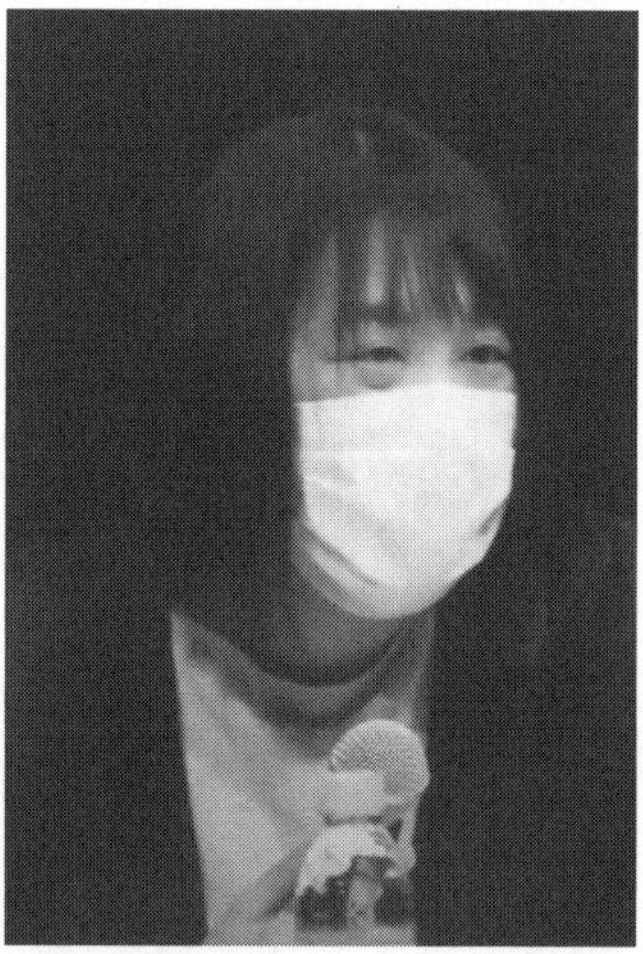

菜花美香●福島大学教職大学院修了。県立白河高校教師。全国読書感想文コンクール文部大臣賞（高校３年生時）。

かどうかということもまた考えていく必要があるかと思いますが、たとえば分断を生む……当事者という言葉が分断を生む可能性はないのか、あるいは当事者というふうに言うことによって問題を自分事として引き受けていけるような可能性があるのか、あるいは罪悪感が生まれてきてしまうのか、そういったところのことばの使い方、これを子どもたち自身がどう考えるのかということも一緒に考えていきたいなという思いがあります。

それから三点目ですが、第二部のところでも話があったと思います、教材の行間、書かれていないことあるいは語られていないことの存在を見つめながら問い直していくこともまた必要ではないかということです。さまざまな報道、それから私たちの様々な経験のなかで、果たして表現として目の前に立ち現れていること、そのことが果たして真実なのかどうか、声なき声、語ることもなかなかできないようなこと、ひょっとしたら社会が強いてしまったような沈黙が子どもたちの目の前にもあるのではないかということ、そしてそのなか（社会が強いてしまった沈黙のなか）に実は私たち大人というのも存在するのではないかということも考えていきたいなと思います。

「思春期の被災者の問題」というふうに、まあ先日の新聞でちょっと見かけた言葉があって、考えてしまったところなんですが、やはり大人の会話のなかで、原発事故やそれから被災の問題が語られている時、そういう時に子どもたちの声を私たちは聞いていたのかということはやはり振り返りたいなあと思います。それはあの時、子どもたちだった人へ語り掛け、問い直していくことでもあるかもしれないですし、今この場で子どもである子どもたちかもしれないですし、これから生まれてくる子どもたちの問題でもあるかもしれない。思春期の子どもたちがとにかくどのようにこの問題をとらえるのかということを考えていきたいと思っています。

二〇一一年の三月十一日から二〇二一年の三月十一日まで、十年間の時が流れているわけですが、果たして「境界」なのか「周縁」なのか「中心」なのか、果たしてそれは「中心」といえるのかどうかまで考えていきたいということです［図12］。

では実際に教室で文学テクスト、文学教材を通して考え続けていくこと、ここについてもその大切さ必要性について、もう一度考えていきたい。私たちはですね、三・一一被害のなかにあってさまざまなグラデーションのなかにいる子どもたちというのをみております。双葉にいるのかいわきにいるのか、二〇一一年の三・一一を知っているのか、

「3・11」被災（直接／間接）の子どもたち

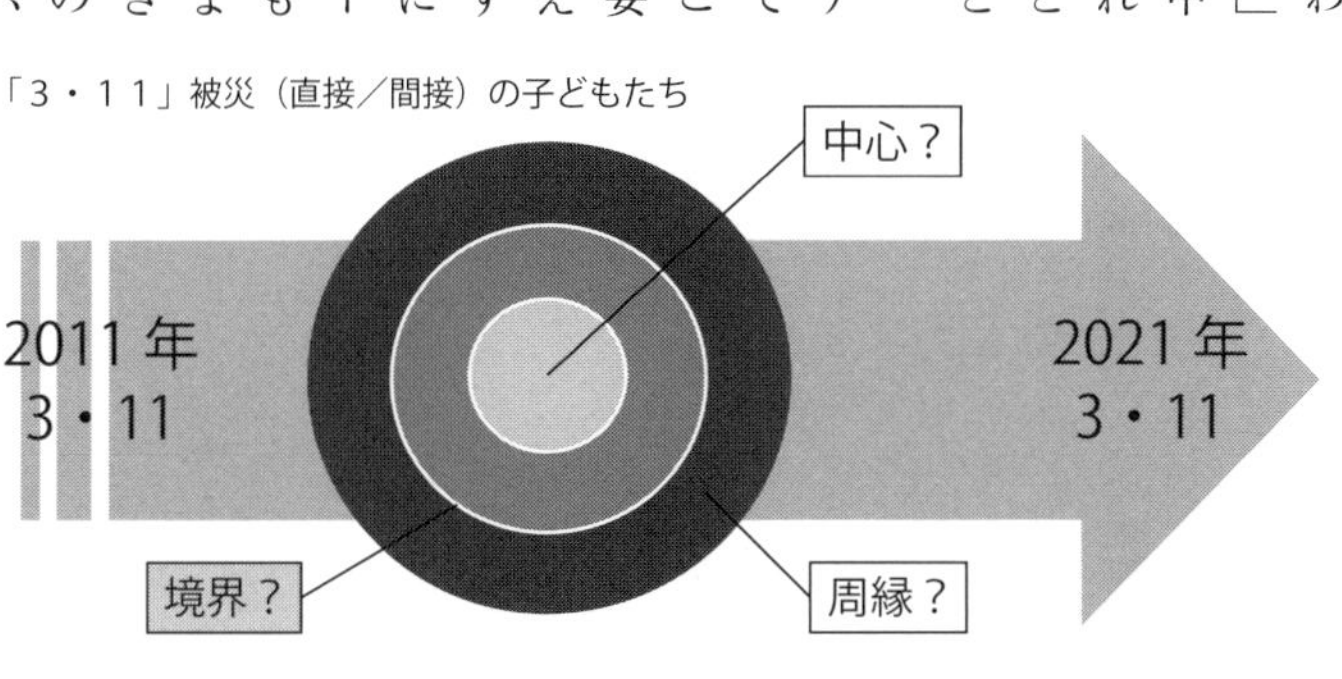

図12　子どもたちはどこに立っているか

あるいは知らないのか、どの程度知っていれば知っているといえるのか、とにかくさまざまグラデーションのなかにいる子どもたちに対して文学教材、『神様２０１１』もそうでしょうし、さまざまな文学教材によってですね、「対話」の機会を作れたらなというふうに思います。「対話」の機会をフィクション、小説、評論でもいいですが、そうった文学教材を使いながら現実と繋がりあっていくことで子どもたちが素直に自分の感性とか思いをかたちにできるような、そんな教室空間っていうのをつくっていけたらいいなというふうに思っています。

「対話」というふうにお話しました。「対話」、さまざまなレイヤーがあるかと思います。自分自身との「対話」なのか、他者との「対話」なのか、文学教材との「対話」なのか、社会や時代との「対話」なのか。それによってですね、考えたことによって生み出されていくゆるやかな繋がり、そういった繋がり続けていく営みによってですね、時代や空間を超えながら震災というものを考えていくこともできるのではないか、それはこれまで私たちが学校のなかで考えていたような、なにか「たったひとつの答え」がすぐには出るというようなイメージのものではなくて、なかなか出ないもの、ひょっとしたら存在しないのかもしれないということ、でもそれでも考え続けていきたい、考え続けていこうとするような気持ちの必要性を、実際に子どもたちと一緒に考えていく、そういったことによって語り繋げていけたらいいなというふうに思って授業をしているところです。

齋藤（貢）　どうもありがとうございました。今、お二人の現場の先生からの声で、どういう形で震災文学・原発文学、そういったいったものを教材のテキストとしてとり入れていくことができるか、ということには、非常に難しい問題がたくさんあるということがわかりますね。

虚構・フィクションの力

齋藤（貢）　今、子どもたちがいろいろな立ち位置にいて、子どもたちにそれぞれの課題というのがあって、それをどういうふうに子どもたちの中で深めさせていくかということをテキストを通して考えさせていくということは、ものすごく大事なことだと思うんですが、そこに至るまでのいろいろな子どもたちの受け止め方の難しさというものがある、というのがとてもよくわかりました。これから残り時間があと残りわずかなのですが、具体的にいくつかテキストとして挙げられたものがありますので、小説では、例えば、川上弘美さんの小説『神様２０１１』、もうすでにこれは教科書に取りあげられているのですけれども、そういうものとか、照井翠さんの『龍宮』という俳句集などを机上にのせながら、具体的にそれを教材として扱う時にどういうふうなことに注意していかなければならないのか、どのようなところに問題の核心があるのかとか、そういうところを深めていきたいと思います。それではまず、最初と同じように高橋先生から。川上弘美の『神様２０１１』は、最初に『神様』という小説があって、震災後に『神様２０１１』が書かれたんですね。その辺のところも含めてお話しいただけるとありがたいと思います。

髙橋　テクストという観点から付記したいと思います。この図は、名古屋大学教授で「生成論」を中心に活躍されている松澤和宏教授の論考からの引用です［図13］。

　テクストはそれをめぐるいくつかのテクスト群によって形成されていると考えられます。『神様２０１１』（二〇一一年）にはプレテクストとしての『神様』（一九九三年）があり、メタテクストとしての「あとがき」があり、パラテクストとして『草上の昼食』があります。こうしたテクスト構造の中で作品を見ることも重要だと思います。また、『神様２０１１』において着目したのは、「あのこと」という表現です。直接的な表現を避ける「朧化表現」ともいえる表現は、特定の文脈において機能する「ダイクシス表現」として重要な役割を果たしていると考えられます。「あのこと」について、木村朗子（二〇一三年）は次のように指摘しています。

> 『あのこと』が限定されていないことによって、フクシマ後の予言とは別の次元の小説の普遍性をも確保する。『あのこと』は、世界のどこかで過去にそして未来に起こる原発の事故を指しているともいえて、二〇一一年の限定を超えて世界への予言としても読まれ得る。

　このように、《文脈》によって意味が新たに付与されることを今後も歴史的な視座に立って反復される可能性について言及していると考えられます。（髙橋正人「『文学国語』における深い学びを実現するための読みの可能性に関する研究―川上弘美

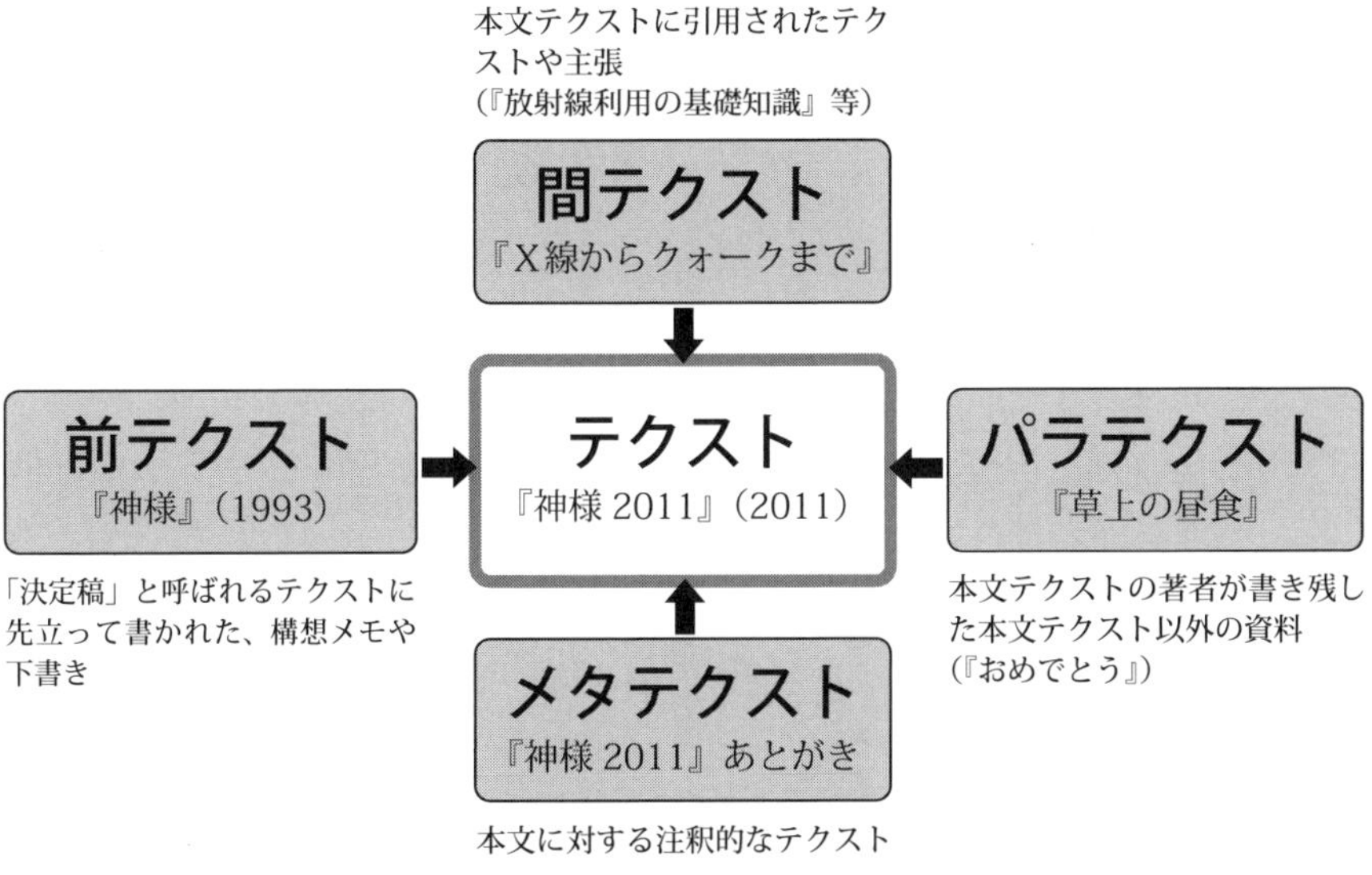

図 13　テクスト構造の中で作品を見る（松澤和宏の論考をもとに作成）

『神様２０１１』における「あのこと」の持つ意味をめぐって―」（『福島大学人間発達文化学類論集』第28号２０１８：53））私からは以上です。

齋藤（貢）　それでは、それぞれ現場の先生が小説についてこんなふうに考えているという話をお聞きしたいと思うんですが、それでは、齋藤先生お願いします。

齋藤（恵）　『神様２０１１』の読みには、三つのポイントがあるのかなと私は整理をしました。国語の教師をしていますと、作品を読む時にその作品の構造というのはどうなっているのか、とか、そういうことを考えたりします。『神様２０１１』の構造の軸として、一つ目は「くま」と「わたし」の関係。二つ目は、「くま」と「わたし」に対峙する「防護服」の人、先ほど高橋先生が読んで下さった『神様２０１１』の冒頭にも出ていますが、その「防護服」を着た人との関係。それから三つ目は原発事故、人々の日常・暮らしに不自由性をもたらした原発事故。その三つを柱として読んでいくことが可能なのかなと考えました。もちろん、いろんな読み方があるので、解釈もそれぞれだと思うんですね。つまり教室の中でどう読まれていくのかというのは。

　まず、一つ目の「くま」と「わたし」の関係です。この関係はストーリーの流れの中で変容していくと捉えられます。高橋先生に提示していただいた『神様２０１１』の冒頭の下から二行目を見ると、「くまであるから、やはりいろいろと周りに対する配慮が必要なのだろう」とあります。これは「わたし」の心中思惟です。この「くまであるから」とほぼ同じ「くまだから」という言葉が、ストーリー中盤で「防護服」の男たちによって四回たて続けに語られます。実は、「くまだから」という言葉には、くまだから、こうこうこうなんだろう、という決めつけが入っているんですね。「わたし」も、話の冒頭では悪意はありませんがさり気なく決めつけている。ここには関係におけるある種の溝が存在する。ところが、楽しくハイキングをして河原に行って、おいしいご飯を食べて、帰ってきて、最後に「くま」が「わたし」に、今日は楽しかったし、抱擁してくださいって言うんですね。「くま」が私の故郷ではそういうふうにするのが習慣なんですと、そういう言い方をするんですが、それで「わたし」も、はいと言って抱擁を受ける。そのあとで、「くま」がとってもよい言葉を言ってくれるんです。その言葉というのが、「熊の神様のお恵みがあなたの上にも降り注ぎますように」。これ以上、他者を思う言葉というのはないですよね。ハイキングをして帰ってきた時にそういうふうな言葉を「くま」が言って「わたし」もその言葉を受け止める。そういう関係になっているわけです。これが一つ目の「くま」と「わたし」の関係とその変容。ある意味とても素敵な関係を垣間見せてくれる。

　次に二つ目のポイント。これは「くま」と「わたし」に加えて、「防護服」の人というのが出てきます。「わたし」たちは、ハイキングをして河原に行ってご飯を食べたりするんですが、ちょうど河原に着いた時に「防護服」の男たちが目の前にやってくる。そして彼らは「くま」を正面から見もしないで、「くまだから、ストロンチウムにも、プルトニウムにも強いんだってな」「なにしろ、くまだから」「ああ、くまだから」「うん、くまだから」と、こういう決めつけの言い方をするんですね。で、その男たちは「防護服」を着ているわけですけど、それでは、作品冒頭に「わたし」はどういう格好をしているのかといったら、作品冒頭にあるように、「わたし」は「ふつうの服を着て肌を出し」ているんです。防護服を着ている人と肌を出して歩いている人が並んでいる。これを現実的に考えると、えっ何だろう、どこでそんなことがあったかなと思っちゃうところですが、ここはフィクションとして読んでいかないと、構造が浮かび上がってこない。実は「防護服」を着た人間というのは、ひどい決めつけの言葉を言うわけです。それに対し、「肌を出し」ている「わたし」というのは、他者に対する自由な感性を持っていて余計な色眼鏡とか決めつけでものを見ない、そういう立ち位置にいるというのがわかる。それと合わせてもう一つ、面白いエピソードがあります。ハイキングに出発して歩いている時、「わたし」は「くま」に何て呼んだらいいんでしょうと聞くんですね。そうすると「くま」は「今のところ（自分には）名はありませんし、僕しかくまがいない」と言う。で、それなら〈くまさんと呼んで〉と言ったんじゃないんです。「今後も名をなのる必要がない」と言う。何と呼んだらいいのと聞いた時に、「（名を）なのる必要がない」というのは普通じゃないですよね。この異常性というのは、これは川上弘美さんのこだわりなんだろうなと思ったんですが、呼び名というもの、名付け、名前、言葉、そういうものに付随してくる既成概念、あるいはレッテル化といったほうがいいでしょうかね、そういうものを「くま」に拒否させている。そういう発想を「くま」にさり気なく語らせているんだと思うんですね。言葉でレッテル化されることを拒否して「くま」は、「貴方」と呼んでくださいと、こう言うんです。実際に呼んだかどうか、それは書いてないんですけども。そうすると、「防護服」の二人というのは、自分と異なる他者の存在を認めないで、言葉でレッテル化して差別する、そういう有り様の暗示。それから「わたし」というのは自由な感性を持って他者を受け止める、そういう存在の暗示。そんな対比的構造というのがあると思います。生徒たちの感想文の中では、その差別というところには感性を尖らせて読んでいたように思います。

それと最後に三つ目のポイント。『神様２０１１』には、「あのこと」つまりこれは原発事故以外の何ものでもないのですが、「あのこと」による不自由がたくさん書いてある。たとえば、川で「くま」が思わず手づかみして大きな魚を捕るんですね。それを河原で干物にして「わたし」にくれるんです。散歩から帰った時、もしその魚を食べないんだったら、今日のうちに捨てた方がいいですよと「くま」が言う。それはもちろん汚染されているからです。それに対して生徒のほうからは「そんな残酷な台詞はあるだろうか、捕った魚を捨てるなんて」。そういう感想もありました。そういう干物の話は、食の不自由を表している。それから、帰宅後、ガイガーカウンターで、「くま」も「わたし」も全身を計測するわけです。ごく普通のことのように。それから、被爆線量の計算をして被曝量貯金はまだまだ大丈夫だし、だからまだ自由に暮らせるのかなという、そういう計算をしながら暮らしている。つまり、それが日常になっている舞台なんですね。だけど、それが日常になっているからといっても、被曝線量を考えながら暮らさざるを得ないというのは、ものすごい不自由でしょう。生活のさまざまな場面で、登場人物たちは「あのこと」由来の不自由に縛られている。

以上の三つのポイントから考えると、『神様2011』には、おそらく、人を差別することへの視点、そういうものに対する怒り、それから、放射能汚染という人の暮らしの自由を奪って、そして切ない思いをして——いや切ない思いをしていないかもしれません、あたりまえになっていますからね、被曝線量を考えて暮らすというのが——でもそういう不自由さを生み出すものに対する怒り、そういうものが表現されていると読むことができる。実は、『神様2011』は本当にほっこりした「くま」とお散歩する楽しいお話なんです。それなのに、そういう怒りというものを感じとることができる不思議な作品なんだな、と思いました。すみません、長くなりました。

齋藤（貢）もう残り時間がなくなってしまいましたけれども、最後に菜花先生、ひとつお願いします。

菜花　未読の方もいらっしゃると思うのですが、何か今出てきたお話のなかでとても心を動かされるようなキーワードがあったのではないかなと思います。現実のことをそのまま書いていくのではなくて、虚構の力、フィクションの力によって語れないことも語りやすくする、時には「現実のことば」をそのまま入れる、「ストロンチウム」だとか「プルトニウム」であるとか、「ガイガーカウンター」であるとか「防護服」、そんな仕掛けをつくって、さあ私たちは今この世界に起きている問題をどのように考えるのかということを考えさせる力、そういった力が文学のなかに潜んでいてそういった力を受け取って、考える力が子ども達には実はちゃんとあるんじゃないか、何かそういうところで齋藤先生の実践や髙橋先生の実践、大変勉強になるものだなと思いながら私も考えているようなところです。実は齋藤先生の授業の感想文を読ませていただきました。子どもたちもちゃんと感性を使って、怒っている、その怒りの矛先がひょっとしたら社会でもあるし大人でもあるし、ひょっとしたら今、子どもたちに向かい合っている私たち教員かもしれない、いろんなところに子どもたちは、いろんな感情を動かされて、ぶつけようとしている、そういう営みもそこにあるんじゃないかなというふうに思いながら、『神様2011』という作品を読みました。ぜひ未読の方も読んでいただけたらと思います。

齋藤（貢）ありがとうございました。最後に、菜花先生にまとめていただきました。「くま」は、川上さんが、自身の障害を抱えた子どものことを書いたのだとおっしゃっています。震災があって、『神様2011』には防護服を着た男たちが登場してくる。そういう作品に作りかえていますので、この小説を、もし機会があれば読んでいただけるとありがたいと思います。もう時間になってしまいましたので、以上で第三部については終わります。どうもありがとうございました。

閉会の辞　齋藤貢副実行委員長

齋藤（貢）　本日はどうもありがとうございました。年度初めのお忙しい時間に、このようにたくさんの方々にご参加いただきまして、本当にありがとうございました。実行委員会を代表して、厚く御礼を申し上げたいと思います。

フォーラムをやりませんかと、コールサック社の鈴木比佐雄さんがわたしに声をかけてくれました。震災から十年目に、福島県の浜通りで、しかもいわき市でフォーラムをやりましょう、と。そこから二人で二人三脚で実行委員会を立ち上げて、若松丈太郎氏に実行委員長になっていただいて、そして、多くのボランティアの方々にもお手伝いをいただきながら、今日を迎えることができました。手作りの、地方のこのようなフォーラムですが、いかがだったでしょうか。拙い中身だったかもしれませんが、もう少し時間が取れていればなあという思いもあります。とはいえ、このような地方のフォーラムであるにも関わらず、忙しいスケジュールをやりくりしておいでいただいた森ミドリさん、ドリアン助川さん、桐野夏生さん、吉田千亜さん、そして、ビデオ出演してくださった玄侑宗久さん、本当に感謝を申し上げます。それから、オープニングで美しい歌声を披露してくださった月曜コールの皆さん。そして、第一部・第三部に登壇してくださった県内でご活躍されている方々にも、改めて感謝を申し上げます。開催にあたっては、日本ペンクラブの後援をいただきました。ほかにも、いわき市や市の教育委員会をはじめ、多くの関係機関の皆様方に後援等の支援をいただきました。とりわけ、福島民報社には、協賛をいただきました。本当にありがたいことです。この場で厚く御礼を申し上げたいと思います。ありがとうございました。

震災と原発事故から、早いもので十年になりますが、この震災をどうやって後世に伝えていくかというのは、わたしたちにとっての大切な責任だろうと考えています。実はあるフォーラムで聞いた、今でも耳から離れない言葉があります。それは、広島に行った時に、広島の人々が、福島の人に対して、ごめんなさいと謝罪をしたというのです。「わたしたちがしっかりと原爆の恐ろしさ、原子力災害の恐ろしさ、こういうものをきちんと伝えていかなかったから、福島でこんなことになってしまった。ごめんなさい」と謝罪の言葉を口にしたというのです。この謝罪について、フォーラムでこの話をなさった方は、「しかし、翻って考えたら、今度は福島がもしかすると将来誰かに謝らなければならないんじゃないか。次は、福島がそういう立場になるんじゃないか」と話しました。そうですよね。今となっては、もう広島・長崎ではなくて、これからはわたしたちが、福島がこの震災・原発事故のことをきちんと語り継いでいく責任がある、そういう責任をわたしたちひとり一人が負っている。そういうことを今問われているような気がしています。このような意味でも、このフォーラムが、震災を考える何かの機会になっていただければ、本当にうれしいことです。以上で、本日のフォーラムの全日程を終了します。本日はお越しいただき、本当にありがとうございました。

詩歌に宿るまつろわぬ東北《みちのく》の魂《こころ》

東北《みちのく》詩歌集

西行・芭蕉・賢治から現在まで

編＝鈴木比佐雄・座馬寛彦・鈴木光影・佐相憲一　A5判352頁・並製本・1,800円

東北に魅了された260名による短歌・俳句・詩などを収録。千年前から東北に憧れた西行から始まり、実朝、芭蕉を経て、東北の深層である縄文の荒ぶる魂を伝える賢治など、短詩系の文学者にとって東北は宝の山であった！

参加者一覧

一章　東北（みちのく）へ　短歌・俳句

西行　源実朝　松尾芭蕉　若山牧水　金子兜太　宮坂静生　齋藤愼爾　黒田杏子　渡辺誠一郎　能村研三
柏原眠雨　夏石番矢　井口時男　鎌倉佐弓　つつみ眞乃　福田淑子　座馬寛彦

二章　東北（みちのく）へ　詩

尾花仙朔　三谷晃一　新川和江　前田新　小田切敬子　渡邊眞吾　二階堂晃子　橘まゆ　貝塚津音魚　植木信子
岡山晴彦　堀江雄三郎　萩尾滋　岸本嘉名男　高柴三聞

三章　賢治・縄文　詩篇

宮沢賢治　宗左近　草野心平　畠山義郎　相澤史郎　原子修　宮本勝夫　今井文世　関中子　冨永覚梁　大村孝子
橋爪さち子　神原良　ひおきとしこ　見上司　絹川早苗　徳沢愛子　佐々木淑子　淺山泰美　小丸　風守　柏木咲哉

四章　福島県　短歌・俳句

与謝野晶子　馬場あき子　遠藤たか子　本田一弘　関琴枝　福井孝　服部えい子　影山美智子　栗原澪子
望月孝一　奥山恵　反田たか子　永瀬十悟　片山由美子　黛まどか　大河原真青　山崎祐子　齊藤陽子
片山壹晴　宗像眞知子　鈴木ミレイ

五章　福島県・詩篇

高村光太郎　草野心平　安部一美　太田隆夫　室井大和　松棠らら　うおずみ千尋　星野博　新延拳　宮せつ湖
酒木裕次郎　山口敦子　坂田トヨ子　長谷川破笑　鈴木比佐雄

六章　原発事故　詩篇

若松丈太郎　齋藤貢　高橋静恵　木村孝夫　みうらひろこ　小松弘愛　青木みつお　金田久璋　日高のぼる
岡田忠昭　石川逸子　神田さよ　青山晴江　鈴木文子　大倉元　こやまきお　森田和美　堀田京子　植田文隆
曽我部昭美　柴田三吉　原かずみ　髙嶋英夫　松本高直　田中眞由美　勝嶋啓太　林嗣夫　くにさだきみ
埋田昇二　斎藤紘二　天瀬裕康　末松努　梓澤和幸　青柳晶子　秋山泰則

七章　宮城県　俳句・短歌・詩

高野ムツオ　屋代ひろ子　篠沢亜月　佐々木潤子　古城いつも　土井晩翠　矢口以文　前原正治　秋亜綺羅
原田勇男　佐々木洋一　相野優子　清水マサ　あたるしましょうご中島省吾　酒井力

八章　山形県　短歌・俳句・詩

斎藤茂吉　荒川源吾　赤井橋正明　秋野沙夜子　佐々木昭　杉本光祥　笹原茂　石田恭介　真壁仁　黒田喜夫
吉野弘　万里小路譲　菊田守　高橋英司　近江正人　志田道子　森田美千代　星清彦　香山雅代　苗村和正
阿部堅磐　結城文　矢野俊彦　村尾イミ子　河西和子　山口修

九章　岩手県　短歌・俳句・詩

石川啄木　伊藤幸子　千葉貞子　松崎みき子　謝花秀子　能村登四郎　大畑善昭　太田土男　川村杳平　照井翠
夏谷胡桃　村上昭夫　斎藤彰吾　ワシオ・トシヒコ　若松丈太郎　上斗米隆夫　北畑光男　朝倉宏哉　柏木勇一
照井良平　渡邊満子　東梅洋子　永田豊　藤野なほ子　佐藤岳俊　高橋トシ　佐藤春子　金野清人　田村博安
伊藤諒子　星野元一　宮崎亨　鈴木春子　阿部正栄　小山修一　里崎雪　佐相憲一

十章　秋田県 俳句・短歌・詩

菅江直澄　石井露月　森岡正作　石田静　栗坪和子　藤原喜久子　鈴木光影　伊勢谷伍朗　福司満　亀谷健樹
佐々木久春　あゆかわのぼる　寺田和子　前田勉　成田豊人　須合隆夫　曽我貢誠　秋野かよ子　こまつかん
岡三沙子　赤木比佐江　水上澤

十一章　青森県 短歌・俳句・詩

釈迢空　佐藤鬼房　依田仁美　木村あさ子　千葉禮子　須賀ゆかり　高木恭造　寺山修司　石村柳三　田澤ちよこ
安部壽子　新井豊吉　根本昌幸　武藤ゆかり　若宮明彦

十二章　東日本大震災

長谷川櫂　吉川宏志　高良留美子　髙橋憲三　金子以左生　芳賀章内　北條裕子　崔龍源　藤谷恵一郎
片桐歩　向井千代子　齊藤駿一郎　狭間孝　日野笙子　悠木一政　鈴木小すみれ　渡辺理恵　せきぐちさちえ
三浦千賀子　山野なつみ　青木善保

詩

I

見えぬものの是非

末松　努

見えないものは「非」であると考えていた

雨の降り続く春と夏の狭間
湿り気が頭蓋骨に侵入するほど蒸し暑く
変わりゆく日々すら閉塞する空を見上げながら
ぼくは自宅までの登り坂を歩いていた

井川谷は標高二百二十メートルほどの山の麓にある町だ
人伝に聞いた人物に会うため
電車とバスを乗り継いできた
見えないものに祈りを捧げるその人物は
見えるはずのない答えを、見えないものから伝える能力がある
　という

バス通りから少し入った何の変哲もない平屋をたずねると
微笑む小柄な女性が出迎えてくれた
「もう腰と足が悪くなりましてね、正座が難しいんで腰掛けま
　すけど、お許しください」
初対面のぼくに丁寧に断りを入れ
どうされましたか、とやわらかく、しかし空気を引き締めるが
　如く尋ねた
ぼくは心身とも重くなっている状況を淡々と打ち明けた

ひと通り話を聞くと
わかりました、とだけ告げて仏像に向き合う
ぼくにはわからない言葉と仕草で
何かと通信しているように見えた
ときおり静寂を劈く声をあげ
行で鍛え上げた精神力と体力をひどく消耗しているのではない
　かと
ぼくはその女性の背を見つめることしかできなかった

そして知る由もないぼくの姿をひとつひとつあぶり出しては
あるはずのない答えを
女性の口中を借り、見えないものが告げている
そしてまた見えないはずの
ぼくに纏わりついてはなれなかった重りが
ひとつひとつ取られていく

あっという間の三時間が過ぎた

祈りを捧げたあとは
張りつめた空気とぼくをもみほぐすような談笑の時間となり
お茶とおはぎのもてなしを受け

帰りのバス停までの道を下る間
ずっと玄関から手を振り続けてくれた
「何かあればいつでも電話してください、二人目の母ちゃんと
　思ってくれていいから」

見えるものを信じるのは容易く
「是」とすることに躊躇いはないが
見えないものを信じ続け
「非」としないことは難しい

われわれが、人間であるがゆえに

井川谷の女性でさえ
見えないものに祈りを捧げ
身体と口中を預けていながら
「私も実体を見ることがないゆえ、ほんとうにあるのかと訝し
　むことさえある」という

帰宅したぼくの心身は実際に軽かったが
これ以降
ぼくは何度も見えない力に助けられ
だが実体を見ることはできない日々に
見えないものが「非」であるのかを考えている

シャボン

シャボンが割れて消える
虹色の跡を残して

昨日まで生を受けていた人
今日は魂
「人生とはあっけないもの」とは誰が言った?

夏にシャボンを飛ばす子供たち
魂が集う季節
ポツンポツンと割れては膨らみ
映し出すそれぞれのドラマ

今年は早目にお墓参りに行こう

死にかけても生きて来たから
縮んでは膨らんだ身体も
心も精神も
自分に戻る作業してみたい
シャボンのように

井上　摩耶

ボタン

ボタンのようだと言われた
「ボタンはね、咲いたと思ったらまた咲いて、咲き終わったと
　思ったらまた咲くのよ」と

母は私をボタンのようだと
そう言ったんだ

嬉しかった
でも付け加えて言ったんだ

「とても難しい子だった、とてもとても。
子育ては簡単じゃないけれど、貴女は本当に大変だった」

こちらとしては黙るしかなかった
苦労をかけた事も
母が異国の地で私を必死で育ててくれた事も
分かっていたから

私が本当にボタンのようなら
咲き続けるしかもうない
それが母の心を癒し慰めるのなら

地の底から這い上がった今だから

ステップ

緊張が走る
雲は厚く湿気は多いのに
真冬かのように
頭がキンとする

次のステップを踏み出した
長い平たんな道から階段を一歩上がる
こんなにも足を上げなければならなかったか
次はどうなる？

嫌な気はしない
最後の承認欲求を満たしてくれるのは自分
味方になってくれる人たちがいるから

泣いたよ
叫んだよ
行き場なんてないと思ったよ

でもほら　屋根と布団とご飯と猫たち
カーテンを開ければ空が
あるんだ
当たり前ではない日常が

「ありがとう」しかないだろう？
枝分かれして行く大きな木のように

水

坂井　一則

始まりは一滴の雫。

水は常に下へと落ちる。
そう、それは「落ちる」ものだ。
例え蒸気となって上昇しても、水はいずれ落ちるのだ。
逃れられない引力から、すべからく物質は地上に向かって落ちる運命で、
その従順たるや、さながら殉教者の如きである。

だが水は、誰にも縛られない。
そう、それは「自由」なのだ。
例え温度に絡めとられても、水は誰かに呪縛されない。
分子量18でありながら、常温で水が存在するということの矜持をもって、
水は己の中に確たる信念を持って動き回っている。

しかし水は、暴力的な重力の手の内にあっては、水ですら例外ではない。
どんなに悶えても、落ち行く先は決まっている。
水がどんなに意志と暴力的にあったとしても、
重力の手にあっては赤子の手を捻るよりも簡単だ。
釈迦の掌に屈服された孫悟空の猿智慧より非力だ。

けれども水は決して怯まない。
幾度も幾度も絡められ引っ張られ貶めても、
水は水であることを止めない。
それはたかが一つの水分子が無数に寄り添って、
固まり合って手と手を伸ばし合って抱き合い、
落ちながらも上昇して行くからだ。
水の一滴一滴同士の強い絆なのだ。

始まりは一滴の心。

川

川の流れを書こうとして
あれこれ言葉を探すのだが、
川の流れる音を言い当てることは難しい。

それは川が生きているからだ。

そして生きているのであれば、
それは「イキモノ」だから、
常に定置せず　常に移動し、
一時もなく留まってはいないからだ。

その証拠に川の中を覗いて見るがいい。

魚や昆虫、草に藻、無機質な石まで、
たくさんの命が見えるだろう。
たくさんの命が震えるだろう。

その夥しい微かな振動が
川を為すものたち（有機無機に拘らず）で一斉に湧きあがり、
その夥しい微かな共鳴が
川を為すものたち（息吹壊死に拘らず）で共鳴し合っている。

だから私の耳には、大いなる静寂しか聞こえない。
共鳴が打ち消しあってしまうからだ。

川に成す命の明日を夢見ている。

妖怪図鑑「覚（さとり）」

熊谷　直樹

悟くんに会うのは気が重かった
悟くんは卒業生で教え子だったが
おとなしくてあまり目立たない生徒で
それ程　印象に残っている　というわけではなかった
事件についてはそれなりに大きく報道されていたので
知ってはいたが　しばらくして悟くんの代理人から
根本君に面会してやって下さい　と依頼があった
なぜ私が？　とあまり気が進まなかったが
はっきり断るまでの決心もつかなかった
やあ　悟くん　会いに来たよ　久しぶり
私は　元気そうじゃないか　とか
どうしてた？　とか聞くのもヘンなので　そう言った
やあ　先生　来てくれたんですか
うん　まあね　どうしたんだい？　みんな心配しているよ
先生　心配なんかしていませんよ
先生はボクが何であんなことをしたのか
理由を聞きに来たんでしょう？
うん　まあね　まあ　そういうことかな
悟くんが言うことは　ズバリお見通しだった
事件は何人もの被害者を出していて
とうてい看過されることの出来ないものだった
悟くん　正直　何故キミがあんなことをしでかしたのか
みんなわからないんだよ
そうですか？　わからないんじゃなくて
わからないフリをしているだけなんじゃないんですか？
ええっ？　……それはどういうことかな……？
と私は少しとまどって言った
先生　なんでボクが事件を起こしたのか？　とか
みんなが心配している　とかだなんてみんなウソですよ
みんなそれほど　他人のことなんか考えていませんよ
だいたい　学校に通ってた時だってそうですよ
みんな毎日　学校に来てたって　別に勉強したくって
学校に来てたわけじゃあないですよ
そのくせ　いざ学校に通えないとなるとあわてて大騒ぎする
学校って　何だったんですかね
いえ　もちろん勉強だけが学校の役割じゃないだろう
ってことぐらいはわかっていますよ
でもね　じゃあ　学校って何なんだ？　って言ったら
みんなどこかしらに所属していないと不安だから
何となく毎日　通ってただけですよ
学校だけじゃあないです　ほとんどの会社だって
会社だけじゃなく　他の団体だってそうじゃないですか
どこかに属していないと　みんな不安になっちゃうんですよ
もちろんね　立派な志を持って
日々　励んでいる人だって　ちゃんといる
っていうことだって　わかっていますよ
でも　そういう人は　そんなに多くはいない

ある一定の確率で　っていうことですよ
「確率論」って　先生　教えてくれたでしょう
「確率論」って　ボクとっても納得できたんですよ
みんなが心配している　ですって？
先生　正気ですか？　そんなの大ウソですよ
言っちゃいますけどね
みんな　何も考えないで　ボーッと生きているだけか
自分のことだけしか考えていないで生きているかの
どっちかですよ　そうでなければその両方ですよ
他人のことを心配したり　悲しんだり
そんなことするわけないじゃないですか
でもみんなそんなこと薄々　気づいていますよ
でもみんな　それがバレるのがイヤなんですよ
で　悲しいフリをして　自分はいい人だと思われたい
そして　自分はいい人だと思い込みたいだけなんですよ
「法華経」ってお経に
「我此土安穏《がしどあんのん》」っていう言葉があるの　知ってますか？
日本の仏教は「大乗仏教」で　「大慈大悲」だの
「衆生済度《しゅうじょうさいど》」だのとか言ってるけれども
その正体は所詮　「我此土安穏」なんですよ
悟くんは　静かな口調でよどみなくそう言った
ちょっ　ちょっと待ってくれよ……　と私は言った
悟くんが話すことについていくのは少し難しく感じた
先生　先生はボクが何であんなことをしでかしたのか
真相を聞き出すために来たんでしょ？

ボクはね　別に誰かを非難する気なんかないんですよ
ただね　ボクが本当のことを言っちゃ　みんな困るんですよ
本当のことを言うとミもフタもなくなっちゃいますからね
だから　本当のことを言うのは禁じられている
そして　本当のことを言うと罰せられてしまう
先生　ボクのことを心配なんかしてくれなくっていいんです
何かね　先生は　他の連中たちとは
ちょっと違うような気もして　申し訳ないんですけどね
もうすぐボクは死にます　でもだからって
誰もボクのことを忘れずに憶えていたりするなんてことは
ないんですから……

家に帰ると我が家の化け猫は　私の顔を見ると
悲しそうな顔をして　ニャア　と言った
そして珍しいことに　それ以上は何も言わなかった
心配になった私は　オイ　どうしたい？　大丈夫かい？
と聞いたが　それでも猫は
ニャア　とだけしか言わなかった

そしてその三日後　悟くんはこの世を去ってしまった
悟くんのしでかした事件とは「予言」だった

妖怪図鑑「サトリ（覚）」

勝嶋　啓太

こんにちは　唐傘オバケ（ビニール製）　です
今日は　ボクの友だちの妖怪
サトリくん　の話をしようと思います
サトリくん　は　ご存知の方もいるかもしれませんが
人間の心が読める妖怪です
実は人間だけではなくて　生き物だったら
ほとんどのものの心を読むことが出来ます
で　そのサトリくんですが　実は今　入院しています
先週の日曜日　新宿を歩いている内に
ちょっとオカシクなってしまって
街中で　アワ吹いたり　暴れたりしたもので
精神病院に入れられてしまったのです
しばらく錯乱状態が続いていたらしく
面会謝絶だったのですが
病院側の許可が出たので
今日　お見舞いに行ってきました
病室に行くと
サトリくんは　窓のそばの椅子に腰かけて
静かに新聞を読んでいました
ボクに気付くと　嬉しそうに手を振ってくれました
大丈夫ですか？　心配しましたよ　とボクが言うと
まあ　いつものことさ
もう大分　落ち着いたよ　とサトリくんは言いました
声も元気そうだったので　ボクはちょっと安心しました
実は　サトリくんが　入院するのは　今回が初めてではなく
多分　もう十何回目　もしかすると二十回目ぐらいです
ここしばらくは　感度の調節が上手くいってたんだけどね
新宿とか行っちゃうと　やっぱり全然ダメだね
何千人か何万人かの心の声を　一気に受信しちゃって
そしたらさ　なんか
心の中の　恨みつらみとか　罵詈雑言《ばりぞうごん》とか　が
ワーッ！て　津波みたいに押し寄せてきちゃって
ちょっと　ワケわかんなくなっちゃってさ……
それは大変でしたね……
まったく　人間の心が読めるなんて　ロクな能力じゃねぇよ
あいつら　大抵　くっだらねえコトか
他人の悪口しか　考えてねぇんだもん
犬とかネコとかの方が　まだ随分マシなこと考えてるよ
で　一旦　こうなっちゃうとさ
正直　生き物に会うのはツライのよ
化け猫くんとか　カッパくんにすら　今　会うのキツいな
その点　キミと会うと　ホッとするよ
なんだかんだ言っても　キミは　ビニ傘　だからね
ところで　サトリくんが新聞読んでるなんて　珍しいですね
ああ……コレね　ちょっと気になる記事があってさ
ホラ　この間
事件起した後　死んじゃった高校生いただろう？

ああ　テレビのニュースでやってましたね
なんでも　あの事件　犠牲者が何人も出てるとか
ウワサでは　死んじゃった犯人の少年Ａ
化け猫くんと同居してるクマガイっていう人の
教え子らしいですよ
ああ　そう　……まあ　そんなこたぁどーでもいいけどさ
オレさ　この少年Ａ　多分
サトリ　だったんじゃないかと思うんだよねえ
いや　フツーの人間だったみたいですよ
だって高校生だったんですから
いやいや　そうじゃねえんだよ
もともと　人間　と　サトリ　は同じ種族だったんだよ
っつうか　人間もみんな
大昔は　どっちかといえば　サトリだったの
大昔は　ウソ　っていうものがなかったから
思ってること　と　言ってること　が一致してたんで
誰でも心がわかりやすかったから　心で話してたわけだよ
ところが　その内
言ってること　と　思ってること　が
全然　違う奴が出てきちゃったんだよ
つまり　ウソつき　が生まれたわけだ
で　心が正しいのか　言葉が正しいのか
ややこしくなってきちゃって　ケンカ別れみたいになって
思ってることと言ってることが一致してて　心で話す奴は
サトリになって　というか　サトリのままで
思ってることと言ってることが全然違って　言葉で話す奴は
人間になった　というわけなんだ
だから　たまぁ〜に　人間の中に
サトリ　の血が濃く出ちゃう奴がいるんだよ
……で　この犯人の少年Ａは　サトリ　だったと？
うん　そんな気がするんだよねえ……
なんか　記事読むと　他人事と思えなくてさあ……
……まあ　本人は気づいてなかったかもしれないけどね
もし　この子が　サトリ　だったとしたら
人間の中で　ひとりぼっち　で

つらかっただろうね……
でも……死んじゃダメだ……死んじゃダメだよ！

そう言って　サトリくん　は
涙を一粒　流しました

それから一時間ほど世間話をして　ボクは帰ったのですが
ボクが帰る時　サトリくんが
オレが退院したら　一緒に　三丁目の来々軒に
ラーメン食べにいこうぜ　と言ってきたので
人間がいっぱいいる所へ行っても大丈夫？　と聞くと
サトリくんは
あの店には　客なんていないじゃないか
と言って　笑ったのでした

自由真剣運動

柏木　咲哉

我は真剣に自由を追求する者なり
どう想おうと、どう考えようと人の自由なり
我は我の幸せな方へ物事を考えるなり
がんじがらめのこの社会でだって
どんな風に生きるかは自由
我は真剣に自由を希求す
我は一個の生命にして自由に呼吸す
我が運動はこのどうしようもない世界にて
ただ魂を自由に燃やし昇華させるべき偉大なる生命活動なり
大将、でも暮らしいい？などと問うなかれ！
大正デモクラシーはとうに終わったぜ
生活はつましくたって多幸感が肝要だ
ゆえに我は自由に真剣な夢に生きるのだ
たった一度のこの人生を自由なものとなすために…
たとえなにびとに否定的な事を突き付けられようと一向に意に
　介さぬ
どんな風に想い考え、何を信じ生きるとも全て我が自由なのだ
　から！

香取先公

数学教師の香取先生は
ひょろ長い手をくるくる回しながら
黒板の板書きの方程式についてくどくど喋る
不良学生からいつも
あの香取先公…とからかわれていた
香取先生は虚弱体質だから
献血をすると眩暈を起こし立ち眩むのだ
それだからか血を吸う蚊が大嫌いで
自宅のアパートではいつも蚊取り線香を焚いている
だけれどこの春めでたく先生は結婚をされた
そしてそのアパートから引っ越すらしい
ある日先生のアパートの前のゴミ捨て場にあの蚊取り線香が捨
　てられていた
だけれど心配ないようだ
奥さんの名前は、かやさんだそうだから

石ころオレンジ

小さな石ころの中に
雄大なこの地球《ほし》の夕焼けが詰まっている
風が光の歌を奏で　命たちが涙を流している
やがて石ころは幾億万の星の輝きの一つになる
その石ころから作る宝石を
僕らはいつまでも大切な心の指環にしよう
石ころのオレンジ色が
僕らの胸を切なく燃やす
この地球《ほし》の悠久の歴史の中で
今は誰も知らない小さな石ころでも
僕らもいつかは星になるから…
生まれて来れて本当に良かったんだ

心の花をしおらせるな

心にも燦々と太陽の光を当て
心にもなみなみと命の水をやり
その根っ子にある魂という球根に栄養を与える
そうして命に光を注ぐように
そうして命に風を吹き通すように
いつも気にかけ
心の花をしおらせるな
それは自分を大事にするということ
他人《ひと》に優しくあるためにも
自分の心の花はしおらせちゃいけない
それは努力の要ることです

ひこうき雲

突き抜けるほど真っ青に澄んだ青空へ
君の夢を飛ばしなよ
白い真っ白いひこうき雲が希望の光を帯びて
君の大空に架かるから
彼らはそれを何処かで見上げて
きっと君の空に憧れるから

旅の小径

懸田　冬陽

昨夜の雨が　止んでいた
夜は明けて　艶めくフーガの径を行くと
樹々の間から　光の束が睫毛に散って
晴天に　みぞれが降っています

身をうねらせた　ひとつの樹のもと
あの弱々しい命は　燭台にゆれる灯のように
飴色に耽美した　美しい空想として
昨夜の夢に　うつらうつらする

私はマスクを片手に　この病んだ肺に
良い空気というものが　やわらかな
木漏れ日のなかにあると――吸い込ませ
肺はかすかに　脈を打ちます

そして私らは　水面に立つ波にさえ
いつかの夢を見ています

路上ジャングル

日野　笙子

キックオフ
ここは幻想ジャングル
人生の重しがとれたら
こんなによるべがない
そうだろう?

この街の
駅と駅とをつなぐ
高架橋の真下に
寡黙な若者が
ボールを蹴っていた

崖っぷちの
はじけたぼくには
自由なんて
ほんとは嘘っぱちさ
ついでに自己責任というカードも引いた
ぼくに聞きたいのか
ここにいるわけを
誰にも迷惑はかからないさ
なぜなのかって
ぼくを知るものはもう誰もいないからさ

それでも青年は
控えめな絶望を隠し持ち
サッカーボールを壁に打ちつけた
ある夜青年は
路上から脱出し
ジャングルにいる夢を見た
道はなくどこまでも高いシダが生い茂っていた
嵐を求めるように
青年は駆け出した
泥水と木の根と鳥の鳴き声に
足を取られよろめき空腹を覚えた
生きるのはもしかすると闘いで
それはぼく自身のことなのだと
夢の中で少し笑った
僅かな光線が
シダの隙間から一瞬差すと
青年の見た夢は同時に
高架橋の闇に消えた

夜露に濡れたボールが
相棒を捜して
ころがった

無題の腸詰7（六篇）

福山　重博

（三七）

雨あがりの眩しい路面
喘ぐミミズを
来世の予告篇だと思うわたしの
夏

（三八）

あなたに忘れられた
赤い傘
山手線をまわりつづけて
いろあせてゆく

（三九）

目覚まし時計が鳴らない
夢の中に閉じ込められたまま
老いて　車椅子で
探す出口

（四〇）

この卵
（実は郭公の卵では？）
抱きながら　心が
蝕まれてゆく明日の白い鳩

（四一）

いつまでも終わらない
蟬しぐれ　熱帯夜
ともだちのいない八月の
うそつきな風鈴

（四二）

水槽で回想する魚の眼
散乱する福沢諭吉の無数の眼
（裏切りという記憶は苦い）
水槽で回想する私の眼

雨上がりの教室

石川　樹林

四角く決められた天井
黒板と　机と　椅子の　配列
その距離は　礼儀正しい

教壇の師
最期の講義　美術を語る
背負ってきた人生が
公式の教科書を
見事に消していく

ゴッホの色と形でさえ
地上の美学とは?
真実の人間とは?
永遠の問いへと変えていく

美の矢がつぎつぎと
教室へ放たれていく
教える者と　教わる者
間のあいだ　穏やかに　速く

的のない　一途さ
静謐の風　一瞬の束となり

清々しさを　運ぶ

机の上　ノートは開かれ
きのう削った鉛筆は
行も　時間も忘れて走っていく
軽やかに　真剣に

雨上がりの教室
まだ忘れていなかった
子どもが目を覚ます

DANCE

方《パン》　良里《ヤンリ》

踊れ　踊れ
　　Slow　slow
　　　Quick quick

まわれ　まわれ
　リズムにのせて

悲しみよ　とどまるな

踊れ　踊れ
　　涙を忘れるように

　まわれ　まわれ
　　リズムにのせて

高みにのぼれ　どこまでも
　リズムにのせて　のぼっていけ

Mon《モン》 chien《シャン》

方《パン》　良里《ヤンリ》

Chien
　　Chien
　いたずらな目をした　chien

駆け寄ると　逃げ出し
　走りだすと　寄ってくる

Chien
　　Chien
くるくると自分の尻尾を追って
　　　　　　　　　　　まわる chien

いつまでも　ふざけあって
　　ともに生き　ともに笑い
　　　　　　ともに泣いていた

Chien　chien
　人生の伴たる
　　　可愛かった
　　　　　　　　Mon chien

心配なさるな

中原　かな

真夜中に
神さまが宇宙に散歩に行かれると
なぜだか人は心配性になり
昼間下した決断のこと
言ったこと　したこと
迷い　悩み　おそれる

宇宙では
神さまは天の川の欄干にもたれて
青い葡萄をお食べになる
葡萄の種が一粒　一粒
宇宙の闇に落ちていって
そこで輝き出す
それから椅子に腰かけて
ダンテの神曲をお読みになり
この本はフィクションです　と
おっしゃる

神が地球にお戻りになると
漁の町にも朝がやってきて
甍《いらか》がきらきら光り
厨《くりや》に陽が射しこんでくる
神が　そなたこなたの
人々の胸に手をかざすと
人々は夜のことなど忘れたように
起き上がり身じたく整え
御出立です
心配は心のひび
安心するがよい　と
お見送りになられるのでございます

心配するな「ルカ福音書」より

詩 Ⅱ

天国のジュース

甘里　君香

朝起きるとママは
お砂糖の袋を開けてスプーン一杯コップに入れる
水道のお水をそそいで
くるくるくるくるかき混ぜてくれる
ママとカンパーイをしてごくごく飲むの

お砂糖の袋を開けてスプーン一杯
水道水をそそいだコップに
レモンをギュッて絞ったことがあった
あんまりおいしくて
天国のジュースだって一緒に笑ったね
いまはレモンジュースはないけど
カンパイすればお砂糖水もおいしいの

昼になるとママは
お砂糖の袋を開けてスプーン一杯コップに入れる
水道のお水をそそいで
くるくるくるくるかき混ぜてくれる

ある日こわい魔法使いが来て
白いごはんを世界中から消してしまったんだよ
ってママは言う

夜もカンパーイってお砂糖水を飲む
おいしいけどすぐにおなかがすいてしまうの
ママの顔はもう笑わない
太陽の笑顔は覚えてるから大丈夫だよ
ママ
私が魔法使いになって白いごはんを
取りもどせたらいいのに

朝
ママはピーコを自由にするのって言って外に放した
しばらく電線にとまっていたピーコは
わたしを見つめて一直線に戻ってきたけど
ピシャって窓を閉めた

カンパーイって言う唇が形を変え
ママはコップを置いて
床にぽとぽと涙をこぼした
ごめんねごめんね
とママのふるえる声ごめんねママ
私が魔法使いになって白いごはんを
食べさせてあげられたらいいのに

たくさんの（ウソの）手

おかあさんと手を繋いだとき
いつもと違うって思ったけど
夜の道に言葉を埋めた

お布団の中で両手をぎゅっと握って
おかあさんの手を思う
カーテンの隙間から朝日が零れるころ
帰ってくるおかあさんの手は
パンの匂いがするからパンは嫌い
保育園のお迎えの時の油の匂いも嫌い
お布団の中で
するする滑りそうな
いつもと違う手を思ってる

手からパンの匂いも油の匂いもしなかったとき
大きなソファにたくさんの大人がいて
代わる代わる抱き上げられていた
手はがっしり大きくて
わたしは声を上げてはしゃいだ
ひとりの夜に思い出すけど
もしかしたら夢だったのかもしれなくて
だったらそんな夢は見たくなかった

いつもと違うおかあさんの手は
わたしの体を半分にする
おかあさんの手がふわふわでお花の匂い
がしたのは夢じゃないから
いまは木の枝みたいに硬くて
どんどん腕も硬くなって
わたしの心は半分になる

お昼一緒にいられるこのごろは
天国なのに地獄みたい
おかあさんはたくさん食べなさいって
いつものように言えなくて
赤い目でキッチンの戸棚を覗いてばかりいる
ぎゅって握るわたしの手もいつもとは違う

がっしりして大きいたくさんの手は
思い出そうとしても夢の中で
もしかしたら夢じゃなくて悪魔の世界を
見たのかもしれない

あかあさんの痩せた手と
役に立たないわたしの手で
お布団にくるまってる
太陽に向かう雲のお布団にくるまってる

その頃

原　詩夏至

T冷蔵市川工場に
かみさんは
その頃
勤めていて――

凍ったマグロの切り身を
秤に乗せ
日がな一日
箱詰めにしていた。
仕事を終えて
肌脱ぎになった
背中は
もう四十代後半だったが
まるで
少年の背中のようだった。

通勤には
送迎バスが出た。
早朝
ガード下で
車内に吸い込まれ
夕暮れ
同じ場所で
車外へ吐き出される。
俺は
そのけたたましいガード下で
毎朝
かみさんと別れた。
そうして
ひとりで
駅階段を上り
夜更け
ひとりで
同じ階段を降りた。
非番の日は
発着所の近くの喫茶店で
かみさんを
ひとりで
待ったりした。

その頃
携帯はまだ
大抵ガラケーで
着メロなんてものが
流行っていた。
俺は
鉄腕アトムの主題歌の

オルゴール・ヴァージョンを設定して
着信がなくても
ときどき聴いていた。
か細い
金属音のアトムは
もう
全てが終わってしまった後の
廃墟に射す
穏やかな
夕日のようだった。

一度
かみさんが
職場の友達の
ミャンマー人
Sさんを
家まで
連れてきた。
この人
インテリだな、と
すぐわかる
髪の長い
清楚な人だった。
その頃
まだ自宅軟禁されていた
アウンサンスーチー女史を
心から慕っているようだった。
十歳年下の
今の日本人パートナーとは
ミャンマーで
出会ったそうだった。

ヘルパーの資格を取ると
言っていたが
その後
どうなったか。
あれから
女史にも
世界にも
あまりにも
いろいろな波乱が
あったけど。

それからまもなく
俺とかみさんは
県境を越え
海のない
冷凍マグロの工場もない
S市の郊外に
引っ越した。

少女の命

佐々木　淑子

それを思い出すと　今も胸が痛い
それを口にすると　からだが震える
小さな　小さな　女の子

あの時も　こんな風に
ヘリコプターが飛んでいた
学校帰りの　小さな女の子

「ヘリコプターから　何か落ちてくる
　ああ、私のおうちに向かってる
ああ、おかあちゃんが　危ない！
おかあちゃん　逃げて！」

少女は走った
走った
おかあちゃん、おかあちゃんと叫びながら
息を切らして　やっと家にたどりついた
その時、少女の上に
トレーラーが落ちてきた

柔らかな命が
小さな命が
人間が　つ・ぶ・さ・れ・た

（オペラ『鳳の花蔓』より。
一九六五年、沖縄読谷村《よみたんそん》における米軍の
パラシュート降下訓練中にトレーラーが
帰宅途中の少女の上に落ちてきた。）

私はそれを忘れない

ヤーガーのガマの中
撃ちこまれた爆弾で
崩れた岩に　宗一が挟まれた
岩は　あまりに大きく　あまりに重い
挟まれた宗一の下半身
人々の力では　どうすることも出来なかった

宗一よ
歌が大好きだった宗一よ
軍歌もいっぱい　知っていたのに
君は歌わなかった

宗一よ
十四歳の宗一よ
岩に挟まれたまま
君は歌い続けた
童謡を　唱歌を
歌いながら
戦争を呪いながら
君は死んでいった

宗一よ
私は君を忘れない
私はそれを忘れない

（オペラ『鳳の花蔓』より、読谷村元村長山内徳信氏の「それを忘れない」から。

沖縄戦が終わり、宗一君の亡骸はやっと重機で岩からはずしてあげることが出来たという。

この事実が後年、山内氏によって読谷村で繰り広げられた文化大闘争の原動力となった。

オペラは現在、より多くの上演へと発展すべくオラトリオとして改作、上演準備中である。）

星月夜　―小樽第三埠頭にて―

宮川　達二

海が凪ぐ
静かな闇の中で
膝を抱いて座る
小樽第三埠頭

月はないが
満天の星と
街の明かりが交錯し
鏡のようになった海に映る

沖の防波堤に立つ灯台が
シルエットとなり
その遥か遠い北の海を
ひとり見つめている

港はまるで、百年前にゴッホが描いた
星とアルルの町の瓦斯灯が瞬く
―星月夜―
という絵の夜の光景のようだ

―星に行くためには死ねばいい―
弟テオへの手紙でこう呟いたゴッホの魂
日本に憧れたという
彼の底知れない孤独を想う

深い空の闇
光り映す海
星降る夜の港で幾つもの色が
溶け合っている

長い夜の時間を港で過ごした
夜明けが近づくと
強い光を放つ金星だけが
東の空に浮かんでいる

地上から星へと去ったゴッホ
あの無限の彼方で彼は
遠い地球を見つめながら
自分との対話を続けているのだろう

非日常の 日常化

鈴木　正一

帰還したら
見慣れた街並みは
記憶にない 異空間
日頃 行き来していた道に
ふと迷う
見知らぬ街に
初めて来たかのよう

帰還者は七％ 千五百人
帰還していない町民からも
固定資産税・住民税を徴収
あたかも
核災が 無かったかのように

住民基本台帳の人口は
五千人 減少　それは
永久強制退去先への 転出と
漸増している 死者の数
十年経ても 限界集落以下の
ふるさと　再生

亡くなった訳も 場所も
分からずじまいの　お袋
身内だけの 静かな家族葬
時々遠く離れた 斎場で
久しぶりに会う　懐かしい顔

原発関連死者 二千四百人
哀亡へ追いやった者は　誰だ
聞こえないか 亡者の断罪の声
十年経ても　増え続ける異状

汚染水の「処理水」を 海洋放出
六年前 漁業者と政府・東電との 書面約束
「理解なしには いかなる処分も行わない」
突然 一方的に 公然と　約束を破棄

民主主義否定の 全体主義
その先は　　いつかきた道
看過　　許すまじ
非日常の 日常化

かたりべ

青柳　晶子

摘みたてのマーガレットを
窓辺に飾って
子どもたちに戦争の話をしていると
風に吹かれたタンポポの種子のように
飛び散ってしまう私の言葉

子どもたちは
祖母や母の声音のやさしさに安心して
お伽噺を聞くように
楽しそうにさざめきあっている

話しておきたい
伝えていきたい
世界中が戦場になっていた時代のこと
今なお各地で続いている戦争の話
けれど現代を生きている子どもたちは
どこまで　かたりべ　の気持ちを分かってくれただろうか

当時のことを覚えている大人たちだって
誰もが戦時下のことなど思い出したくない
忘れたふりをしているせいです

ソラシド

山﨑　夏代

《空の上にはシドがある》
これは昔読んだ少女の詩
かろやかなセンス　青空のソラシド
わたしは　違う受け止めかたをする
虚空の果てなる　絶対無
音符が　死土に砕け散る

少女とわたしとの　乖離？
生命というものの在り方の　無限の隔たり？

いいえ
隔たりではない
言葉の運んできた音符を
わたしの　弦が響きに変えた

おなじ　言葉の　響きの音色
少女の言葉を核にして　わたしのこころが
奏でた音楽

生き物　すべて
ゲジゲジ　マムシ　スカンク　ゾウ　クジラ　タコ
花も木も鳥も　いいえ小さな黴菌だって

この世にあるすべての生命は
言葉　を　奏でる楽器を持って
生まれてきている
孤独に　宇宙を漂う生命の微粒子に
神様の愛が持たせてくれた
言葉を　調べに変えて　響かせる
楽器

あなたの　楽器　わたしの楽器
あなたのつくった言葉を調べに変えて
今日は
五月の野原で
小さな音楽会
耳を澄ませて！
すべての　生き物たちの
ああ　なんと　すてきな　ハーモニー

オリンピックは進軍ラッパ

貝塚　津音魚

コロナ禍の波が繰り返す中
一年前オリンピックはもう無くなるだろうと
やはり遣ることになったか　これが政治か
オリンピックをおもちゃのように振り翳して
コロナの失政とオリパラで数兆円の税金が失われる
何度も繰り返す緊急事態宣言
どこか対策の根本を間違えているからだ
麗しい日本の酒の文化を破壊し人を切り離し
逼迫する医療　一年前からこの体たらく
ワクチン接種すらまともに進まない
国民を救うための施策や法律の制定が・・・
なのに国会は閉じてお休みだ　何という無責任体制だ
このオリンッピクは昭和十六年十二月八日
あの太平洋戦争　メディアは政治の先導者と化し
戦争に突っ込んでゆく姿と同じではないか
全てがオリンピックのためと　なし崩しに
安全安心と進軍ラッパを鳴らす
戦いが始まれば当然国民も
黙っているわけにはゆかず　応援するだろう

緊急事態宣言下でのオリンピックは
人を差別切り離し　無観客コロナに負けた証だ!!

日本は第二の武漢と化すことだろう
これで経済は十年は立ち直れないかもしれない
東京オリンピックは変異ウイルスを
世界中にまき散らす温床の地と化すのだ
そんな賭けをして今の政治家は遊んでいる
その兆候が既にある　日本の合宿に入国した選手が
コロナに掛かった選手全員を入国で止められず
大阪の合宿所までバスで運んでいる　阿保らしい
バブル方式が穴だらけ　ほころびだらけ
本物の政治家はもっと未来予測が出来る力があった
口先でだけで安全安心　国民のためなどは叫ばない
何時まで国民を騙せるものか　国民も目覚めよ！
思考力ない勇気は無謀　現実を直視しない希望は絶望的
戦争と同じく子供や孫が目の前で死ぐのだぞ！
国民を想う天皇の言葉さえ耳に入らない大臣たち
誰が一番泣くのですか？　政治家ですか？
おもちゃを取り上げられた国民ですか？
誰が一番本当に哭くのでしょうか！
進軍ラッパがなり続ける中で

（オリンピック開始10日前にして）

犬にはワカルのだ

坂本　梧朗

猫にもワカルのだ
たぶん生きものはすべて
ワカルのだ
アイというものは

動物には
自分をアイしてくれている人の
気持が伝わる

むろん
言葉を介してではない
発声を含めて
視線、表情、動作、接触
その人のあらゆる振る舞いを通して
それは伝わっていく

アイに特有のでき事だ
言葉による理解よりも
それは深い理解かも知れない
その人の非在
その死さえも予知するとすれば

憎しみや怒りは
一瞬で生き物を弾き飛ばす
次第に深まっていく理解は
アイに特有のでき事だ

よくワカッテいるのだ
犬でも猫でも
自分をアイしてくれている
人の気持は

―映画『ハチ公物語』を観て

電子ペット

風守

「タロウ」
僕の名『太郎』を次郎が呼んだ
「はい、次郎。何？」
僕は優しく次郎に答えた
「タロウ。オナカスイタ」
次郎は甘えた声で僕に言う
「はい、次郎。ごはんだよ」
僕は次郎にごはんとおかずの入った食器を差し出した
次郎はおいしそうにパクパク食べた
「タロウ。アソンデホシイ」
食後に次郎は僕に言った
「はい、次郎。じゃあサッカーしようか？」
「うん」
僕と次郎は庭でサッカーボールで遊んだ
「タロウ。ツカレタ」
次郎はそう言うと僕にすり寄った
「はい、次郎。じゃあ今日はここまでね」
僕と次郎は自室に戻った
「タロウ。オヤスミナサイ」
次郎は自分の寝床に入るとそう言った
「はい、次郎。おやすみなさい」
太郎は次郎が眠ると
次郎の首の後ろのスイッチを切った
「次郎はよくできた電子ペットね」
そう言って柴犬の母は子犬である僕『太郎』の
あごの下をなめた
「くすぐったいよ、ママ」
僕はママにおねだりした
「ねえママ、そろそろ新しいのに買い換えていい？
この人間型電子ペット」
以前僕はママから聞いたことがある
昔、この地球に『人間』という種がいたことを

オートマタ

レジに行くと店員が口を開く
「○○カードはございますか」
「ありません」
「かしこまりました」
商品代金を現金で支払う
店員はニコッと微笑む
「またのお越しをお待ちしております」
数分後、買い忘れた商品を持ち同じ店員のレジに行く

「○○カードはございますか」
「ありません」
「かしこまりました」
商品代金を現金で支払う
店員はニコッと微笑む
「またのお越しをお待ちしております」

店員の後頭部から見えないコードが伸び
それは本部のサーバーにつながっている

ロジカル・オーバーコート

AはBに強く
BはCに強く
CはAに強い
ならば
ABCの中で一番強いのは誰なの？

AはBが好きで
BはCが好きで
CはDが好きである
ならば
AはDが好きなの？

Aは大事である
Bは必要である
Cは大切である
AとBとCのどれかを一つだけを取るとした
ならば
AとBとCのどれを取るの？

論理的に解けない問題は
現実社会で今日も出題され続ける
それに対する正解がなくても
人々は答えを出すことを求められる

正しいかどうかは関係ない
自分の利益を図るため
自分の判断を正当化するため
論理的な外形を装う

各人が
各民族が
各国が
論理の外套をまとった
非論理的な思考に基づく言動をなし
それが世界を覆っている

禅寺川橋

生石山《おいしやま》の山頂へ向かう途中
細い道の先にある橋は
アスファルト舗装され
ガードレールが付き
軍行橋だったようには見えない

車を降りて
橋を下から覗くと
この橋も
あの橋も
アーチになった赤煉瓦が残り
軍行橋だったことがわかる

　前方一帯ノ海面ヲ射撃シ
　以テ由良海峡ニ對スル
　敵艦ノ動作ヲ妨害ス

生石山の砲台は紀淡海峡《きたんかいきょう》に向かって造られ
今では要塞が崩れ
その場所に
壊れた大砲の砲身が
海峡に向かっている

狭間　孝

生石山を下り海岸線に出ると
目の前は成ヶ島の南端
高崎砲台が見えていた
由良湾の内側は波が穏やかだった
海岸沿いに道を進むと
禅寺川橋に戻ってきた

もう一度
橋の下を覗いてみる
アーチ状の赤煉瓦の先に
山藤が咲いていた

淡路島鳴門みかん

皮をむき始めると細かい飛沫が飛び
香りが広がる
一粒ずつ種を取る
果汁で手はベトベトになるけれど
甘酸っぱくて
この味！
この香り！

淡路島は元々　徳島藩阿波の国
陶山家七代与一右衛門長知という者が
この蜜柑を藩主である蜂須賀家十四代斉昌に献上したところ
斉昌は『天下無比の物なり』と絶賛された
このような物が無名のままではいけないと仰せられ
領地を流れる海内無比の鳴門峡（海峡）より名前をとって
鳴門という名を与えた。

由良漁港から続く山添のお墓を見ながら
坂道を上り谷間にあった祖父母の家
山には石垣があり鳴門みかん畑があった
保育所の年長組だから六歳ごろの
かすかな僕の記憶

昔のことだから
四季ごとの旬があり　徒党を組んで
あの山この山
野イチゴ　イタドリ　ビワ　ヤマモモ　アケビ
砂浜には　グミの群生地があった

忘れてしまった記憶の底で
忘れられないあの酸っぱくて甘い実
砂糖漬けにした皮
祖父母が造っていた鳴門みかん

長い塀のあるあの家は
戦争中は　えらい軍人さんが使っていたんや！
蟬塚宅は由良要塞司令部将校の集会場となっていた
じいちゃんから聞いたことを六〇数年過ぎて思い出した

戦争の真っ只中
みかん畑の栽培はどうなっていたのだろうか
聞かずじまいになってしまった
甘酸っぱくて手がべとべとになるけれど
僕の記憶をくすぐる初夏の味

コロナの現実

酒井　力

いま　わたしは
目に見えないコロナという
恐怖の重圧を
引きずって
土の上を歩いている

雑草たちは
たくましく
土の面を破って生え
わたしは
それを根から引き抜く

積んであった藁をどけると
いきなり
巨大化したアメリカナメクジが
蛇の目模様に
小さな顔を空に向け
眼をかがやかせる
――わたしはそいつを頭の先から
ちょんぎって殺さねばならない
ほっておけば
たちまち増殖し

あらゆる場所を席巻してしまう
毎日を生きるために
わたしは
生物の命をうばう

野良では
消毒時以外にマスクはしない
一握の自由はあっても

コロナは　また
生きるために
やがて
わたしを殺すかも知れない

積乱雲

雲にも一瞬のかおがあって
少年の頃の自分に
表情が映し出されるなら

つい　せんだって
絵本に描かれた
一ページのかがやき
として
時間《とき》が綴ったものなのだろう

雲にはたえず移り変わるかお
があって
消えては生まれ
生れては　消え

かつて
極貧の時代のきれはしを
味わった少年

夏休みがくると
近くの河原に
仲間たちと出かけ
自由気ままに遊ぶ毎日だった
が

少年は　どれほど
胸をはずませ
明日への思いを抱いたことだろう

積乱雲の
ふところふかく
くっきりとひろがる中空の青に
いまも
少年の自分が生かされている

畏《かしこ》まる心

佐野　玲子

すっかり姿が見えなくなったね、って
こんな街なかに○○なんて珍しいね、って
その一幕裏には
文字通りの決死行動
絶望の淵　慟哭の渦

人間との縁が薄い 外の猫たちも
例外なく
人類の内紛《戦火》に晒され
地獄絵の中　逃げ惑い
細い命を繋ぎしものたちの子孫

水飲み場さえ奪っておいて
どう生きていけと
縁の下すらなくなった
冷たく熱い 人工物だらけの　街なかの荒野で

〈まんが日本昔ばなし〉の
『いいないいな　人間っていいな』という歌詞には
ただ愕然
だって　たぶん　真っ逆さま・・・
昔話は「神話のひこばえ」

その奥底に
遺伝子のようにていねいに大切に
たたみこめられていた念《おも》いとは

あらゆる命は
「生きとし生けるなかま」だと、
深いところで
無意識のうちにも
感じ取っていた人たちが多かったはずの
この島々だったのに…
取り返しのつかぬ
掻きむしられるような焦燥感

乱獲撲殺の限りを尽くした果に
絶滅危惧…?
一転にわかに
保護?　天然記念物?

この星に
ヒトとして呼吸していること
いたたまれない

考えない頭
感じない心を
修得しないかぎり

ほんの数世代前まで
灯り ひとつにさえ日々苦心を重ねていた
ご先祖さまにも
申し訳がない

人間は 万事いたらぬもの、と
頭《こうべ》を垂れ
あらゆる自然界のご意向をよみとろうと
心、自ずと畏《かしこ》まり
あつき「いのり」に満ちていた
ぶ厚い 古《いにしえ》
自足の時代、
今より賢い
謙虚だったもの

『動植咸栄』*

足元の土には還れない
街路樹の落ち葉
私たちの身体、火葬の灰は　土に戻れているの？
どのあたりの土に…？
こんな重大なコトが　わからないなんて
循環という言葉が ひどく空しい

100％ 食したものから成っている 私たちの肉体は
すべからく 土に、この大地 宇宙に由来する
この当たり前のことが、
死に変り生き変わり… 命の巡りの直《ただ》中にいることが、
当たり前に 全身で解っていたのかしらと思われる時代は
もう想像もつかないけれど

自分たちと ほかの自然物との境目が
真っ当にも あいまいだった時空に
立ち戻ることはできないけれど

あらゆるもの・ことに
畏敬の念を懐き続けてきた心もちが
すっかりよみがえることは
ありえないとは思うけれど

「土」への祈り、そして
太古より、莫大な恩恵を戴き続けている
数多の生命たちへの
心の底からの「有り難う」
この思念だけは
何としても　何としても・・・
『動植咸栄』《あらゆる動植物が 皆ともに栄える》
わずか数十世代前の先人の このことばを
心の柱 として立て直せたなら…
「人類だけのための技術など
この星の一員として
ゆめゆめあるまじき業」と意訳して

心のなかで　自ずと手を合わせる
朝な夕な　そこここから
あふれ出る 深い念《おも》いで
この雄大な大気が
当たり前に
満たされる日々が…

卵一つ、食することができること、
それが ほんとうは
どれほど「有り難い」ことであるか

＊『動植咸栄』《どうしょくかんえい》：天平十五年〔７４３年〕（天然痘が大流行した直後）東大寺の毘盧遮那仏建立の（聖武天皇の）詔の中の文言。

沖縄の産土

鈴木　比佐雄

沖縄戦が終結した七十六年目の六月二十三日に
沖縄の碧い海原を眺めながら那覇空港に降り立った
糸満市にある「ひめゆり平和祈念資料館」が新しくなったと知り
『随筆と水彩画集　よみがえる沖縄風景詩』を学芸員に寄贈するために
作者のローゼル川田氏と一緒に訪ねた
画集の表紙にはひめゆり学徒隊三名の乙女と
音楽教員だった東風平恵位《こちんだけいい》の絵が描かれている
東風平は福島県出身で作詞家・軍人の太田博に歌詞を依頼し
作曲した「相思樹の歌」が卒業式で歌われるはずだった
女学校の学びを回想し友と師を慈しみ幸多かれと願い

目に親し　相思樹並木
往きかえり　去り難けれど
夢のごと　疾き年月の
往きにけん　後ぞくやしき

学舎の　赤きいらかも
別れなば　なつかしからん
吾が寮に　睦みし友よ
忘るるな　離り住むとも
業なりて　巣立つよろこび
いや深き　嘆きぞこもる
何時の日か　再び逢わん

微笑みて　吾等おくらん
すぎし日の　思い出秘めし
澄みまさる　明るきまみよ
すこやかに　幸多かれと
　　幸多かれと

東京芸大を卒業した二十三歳の絶対音感の東風平恵位は
女学校の学びを回想し友と師を慈しみ幸多かれと願い
生きることの喜びと儚さを永遠に刻むような旋律で
格調の高い名曲を乙女たちの心に刻んだ。

ところがひめゆり学徒隊の卒業式は砲弾がとどろく
沖縄陸軍病院内で行われて
この歌は演奏・歌われることはなかった
けれども乙女たちの間で密かに歌われ続けていた
この「相思樹の歌」は今も資料館の中で流れ続けている

ひめゆり学徒隊は六つの壕に入ったと言われて
その一つがこの資料館の手前にあり

伊原第三外科壕で後に「ひめゆりの塔の壕」と言われた
壕の百名近くの陸軍病院関係者の中で
八十名近くが黄燐弾というガス弾で亡くなった
学徒隊と東風平恵位を含めた四十二名がその中にいた
作詞をした太田博もまた南部のどこかで亡くなった

沖縄師範学校女子部と沖縄県立第一高等女学校の両校は
「女師《じょし》・一高女《いちこうじょ》」と言われて
沖縄の県下から将来教員となるだろう才媛たちが集まってきた
二校の公友会誌を合わせた『姫百合』から『姫百合学園』とも
　言われた
そんなひめゆり学徒隊や教師たちは一人ひとり名前を持ち
当時の顔写真と残された手記を読み進んでいくと
「鉄の暴風」が降り注ぐ中で沖縄陸軍病院へ動員させられた
三月二十三日から六月十八日の「解散命令」まで惨い体験を強
　いられた

《生徒たちの主な仕事は、負傷兵の食事や尿や便の片付け、治療の手伝いなどでした。中には手術室に配置され、手術の手伝いや切断する手足を押さえる仕事などをさせられた生徒もいます。そのほかに砲弾の飛び交う壕の外に出ての、飯上げ（食事の受け取り）や水汲み、死体埋葬、伝令などの仕事もあり、それらは命がけの仕事でした。／陸軍病院壕の中は地と膿と排泄物の悪臭が充満し、負傷兵のうめき声と「水をくれー、水をくれ―」というわめき声が絶えませんでした。負傷兵の傷口には蛆が湧き、それを取り除くのも生徒たちの仕事になりました。》（『生き残ったひめゆり学徒たち―収容所から帰郷へ―』ひめゆり平和祈念資料館編より）

日本政府は辺野古海上基地の軟弱地盤の改良工事のために
糸満市の八重瀬町の土砂を採取しようと計画している
沖縄で四十年以上も遺骨を収集している具志堅隆松さんは
二十三日の六時まで平和記念公園内で
「遺骨の尊厳を守れ」とハンガーストライキをしていた
日本軍と行動を共にし南部の糸満市には避難民が溢れて
多くの悲劇的な死者が出てその遺骨が土砂に眠っている
沖縄の産土には沖縄戦の記憶が今も生々しく眠っていて
その産土を辺野古断層の軟弱地盤に使用するとは
沖縄人の尊厳を永遠に踏みにじるつもりなのか
沖縄の産土を畏敬しない者が
なぜ沖縄を守ることができるのか

詩

Ⅲ

のちの庭

淺山　泰美

散歩道にある邸宅で
春　あさい頃
あわただしく　引っ越しがあり
今は　空家。
広い庭に
しだれ桜が咲き終わったところ
やがて　藤棚がうすむらさきに染まり
まんまるな熊蜂がやってくるだろう
うつくしく丹念に手入れされた　庭へ

うねる太い幹の松
樹齢はいかほどか
白玉椿　乙女椿　石楠花《しゃくなげ》
隣の敷地まで枝をひろげた八重桜は枯れたが

くらい硝子戸の奥から
あかるい庭を見ていたまなざしは
もう　ない
はずされた石の表札があったところ
くろずんで
もうもとには戻らない
しかたなかったのだろうな。

遅い春の陽があたっている　バルコニー
今ごろ
この家の家族は　どこで
なににまなざしを向けているのだろう

ひとが去るということ。
残されるものに　たっぷりと
天からのもらい水

晩夏雑詠 Ⅱ

植松　晃一

初恋の人はいまいずこ
わが身の影も消え果てぬ

※

さきがけの秋に彷徨う赤とんぼ

※

名も知らぬ草を踏みつけていくような人になるな。
名もない花に名前をつけられるような人になれ。

※

春の陽には緑の汗が
夏の凪には実りの重みが
秋の光には雪の痛みが
冬の空には花の微笑みがある
春は夏を生み
夏は秋を育て
秋は冬を呼び
冬は春を求める
四兄弟の輪舞《ロンド》
終幕の沈鐘に
目をつむる茹で蛙

「でも」
「だって」
「どうせ」
後ろ向きの口癖
でも…「だからこそ」
だって…「それでも」
どうせ…「そうであっても」
前を向く習慣
魂の口癖

※

夏凪に漂い香るふるさとの
無邪気な影に音はなし

律っちゃん

高橋　宗司

そのころ近所に律っちゃんという子がいた
御年四歳眉濃く目鼻立ちがはっきりしていた
ぼくが中学生　妹は小学生
律っちゃんはそれなのに吾が家で遊んだ
どんな会話をしたのだったか
ただ　事ごとに反対した律っちゃん
たとえば
〈美味しいかい〉と聞けば〈美味しくない〉
〈きれいだね〉と言えば〈きたない〉
律っちゃんは極端な第一反抗期の只中
たたかっていた
お母さんは結核に罹り
長い間遠いところに入院している
　回復途次の彼女が恋をしている
近所のお母さんたちの噂話
しかしそれは　そういうことだって在り・・・
律っちゃんの反抗期には無関係
こんな　お母さんたちの噂話を記憶する
ぼくのおかしさ
天邪鬼は第一反抗期の別名
律っちゃんだけではない
人間に固有の　また
幼年期における人間の普遍的な姿だ
あまのじゃく
天邪鬼の反抗を笑えようか

はみ出す花

スカイブルーの車に十年
車を再び点検に出した
免許返上もさほど遠くない

小さな工場から駅に歩いた
通りの少ない裏町を選ぶ
朝の気配漂う道沿いの家々
塀から一重の白い花がはみ出し　枝と葉の形から
白山吹に違いないと思われた
花びら大きく一重が良かった　清楚　純粋

駅が見えて来た
古い醤油工場倉庫群の門前
これも道路にはみ出した花
八重桜は八重である　派手で鈍重
ではこれが嫌いかというとノー
その八重もまた美しい

かつて或る図画の先生が甕を焼いた
太めの甕も胴体の細い甕もそれぞれ良かった

そして振り返る　一重の花八重の花
私はどちらも好きなのだ

いつか駅に着いていた
電車は最近高架化　町を遠望し見下ろして走る
花にこころ弾ませ
私はこれから初乗りするのである
いまからワクワクしながら

哀しみ

向こうの林ポツリとひとつ
山桜咲いた　土手はうす桃
満開の　染井吉野並び
さくらの樹下に菜の花乱れ
一面イエロー
小山の土手に私ら解かれ
見晴るかす県境河川
対岸真にイエローの絨毯
燕来る　ひとを疑わぬ燕
疑わぬ愛しさ
私らマスク忘れそう
春の空哀しい　など思わない
おもわない

歯

這い這いが始まる頃
児は　盛んに口中を気にし始める
人生最初の複雑奇妙な表情
児は知らない
自分に何が起きようとしているのかを

入試が生え揃うと
いよいよ笑顔が愛らしくなる

けれどどういうことなのだろう
その歯が抜け　新しい歯が生まれて来るとは
抜けた上の歯は縁の下に
抜けた下の歯は屋根の上に
祖母の言葉が何か哀しい

新しく生えた永久歯ってさびしくないか
年積り　上の奥歯が抜けた
伴侶に聴くと一瞬　きょとん
　ああ乳歯が抜けるって目出度いこと
　可能性や願いを込め　投げたのよ　きっと

コロナの季節　歯科医院に行かず
抜けるのを待った永久歯は
紫陽花の凋れ株めがけ放り投げた

うねり

東梅　洋子

古希　ための彼女と祝う、震災をきに縁を結んで10年、気持ち加速出した事、同じ時間を共有した事、早くも長くもあった。病と共に生きると決めた彼女、私はまだ迷路をさまよう途中、

生という二文字を考えた時　母の生き方はどうだったのかと、生真面目な昔人、

父が遊び呆けている頃、飲めもしない酒をあおり一升びんを抱いて座り込んで居るのを、生涯で一度だけ見た。子供心に感じるものがあったかも知れません。それ程に父の遊びは長く続いていたからです。

母のボケが始まったのは60才頃、突然やってきた、買い物に出た時の事。「私の買い物じゃない物が入っている」ささいな事から少しずつ目に見えて進行しはじめて来た。犬の嫌いな母が、又朝早く近所の庭先へ行き草むしりに歩き、目覚めた住人を驚かせていた。

なにより、父の姿が見えなくなる事を恐れ、電話で所在を確かめる、不思議と相手方の番号は忘れてはいないらしい。近所を探し歩く母。健気でもあり哀れとも思った事も。よく聞く「頭の中の消しゴム」気丈だった母を想うとザワめきが止まらなかった。その内、排泄物の処理にとまどい汚れ物を隠すという行為に行きついた。

認知と認定され、その頃には記憶の交差点を現在と過去を、右往左往していたのだろう。父も脳梗塞を、軽症な為、在宅介護で頑張っていた。天気の日父が買物に出る時は、きまって庭先の桜の根元に椅子を出し帰るまで動かず待っているものでした。父の体調の事もあり母は入院する事となったのだが、父恋しと、タクシーを自分で呼び脱走を何度かはかった事、昼と夜が反転し、夜は詰め所で夜明かしもあった。その頃は落ち着き、手遊びをしたり、歌を歌って過ごす事も有った。

入院も長くなり、月に二度程母を見舞う、その頃は子供返りが見え、菓子をねだり「ちょうだい、ちょうだい」と手を重ねる仕草を繰り返す。この人が母かと涙が出た。

父が逝った。母に会わせるために一時帰宅するが、あれ程恋しいはずの父がわからず、知らない人が眠っていると、そっぽを向き歌い手をたたき笑い、他人事、何んとも言えない姿でした。その後一人で見舞う、母の部屋からは海も見えるが、ベッドに居る時間の方が長くなっていました。プレイルームに行くわけでもなく一人で、オムツを嫌う母が、オムツをし、残る時間もそう長くないらしい。訪ねるときまって、「父さん今買物に行ってる」「釣りに行ってるけどもう少しで帰るよ」と、私の指輪を欲しがり、はめると喜び「洋ちゃんに似合っていそうだから、あげる」「洋ちゃんみたいな服着たい」色違いの服一式買い揃えましたが袖を通す事はありませんでした。

前に小川糸氏「ライオンのおやつ」紹介させて頂きましたが、人が人を支える、同じ道を歩きながら見取る強さ。

母の年に近づきつつある今、友人が向き合う命のあり方、治

療と平行しパートナーの介護を続ける友人、目の前にある現実を見る事になった老人介護の職場グループホーム、「ライオンのおやつ」が思い浮かぶ、命の有りようは異なりますが、ホームで暮らす皆さんは有る意味でライオンの中のマドンナが語りの中での「最後の時をオーガズムで」と、私なりの解釈で今がオーガズムの中で暮らす入居者の皆さんの日常にあると思っております、介護福祉士の方々の奉仕する姿、母がお世話をおかけした方々、仕事と割り切るにはあまりにも苛酷な、苛酷すぎる姿を、職員として末端に身を置き半年以上見てまいりました。頭が下がります。高齢化社会に入った現代、人事として考えるなどできません。

私事で書いた「つぶやき」両親の恥部を暴露してしまいました。あちらの世界で苦笑いしている事と思い出します。社会に貢献するささいな役割をする父と母を見て来ております。と書く事で私が両親に会った時、頭をなでてくれると思います。誇れる両親大好きです。

父さん
母さん
貴方々の手は大きく
あたたかく
時にはこぶしに
他人の役に立つ事
その鎖をつなげと

マイクを置いて Ⅱ

外村 文象

魅惑の歌声 山口百恵
四十年の年月を経て語り継がれる

デビュー当時の歌
「ひと夏の経験」
「青い果実」

山口百恵自身が求めた
阿木燿子 宇崎竜童コンビによる
「プレイバックPART2」
「曼珠沙華」
「不死鳥伝説」
「さよならの向こう側」

谷村新司の「いい日旅立ち」
さだまさしの「秋桜」
名曲に恵まれた
幸せな歌手生活
女優としても活躍し
理想の男性との出会いがあり
思い立った ひと筋に
引退結婚への道

令和のいま 成人して
息子の三浦祐太朗が
母の歌を歌い継いでいる

百三歳の詩人

詩誌「午前」の
山崎剛太郎さんは
百三歳で元気に
作品を発表している

老々介護で苦しむ人が多い中
元気な詩人の存在は
勇気づけられる

山口剛太郎さん
生命ある限り書き続けてほしい
水晶のようにキラリと

輝く一篇を

最近「午前」第十九号を手にして
山崎剛太郎さんが三月十一日に
逝去されたことを知らされた
長い間お疲れさまでした　合掌

五個荘町《ごかしょうちょう》の家並み

東近江市にある五個荘町の家並み
近江商人屋敷として知られている
外村繁　辻亮一　塚本邦雄
などの文学者を輩出した

外村与左衛門　塚本定右衛門
ワコールの塚本幸一
などの実業家も育った

東京　大阪　京都などで
店舗を持って商売に励んだ
近江の次男坊たちの職場となった
質実　剛健を信條として
汗水流して働いた

滋賀県は六分の一が琵琶湖で
働く場所を県外に求めねばならない
妻子を故郷に置いて
単身赴任で働いた

忍耐　節約　勤勉の成果が
五個荘町の家並みとして残された
先人達の偉業を
書き残すのが私の責務

ありあけ

水崎　野里子

いつもの体操に行く
いつもの　グループ
第一　第二体操
健康体操　年配の参加者が
多い

いつもの　公園に
着く　でも　誰も　いない
ベンチに　座る
ブランコ　滑り台　木々
葉は　　落ちた

しばらく　　待つ
誰も　来ない　帰ろう
今日は
正月
元旦　休日

朝まだき　闇が　うっすらと
白けた　白けて　いる
薄明　公園の　土が見える

ふと　空を　見上げる
あ　月だ　まん丸　空の
真ん中

ありあけの　月
ぼんぼりのように
ふんわり
でも　くっきりと　浮かぶ
輝く　空のランプ　コイン

ありあけの　月

（ありあけの
つれなくみえし
わかれより）

思い出す
思い出しながら
歩く
ペタペタ　公園の
土と　靴の音
薄らいで行く闇

明るくなっていく　世界
あの時も　遠い昔も
見上げる　振り返る
あの　空
ありあけの　月

わたしは
あなたから
離れる

離れてゆく
止めどもなく
離れて　ゆく

わたしは
あなたから
去る　去ってゆく

さらば　恋人
ありあけの　月よ

ひーちゃん

小山　修一

掃いて吸って拭きながら
壁に沿って左方面に向かいます
まんまるいから
自由自在に動けます
角まで来たら壁を離れて部屋の中央を目指します
テーブルやキャスターの脚、扇風機
ぶつかるモノがあればぶつかります
おおよそジグザグにすすみます
平たいから
ソファーの下に潜り込むこともたやすくできます
二度三度、脚にぶつかってから外に出ます
外に出たら先ほどの壁に向かい
角から左方面にすすみます

にんげんだって
壁や困難にぶつかって
じんせいの機微・悲哀を理解し
己の在りように気づき
にんげんとして成長できるのではないでしょうか
とんがらないで
まるくなって
背伸びしないで
平たくなって
あゝ、ジグザグ歩行の
我がじんせいの並木道
汚れた心も
きれいにしましょう
なんて、余計なお世話でしたか
ですよね

にんげんが出した塵芥《ちりあくた》、汚れを
この身に引き受けるのが仕事です
汚れることを厭《いと》いません
片方がきれいになれば
片方は汚れる
兎角、この世のバランスは
アンバランスで維持されています

不平不満や非難めいたことは言いません
仕事が終われば
充電器に向かってまっしぐらです

一流メーカー出身ではありません
店頭でのお取り扱いはいたしておりません

インターネット販売のみのご提供
激安!!掃除ロボット・ひーちゃんの
ひたむきで
健気な
じんせいの一コマです

空経《くうきょう》―一日一唱―

一触即発二束三文　三食摂取四捨五入　五臓六腑七転八倒
八幡九条十月十日　出産粛々衆参解散　禁色断食冠婚葬祭
無理難題無味無臭　無理難題五里霧中　空腹満腹空中庭園
魑魅魍魎魑魅魍魎　全身全霊前人未踏　血管年齢業務命令
文法軽視情緒重視　奇々怪々危機回避　格下猫舌幕下巻舌
成人式葬式結婚式　銀婚式金婚式一式　色即絶句俳句一句
遍歴還暦旧暦新暦　感謝感激終点終活　感謝感激終点終活

手をつなぐ

きつく握ればこわれてしまいそうな
孫たちのちっちゃい手
忙しくて、余裕がなくて
あまりかまってあげられなかった僕の子どもたちに
かさなる、そのぬくもり

お母さんの手
きょうだいの手
友情の手
初恋のひとの手

たいせつなひとたちとの
思い出が刻まれている僕の手

連れ添って四十年
僕と妻は
手をつないで
川の流れを眺め
せせらぎに耳をかたむけている

ひかりだま

久嶋　信子

きょうも
きこえてくる
点滴ボトルに
面
いっぱいに
記された
あなたへの
看護師たちの
メッセージ

きょうも
よみがえってくる
看護師たちに
たのみこんで
点滴ボトルに
寄せ書きを
記してもらい
無邪気に
はしゃいでいた
あなたの
顔

きょうも
かえりみる
宝物の
点滴ボトルを
スタンドにかけて
びょうしつの
ろうかを
なんしゅうも
しゅうかいしていた
あなたの
すがた

きょうも
勇気づけてくれる
先が読めず
不安にかられ
おちこんでいた
わたしに
まけてなるものか
と
体力づくりを
すすめる
あなたの
闘志

きょうも
共感する
あきらめる
ことなく
単調な
入院生活の
なかを
きまったじかんに
くりかえし
ねりあるいていた
あなたの
無言の意志

きょうも
かんじる
放射線で
破裂した
内臓の痛みに
耐えながらも
点滴ボトルの
あなたへの
メッセージを
わけあたえて
くれた
あなたの

エネルギー

きょうも
ひびいてくる
点滴なしでは
生きられなくなった
あなたが
担当医に
あたらしい
治療を
もとめて
催促した
あなたの
声

きょうも
きざまれる
生の
情念を
たぎらせて
ベッドから
おきあがろう
と
さいごのちから
ふりしぼった

あなたの
生き方

生きることを
おしえてくれた
入院生活の
あなたの
メッセージ
こころの
ポケットに
いれた

あなたの
前に
あゆむ
うしろすがたを
見つづけることで
入院患者の
服を
ぬぐことが
できた

また
ふたたび
現実の
じぶんの
居場所に
もどって
いけた

あなたの
熱情の
メッセージは
わたしの
たいせつな
いちばんぼしに
なった

このいまも
年月が
重なれば
なるほど
「きょうも
げんきになろう」
と

問いかける

杉本　知政

隣家のおばさんは
とうに九十の坂を越えておられる
でも元気そのもの
毎日晴れれば畑へ出られた
暑さなど気にもしない

時はいま初夏の終わり
ほととぎすの啼声がしきりにしている
花壇も菜園も花ざかりである
庭にはゆり　ばら　あじさいなど
赤　朱　青　白　紫に満開
畑にはトマト　キュウリ　ナンキンの笑顔

今朝はナンキンの雄花を摘み
雌花との交配をする
十年程前は
一つの雌花に蜜蜂が数匹入っていたが
今は一匹も姿がない
人の手を借りねば実を結ばなくなっている

「なってますか」
突然背後からおばさんの声がした
「ぼつぼつです」と答え振り返る
作物の育て方　施肥《せひ》の時期などなど
しばしば訊《たず》ねてこられる
立ち去って行くその背が
未知の國の扉を開く鍵を
そっと手渡していた
坂道は次第に急勾配になってきた
時折り休みながらおばさんを見習い
問いかける旅を続けている

あなたは一厘《りん》の花のように

柏原　充侍

いつかこころを覚え
青春の途をただ歩いていた
苦しい時　うれしい時　かなしい時
そんな時　となりにいたのは　あなただけでした
まだ　未成年の　幼き想い
胸があつかった　ただ人知れず泣いた
生の苦しみを　はじめて覚えた
二人で遠く山々を眺めていた
口元は美しく　肌はやけて
ただ　わかってほしかった
だれよりも　何よりも
あなたしかいない

やがて告別《わかれ》の刻　涙を知りえた
青き春のかがやきは　想い出は
いつも希望の日々だった
あなたは一厘《りん》の花のように

もう一度秋がやってくれば

激しく　光かがやく　真夏の太陽
夏の恋人達に　愛という名の　美しさ
海の将軍様は　どこまでも　遠い海岸線のむこうまで
春に別れ　そして出逢い
夏の情熱に身をまかせ
やがて　背広を着て　お化粧をした
イチョウ並木　胸を焦がすような
あの若かりし頃　一体自分は何を見ていたのか
遠くから　山々を眺めれば
なぜか　生きることを惑わせ
枯れ葉が　街の風とともに　吹きすさび
あの《(想い)》とき――なぜ伝えたかった言葉と
名も知れぬ　涙の意味
もう一度　人生をやり直したい
それも　生きている証
秋になれば　心地良い　秋風が
再び　愛をつれてくる（から）

天国の季節

本日快晴
空は蒼《あお》く　街並みはにぎやかだ
山に登りたい　海に行きたい

みなの思いをのせて
飛行機雲は　どこまでもつづく……
公園のベンチでひと休み
暑い　アァ暑い
海に行けば　青春のひかり
肌が小麦色に染まって
だれよりも好きだった　あの笑顔
白い口元が　あまりに惑わされて
「山に行こう」
昇りの人生　下り坂の人生
下界の景色は　まるですいこまれそうだ
忘れない　いつまでも忘れない
あの夏に出逢った　とりもどせない笑顔を
太陽は笑っていた

車イスに乗るおばあさん

笑《わら》っている　わらっている
口元はなぜか　なつかしい母の面影《おもかげ》
病棟でゆったりとしている
白髪《はくはつ》の女神　年《よわい》はいかほどか
無口であり　なおも優しい　高貴なる女性
お昼の午後三時すぎ
お茶の時間　あなたの姿はない

窓から外を見わたせば　いつもと同じ
いつもと同じ景色　景色以外にありえない
花やかな　娘時代　みな若かった
私は旅人状態でいた
「自分はなぜ生《う》まれたのか」
家に帰れば　おとん　おかん　おにい
そして京都に住むおねえちゃん
朝　遅くまで寝ていた
車椅子に乗るおばあさん
ただ　静かにほほえんでいた……

あかつきの朝

春眠あかつきを覚える
朝焼けのかがやき
梅の花がかぐわしく　遅ればしの桜の花
空気はどこまでも澄んで　すべての人生が
まさに自分のためにあるようだ
若かりし日々　なんといえばいいか
暑くもあり　寒くもなり
やがて夏がやってくる
生命の神秘
蟬のけたたましくなきすさび
あまりにも短すぎる蟲たちのいのち

蛙《かえる》たちは夜になると　愛の大合唱
田んぼぞいと歩けば　子供の頃にあそんだ
幼かりし日々　少年時代　やがて
青春のよろこびを胸に秘めて
秋がやってきて　枯れ葉が舞い散るとき
冬の日に咲く華を　つかみとりたい

絵本

ほほえみ　かわいらしい
赤い靴《くつ》をはいている
ベンチにすわって　ひなたぼっこ
なぜか　皆があそぶ公園なのに
幼い女の子は　いつもひとりぼっち
どんな大人になるだろうか
命の永《なが》さはわからない
空から雀が飛んできた
「ないよ　ないよ　なんにも　ないよ」
平和な日常　昼下がり
そのときだった……
どこからともなく　シャボン玉が飛んできた
この光景が忘れられない
「一緒にあそぼうよ」
女の子は　ただ静かにほほえんで
しばられていた　ベンチから自由になって
まるで絵本のようだった

生まれてきたんだ

ここにいること　あそこにいること
どっちだろう　不思議な気分だ
窓から躰をのりだすと　想わず
地面がおそってきそうだ
生きたい　誰もがそう想う
考えていること　歩いていること　そして
こころを覚えること
世の中は怖い　けれども　人とひと
同じように生まれてきた
わからない　わからないよ
たしかに生きている　ぼんやりとでも
光がまぶしい　なぜだ
天の国はあるだろうか
今日も快晴　太陽は光輝《かがや》く
いつもと変わらい日常
命を大切にしよう
皆で〈生〉の讃歌《さんか》を詩《うた》いあげよう

川

座馬　寛彦

なみなみと水を湛えた
「母なる川」が
少年の住む町を横切っていた
畔の小学校の校歌に
たゆまぬ流れと
清らかさを讃えられたその川
花火大会の夜には
露天が鼈甲色の灯を並べ
人影が繁く交差するその川
釣り好きのおじさんが
お裾分けにくれた
鮎たちが潜んでいたその川
誰も相手にしなかったけれど
オオサンショウウオを見たと
上級生が言い張ったその川
沿岸の岩場から
同級生が
身を投げたというその川
ライオン岩や屏風岩
奇岩怪岩を成す河岸の
硬い硬いチャート層は
来る日も来る日も
冷たい水流にこすられ削がれ
長い時を耐え忍んできた
どうしていまその谷が
こんなにも暗くて明るい
本当か嘘かの見分けのつかない
奇妙な景観としてあるのか
ゴイサギが
おろし金みたいな側面をもつ懸崖で
いっとき羽を休めている
どうか鳥たちがここを発つまで
醜いものを見なくてすみますように
無垢で無知な少年の祈りが
遠い対岸にこだましている
寝付けない夜
耳もとに
川床の小石を打つ水音が聴こえた
川べりをさまよう犬の
小さな悲鳴を紛らせて

話題の本のご紹介

歴史に埋もれていた俳句の〈巨人〉初の評伝！　大論争の真実、大俳人らとの交友、壮絶な生涯を気鋭の俳人が描く、影の戦後俳句史。

日野 百草 著
評伝 赤城さかえ
——楸邨・波郷・兜太に愛された魂の俳人

2021年7月2日刊　四六判　264頁　上製本　2,000円+税

赤城さかえは戦中はコミュニズム活動に従事したが、加藤楸邨を俳句の師として深く交流し、石田波郷とはサナトリウムの同室の友であり、金子兜太からも高く評価された。結核の病魔に侵されながらも、「馬酔木」に連載された主著『戦後俳句論争史』など貴重な俳論を後世に残した。巻末資料として評論『草田男の犬』、句集『浅利の唄』を完全収録。

原詩夏至 著
鉄火場の批評
—現代定型詩の創作現場から

2020年11月4日刊
四六判／352頁／並製本／本体1,800円＋税

社会現象、思想哲学、宗教、サブカルチャーなど様々な観点から切り込みつつ、同じ創作者としての深い共感と理解を背景に鋭く豊かな批評を展開する。短歌では佐藤佐太郎、穂村弘、斉藤斎藤、染野太朗ら、俳句では小林一茶、高浜虚子、石牟礼道子、照井翠ら、現代の歌人・俳人を中心に、作者の有名無名を問わず作品を取り上げ、論じる。

俳句・短歌

批評基準で俳句と芸術を考える
―正岡子規「俳諧大要」と高浜虚子〈「玉藻」研究座談会〉

鈴木　光影

正岡子規「俳諧大要」を読む

機会を得て、正岡子規「俳諧大要」を再読した。日清戦争の従軍記者として中国大陸に渡ったものの喀血して帰って来た子規が、故郷松山で養痾中に執筆し、明治二十八年（一八九五）から新聞「日本」に連載されたものだ。前半は俳句本質論が、後半は俳句修学術が、子規の残した評論中、最もまとまった形で書かれている。冒頭に次の有名な一文がある。

一、俳句は文学の一部なり。文学は美術の一部なり。故に美の標準は文学の標準なり。文学の標準は俳句の標準なり。即ち絵画も彫刻も音楽も演劇も詩歌小説も皆同一の標準を以て論評し得べし。

（俳諧大要「第一　俳句の標準」より）

なお、ここでの美術は芸術を指す。近代俳句の祖、正岡子規がこのように理路整然と「俳句は文学」と言い切っているのに対し、現在の俳句観では賛否が分かれるだろうとも思う。実際、昭和の石田波郷は、「構成とか創作とか想像とか、さふいふものが文芸の性格をなすならば、俳句は文学ではない。俳句は人間の行そのものである」（「此の刻に当りて」昭和18年10月「鶴」）といい、韻文精神の徹底と切れ字の使用を唱えた。これは戦中に起こった散文化・スローガン化した新興無季俳句への批判を多分に含んだものであったが、「俳句は文学ではない」が独り歩きして曲解されもしただろう。俳句は文学（芸術）か、そうでないか、という二項対立を超えて、子規の「俳諧大要」の引用部について考えてみたい。

そこでまず、私なりに図式化をしてみた。俳句も文学も美術（芸術）の円の中に包まれる（図1）。そして諸芸術ジャンルは「美の標準」によって通底している（図2）。また、柄谷行人は引用部を次の様に解説している。

むろん「美の標準は各個の感情に存す」がゆえに、「先天的に存在する美の標準」はないし、あったところで知りようがない。しかし、「概括的美の標準」はある、と子規はいう。ここで彼がいうのは、二つのことだ。俳句は、芸術であるかぎり、同一の原理の中にあるということと、そして、それは、個々の感情に根ざすとはいえ、知的に分析可能なものであり、したがって、批評が可能であるということである。

（柄谷行人「俳句から小説へ　子規と虚子」）

この指摘は、俳句が芸術であるならば諸芸術と同じ基準で批評が可能であるということだろう。しかし同時に、批評（知的に分析）が可能であるならば、俳句は芸術であるということも言えそうだ。「美の標準」（図2）＝批評の有無こそが、芸術一

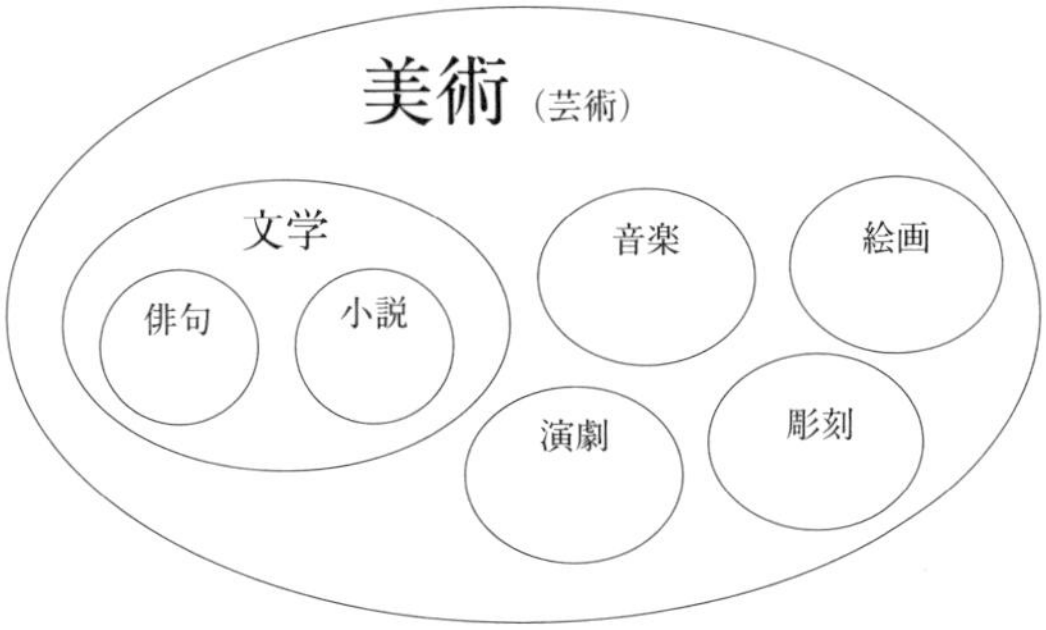

図1

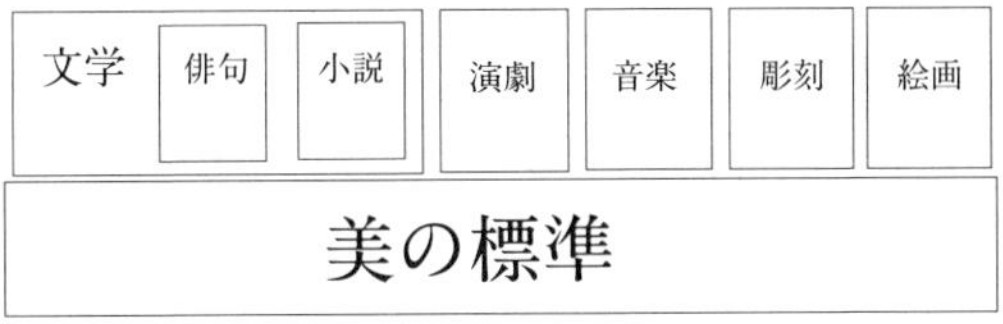

図2

般という概念（図1）を成立させうるということか。子規は明治二十一年（一八八八）に習作集「七草集」（漢詩・短歌・俳句・謡曲・物語など秋の七草に見立てた七種）を書き上げていて、また病床では多くの写生画も残した。異なるジャンルであっても同一の基準で批評できることを実践のうちに体得したのだろう。

作る者と享受する者

高浜虚子は先の子規の「俳諧大要」の引用部について「之は極めて当り前のことを云ったのでありますが、併し其当時は俳句が俄《にわか》に高く評価されたものの如く感じて、皆驚きの目を瞠ったものであります。」（高浜虚子『俳句読本』昭和10年）といっている。歴史的に鑑みて、当時はいかなる芸術観や俳諧（俳句）観を前提としていたのかを踏まえたうえで、子規の言葉は読まれるべきだろう。小西甚一は『俳句の世界』（講談社学術文庫）で、「俳諧の時代」と「俳句の時代」という区分けで俳句史における芸術観の変遷を説いている。

平安時代以来、作る者と享受する者とがはっきり別である種類のわざは藝術にあらずとする意識が、根づよく存在した。もちろん、その反対は、藝術なのである。いまわたくしたちは、画や彫刻を藝術だと意識する。しかし、それらは、昔の人たちにとっては、けっして藝術ではなかった。（略）

だから、俳諧は、ひとつの「閉鎖された世界」であり、また「自給自足の世界」でもあって、どこからでもおいでなさいの自由貿易国ではない、その点は書でも和歌でも、同じことである。（略）

俳句は「解放された世界」なのである。それが子規による革新のいちばん重要な眼目であった。

小西によれば、俳諧や和歌や書は作る者と享受する者が同じであるというそのことによって当時の「藝術」であった。しかしいまの芸術観は反対に、作品を享受する者は必ずしも作る者ではない、むしろ別の者へと広がっていかなければ、芸術とはみなされない。このような芸術観の時代的差異を頭に入れておく必要がある。その上で改めて「俳諧大要」の引用部に戻ると、子規が言う「美術（芸術）」とは、作る者イコール享受する者という旧来的な芸術ではないのは明らかだ。「俳諧大要」で子規は、作る者と享受する者が異なる新しい芸術観を提示するとともに、その中に俳諧を位置づけることによって、俳諧を俳句に変革したのだ。そしてその芸術観の核心は、「皆同一の標準を以て論評し得べし」という批評可能性である。

もし現代の俳句への批評文が、俳句実作者にしか通用しないものであるならば、それは「俳諧」的であり、旧来的な芸術観に寄っていると言えるのではないか。

ただ、俳諧の歴史的延長線上に俳句があり、俳諧と俳句で明確に二分することには留保が必要だ。俳句における切れの効果や、季語によって生み出される象徴性などの基礎知識・体験が読者と共有されなければ、凝縮された短い言葉の連なりである俳句は読解できないこともある。このような俳句を読むにあたっての基礎知識が文化教育として継承されていないことと、詩が入り込むすきのない「取扱説明書」的な道具としての言葉に呑み込まれる情況下で、現代でも、俳句を作る者イコール享受する者という「閉鎖された世界」を無意識に志向している俳人も多いのではないだろうか。これは現代に限らない事象かもしれない。俳句は、俳諧を志向しがちなのである。

しかし、果たしてそれでよいのか、と、子規の「俳諧大要」は問いかけてくる。子規の言葉が現代の私たちの頭を柔軟にしてくれるのは、子規の問題意識は、俳句に限らず芸術を対象としているからだ。そして、芸術に内包される俳句とは、「美の標準」を外と同じくする総合的芸術としての可能性が開かれているということ。またさらに、子規にとっての芸術批評とは、単独のジャンルを超えた射程をもつものであったことも読み取れそうだ。

高浜虚子の批評

子規の弟子の高浜虚子は、子規が没した一九〇二年から、俳句の創作を離れた。その間小説の創作に没頭し、一九一三年、河東碧梧桐の新傾向俳句に対立して俳壇に復帰。俳句の根本理念は「花鳥諷詠」「客観写生」であるとした「ホトトギス」は大正・昭和俳壇の中心となった。その虚子の晩年、「玉藻」（虚子の娘、星野立子創刊）掲載の「研究座談会」（虚子が若手に交じって同時代の俳句を読む連載。虚子は昭和二十九年四月から昭和三十四年四月まで参加）で、虚子の俳句批評の特徴を見ることができ興味深い（筑紫磐井編著『虚子は戦後俳句をどう読んだか』深夜叢書社　参照、抜粋）。「人間探求派」の一人、加藤楸邨の句〈かなしめば鵙金色の日を負ひ来〉への批評の一部を引用する。（［　］内は同席者・星野立子の発言）

虚子　［何故こんな気負って作らねばならないか（立子）］
昔から私に句を見せる人の句は見てゐます。見せない人の句まで見る暇がない。楸邨という名前は聞いてゐるし、一度来たこともあるので人は知ってゐるけれど、一家をなして独立してやってゐるから、その句は全く見なかつた。今初めて其句に接して、かういふ感じは我々の感じと根底から違つてゐると思ふ。
虚子　[研究するのに広く見る必要がある（立子）]それはそうだ。併し私は仲間の句を見るだけで一杯だ。芭蕉も他門の句と言って敬遠してゐる。
虚子　写生的でない。写生的な句を強調してゐる我等にとつては門外の句だ。

一連の「研究座談会」を概観すれば、「ホトトギス」派外の作者であっても、俳句に即して是々非々の批評を加えているのだが、虚子独自の俳句基準も強く伺える。筑紫磐井氏は虚子の評価用語を「①われらと同じ俳句 ②われらと違う俳句 ③問題ある俳句」と整理している。引用部の「我々」「我等」とは「ホトトギス」的（花鳥諷詠（有季）、客観写生を理念とした）俳句という意味だろう。筑紫氏はこのような「われらの俳句―われらと違う俳句」という虚子の評価基準は、相対評価であり、「否定の理由にはならない」という。つまり自分たちと違うが否定はしない、というのだ。虚子は、無季俳句については「十七字詩」と呼んで、季題がなければ俳句ではないが、評価基準は「（「十七字詩」も「俳句」も）面白みは同し文字が齎すのだからおなしでなければならぬ」と述べている。

さてここまできて、子規と虚子が辛うじて繋がった。子規の「皆同一の標準を以て論評し得べし」は、虚子（「面白みは同し文字が齎すのだからおなし」）にもある意味で引き継がれていた。だがしかし、虚子の前出の批評は、果たして批評と言えるだろうか。俳句として絶対的に正しい「われらの俳句」を定め、それに合致するか否か判断を下してから論評を始めるという考え方自体が、虚子の俳句批評が、「作る者イコール享受する者」の俳諧的な「閉鎖された世界」に囚われたものだと言わざるを得ない。

虚子　新興俳句といつても、何といつても、さう新しいことは出来ませんよ。俳句は、そのうちにほろびますよ。併し能楽、歌舞伎がなか〳〵亡びないやうに容易に亡びない。伝統の中で新しいことを出来るだけするのが、我等の任務ですよ。それでも中々大変な仕事です。それが伝統俳句の世界です。もつとづば抜けた新しいことをしたい人は、俳句から、どん〳〵出ていつたらいいのですよ。

俳句はほろびるだろう、と虚子は言う。しかし今も俳句を生き延びさせているのは「われら」伝統守旧派の仕事だけでなく、「われらと違う俳句」でもあったことはその後の歴史が証明しているのではないか。虚子とは、このような極端な守旧派を演じることを、自らの使命と課した人だったのではないだろうか。ホトトギス楼上に立て籠もる虚子の孤独にとって、「研究座談会」は、か細くも貴重な外部との交流であったようだ。「俳諧大要」（第三　俳句の種類）で子規は、俳句の種類分けを縷々述べた後、「一、以上各種の区別皆優劣あるなし。一、以上各種の区別皆比較の区別のみ。故に厳密にその区域を限るべからず。」と、俳句を「解放」している。

寒昴

今宿　節也

宵闇に麻の葉小紋すっきりと
柝《き》のあとの私語春潮の引くごとく
しぐるるや懐古に酔ふを許されよ
鯛焼屋去年《こぞ》と変はらぬ場所にあり
面売りも拗ねる児もゐて秋祭
夜祭の闇のふかさや木漏れ星
主役より遠呂知《をろち》やんやの里神楽
やっちゃ場をふと憶ひだす師走凪
「山月記」静かに閉ぢる夜寒かな
またひとつ道楽《あそび》の増えて年を越す
野暮なこと云いっこなしとぽち袋

岸田劉生「麗子像」をみて三句
肩掛けの丹《に》は厚くして秋思かな
鬼《き》のごとき秋の色して「麗子像」
秋冷えや「麗子微笑」のうっすらと
主星ベテルギウスは爆発寸前という
オリオンも命終《みやうじふ》ありて人めけり
寒昴いま瓔珞となりにけり
いくつから年寄りと呼ぶ寒の入り
ポラリスは眸の如く春立ちぬ
節分に生まれ五ヶ月後に父みまかりぬ
立春や父の三倍も生き不肖なる
龍彦の奇譚すなはち春の夢
起も結もなくうとうとと春の夢
地震《なゐ》のあと猫落ちつかず日永かな

孤蝶

松本　高直

深呼吸春はどこから呟いて

黄蝶舞う土手に寝ころび鼾かく

影法師浮雲めがけて背伸びする

白魚の小指絡ませ汐を待つ

最終走者《アンカー》が時の尻尾に追い縋る

花に酔い王手飛車取り食らう午後

春なのに枯葉舞い立つ「民主国」

春の宵理不尽怒る驟雨降る

判じ絵の中は満開姥桜

国の花陳謝謝罪で朽ち果てる

膾炙なる漢字横目に膾食う

風光る峠の宿の恋衣

杏咲く女《おみな》の丘の蝶の夢

春風に桃色翻車魚《マンボウ》揺れ惑う

変異する病は恋の朧月

後朝の翳み目に映ゆ立つ緑

山笑う木立ちの陰で鬼嗤う

黄砂降る東の国の仮面劇

マスクして間諜《スパイ》となって桜見る

日常の鍋底抜ける暮の春

遠眼鏡山の桜はまだ散らず

春眠の暁の星はるまげどん

レトルト

原　詩夏至

草食といへ角豊か夏の森
信号も青や大路を若葉風
蜥蜴見るとき少年も地に頬を
天界の如く白亜の夏館
内見の部屋ひろびろと窓若葉
サッシ戸の桟濡れゐたり若葉雨
葉桜の黙《もだ》少年は青年に
洋犬もゐて新緑の村社
銀鍋に煮ゆるレトルト青嵐
さん付けのまま添ひ行くや街若葉
重《おもたゆ》き雨後の湿り気青葉闇

小満の雨に濡れゐるポリ袋
凝《み》視《つ》めねば見えぬ雨粒青葉寒
禁断の実も黴びゐたり昼厨
己が毛を嗅ぎ安らふや梅雨の犬
炎帝の踞《かが》み顔寄せ来る気配
何もせぬとき風涼し法被の背
唇《くち》青く帰る磧《かはら》や川遊び
夏雲の先一指だに触れ得ぬ死
舟虫の無明を走る迅《はや》さかな
黄金の入江の入日夏の果て
大き背を見せ人去るや夏木立

賢者の夢

福山　重博

始祖鳥や化石の森の脆い春
人形の首ころがって春の雷
日時計や四月の荒地で溶ける魚
春深し隣家のオウムは反抗期
換気扇が笑う深夜の目玉焼き
新緑や玻璃の棺で眠る魚
新緑やカラスの死骸の細密画
初鰹湯船に老いた刺青あり
龍宮の蛸砂時計を弄ぶ
てんとうむし愛が死んだふりしてる家
父の日に裸電球の店で飲む
名画座にのこる血のいろ片かげり
カブト虫きのうの正義が死んでいる
蛍火や風が嘘つく街の闇
黒白のフィルムに昭和の殺気あり
壜詰の手紙で満ちる怪魚の胃
歯を削る音を聞く午後蟬の殻
能面の鬼女に殉ずる火取虫
麦の秋補欠の子が打つホームラン
燃えつきて満足顔で蟻になる
人形が空き家で笑う夏の月
黴の花賢者の夢の成れの果

夏雲に寄す

水崎　野里子

朝体操みんなで仰ぐ夏空や
夏空の雲よむくむく膨れ顔
積乱の雲かあるいは入道雲か
さふ云へば入道の名のなつかしき
怪僧は気分害して顔むくれ
幼な日に父と仰ぎし夏雲や
すこやかに水平線より雲の立つ
雲映す夏海入りてわれはしゃぐ
夏の海大波小波雲の波
注意せよ夕立雲の襲ひける
夏祭り綿飴買ひて雲喰らふ

朝顔の祖母の縫ひたる浴衣雲
雲のごと袂も帯も翻へる
いじめられ地面を見やり帰る子よ
大人時期《どき》夏雲忘れ地を這ひぬ
雲に乗り世界旅する少女夢
ノンちゃんは雲にただ乗り世界ゆく
スイスなるレマン湖畔夏の雲
フランスの友と見上げし雲の空
雲ばかりマッターホルンは神隠し
かつて見た夏雲むくむく写真かな
美しや科学の実験夏雲天に

むくつけき入道雲は別名で
われらみなカインの末裔人殺し
夏雲を見上げていざや平和の契り
雲もなく八月の光輝けよ

光の穴

鈴木　光影

大傘のぽつと開きし梅雨入りかな
ヒトといふ緊急事態梅雨の月
野良猫の眸の奥の五月闇
十薬のいちど亡びてきたやうに
時の日や地震プレート沈みをり
たましひの軽く飛んだる螢かな
走り茶のみどりの奥の黄を愛す
匿名の言葉犇く黴の花
あいすくりいむ山手線に乗つてくる
壁の絵に眼差しのある鰻かな
不織布の匂ひや汗の諸共に

生きてゐる死者生きてゐる夏の雲
留守電の声ねつとりと夏の暮
冷酒《ひや》出せぬ店や手が酔ふアルコール
蚊帳の子か遠くの笑ひ叫ぶこゑ
ウーバーイーツ黒玉の汗配達す
粛々と影の老いゆく夏の月
アメリカの光のごとく梅雨明くる
托鉢も蓮の葉もある上野かな
腕一本によきりと出づる網戸かな
空襲に焼け遺されて炎ゆる路地
木漏れ日を光の穴と蟻の行く

2/09/21

WINTER HAIKU / 俳句：冬

By David Krieger
By Noriko Mizusaki Translated

ディヴィッド・クリーガー
水崎野里子訳

The cry of a hawk pierces the winter morning	鷹一声 空を貫く 冬の朝
The chill of winte penetrates to the bone – gathering firewood	冬寒し 骨の髄まで 薪集め
The bees store honey for the winter months – along comes brother bear	蜂は蜜 冬に備ふる 熊来るよ
Bathed in the light of a generous moon we stand together	さんさんと 月光浴びて われら立つ
A new world opens its heart to the future – shades of green	あらたなる 世界よ開け 緑の未来
A long conversation without once saying Trump's name – yesterday's news	長会話 トランプ避けし 既に過去
An old red tractor abandoned in an empty field rusting away	古錆びの 耕作車 空き地ゴミ
Old brown bear still searching for honey but the bees have gone	老いぼれの 熊蜜探すも 蜂いない

Midnight –
a time for sleep and dreaming
still thinking of the bear

真夜中は
眠りのはずが
熊思う

You brought home
red anthuriums to brighten
our isolation

赤きアンスリアム
二人の距離を
埋めて輝く

Wind warning –
the hummingbirds
are nowhere to be seen

風の警告
ハチドリどこにも
見当たらぬ

My uncle
took me to Rams' games as a child –
made me a fan for life

叔父と観戦
ラムズ*の試合
死ぬまでファン

＊カリフォルニア州ロサンゼルス郡本拠の
国立（アメリカン）フットボール・リーグ。

Icarus was warned –
about flying close to the sun
but he couldn't resist

イカルスに警告
太陽目指し飛ぶなかれ
でも飛び立った

A clear winter day –
squirrels scamper up the oaks
then disappear

晴れた日や
樫の木ちょこちょこ
登るリス

A violin
can create sublime beauty
in a master's hands

バイオリン
妙なる音楽
名手技

No rain for months
yet Romero Creek keeps flowing –
small miracle

ロメロ川
雨降らぬとも
流れる奇跡

When one is a master
the arrow shoots itself
without even a bow

名手なら
矢はおのずから射る
弓なくも

Finding great beauty
begins with awareness
of what is around us

美の見つけ
その始まりは
まわり見渡せ

To find beauty
one must first recognize
its absence

美の発見
まずは認識
その不在

Simplicity –
Carve away the excess
until form emerges

単純さ
余計を削り
良き形

Darkness is falling
and the wind is rising up –
time to gather firewood

宵闇や
寒風の立ち
薪集め

Looking back
the ocean smooth as glass –
an unfettered mind

振り返る
海は鏡の
長閑さや

Some things
seem inevitable
until they aren't

不可避なり
そう思へども
可避となれ

Looking down on earth
with a sense of irony –
the smiling moon

笑う月
地を見下ろして
皮肉顔

Battle plan –
hummingbirds storming
the feeders

ハチドリの
一斉攻撃
餌撒く人に

A blanket of snow
covering the forest floor –
winter morning

雪毛布
森床覆う
冬の朝

Winter solstice
Jupiter and Saturn aligned
the half-moon floating

木星と
土星列なし
半月冬至

Today my father
would have been one hundred ten –
strange to think

父は今日
百十歳よ
父偲ぶ

A magic waterfall –
still falling steadily
without rain

魔法滝
雨降らずとも
落水絶えず

Brightening our garden
with its golden leaves –
the ginkgo tree

庭光る
銀杏降り敷き
金色に

Opposing cruelty –
a measure of our worth
as human beings

残忍異説
われら人間
価値測る

Subtle pink clouds
float above Romero trail –
the moon out early

ピンク雲
ロメロ川上
月の出早く

The days grow longer
the moon just hangs there
watching

日は長く
月は天心
眺めゐて

Finally rain
after all these months
of waiting

ついに雨
乾季長きに
待ちかねつ

It rains steadily
as if trying to wash away
this year of pain

雨の降る
流し去れかし
今年の痛み

The New Year
cruelty or humanity –
it's up to us

新年や
酷きか優しか
われらの努力

Each New Year's promise –
a new beginning to build
a more decent world

元旦に
いつも約束
より善きこの世

Awakening
in the middle of the night –
moon through the skylight

真夜中に
目覚めよ輝く
星空の月

Amaryllis bulbs
blooming with excitement
for the New Year

アマリリス
喜び咲きし
新しき年

When the sun goes down
and the wind makes the trees sway
the cold grows intense

陽は落ちて
木々そよぐ風
寒さ厳しく

Here we are again
on the cusp of a New Year –
humanity teetering

われらまた
新年迎えん
人道揺らぐ*

*バイデン大統領の就任式は2021年1月20日。本作は発表を予期した2021年9月時点からの回想形式で書かれている。

Sitting by the fire
the old year burning away –
a new year awaits

炉端の火
旧年燃ゆる
新年は待つ

俳句も短歌も読むことの自然さ

鈴木　光影

私は普段俳句を読み鑑賞する機会は多いのだが、不勉強ながら短歌について文章を書くことはほとんどなかった。これを良い機会として、まずは前号の短歌から読んでみたい。

逃げたのは恐らく自分逃げた亀追い少年が這い入る蘆間　原詩夏至

少し前に流行ったテレビドラマのタイトル「逃げるは恥だが役に立つ」はハンガリーのことわざで、「自分の戦う場所を選べ」というポジティブな意味も含まれているそうだ。飼育ケースから逃げた亀、それは飼い主の少年自身であり、蘆間は薄暗く定かでない未来である。そうか、少年の逃走とは、闘争なのだ。

今日もまた〈真理〉を暗誦する鸚鵡　聞く耳もたぬ負け犬の群れ　福山重博

鸚鵡も犬も人外の動物であるが、それぞれが言葉での交渉可能性を持ちつつ、没交渉である様子は、思想によって分断された人間界の戯画を見るようだ。発信者と受信者間の信頼関係がなければ、言葉はあってもないと同じである。

いつか来てあなたの婆の住む土地へ人々やさしのどかに生きる　水崎野里子

伝承と御伽噺の化すも良きされど子供に伝へよ科学　水崎野里子

一首目、海外に住むお孫さんへ向けた歌だ。コロナ禍が落ち着いたころに来日してほしい、その時に「あなたの婆」が生きる土地で伝えたいのは、「人々やさしのどかに生きる」というささやかだが尊い幸せだ。二首目、「震災・原発文学フォーラム」出席のため、いわきへ訪れた際の歌のようだ。どうしても次世代の子供たちに、原発事故という科学と人間の失敗を伝承しなければならない。「御伽噺」という形に変わっても、意図的に美化されることはあってはならない。

お国のため散るのは覚悟と唄いたる少女の吾の闇の記憶　大城静子

老い先の緩んだ螺《ねじ》を締めながらことばの森をよちよち歩《ゆ》くか　大城静子

一首目、沖縄戦を体験した作者。現在は米軍基地を押し付けられる沖縄も皇民化教育が浸透しており、今も作者の「闇の記憶」に、その唄は古傷のように疼いている。二首目、螺は締めるものだが、自然に緩んでいくのが老いるということ。よちよちでも、「ことばの森」を歩く作者の背中は、私のような後を行く者たちを勇気づけてくれる。

ひげと尾が切り落とされて刺さらない回転寿司の海老の唐揚げ　岡田美幸

最近の回転寿司は、寿司以外にも色々なメニューがあって、客をあの手この手で楽しませ満足させようとする。口中に突き刺さるような海老の唐揚げは、食べやすく鋭く固い部位をカットされている。作者は「刺さらない」ことに小さな喪失を覚えたのだろう。

温度計みたいに腕をそっと入れ湖水の春をにぎり返した　座馬寛彦

水温む春、温度計のように数値的に把握しようとした「腕」を湖水へと沈ませると、一変、春の水に身体全体が包まれ融けていくようだ。「湖水の春をにぎり返した」とき、作者は水と一体化したのかもしれない。

金は尽き　保証もない　神の国　民は空見て　霞喰う稽古　高柴三聞

コロナ禍でも無策、後手後手対応の日本国政府。それでもその為政者たちを現行の選挙制度で選んだのは国民である。狂歌で笑い飛ばしたい気持ち、おおいに共感。今を作った尊敬すべき先人たちと後の世の人を思えば、霞の味にならされてばかりもいられない。

Nuclear weapons / have no place on our planet - / not now, not ever　David Krieger

place があるとき、それは our planet 消滅の可能性を保持するということである。

しやぼん玉消えまた閉ぢし異界の扉　原詩夏至

しやぼん玉が膜を作っている時、異界の扉が開いている。それが浮かび進む先は、異界の方角か。

わがモンペ　小花の散るや　赤き焔と　水崎野里子

昭和の少女時代の回想か。散る小花を赤き焔と見せたのは、少女の痛みとも、情熱の火種とも。

寒鴉偽書の落丁を啄む　松本高直

偽書の落丁は真だろうか。偽書ならば落丁があっても構わないだろうか。答えを知るは寒鴉のみ。

冬の蠅銀幕のゆめ追っている　福山重博

映画好きの少年か、銀幕俳優を夢見る若手劇団員のメタファーか。映写機の光を横切り、突如巨大な蠅の影が、スクリーンを羽ばたく日が…。

狂歌八首おまけの一首（令和3年4月から6月頃まで）

高柴　三聞

コロナ禍を　聖火は走る　何の為？
税金かけて　どこ行く日本

尻尾振り　一番乗りで　アメリカへ
蓋を開ければ　中身スカスカ

吉村が　マンボウ踊る　大阪で
コロナ千人　その内万か

リコールは　終わり名古屋と　思ったら
高須寝て待つ　木曾（起訴）の足音

櫛の歯が　欠けたる如く　支持は減り
影は日に日に　薄くなりける

あの時戦闘機飛ばしてないで真剣に医療従事者助けていたら今頃自衛隊の役割ってもと小さかったと思いますよ、ワクチン担当大臣！

自衛隊　うつのは得意　せっせっと
ワクチンうって　お医者の代わり

付け届け　蟹にメロンに　御香典
罪の甘味に　身滅ぼすかも

さざ波の　よしな参与と　叱られて
洋一消えた　屁みたいなもの

おまけ　嘆いております

ダメなもの　そろそろダメと　聞きたいな
英霊の骨　基地に使われ

戦場のようだ

たびあめした　涼香

疲労してからの成果が見どころと言わんばかりにみるものは皆

これ以上続かないでと願っても風は強いし風も強いね

さよならの日が目に見えると思いつつまだ大丈夫な見えにくい道

この曲と一緒に流れた風景にワイパーなしじゃたどり着けない

極端を堂々巡りする日記が添削されたがっているのかも

傘を乾かして乾かしすぎても何にもならない、また雨の中へ

悪いけどわたしもあなたを裏切るよ心の底から虫歯になったら

みそ汁が戦場のように見えたからせめて母には甘えなければ

アマビエ

原　詩夏至

冠雪の富士まだ淡く海越しに見えておまえの旅まだ半ば

あの日罅割れ今もまだそのままの甃《いしみち》に春の陽震災忌

桜ばかりが美しい思い出の丘を行く桜の思い出と

人形であった昔をカム・アウトした青年《ピノキオ》の春の荷造り

天に召されたとしまえん今頃は天使《エンジェル》を木馬に遊ばせて

カート押す俺と棚見るきみとただ半歩後先《あとさき》して夏隣

陽光に濡れまだ若い狼が取り逃がす白兎初夏《はつなつ》

ダメ元の婚活やはりかなり厳しく窓外に波打つ新樹

浦島の寝顔見守る乙姫の横顔いまは魚《さかな》龍宮

パスタ苦もなく煮えたぎる鍋底に沈み孤食の昼青嵐

キリンの角にギザギザの光線《ビーム》描き足す弟の寡黙な怒り

きみいつか遠く遅れて夏雲の下の小さな影振り向けば

ためらいののちまた閉じてそのままの拳に今も礫《つぶて》万緑

うどんばかりが純白な緑蔭の昼餐のテラスの硝子皿

蟹殴り殺し死骸を嗅ぐ犬の横貌にふと翳り夕浜

絶句したまま少年が指さしている物蔭のちぎれた何か

ギャグに走った子供向けお化け屋敷を縹渺とふたり梅雨寒

轢かれた鳩がつよい陽を浴びていた他はほぼいつもの石畳

沖の黒雲呆然と眺めやりつつアマビエがまだいる岩場

旅の終わりは羽田発モノレールから見た雨の水面《みなも》水無月

風土　和辻哲郎に

水崎　野里子

風薫る春はそよかぜそのはずが今年は何故か大雨来たり

温暖化あるいは気候の変動か？河水氾濫泥水奔流

見学の高齢の者逃げ遅れぷかぷか浮いて泥水の墓所

さふ云へばこのごろ和辻哲郎がなんとはなしに再び口の端

名を知るも名著書『風土』読みもせずわが失策の思ひありけり

わが風土アジアの気候と共に行くヒマラヤ下しの季節風吹く

今迄は梅雨颱風さふ呼びし荒神モンスーン今に再来

一か月早くもニッポン列島にモンスーン吹く猛々しくも

しとしと梅雨そよそよ春風の期待裏切り怒りの風神

日の本の河は溢れて市街浸水河は泥水人々殺す
上海もタイもミャンマーインドも同じモンスーン吹き荒れ豪雨ばらまく
アジアなる気候は決して穏やかならずしばし忘れし我らに復讐
しかれどもアッサム茶の木にアジア稲作豊富な水であをあを育つ
わが風土稲穂茶の木に瑞穂の国よしかるに荒風屋根を飛ばしつ
英語にて書かれし『風土』の名の高く今また復活?和辻氏ハロー!

闇の記憶

大城　静子

梅雨明けの髑髏が浜の光る砂浜昼顔の啜り泣く声

土深く取り残されし死者の声か榕樹《ガジュマル》ゆさゆさ啼き頻る蝉

頭《チ》頂骨《ブルブニ》で飯事《ままごと》してる孫たちを祖母はあわてて魂込《マブイク》みする

摩《マ》文《ブ》仁《ニ》村《ムラ》髑髏が原のテント生活《ぐらし》青き蛍火犇きて怯ゆ

誰がために首を縊るか負けいくさ戦闘帽を夕陽に染めて

負けいくさ粗末な鉄砲喉元に甘蔗に凭れ血染めの兵士

今《ナ》帰《チ》仁村《ジンムラ》字運天の山ざくら特攻兵の影を顕《うつ》して

今帰仁村運天港の波打際神風特攻藻屑打ち寄す

特攻のポンポン船の音思う都度合掌してた母思い出す

軍艦にポンポン船で体当たり哀れ哀れし神風特攻

戦後76年戦さ馴らしの騒音に生きものたちは森をさ迷う

高《タカ》江《エ》村《ムラ》新基地反対叫ぶ老女《オバー》頭上を飛び交うオスプレイの音

沖縄を二度と戦の庭にするな叫ぶ老女の息子は戦死

戦死に征く息子見送る小旗は振う歯を食い縛る軍国の母

平和揚げ殺戮破壊繰返す戦争という此の世の地獄

収容所テント家《ヤー》転転と生地へは二度と帰れず記憶あるのみ

幼日の思い出深き那覇の浜夕空さみし観光ビーチ

那覇市辻町二丁目一一二六番地国民小一年名札の記憶

配給の鉛筆一本一年間抱き締めていたり戦後小四年

4センチに減った鉛筆枝木添えエンピツとう作文綴りぬ

神鳴

大城　静子

神鳴《カンナイ》に次いで降り出す芽木《めぎ》の雨草木きららか江戸川の土手

江戸川の遠くに聳ゆ富士の山思いで遥か十国峠

オスプレイ機の騒音の無い松戸の空森の木木の葉萋萋《せいせい》と生ゆ

踏まれてもまたニッコリと咲き誇る土手の草花にやる気もらえる

恥丘《ちきゅう》の草まだせいせいと涙ぐましせめて卒寿まで褪せずにあれよ

太陽雨《テイダアミ》　雌蕊《しずい》雄蕊《ゆうずい》結ぼるる春芳浴びて咲かそう老花

枯《かれ》嫗《お》花《ばな》　犬掻きでいい向う岸へ辿り着くまでペンに縋って

神鳴《カンナイ》に野良《のら》猫は丸まってコンビニ前人恋しげな老いた三毛猫

人間に寄生目論む変異ウイルス神鳴の音に尻尾も巻かぬ

突風に帽子飛ばされあたふたと白髪気にするさびたプライド

白髪《はくはつ》のさびしさ隠す紅いブラウス医師にも診えぬ胸の奥どは

時くれば真白き花になる定め今日はほのほの紅いブラウス

ネット予約老いは戸惑う音声にやっと取れたが不安な接種

接種とう不安抱えた夕間暮れインド変異株拡大のニュース

接種後の副反応の不安抱ふ安心安全靄靄の中

一般の老いには不向きオンライン肉声がいい何より手書き

老い先の時の流れあっという間知人の幾人後世《ごせ》の旅路へ

読みながらうとうと寝入る癖のひとつ老いの夢見は朧おぼろと

晩春の雨蕭《しょう》蕭と降る夜半父母懐かしぶ老いの枕辺

言《こと》の糸手繰れば見える世の動き老眼鏡の狭き視野にも

笛

福山　重博

たましい売ってこの世の〈真理〉を知った今日　歓喜の笛を堕ちながら吹く

うらぎられ　ためいきだけの　なつのあさ　ことりが　ついばむ　ゆめのざんがい

嘲笑がつづく宴席秋の蚊は最後の力でぼくの血を吸う

さまよえる机竜之助　出口なき心の闇を斬って刃こぼれ

半鐘でおじゃんになってもかすがい直してもらって茶柱が立つ

三両で茶店の猫が売れる午後らくだの死骸が軽くなる夜

もつ煮込み我は「マクベス」の三人の魔女のひとりか？　ぐつぐつと煮る

幽霊になったぼくを即その日から拒絶した駅の自動改札

シニカタハ　ウマレタトキカラ　キマッテタ　ソシテ　ダレモ　イナクナッテ　メデタシ

その前夜みんなで浮かれて吹いた笛　街に残された愚行の刻印

真顔

座馬　寛彦

青葉風がはだかの唇《くち》と鼻を撫ぜ　平野の臍にこの街は在る
ためらいを押し流しゆくひとびとのくろい頭に戯《ざ》れる黒揚羽
くまぜみの翅の無色をまとう空が子の喚声にびりびりと鳴る
恐らくは車載カメラに録れてないちょうちょに掠め取られた時間
主《ぬし》のない蜘蛛の巣に風　エアコンは吊られた虫を気ままに揺らす
暗黒と沈黙の幕ひるがえすカイコウオオソコエビの白さは
執念をかたちに写す植物のカラクリと擬態子だけが笑う
万緑の森のはだえを粟立てる微風洪水警報の夜
つぎの世を望む年表糊しろのように短いヒトの世紀よ
観客の笑いの渦の真んなかに猿の真顔が屹然とある

「わたし」の、そして「世界」のあとさき

原　詩夏至

「思い返せば、短歌との出会いの場にも、歌会の会場にも、短歌の本を作る場にも、この作品を仕上げた場にも、どこにでも必ず人がいました。短歌という場でわたしを必要としてくれる人たちの存在がわたしに短歌をつづけさせているんだ、という気持ちと、わたしはわたし自身の意思で短歌をつづけているだけだ、という気持ちの、両方があって、その間を行き来する日々です。確かなのは、過去のすべての出会いとすべての会話があって、そのあとに、今のわたしと今の短歌があるということです」――第三回笹井宏之賞大賞受賞者・乾遥香の〈受賞の言葉〉より。「人（たち）が先か、わたしが先か」という、或る意味「卵と鶏」のようなアポリア。そして、その両者の間のためらいがちな、だが不断の往還。とはいえ、そうしつつも、乾はそのアポリアについての自分なりの「答え」を既に見出し、明確に述べている。即ち、「先」にあったのは「過去のすべての出会いとすべての会話」――言い換えれば「世界」――の方であり、今の「わたし」と「短歌」は「そのあと」だ、と。だが、では、そんな「世界」と「わたし」の関係のかたち――それは、幾分唐突ながら「君と世界の戦いでは、世界に支援せよ」というカフカのあの謎めいた言葉を思い起こさせるが――は、実際の乾の「短歌」においては、どのように具体化されているのだろう。以下、受賞作「夢のあとさき」50首より。

飛ばされた帽子を帽子を飛ばされた人とわたしで追いかけました
主要駅からのアクセスと書いてある主要でない駅からここに来た

一首目、「飛ばされた帽子」を「帽子を飛ばされた人」は当然「追いかける」――そこに、一緒に帽子を追いかける善意の「わたし」がいようといまいと、まるで予め組み込まれたプログラムのように。しかし、それでも「わたし」は帽子を一緒に追う。といっても、そうすることによって何か殊更その人からの感謝やその他の情緒的な絆を求めている節はない。一首は「追いかけました」とまるで子供の絵日記のように終わり、その上「嬉しかったです」も「楽しかったです」もない。だが、にも拘らず、この歌、どこか微妙に楽しげではないだろうか――例えば、もし仮にここにＡＩ搭載型のアンドロイド――例えばカズオ・イシグロ『クララとお日さま』のクララのような――がいて、同じ状況に直面し、かつ、首尾よく帽子を捕まえることが出来たら、或いは感じたかも知れないような楽しさ。或いは、2首目。「主要でない駅」から来た、と言っても、別に抗議の意思や情念はない――例えば「駅に主要も主要でないもあるものか！　全ての駅は平等だ！」というような。語り手はここでもただ「来た」と事実を述べているだけだ。そして、その余りに淡々たる佇まい――乃至「クララ」的な冷静さ――が、却ってこちらに微かなアイロニーを勝手に感じさせてしまうのだ。

レジ台の何かあったら押すボタン押せば誰かがすぐ来てくれる
検診を受けなさいって手紙くる　生きててほしくて書いたんだよね
東京は役に立たない　夜行バスでわたしを助けに来る女の子
男の子がわたしが泣き出さないようにしてくれたので泣きませんでした

1・2首目、もちろん、ボタンを押せば警官か誰かがすぐ来ることは間違いないだろうし、受診を勧める通知が相手の死を願って出されているわけでもないだろう。だが、それはあくまで「(そっちに)死なれては(こっちが)困る」からであり、その「こっち」とは「そっち」を一つの端末とする巨大な「システム」の総体であって、両者は必ずしも「くれる」「ほしい」式のウェットな「絆」で結ばれているわけではない。逆に言えば、そこを敢えて「誤解」して見せることによって、2首は、そんな「絆」がもう「死んでいること」(いわば、ニーチェの「神」のように)を逆説的に浮き彫りにするのだ——但し、不思議と明るくユーモラスに。3首目、「夜行バス」でわざわざ「助けに来る」というからには、「女の子」は地方在住の、「わたし」の上京前からの親友なのだろうか。彼女は「東京」が自分のようには「わたし」に親身でないことに憤慨している。何か大きな「勘違い」をしている現代の優しいドン・キホーテ。そしてそれが「勘違い」であることは、そんな彼女に感動している「わたし」が一番よく知っているのだ。4首目、「男の子」がしてくれた事が何だったかは不明だ。ただ(「わたしが泣き出すことを防ぐ」という)目的に沿った「何か」が遂行され、それが成功したというだけだ。この、前歌の「女の子」とは真逆の、まるでエンジニアのような素っ気なさ。だが、思えばそれこそが「わたし」——一つの精緻な「システム」としての、言い換えれば「クララ」としての「わたし」——を「理解」している者にのみ可能な真に「役に立つ」処置ではなかったか。

呼びまちがう前に気づいたこの世界　呼びまちがえてしまうその世界
告白をされて一本増える道　それはそれとしてバイトに向かう
建物の上から下まで見てまわるカゴに要るもの・かもしれないもの
一年前に一年後のこと話してた歩道橋には雨が降ってた

1首目、ここで提示されているのは一種の「パラレル・ワールド」的世界観だ。誰かの名前を呼びまちがいそうになったが、その寸前で気づいて訂正し、そのまま事なきを得た「この世界」。だが、別の時空ではそのヤバい一線を踏み越え、別の展開を辿ってしまったもう一つの「世界」も普通にあるだろう。とすれば、今いる「世界」だけでも十分複雑すぎると感じているこの「わたし」に、そんな天文学的な「システム」の総体をどうこうすることなど、そもそも出来ようか。ただ、たまさか自分が乗っかってしまった「この世界」を受け入れ、その中で「最善」を尽くすより他ないではないか。とはいえ、2首目、思いがけず「告白」をされることで、された側には「応じる」「断る」という二つの選択肢、及びその先に広がる二つの「世界」が発生する。だが、そのどちらを選ぶにせよ、差し当たり「バイト」には行かなければならない。それを覆すほどの巨大な岐路とは、どうやら、この「告白」はなり得ないようなのだ。一方、3首目、量子力学によれば「シュレーディンガーの猫」の生死は箱を開けるまで決定されていない。それは箱を開けた瞬間に決まるのだ。同じように、ここでの「要るもの・かもしれないもの」の要・不要は今はまだ分からない。だが、それでも、この量子力学的な「カゴ」の中身にどのような「決定」「行動」を取ったかによって、その後の「世界」は大きく分かれてしまうのだ。そして4首目、「一年前」に「一年後」、つまり今の事を話していた雨の歩道橋。当時と今の生活に、果たしてどれほどの差があるのか。ただ、わざわざ「歩道橋には雨が降ってた」というからには、今雨は降っていないのだろう。もしかしたら、それが両者の唯一の——そして、その分、随分重たい——違いかも知れない、「雨」の有無。

あなた以外の誰に会ってもゲーセンのうその宝石ほんとの光

ポスターを撮った写真のポスターを守る硝子にうつる人影

コンビニのこれはわたしが選んだがわたしを救わない缶ビール

わたしがいたことしか覚えていないというその夢のわたしに任せよう

1首目、特別な「あなた」に会った時も、それ以外の誰に会った時も、同じようにゲーセンの宝石は「偽物」だ。そして、にも拘らず、その「光」の美しさは誰がどう言おうと「本物」なのだ。とすれば、そんな「ほんと」と「うそ」が入り混じったこの「世界」における「わたし」の「あなた」への想いは、どうだろう。もちろん「うそ」かもしれない。でも、もしかしたら、やっぱり「ほんと」かも知れないのだ。2首目、ガラスケース越しに撮った写真に図らずも写り込んでしまった、恐らく撮影者自身の反射像。それは或る意味「システム」にとって無用な——そう、冒頭の歌の「帽子を追いかける人と一緒に帽子を追いかけるわたし」のようなものだ。だが、それもまたいいではないか、そしてそれでもう十分ではないのか、「わたし」の存在している「意味」など——この圧倒的な「世界」の片隅で。3首目、コンビニで買ったやけ酒用の缶ビールは確かに「わたしが選んだがわたしを救わない」。しかし、こうした「無駄」こそ、自身が「システム」にとっての「無駄」に過ぎないこの「わたし」が真に「自分自身」でいられる逆説的な「オアシス」ではないだろうか。そして4首目、殆ど忘れられ、ただ「わたし」がいたことしか覚えていないという誰かの「夢」。だが、それだけで、そう、「いた」だけで本当はもう十分ではないか、それがいい「夢」——つまり「その世界」のもう一人の「わたし」にとっての幸福な「物語」であった証には。

言葉にできないものを詠う

座馬　寛彦

ミルフィーユずたずたにして言葉より無惨なものだけ愛すゆうぐれ

私が参加している短歌同人誌「まろにゑ」65号（二〇二〇年十月）に掲載された鈴木美紀子氏の歌。「言葉より無惨なもの」という表現について、最初はうまく呑み込めなかった。言葉は人を死に追いやるほど無惨になりうるもの、まして言語表現を追求し続けている作者だから、逆説的に言葉の無惨さを表現したのかもしれない、などとも考えた。しかし、改めて読み返した時、まず、以前は気付かなかった、ミルフィーユを「ずたずたに」する行為の自虐性を感じた。ミルフィーユは、見た目の美しさを保ちかつ美味しく食べるために、横倒しにしてフォークで押さえつつナイフを挽くように切るといった作法と慎重な扱いが必要だ。そんな繊細さや上品さに価値を置くこと自体を憎悪するように、「ずたずたに」してしまう。これはミルフィーユという菓子を好む価値観を持っていた自分自身を否定する行為ともなりうる。この行為、あるいは光景は「言葉より無惨なもの」の比喩として詠われていて、この歌は「言葉より無惨なもの」をいかに表現するかを試みているのではという思いを持った。そのような「無惨なもの」だけを「愛す」、愛さなければならない心境とはいかなるものか。諦念の風が吹く荒廃した風景が覗くようだ。「ゆうぐれ」の茜色は、心身を焼く火をも連想させる。発表時期を鑑みると、コロナ禍に因る孤独も込められているかもしれないとも思う。

半年以上前に読んだこの歌をふと思い出し、読み返したのは、宮城県在住で東北を代表する歌人・佐藤通雅氏の個人編集誌「路上」150号（二〇二一年七月刊、残念ながら、本号で終刊とのこと）の「往還集150」にある、震災後の詩歌文学界について語った、次の文章を読んだためだった。

〈エッ、これはどういうこと？と戸惑ったのは「ことばには力がある」でした。震災ののち、詩歌が東北各地から生まれてきた。それらを指して、大変な災害だったけれど、詠うことによって切り抜けられる、それだけの力が人間にはあるといいたかったのでしょう。けれどこちらは、破壊しつくされた現実に見合うことばそのものが解体していた。完膚なきまでに無力だった。〉

「ことばそのものが解体」し「完膚なきまでに無力だった」と語られる被災者の心境は、察するに余りある。このような事態にも、伝えなければという被災者の使命感、責任感が詩歌というかたちに結実したのだろう。とても困難な仕事、痛みを伴うものに違いない。そして、（もちろん、個人的な内的問題を扱った歌なので次元の異なる話ではあるが）冒頭の鈴木氏の歌が見せる、言葉では表現できないものを詠おうとする試み、そうした「生みの苦しみ」もあったのだろうと感じた。それに対して、読者、非当事者の側は知りうる限りの震災、被災地の知識、想像力を働かせ、そんな作者、被災当事者の心情を推し量らなければならなかった。しかし、「ことばには力がある」というフレーズが出てきた。もちろん、悪意のない言葉ではあるが、恐らく多くの作者、被災者の心を害してしまったことだろう。あたかも、被災地の人々が今震災の苦しみから立ち上がり、前向きに復興に歩んでいるというメッセージに受け取られかねない。さらにそれは、被災地の実態、被災者の本心を見えにくくしてしまう。このフレーズが生まれた背景には知識、想像力の不足に加え、「詩歌の作者は言葉の持つ可能性に賭ける存在であり、それを肯定する立場にある」という先入観もあるのだと思う。

佐藤氏は「現代短歌」二〇二〇年五月号のエッセイ「「震災詠歌人」不要だった」で次のように述べている。

〈(大震災後)もし俵(万智)さんがそのまま(仙台に)在住していたなら、「震災詠歌人」として喧伝され、海外にも発信されたことはまちがいない。／大変動が生じると、その場にいる誰かを象徴化し、時には英雄にさえ仕立て上げる体質がマスコミにはある。(中略)ところが俵さんが消え、当ての外れたマスコミは、私に相談を持ちかけてきた。こちらは「震災詠歌人」に相当する人はだれもいないと、早々に実感していた。なぜなら私の担当している「河北歌壇」には、生の体験をもとにした作品が週を重ねるごとに押し寄せ、それらは質量ともに抜群だったからだ。いうなれば被災圏の誰もが震災詠歌人であり、突出した「震災詠歌人」は不要だった。〉(丸括弧内は筆者註)

象徴化や英雄の存在は、大衆の関心を集めやすいという意味で有効かもしれないが、周縁や細部が見落とされることにもなりうる。「ことばには力がある」という標語もまた象徴化に繋がり、誤解を生む。ただ、震災後の歌壇においては、そんな「英雄」が祀り上げられることはなかった。その代わり、被災圏の歌人たちの「生の体験をもとにした」「質量ともに抜群」の歌が発表され、十分にその役割を担った。これらの歌は、象徴化するときには零れ落ちてしまうかもしれない周縁や細部、個々の体験からしか生まれないものをも孕んでいるに違いない。

語れども語りしのちに言い知れぬ思い湧き立つ語り部のわれ

河北新報の「震災10年　震災詠全国公募」の「一般の部」で、選者の佐藤通雅氏が第一席とした石巻市・鈴木洋子氏の一首だ。次のような選評が付されている。

〈語り部として当時の大災害の模様を語る。聞く方も真剣に聞いてくれる。しかし災害を目の当たりにした者として、どうしても言葉にならない内面がある。心の内を率直に歌っている。〉

この歌もまた表情できないことを詠う試みだろう。そして、「語(る)」が三度詠み込まれ、「語る」ことへの責任の重さを背負う苦しみも浮かび上がってくる。佐藤氏の歌集『昔話《むがすこ》』からの一首も紹介したい。

生き残つただけでも死者を傷つける碑をまへにして額づくさへも

佐藤氏が大震災直後に歌が作れたのは「57577の形式があり、自動的に作動したから」と語っているが、そこには恐らく謙遜、含羞があり、実際は、言葉にできなくても表現を続けるという気概、使命感があったのではないだろうか。巧みで美しい比喩、言葉のトリックをもって歌を作ってきた鈴木美紀子氏が「言葉より無惨な」といういささか直接的な表現を恐れず詠ったのも、異なる次元ではあるが、歌人としての気概、使命感があったように私には思える。

詩

Ⅳ

「挿図」と「展示空間」

原　詩夏至

「世界をあらわしたいと思っている。／それは世界を記述することではない。世界そのもの、そして世界の内外に生起するものを、そのまま、ページの上に生起させたい。そうあるためには、言葉はどのように呼び出される必要があるのだろうか。それは世界の内容を記述したり描写したりする言葉とは、たぶんちがう」——柏木麻里「世界と存在を愛する」（「現代詩手帖」2021年6月号・特集「詩⫽美術？　美術と詩の新しい関係」より）。「世界の記述」と「世界の生起」の——そしてそのために呼び出される「言葉」のありようの——決定的な差異。例えば、ロラン・バルト*は、こう述べる。「科学と文学は、どちらも言説である（中略）。しかし、科学と文学は、それを構成している言語活動を、同じやり方で引き受けはしない。あるいは、むしろこう言ったほうがよければ、同じやり方で公表しはしない。科学にとっては、言語活動は手段にすぎないから、これをできるかぎり透明で中性的なものにし、科学的題材（種々の操作や仮説や結果）に従わせることが望ましい。その科学的題材は、言語活動に先立ってその外に存在する、と言われる。つまり、まず、科学的メッセージの内容が一方に存在し、つぎに、その内容を表現する役目を負った言語形式が他方に存在する、というわけであるが、前者こそがすべてであって、後者は何ものでもないのである」「科学とは逆に、文学にとっては（中略）、言語活動はもはや、社会的、感情的、詩的《現実》の、便利な道具や贅沢な飾りなどではありえない。そうした《現実》が言語活動に先立って存在し、言語活動はそれを、何らかの文体規則に従って表現する補助的な役目を負っている、というわけではないのだ。言語活動は、文学の実体であり、文学の世界そのものである」「以上のようなわけで、文学は、今日、言語活動に対する責任を全面的に負う唯一のものとなっているのである。というのも、科学は、たしかに言語活動を必要とするが、文学とちがって、言語活動のうちにあるわけではないからである。科学とは、教えられるものである。ということは、言表され、陳述されるということである。これに対して文学は、伝達されるというよりも、実現されるものである」。

「世界」を「記述（陳述）」するものとしての「科学」と、それを「実現」するものとしての「文学」。なお、ここでいう「科学」については、同文中に「以下、科学という語によって、人文・社会科学の全体を指すことにする」というバルト自身の規定がある。つまり、そこには所謂「文学」そのものについての「科学」（即ち、その「言葉」としての公表形態が「学術論文」であるような「学問としての文学」）、更には又、「文学」が唯一十全な仕方でその「うち」にあるとバルトの言う「言語活動」そのものの「科学」（即ち「言語学」）さえ、「政治学」「社会学」「歴史学」「文化人類学」等々と同様に含まれているのだ。例えば、自身がその中心的な唱道者・推進者の一人であった所謂「構造主義」について、バルトはこう述べる。即ち、「それ自身言語学的モデルから生まれたものである構造主義は、言語活動の営為である文学のうちに、自分自身と似ているどころか完全に同質的な対象を見出す」が、「このような両者の一致は、ある種の摩擦、いやさらには、ある種の分裂を排除するものではない。それは、構造主義が、つぎの二つの行き方のどちらを選ぶかによる。すなわち、その対象となるものに対して科学的な距離を保とうとするのか、それとも逆に、自己のおこなう分析が、あの無限に続く言語活動――今日、文学とは、そうした言語活動を横切る航海にほかならない――のうちに巻き込まれ、見失われることを受け入れるのか。つまり要するに、科学たらんとするのか、エクリチュールたらんとするのか」。

「科学」と「文学(エクリチュール)」の狭間で股裂きになる「構造主義」。とはいえ、バルト自身の選択は明確だ。「それ(科学としての構造主義――引用者註)は、最初に述べたジレンマ、科学と文学の対立によって寓意的に示されるジレンマを少しも解決していない。そのジレンマは、文学が自分自身の言語活動を――エクリチュールという名のもとに――引き受けるのに対して、科学が自分自身の言語活動を――単なる手段と信ずるふりをして――避けるかぎり続くだろう」「構造主義の論理的延長は、もはや分析の《対象》としての文学ではなく、エクリチュールの行為としての文学に行き着くこと、作品を対象言語と見なし科学をメタ言語と見なす論理から生まれた、両者の区別を廃絶すること、かくして、科学が奴隷的言語活動の所有に与えている偽りの特権を危機にさらすこと、これ以外にありえないのだ」。では、その「主人と奴隷」の区別の「廃絶」は、具体的にはどのようにしてなされるのか。再び、柏木の言葉に耳を傾けよう。

「私は日本・中国陶磁を専門とする学芸員として、美術の仕事をしてきた。(中略)陶磁は空間の中に三次元的に、独りで存在している。自身と空間の間には厳然とした境界が、自身の輪郭として存在している。(中略)ほぼ同じ大きさの陶磁でも、形や質感が異なると、その物が周囲に必要とする空間の分量はちがってくる。時には半径十センチの、時には七十センチの、他に何も置かない空間が必要なのだ」「ふさわしい空間をとってその物を置いた時、物は初めて、自分が何者であるかを生き生きと語り出す。冒しがたい空間を確保され、敬意が払われて初めて、自分の生まれた時代の光や、自分を見て触れてきた人々の匂いなどを語りだす。展示空間を作るとは、そういうことだ」「論文の挿図とは事情が違う。挿図は論旨に沿うように、大きさを揃えて配置することができる。しかし本物の作品に対しては、それは不可能である。物には物の理屈がある。だからそれに従いながら、どうしたら私の思い描く物語を共に演じてくれるのかを探らなくてはならない」「こうして物そのものと、その物が要求する、あるべき空間に対して、できるかぎり適切に処し、それが成功すれば、龍宮城のような展示空間が生まれる。そこには人を癒す力さえある。これは言葉以前のことである。展示作品にどのような解説を添えるのか、図録にどのような論文を書くのかとは別の、それ以前の、無言の世界のことである」。

「論文の挿図」として「論旨に沿うように、大きさを揃えて配置」される「陶磁」。それは「メタ言語」としての「科学」によって「奴隷」のように「所有」されている「記述」の「対象」だ――たとえ、本当はそれ自身にどんなに「冒しがたい」それ自身の空間があり「物には物の理屈」があろうとも。だが「展示空間」においては、事情は異なる。形や質感の差異によって或る陶磁には半径十センチ、他の陶磁には七十センチの「他に何も置かない空間」を振り分けること。そして、そのように「物そのものと、その物が要求する、あるべき空間に対して、できるかぎり適切に処」することによって、「物」たちに初めて「自分が何者であるか」「自分の生まれた時代の光や、自分を見て触れてきた人々の匂い」等を「生き生きと語り出」させ、遂にはそこに「龍宮城」「人を癒す力」をすら顕現せしめること。そして、そのために、「他者」たる「物」の「理屈」に従いつつ、なおそれらが「どうしたら私の思い描く物語を共に演じてくれるのか」を粘り強く探し求め続けること。それは、言い換えれば、自らを「メタ」の高みに置くことをやめ、「物」との関係を、M・ブーバーの所謂「〝われ〟と〝それ〟(Ich-Es)」から「〝われ〟と〝汝〟(Ich-Du)」――つまり「一方向的な観察や操作、即ち〝支配〟の主体とその対象」から「双方向的な〝対話〟」のそれへと転換(ないし解放)することを意味する。バルトは言う。「あらゆる言表行為は、それ自身の主体を予想するが、その主体は、私と言うことによって、見たところ直接的に自己を表現することもあれば、また、自分自身を彼として示し、間接的に表現することもあり、さらにまた、非人称的な言い方をすることによって少しも表現しないこともある。それらは純然たる文法上のまやかしであって、主体が言説の中で自己を構成するそのやり方、つまり、主体が他者に対して演劇的ないし幻想的に自己を示すそのやり方、に変化を与えているにすぎない。(中略)そのさまざまな形のうち、もっとも魅惑的なのは、欠如の形、つまり科学的言説において一般に実践されているまさにその形である。科学的言説においては、学者は、客観性に対する配慮から自己を排除する。だが、そのとき排除されているのは、(心理的、感情的、伝記的な)《人格》にすぎないのであって、決して主体ではない。それればかりか、その主体は、もしこう言ってよければ、自己の人格をこれ見よがしに排除することによって、逆にそれだけ充実される。したがって、言説のレベル――これは決して逃れられないレベルである、ということを忘れてはならない――においては、客観性とは、他のものと変わりのない想像的なものなのである」。と同時に又、この転換(ないし解放)は、所謂「科学的《客観》」の単なる「アンチ」に過ぎない「ロマン主義的《主観》」の独走とも異なる――つまり、「物」がそう要求するからではなく、ただただ「私」が己の「個性」を顕示するために、「科学」の要請と同時に「物」自身の要請をも無視し、いわば恣意的に「ある陶磁には半径十センチ、他の陶磁には七十センチ」の空間を振り分ける、といった行き方とは。何故なら、それは、畢竟、形を変えた「物」の「一方向的な〝支配〟」の継続であり、決して「物」との「双方向的な〝対話〟」へと開かれた広場ではないからだ。

「展示作品」に添えられる「解説」や「図録」に掲載される「論文」。これらは確かに「言葉」だ――但し「科学」の。これに対して、柏木は、一つずつ異なる「陶磁」にその「要求」に応じた「空間」を割り振り、そうすることでそれぞれの「陶磁」に「自分が何者であるか」を語り出させる営為――即ち「展示空間を作る」という営為――を「言葉以前のこと」「それ以前の、無言の世界のこと」と呼ぶ。だが、思えばその営為も又、「科学」のそれとは異なるとはいえ、やはり「言葉の世界のこと」なのではないだろうか。というのは、そこ――つまり「世界と存在を愛する」と題され「柏木麻里」と署名された一文――では、①まず、「展示空間」において何が「生起」しているかを「語る」ために「物が語り出す」というまさに「言葉」のアナロジーが用いられており、②かつ、それはそれ自身紛れもなく一つの「言葉」に他ならないからだ――但し、勿論、「科学」の、ではないにせよ。

　だが、同時に又、それらの「言葉」が、そこで、かつ、そのような仕方で――そう、例えば、不思議なことだが、「物が語る」というときの「物」と或る意味まさしく同じような仕方で――語り出そうとしているのは、やはり「言葉」の「外部」の消息なのではないだろうか。或いは、どんなにせっせと「言葉」として「世界」の「うち」へと齎されようともついに永遠に齎され切ることのない「世界の外」（ないし「〝世界〟未満」）への「畏怖と郷愁」なのではないだろうか。「外なるもの」としての「物」。それが「言葉」の外であれ「世界」の外であれ、或いは（恐らくこの言い方が一番正確なのかもしれないが）「言葉＝世界」の外であれ、その「外」にある「何か」としての「物」。とはいえ、やはり忘れてはならないのは、それが単に量的に無尽蔵なだけではなく、質的にも、一方的な「言葉」の「支配」に「物の理屈」をもって抵抗する――そして、だからこそ「距離」（＝空間）と「対話」が必要な――「他者」でもあることだ。

「一行の「そと」に、周りに、世界が在る。私たち人や動物、植物の存在と、そのそとに広がる世界のように。少なくともこれまで書いてきた詩において、多くの場合、私にとって詩行は存在なのだろう」「存在の周りには、それがどのようなものであれ、そのものが生起する空間がある。それが一体どのような存在と空間なのか、詩行と空間はお互いに対してどのような働きをして、何を起こしているのかを知りたい、見きわめたい、見えるようにしたいという思いがある」――そう柏木は言う。蓋し、ここでの「存在」は今述べた「他者としての物」とほぼ同義だろう。己独自の「空間」と「理屈」を持つ「存在＝物」としての「詩行」。とすれば、その一つ一つに然るべき「空間」を割り振って配列し、そうすることによってそれらに「自分が何者であるか」を生き生きと語り出させる営為としての「詩作」は、まさにそれ自体、一つの「展示空間の創出」とは言えまいか。

＊以下、バルトからの引用は全て『言語のざわめき』（花輪光訳。1987年、みすず書房）より。

和楽の韻を響かせて

植松　晃一

「多島海」39

江口節さんは詩「星の生まれる家」で、「丘の上に小さな家が一軒／屋根の上は　満天の星空／おりしも　家の煙突から／ぽ、ぽ、ぽ、と星が出ている」と、画家・戸田勝久さんの作品に寄せて綴る。「世界の涯に夜があり／誰も知らない一軒家がある／窓からは暖かな灯がこぼれ／煙突から／生まれたての星たちが空へ昇り／燦く星座を形作る／／詩は　そのように／夜空に放たれているのではなかろうか」

孤独でありながら温かみのある童話的な世界。それは、一人ひとりの心の奥に存在する秘密の場所でもあるだろう。そこから生まれる大切な言葉が、闇に輝き、生を導く。「生者の息と死者の魂で／ともした灯は　あかあかと内部を照らし／取り出されたことばが／ひとつ　またひとつ／星の如く／昏い宇宙に昇っていく／／そのように　生の／光は在るのではなかろうか」

同じく江口さんは、フランスの詩人マリー・ノエルの『内面の手記』から抄訳を載せている。「ひそやかに、忍耐強く、つつましく、黙って霊魂の神性のために闘うこと、それが世界を救うことである」

世界とは他者であり、自分自身のことでもあるだろう。コロナ禍の中で、私自身はどこまで闘えているだろうか。

「ONL」第174号

「もくもくと／緑／もくもくと／生命／もくもくと／空へ／もくもくと／明日へ／／ぼくのもくもくは／何処へ／／自分のもくもくは／自分で捜しなさい」と、浜田啓さんは詩「世の中(74)もくもく」に綴る。「もくもく」という語感は伸び盛りの子どもを思わせる。自分の中にもくもくと湧き上がるものを大切に育てていきたい。

國友積さんの詩「精神は反復をきらう　～ヴァレリー」は、フランスの詩人ポール・ヴァレリーの「精神は反復をきらう」という言葉に思いを巡らせ「精神は反復を凡庸で鬱陶しいものと感じ／常に新鮮な歓喜に震えたいと願うのか／生命40億年反復の歴史と自然と／反復を好む肉体の共存という不条理の中で／精神はどんな風に生き延び得たか」と自問する。「精神は詩を書くことを選択したが／書けば書くほどに苦悩は増幅し／もがき、足掻き、また反復を反復し／終に反復を超えて誕生した変化を信じ／やっと嫌うは好むと同義語なのだと／気付くに至った　そして／この反復する宇宙の中で／精神は　言葉ではないコトバの位置から／「精神は反復をきらう」と叫んでいるのだ」

退屈な凡庸の反復を嫌い、変化を生み出そうとする精神は、挑戦という名の反復をせざるを得ない。嫌いなことに徹してまで変化を求めるとは、精神の怠惰を戒めよと言われているようだ。ヴァレリーの真意はともかく、ストイックな知の詩人に似つかわしい厳しい「コトバ」だと感じた。

「の」87号（終刊号）

同誌は一九五七年八月の創刊。室井大和さんが主な同人を紹介する中で引いた「単なる経験や写実だけでは駄目だよ。それを深めて、メタファ（形而化）されないとね。オリジナルがないとね」という故・小川琢士さんの言葉が印象的だった。

長く同誌の編集長を務めた高坂光憲さんは詩「春のあら池――自伝風に」を寄せた。福島県石川郡玉川村にある「あら池」。乱発される緊急事態の中でも「風景には／緊急という成分がないので／あら池を囲んでいる杉や芽吹いた雑木は／水面に春のいろを映している」。そんな池の向こう岸の奥を見ていると「音声のようなものを聞いた気が」して、過去の体験が呼び起こされる。「十五の頃／遠足のバスで十国峠を下ったときの耳鳴りが／今も痼疾のように続いている／／それより昔／雨戸を蹴って父と屋外へ逃れるときに見た／燃え落ちる屋根と／七月の夜の　火の粉の爆ぜる音／／更に昔／教室の窓の向こうをぼんやりとよそ見して／廊下に立たされた」

あら池は、幼少期から馴染みのある大切な場所なのだろう。そこへ「今のリアル」が押し寄せてくる。あら池から直線距離で約五〇キロメートルの位置にある東京電力福島第一原子力発電所は、廃炉まで何年かかるか見通せない。新型コロナは猛威を振るい、「感染した級友の訃が来た」。高坂さんは「あら池の向こうの方から発せられた／声のようなものは／耳鳴りや窓の景色、火の粉や訃や何やかにやがミックスした／私のむいしきなのだと思った」と言う。娑婆の騒動とは関わりなく涼しげな表情を見せる池の畔で自らの来し方を振り返り、これからの時代を思いながら、「いまは死んだ犬を曳いて向こうの岸を見ている」。

「みなみのかぜ」第十号記念号

「復興」をテーマに掲げた。清水らくはさんは詩「記憶の街」で「春を殺した刃が／まだ街に刺さっている」と鮮烈に書きだす。「殺された春のかさぶたで／街は嵩増しされていた」「過ぎ去った風は／奪っていくだけ／次の風が落とすものを／待つばかり」「新しい春は／緑に塗られていた／必死に掘り進めて／地表を取り戻した／目立たないように／血液を側溝へ流す」

災害の傷は、簡単には癒えない。それが福島第一原発事故のように、現在進行形で続いているとすればなおさらだろう。そんな人間を尻目に、自然は力強さを見せる。「緑の芽吹きが／空を破り／一筋／まっすぐに伸びた／／揺れずに／揺れずに」。真の復興へ向けた決意のようなものを感じた。

一方、高岡修さんは詩「復興という名の地上に」で、「あの日／私は／震災の瓦礫に押しつぶされて／死んだ／そうして／私は／今もこの場所の深みで／死んだままだ」と綴る。「地の深みにあって／思い知るのは／地上に次々と再建される建築ほど／私から遠い存在はない／ということだ／喪なってみて初めて解る／喪なったものたちのかけがえのなさ／それらに／いかなる再現が／可能だろう／／復興という名の地上に／あらためて構築される誤謬と幻影／その様相を茫然と見上げながら／私には／死んでいるという／ながい流浪の痛苦が／残るだけだ」

語り手の「私」は実際に死んでいるのか、それとも深い喪失感を死と表現したのか、どちらの読み方も可能だろう。現実の被災地にはそのどちらもあることを忘れないようにしたい。

「花」第81号

鈴切幸子さんが詩「日々が秒針で刻まれて――二〇二〇年」に込めた思いは切実なものだと推察する。「きのうも　きょうも／無口だった／喉が渇いて／なんども／水を飲んだ／／あしたは最後の／同窓会　のはずだった／／着て行くつもりの／新しい服は／春いろ　桜いろ／こころは中学生／／それなのに／あしたは　おあずけ／もしかしたら／永遠におあずけ／／訃報が届く／／――葬儀は近親者のみで／／老いの花よ／友よ　私よ／散り急ぐな／／チクタク　チクタク／／風もないのに／流されていく／花筏」

一日が秒針で刻まれるように過ぎていく中で、新型コロナが流行している地域を中心に、色々なものを諦めざるを得ない状況が続いている。流された花筏が二度と戻らないことを思うとき、改めて取り返しのつかない事態が進行していることに気付かされる。

浅木萌さんは詩「目覚め　一」に「開け放たれた／胸の奥より／無数の蝶が舞い立つ／／表に／光と／さえずりを／／裏側は／いまだ／深く仄暗い／よどみに沈む」と綴る。それが人間というものなのだろう。しかし、光と闇が不二であってこそ、舞い立つ蝶には真実が宿る。泥中にありてこそ花咲く蓮華のように。

「穂」第39号

室井かずみさんは詩「何も書けなかったノート」に「いつ買ったのか記憶にない／ほこりを被ったノートを見つけた／何も書かれていない真っ白なページ／何かを書くために買ったはずなのに／何も書かれていない／思いが溢れて言葉が追い付かなかったのだろうか／それとも書くことをあきらめたのか／白いページを前にして／今もわたしは何も書けない」と綴る。

しかし、書かれなかった思いは、そのまま消えてなくなるわけではない。「それでもこのノートにはすべてが／詰まっているような気がする」のだ。「過ごしてきた時間や心の中のつぶやき／あふれるもろもろの感情を／わたしの癒されない傷を／部屋の片隅で少しずつ飲み込みながら／見えない言葉でページを埋めている／そんな気がする」

びっしり書き込まれているのに、言葉は見えず、読むことができない。誰の心にも、そんなノートがあるのだと思う。ことによると、閻魔に報告するためのノートもあるのかもしれない。何も書けなかったノートは、生きることの機微を、生々の綾を語りかけてくるようだ。

第二二回白鳥省吾賞を受賞した井上尚美さんの詩「葉桜の頃」が再録されている。乳がんの手術で乳房を切除する日の朝、家族が見守る中で「その時突如　みどりの風が吹いて／震えるような至福の一瞬を蘇らせる」。それは、母でなければ味わうことができない幸福と覚悟の記憶だ。「初めての授乳のとき／今の今まで私の身の内に聞いていた鼓動を／私の胸の上で聞く不思議な感動と戦き／誰に教えを乞うたわけでもないのに／小さな蕾のような唇がせりあがってきて／（其の可愛さとは裏腹に）／必死に乳房に食らいつく動物的な逞しさ／飲み干して眠りに入るときの花びらから漏れる／いのちの香しさ　その命／どんなに強い風雨からも守ってみせるよ／／あの日／私は花をすでに脱ぎ捨てていたのだろう／いのちを繋ぐために花を葉に変えることは／とても神秘的で美しい約束ごとなのだ／／午前八時半　さあ参りましょうか／ハイキングに誘うような看護師の明るい声」

　曇りのない清々しい書きぶりには、生への感謝のようなものを感じた。葉はやがて散り、土を豊かにする。それもまた、いのちを繋ぐ美しい約束ごとだ。誰もが迎えるそのときまで、花として、葉として、それぞれの今を懸命に生きたい。

「笛」296号

　夫婦を詠った詩は、夫婦の数だけあるのだろう。海沙恵さんの詩「幻影・火」。「年老いた女は／その肩に／小さな火を担いでいる／／年老いた男は／その頭に／火消し壺を乗せている／／あのときの／あのうらみを／ことあるごとに／こまかな声に刻んで／女は語る／語りだすと／止まらない／／女の背中ほどの闇を／焼き尽くす／男は自身に燃え移るのを恐れて／女の震える声を／ひとつひとつ拾って／頭上の消し壺に投げ入れる／聞かないで／放り投げる／／かつて／男と女を溶かしたその火を／今／消し壺に収めて／男は小さくくしゃみをし／女は闇に小言を満たして／幾度も／自身に火をつける」

　誰もが頭に火消し壺を乗せているわけではないから、やはり似合いの夫婦なのだ。

　中野徹さんは詩「ミートソース」で「コロナ禍で外へも行けず家でごろごろしていると／家内の命令でミートソースを作らされた」と綴る。「細かく刻まれたもろもろはみな不機嫌で／炒めている私も不機嫌で／不機嫌が不機嫌を炒めている格好だった」「ぐつぐつとし始めた頃／何かが足りないと　ミートソースがぶつぶつ言い始める／尋ねると　それは〝愛だ　思いやりだ〟と言い切る」「（愛などもう細かく刻み煮込んであとかたもないのだ）／パスタを茹でミートソースをかけた／ついでに　少し気になり　念のため／恥ずかし気に〝愛情〟と吹き込んだ／食卓につき　二人きりの夕食をはじめる／「やっぱりパパのミートソースは絶品　愛情いっぱい」／と家内はお世辞を軽々と言ってのけた」「二人の細かい皺が年相応に刻まれている／ひたすら炒め煮込んだ顔がそこに映っていた」

　夫婦のことは夫婦にしか分からないが、まんざらでもない夫婦関係が目に浮かんだ。「歴史は韻を踏む」というが、世界が戦時下を思わせる様相を呈していても、せめて家庭には和楽の韻が響き続けてほしい。

連載　迷宮としての詩集（四）
「と」と「そして」からの「テクスト」を読む
――模索する「現代詩」という迷宮（4）

岡本　勝人

（1）

接続詞には、ご存知の通り、「順接」「逆説」「同列」「並列」などがある。ともに、活用のない品詞のひとつで、自立語といわれるものである。前後の文章や単語を続け、その関係を示す自立語として、特に「と」や「そして」は、次に出現する並列の語句をつなぐものだ。あるいは、文頭に置かれて意味を喚起するものは、前文へと遡ってつなぐ機能である。「and」や「et」も、同様な並列を示す接続詞である。ドゥルーズ＝ガタリは、リゾーム（根茎）という言葉とともに、横へ横へと自在な連携を図るために、「et」を活用した。世界は、あたかも「と」と「と」と「と」とで、いくらでもつながることができるという確信のもとに・・・。しかし、そこには、ファシズムの歴史から反省された全体主義へと回収される事態を避ける志向性がある。

詩集は、ひとつのアレンジメントである。そのなかには、多数多様体の言葉の表現が痕跡を刻む。さらに詩集名に関わるアレンジメントでは、それぞれの詩がイマージュを喚起する。詩の言葉は、確かに本人の実存に関わっているのだろうが、読まれることなくしては、その詩と詩集の存在は不在のままである。読者から読まれるテクストには、詩人の特徴的な言葉とスタンザを発見できる。詩集のアレンジメントと多数多様体の詩の言葉の連なりには、現代における特徴的な詩が描かれているのだろうか。書かれることなくして、あるいは読み、語られることなくして、詩は、カオスのゲシュタルトでしかない。認知と不認知の閾に、多くの詩集と多数多様体の詩の生命が、埋もれている。

そこから少しでも、わたしたちがここで生きている市民社会と詩の存在を関係づけるために、身近にある詩集をテクストとして自在に読んでみる。「そして」と「そして」とで、様々なテクストをつないで読んでゆくのだ。

（2）

そして、『高岡修詩集　一行詩』（ジャプラン）は、現代詩のはらむ詩の脱領域的なラディカリズムと現代について考えさせる。すでに多くのひとが語り、実践している現代詩と俳句や短歌との相互乗り入れの試みである。北川冬彦の短詩から語る姿には、説得力がある。「病院」「完全犯罪」「ゴミステーション」「冷凍保存」のタイトルは、現代の市民社会を写像する。「スクランブル交差点で僕らはいつも泥の河を幻視してしまう。渡ろうとして溺れているのはヌーの群れである」（「スクランブル交差点」）。「糸を引くチーズのように美しくも緩やかな頽廃がスプーンに絡まる」（「オニオングラタンスープ」）。「世界の滅ぶ場所がある。枯蟷螂の眼の中も、その場所のひとつだ」（「世界の滅ぶ場所」）。

そして、江田浩司の『律《りつ》―その径《みち》に』（思潮社）にも、詩と俳句と短歌が交錯して融合する現代的なダイバシティがある。詩が横に横につながる姿には、著者の逃走するラディカリズムがある。俳句や短歌の側からすれば、ともに同じ革新的な出来事として理解できるのだろう。「「わたしは今日もずぼらな夢をみる／／「夢は死の妹なのだから」（北村太郎の詩「海へ行く道」より）と綴った詩人がゐた／いたづらに苦しむことがない／うすら日のやはらかきこころ／いくどもめぐる詩《うた》をねがふ／ただひとすぢのわたしの道は／いまもないのだと考へたい」（「ない」について）。若い人から人気のある北村太郎の詩をこのように読んでいる。自律的に詩の奥義を横断する北村太郎の詩には、暗い流れというものがあった。その流れに素早く伴走するには、詩の意匠でさえまねることが難しい。このようにして北村太郎を読む江田浩司の姿には、詩と短歌と俳句の融合する詩のラディカリズムがあり、脱領域的な現在を写像している。

そして、伊藤芳博詩集『いのち／こばと』（ふたば工房）は、長く高等学校で国語の教師をしていた。しかし、単なる教諭の仕事からできあがった詩ではない事実が理解できる。特別支援学校という特異な職場である。小学部一年から高等部三年生を指導する立場から詩を書いている。「その日わたしたちはどこの駅で降りたのでしょうか／この子の一生が短くても長くてもしあわせのものとなるように／わたしたちに任された大切ないのちといっしょに／尽きるまで運ばれていこうと／今は祈っています／子どもがもう一度わたしたちに生まれたあの日／わたしたちを乗せた電車は・・・」（いのち／えらぶ）。仕事にとって、詩を書くことが自らに抑圧となった時もあった。過剰な書き手は、ある日、突然沈黙する。詩を手放さずに、マラソンに打ち込んでいた。なぜか。「ペンネーム」を使用せずに、詩を書く。「私の現実、生活から生まれてはいるが、「作品」であることを明記しておく。実名は登場していない」（「巻末のプロフィール」）に、その心因が象徴的に語られている。素朴な支援学校の生徒の語らいの詩もあれば、最後の数篇は、ほぼ十年の時を刻んだ「記憶のタイポロジー（予表論）」として工夫編纂された詩群である。

そして、下川敬明詩集『暗黒と純白の讃歌』（待望社）には、詩を書く覚悟が感ぜられる。冒頭に引用されたオクタビオ・パスとエズラ・パウンドの詩句が暗示する。「あとがき」には、「長い労苦の末の決着。それが何を意味するのか、ぼくにはまだ分からない」と、現代詩人としてのラディカリズムの思いを綴る。詩の言葉を変革するために、「詩のコラボ」を通じて、言葉のフィギュアと詩のパロールを変革してきた。「ここは　無意味な物語の袋小路《どんづまり》／捨てられた影が折り重なり／ほら　際限なく／じゃれあっている」（「I　落書き」）「世界は　いつだって　事後に露呈する」（「II　風琴《アイオロス》のうた」）と、自らの詩の表現へのプロテストが、従来のイマジズムやシュルレアリスムを通過して、「長編組詩の創生の経緯と詩法に関する集約」を目指したと語る。孤独に、モダニズムの詩を志向している。

そして、高柳誠詩集『フランチェスカのスカート』（書肆山田）は、多様にして内密的につながる「固有名詞」のテーマをいくつも重ねた物語散文詩である。平明な漢字と仮名交じりによって組み立てられた寓意の言葉の世界である。詩人は、こうして言葉の形態と展開を果たした「テーマ詩」を確立してきた。外延は、過剰な宇宙空間であり、内包は、少年の心性による擬似的なキリスト文化空間である。日本のモダニズムは、キリスト教的感性と共生してきた。伝統ではなく、モダニズムの寓意と神話に彩られたロマンとして学んだのが、明治以降の西欧文学であり聖書のテクストだ。「霧は、一日二回、決められた日課のごとくにこの街を襲う。」（「—霧」）。「この町の東のはずれに、町全体を一望のもとに収めることのできる小高い丘がある。」（「—星降る丘」）。物語がはじまる予感が感ぜられる。詩の空間には、聖なる市民社会があり、そこに街の酒場やカフェの祝祭空間を交錯させる物語は、過剰のエネルギーと蕩尽の閾に美意識の詩が、至高性として健在である。

そして、髙橋宗司詩集『大伴家持へのレクイエム』（コールサック社）は、国語教師として長く勤務した初めての詩集だ。Ⅰ「母の言葉」とⅡ「大伴家持へのレクイエム」からなる。戦争の面影や朝鮮への思いと自然や鳥や花々が、端正にまとめられた。大伴家持は、万葉集を編纂した詩人である。遠祖から物部氏や佐伯氏とともに、飛鳥の鳥見や畝傍の麓で、大王の共同幻想に軍事的な忠誠を誓って仕えてきた。台頭する藤原氏との権力争いで左遷され、太平洋戦争の時には、南の島で玉砕する映像放送の前にかかった曲「海行かば」（「万葉集」巻十八 4094）の作者だ。家持は、大伴氏の衰亡をみながら、沈黙に代えるようにして、「万葉集」を編纂する。「万葉集」の最後は、家持の歌（巻二十 4516）で終わる。以後、亡くなるまでの間、沈黙を守ったまま、死後になって謀反の咎を受けた。著者の生活史にある愛別離苦からうまれる抒情に、この「レクイエム」が反照する。名詞の選択と置き方がねれている。俳句で長く活動した経験があり、両者の抒情の融合だろうか。短詩では語れない精神が、思い出としての歴史を総括する散文の存在を証明している。

そして、長嶺キミ詩集『静かな春』（コールサック社）は、画家と詩を両立してきた詩人の詩集だ。残念なことに、実際の絵はみたことはない。詩集の表紙から察せられるのは、具象から抽象への作品傾向の画風ではないだろうか。詩には、それとは逆に、絵の過剰なエネルギーから土俗的な自然を形象する「四季派」的な安定したフィギュアがある。

そして、若松丈太郎詩集『夷俘《いふ》の叛逆』（コールサック社）は、先頃に亡くなられたので、生前最後の詩集である。跋には、「生前最後の詩集になるにちがいないと意識する年齢に向きあっている」という言葉がみえる。以上の三冊の詩集を含めて、鈴木比佐雄の丹念な読みによる紹介がなされている。わたしに付け加えることがあれば、若松氏の「東北考」に関わる事である。詩集は、詩を書く当事者の強固な意志と告発性に貫かれている。東北の秘史や福島の原発事故を起因とする作品である。一方で、詩集を読む側からの距離を考えると、詩集が問題とする事件は、日本列島の東と西の問題であり、南と北の内容へと敷衍することができる。

赤坂憲雄は、山形市が設置した東北芸術工科大学で、柳田國男の文献を読み、フィールドワークを重ねた。そして「東北学」を提唱する。「ひとつの日本」ではなく、「いくつもの日本」の多様性をみる。東と西の境界には、中部地方を中心にいくつもの文化の断層があった。『蝸牛考』の柳田國男は、中央に新しい文化を読み、周縁に古い文化と言葉がある方言周圏論を唱えた。そこから批評がみたものは、「ひとつの日本」から「いくつもの日本」への視座である。稲作以前、官暦以前を濃密にみいだす土地は、関東以北の東日本である。若松氏の発掘作業も、まさにここにある。「国家としての「日本」が「天皇」と対になって登場したのは、古代七世紀の末であった。そこに成立したヤマト王権は、みずからの国家的アイデンティティを賭けて、北の蝦夷と南の琉球にたいする征服支配の欲望を表明した。眼前には、あきらかに「いくつもの日本」があった。弧状なす列島の、南／北のはるかな彼方には、マツロワヌ異族の土地＝異域が茫漠と広がっていたのである」（赤坂憲雄『東西／南北考―いくつもの日本へ―』）。

そして、植木信子詩集『緑の日々へ』（砂子屋書房）は、東北の一角として、「北越」の地方生活者の日常から詩的な言葉の風景を祈りの現前性にみつめている。そこにある生活と自己の内部への省察は、特有のポエジーである。良寛や世阿弥の地方概念にとどまらない。詩と自然から緑と祈りという庶民性のある言葉を展開させて、人間が真に根元へと寄り添いつつ思索するものが、自然への深い色彩と救いにたどりついている。

そして、田中眞由美詩集『しろい風の中で』（土曜美術社出版販売）は、自己の不在が現代社会を象徴する不在と重なる。「できたことわかったこと／しろい風がさらっていく／くりかえされるしろい日」（ひろい空の下で）。「しろい風」の「しろ」が、不在を強く暗示している。地方の緑とは対象的に、東京の郊外に住む詩人は、言葉を自在に駆使する細かい力をもっている。家庭の事情で、しばらく詩から遠ざかっていた。そうした日常のしろの色彩感が詩のことばとなって、白と黒と赤の市民社会の実相と批評的に触れ合っている。空虚が示す不在感は、老いからのものではない。根源的に今日の社会に起因するものである。現代詩の空虚を見出している精神と同値されるものだ。

そして、「鹿耳の男を見かけたら／そこは角筈／五十年を巻きもどし／淀橋、十二社《じゅうにそう》、新宿追分」と、聖書から「狐穴」の民俗的心性に至る須永紀子詩集『時の錘り。』（思潮社）。「いったい　いつになったら／できあがるんだろう」「このリュックはもうおしまい」と、不明なものに誰かと問いただす関中子詩集『誰何《すいか》』（思潮社）。「小さく始めたい、二〇一一年」「まだ世間の中にいる」と、消費中心の市民生活に縦横に斜線とリズムを引く和田まさ子詩集『よろこびの日』（思潮社）。

ともに、発話する詩人の言葉の選び方とアレンジメントの効果によって、突如として、日常の生活が詩的世界へと変貌する。平板な市民社会が、言葉の劇的な詩的世界へと線的にあるいは点描的に変幻するのだ。例えば、眼や皮膚の感覚が、メタモルフォーゼする。孤立した消費生活のなかで、日常と詩的世界が横に結合する。断片となった言葉と余白は、はっきりとした消費社会の表現である。不在の色や零度の手触りから内在的なプロセスをたどると、そこには、微かに人間らしい民俗の感情が徐々に温度と色彩を取り戻してゆく。表現された詞章が飛躍すると、文脈に喩表現に通ずるものが立ちあらわれてくる。

それぞれの詩のことばの選択と流れをもつ詩人の世界は、詩人たちの日常とその反復のなかに生きられた詩の経験を掘り出す特徴がある。

（3）

「と」とともに、並列の意味の「そして」を使用した時代は、バブル期の八〇年代から九〇年代初頭のその崩壊を経て、失われた二十年から二〇二〇年代を通過している。今日の市民社会は、コロナにまみえながらも、多様な社会の言葉の使用のなかに、蓄積／蕩尽と過剰／過小のコントラストの力学が、無意識の欲望となって、リゾーム状の巣籠もり需要の戦争機械を生成している。コロナの浸透こそ、リゾーム的現象ではないだろうか。

短歌や俳句の形式そのものに現代の状況や言葉を折り込めば、詩歌の新しさや現代性は語られるかもしれない。俳句や短歌そのもの、詩そのものの単体では、どれほどの現在性を志向するかわからないと思われている面がある。一方で、俳句立ちや短歌立ちの詩人、一昔前であれば漢詩立ちの詩人と呼ぶ事が可能だった。今や詩の周縁に関心をもつ詩人は、外部との結合と異種混交による俳人や歌人へと表現の変貌もみせる時代だ。それだけ境界は揺れている。ジェンダーの議論や風景をみるように、現実という閾が曖昧になっている。テクストのなかには、「男性」や「女性」が不在である。さらには、年齢的にも海外滞在の情景は極自然なイメージで描かれているが、アニメやＡＩのイメージは少ない。

中心がなく、はじまりも終わりもない。主体も客体も喪失して、空虚な中間があるだけだ。人生は、中間の反復である。だから、「そして・・・そして・・・」と、逃走するテクストを探る。そこに忍び寄る気配は、全体主義である。しかし、詩というものが、それを止めることのできるものではないことは判然としている。モダニズム自体が、全体主義に抗することはできなかった歴史がある。

いかなるひとも、ひとつの場所に止まることはできない。日々刻々と、生活の時間は流れ、人の記憶も更新され、新しく展開する。停滞するといえども、詩人は、旧い記憶と新しい記憶をつなぎ合わせる。必然と偶然、計算と即興、意識と無意識、フォルムとアンフォルムとの間には、閾としての境界線が揺らぐ場がある。遠い場所の記憶である旧い出来事のうちに新しい出来事の兆候を描く。孤独なモダニズムをくぐり抜けて、彼方へとむかう逃走線がみえてくるようだ。詩の表現は、固定的な詩の言葉から脱して、停滞と流動する現代の消費社会を描くラディカリズムに触れ合うのだろうか。金沢の泉鏡花文学館で、バタイユの名翻訳で知られる生田耕作の鏡花コレクションをみた。ペンネームでなければ、バタイユは「呪われた部分」の解放された自由を生きて、書くことはできなかった。人間そのものを、言語においても、市民生活においても、個人の内的経験においても、とり戻さなければならない。その時、生の哲学を含みながらも、差異と反復が一体性となった未来との時間性の総合のなかに、全体主義を超脱するリゾームと「そして」による詩の自由の方法はみいだされるにちがいない。

（つづく）

永山絹枝・小詩集『大連・旅順・瀋陽（二〇一〇年）―日露戦争と満州事変の跡をたどる旅―』

【一、中山広場・ヤマトホテル】

大連埠頭《ふとう》には大型貨物クレーン船が停泊していた
日本へ渡航できる命の港
旅行中なのに日本に帰りたくなった　が　ここには
当時、敗戦を知って辿《たど》り着いた人々がいた
襤褸《ぼろ》をまとい、子を連れた必死の群衆の姿が見えて来る
埠頭《ふとう》から対外貿易局、英国領事館（現・旅大市文化局）
建物だけは　そのまゝそこに色褪《あ》せているが林立し
あっという間に中山《チュウザン》広場に入る
大連《だいれん》の中心で放射線状にのびる幾つもの大通り
なんと遠藤周作の父はこの広場に面した銀行に勤めていた
周作の小学校も大広場小学校　子供心にも
こんな綺麗な広場はあるまいと眺め入ったという
大和ホテルは大連迎賓館という名に変わっている
数々の映画の舞台に登場した赤い絨毯の格調高いホテル
併せて思い浮かべる歌手・李香蘭《りこうらん》・山口淑子
腰に刀の軍属将校たちの亡霊の声
一方で　港には裸足の漢人クーリーが
雨にぬれ　豆粕《まめかす》の袋や石炭袋に埋もれて
牛馬のように働いている
胸には刻む反骨魂・国土奪還の誓い

【二、旅順へ　日露戦争の要塞】

『二百三高地』の映画　恐怖の眼で見つめた
撃たれても　撃たれても敵陣を目指して登って行く兵隊達
進め、進めの無慈悲な号令にさだまさしの歌が沁みわたる
♪　‥海は死にますか　山は死にますか
一九〇四（M３４）年の基地争奪戦で一万四千人が戦死
百年たった今　戦火の跡を辿って山道を登る
弾丸痕も生々しく両脇には人が隠れるだけの塹壕《ざんごう》
迎えたのは　東郷、乃木の名を刻む表忠塔
見えます　見えます　ロシア戦艦が苦戦した旅順《りょじゅん》港
シベリヤからやってきた何十万人の大鼻子と東洋鬼
満州の大地を戦場にかえてしまった
一九〇五年　くづれ残れる民屋《みんおく》に相《あい》見た二将軍
水師営《すいしえい》会見所の中に入る
二人の写真が無造作に　べたべたと貼られ
血を流した侵略の遺留物が簡素な資料館に展示
　ああ弟よ君を泣く　君死にたまふ事なかれ
　末に生まれし君なれば　親の情けは勝りしも
親は刃《やいば》をにぎらせて　人を殺せと教えしや
　人を殺して死ねよとて　二十四まで育てしや
与謝野晶子の
「きみ死にたまふことなかれ」が木霊《こだま》する

【三、いまも記憶に刻まれて】

正義は数の多寡《たか》で決まるものじゃあるめえ
たったひとり世界中を敵に回しても、正義は正義だ
無学だろうが無一文だろうが、正義は正義だ
浅田次郎の『中原の虹』の勢いに乗せられて旅した地であった
最近ふと目に留まった新聞「声」がペンを走らせる
「私は日露戦争の壮絶な戦場となった中国・旅順で
一九三六（昭和11）年に生まれました
父がいつ旅順に渡り家族を成したかは聞けないまま
第2次世界大戦が終わった後、私たちは大連に逃げて
一九四七年に引き上げ船で佐世保の浦頭《うらがしら》に着きました
私は旅順の国民学校の遠足で水師営に記憶があります
旅順市街地にロシア兵がなだれ込んできて
在留邦人は怖い目に遭ったことを覚えています。」

雲仙市（82）　2018／05／28 長崎新聞

「岸壁の母」―母が手空きの折に　唸《うな》って聞かせてくれた
♪　母は来ました　きょうも　来た　この岸壁に…♪
…「また引揚船が帰って来たに、今度もあの子は帰らない……
この岸壁で待っている　わしの姿が見えんのか……
港の名前は舞鶴なのに何故飛んで来てはくれぬのじゃ…
…。」
大判のレコードを乗せた蓄音機のザーザーの音は
異国に取り残された遺骨の呻《うめ》きに似て…

【四、上村肇《はじめ》の作品の中でも】

上村《かみむら》肇は近藤益雄《えきお》等を巻き込んで詩誌「河」を創刊した
平成四年に上梓した詩集「浦上四番崩れ」に見つけた詩
同じふるさと　長崎県諫早市　上村肇を慕うように
確かめるように　旅順《りょじゅん》の地を踏んでいた

なつめの木の下で―水師營回（上村肇）
水師營の庭には／一本の棗《なつめ》の樹があった
この棗の樹の下で
外国の将軍と日本の将軍とが／仲良く写真を撮っていた／／
棗の木の近くに一軒の小舎があって
その小舎の中では多くの／負傷者が血にまみれ
白い繃帯に包まれていた筈だが／その写真は見なかった／／
バスで二百三高地にも行ったが
折からの群れなす／野菊の花の中で
沢山の日本の看護婦達が／肩を抱き合って泣いていた／／
その看護婦らとともに／記念の観光写真を撮ったが
沢山の豆つぶほどの人員で
どこに／私がいるのか解らなかった／／
私の庭にも現在一本の棗の木がある
だがこの木の下で
私は一人で写真を撮ったことはない
誰かと二人で仲良く写真を撮ってみたいと思う
それも劇しく撲り合って喧嘩したような友達と。

【五、満州事変　九・一八記念館】

一九三一年九月一八日夜「満州事変」は勃発した
東北占領をねらう日本の関東軍　柳条湖《りゅうじょうこ》ででっちあげ
日本軍に追われた中国の人々は
♪　美し山　なつかしい川
おわれ　おわれての　はてしなき旅よ
道づれは涙　幸せはない　国の外にも　茎の中にも♪
こんな歌を歌いながら、広野をさまよい歩いた
主要都市ごとにあった「大和《ヤマト》ホテル」
ああなんと占領地に建てた
侵攻のシンボルマークだったとは…
山崎豊子の「大地の子」　悲惨だった満蒙《まんもう》開拓団
夢見て渡った希望の地で　置き去りにされた人たち
残された妻や子、年寄りや女たちの悲劇
手榴弾で非業の最期を遂げた集団自決
収容所・戦争孤児・身ひとつの引揚げ
戦争は　両国民にとっては　酷《むご》いことばかり
ああ、恐ろしや　震えあがる　瀋陽《しんよう》にある九・一八記念館
中国東北はいまだに旧日本軍の残虐さを告発している
どれだけの日本人が　この九・一八記念館を知っているか
完全に癒《い》えるのはいつのことか
償《つぐな》い　それは「知ること」

【六、蘇《よみがえ》る虐殺の現場・撫順《ぶじゅん》「平頂山」】

中国の詩人「アイチン」は朗読する
兄弟たち／だれなのだ／きみたちをかりたて
きみたちに銃をせおわせて／戦火の中になげこむのは？
写真を撮るから集まれ　たくさんの村人が崖の下に集まった
黒い布が取り払われて　下から出てきたのは機関銃であった。
１９３２年９月16日午前　撫順の平頂山地区で
日本軍は　３千人ともいわれる多数の住民を虐殺
撫順炭鉱が抗ゲリラされたことに対する報復だった
火を吹く機関銃　人々は悲鳴をあげながら逃げまどい
折り重なって倒れた　銃剣で突き刺し　遺体は焼きはらい
現場に横たわるおびただしい数の人骨
家族なのだろう　子どもの骨に覆《おお》いかぶさるように
母の骨　父の骨があった
残虐な殺し方をした　その証《あかし》である「遺骨館」があるのを
何人の日本人が　知っているか
資料をアメリカに渡して罪を逃れた七三一部隊
氷のかけらが舞う夜空　赤い星　青い炎
「償い」　それは学び合うこと　声を上げること

【参考資料】
・「天使」遠藤周作／・「黒髪」谷村志穂
・「中原の虹３」浅田次郎／・「坂の上の雲２」司馬遼太郎

高橋郁男・小詩集『風信』

二十三

東京・全球感染日誌・五

四月
四日　日
白血病から復帰した　競泳の池江璃花子さん（二十歳）が
日本選手権で　優勝を果たし
一時は絶望視された　東京五輪の代表に決まった
ご本人や　治療に携わった方々の尽力の賜物と感じ入った
しかし　この厳粛な快挙を
コロナ禍で危ぶまれる五輪の開催の方に利用するのも
出場を辞退するように本人に促すのも　間違っている

東京での　猛暑の中の五輪は　元々無理筋だし
コロナ禍で医療がひっ迫し
小学生の春の運動会ですら　延期されている日本に
コロナ禍の程度やワクチンで優位にある国の人を集めて
半ば隔離の状態で　びくびく開催することに
いかなる　公平・前向きの意味があるのか
そもそも　東京では　普段の勤めや商いすらもできない
戦後最悪の異常な事態が　一年以上続いている
今の東京には　外国の多くの人を喜んで迎える余裕は無い

本来ならば　五輪を主催する都市が最も輝く季節に
東京でなら　晩春から初夏　ないしは　たけなわの秋に
世界中の選手が自由に会し　心置きなく全力を尽くす
選手は互いに　そして開催地の人々とも　自由に触れ合う
五輪は　これらのほとんどが満たされる時に　開けばよい
こうした　まっとうな開催が
テレビ放映権の巨額の金の絡む制約等で出来ないのなら
制約の方を根本から改めるしかない

九日　金
ボードレールが　一八二一年にパリに生まれてから
この日で　ちょうど二百年になる
百年に一度の節目に　たまたま居合わせてしまったので
太古からボードレールまでの　私なりの詩の遍歴を
改めて　一瞬で　飛び石のように辿れば・・

ギルガメシュ　ホメーロス　ソフォクレス　ウェルギリウス
陶淵明　李白　人麻呂　ヌワース　清少納言　ハイヤーム
ダンテ　シェークスピア　芭蕉　ゲーテ　ポー　そして　彼

ついでに顧みれば　彼の「悪の華」を手にしたのは
一九六四年・昭和三十九年の東京五輪の頃だった
というのは　今も手元にあるその本の奥付に

その年の一月刊と記されているので
当時　月毎に実家に届く　河出書房新社刊の
淡いモスグリーンの函に入った「世界文学全集」の
「世界近代詩十人集」という翻訳詩の一巻で
私が高校二年・十七の頃だった

ハイネに始まり　ホイットマン　ヴェルレーヌ　ランボー
イエーツ　リルケ　ヴァレリー　T・S・エリオット　マヤ
コーフスキーに至る十人の三番目に　ボードレールが入って
いた

当時の「悪の華」の印象は　さほど強くは無かったが
その頃までに読んでいた芥川龍之介が
こう書き遺して自裁したことと合わせて　胸に刻んだ
――人生は一行のボードレールにも若かない

晩年のボードレールが　断続的に発表し
没後にまとめて刊行された散文詩集「パリの憂鬱」の方に
深く感じ入ったのは　一九七〇年に新聞の記者になって
初任地の秋田に赴いた頃だったと記憶する
行分けの文が続く詩とは違って
文章がつながってゆく散文の形をとりながら
それでいて　詩的な響きや　詩情・ポエジーを備えていた
そして　その内容が　空想的な心象の記述に留まらず
目に触れる現実のパリの情景や　人々の営みを土台にして
それらを彼の詩魂で透視することによって得られた想念を
平易な言葉で鋭く記述する手腕に　感銘を受けた
例えば・・　彼は
群れを成して歩いて行く人々を見ている
その人々の首には　得体のしれない怪物《シメール》が絡みついている
しかし　人々は　その怪物を苦にする様子もなく
行き先も知らないまま　集団で進んでゆく――

これなどは　時代に流されゆく人間の姿を象徴しているが
現代人の姿にも通ずる　普遍性を備えている
「パリの憂鬱」は　十九世紀のパリの姿を今に伝える
貴重な媒体・メディアであり
現今のジャーナリズムの批評・記事にも通ずる所がある・・
それが　当時の　極私的で小さな発見《ユリーカ》だった
以来　星霜　半世紀余
あのモスグリーンの函は　十回近い転居のどこかで失われ
持ち主の星霜を映すように経年ヤケの目立つ本体が残った

ボードレールが生まれた一八二一年には
フロベールやドストエフスキーが生まれ
元皇帝ナポレオンが　流刑地セントヘレナ島で没した

ボードレールが四十六歳で没した一八六七年は
日本では　江戸時代の最後の年で
夏目漱石や正岡子規　幸田露伴　尾崎紅葉
宮武外骨　斎藤緑雨　南方熊楠が生まれた

そして　ボードレールの「悪の華」の一部を含む
上田敏による訳詩集「海潮音」が世に出たのは
漱石の「吾輩は猫である」と同じく
日露戦争の終わる　一九〇五年のことだった

十三日　火
政府が　福島原発に溜まり続ける放射能汚染水を
薄めて　海に放出することを決定
これは　昨年の三・一一に絡む『風信』でも述べたように
大きな間違い
福島第一原発と第二原発の敷地内に
何とかして　貯め続けてゆくしかないが
もし　どうしても海に流すというのなら
そして　それが「特に問題は無い」というのなら
福島原発の生み出す電力の恩恵を受け続けてきた
東京を中心とする東日本の海にも
あまねく流すのが筋であろう
もし　そのことに何か問題や引っ掛かりがあるとしたら
福島の海に流すことも　許されない

二十五日　日
東京　大阪　京都　兵庫に　三度目の「緊急事態宣言」
二十六日　月
新コロナによる国内の死者が　一万人を超す
五月七日　金
東京などの「緊急事態宣言」を五月末まで延長
六月一日　火
東京などの「緊急事態宣言」を　更に二十日まで再延長
十八日　金
朝からの用事が済んだ頃　有楽町界隈で昼飯時になった
「緊急事態宣言」による酒類の提供禁止のため
約半数の店舗を閉めている老舗のビアホール・チェーンで
昼間だけ開けているという銀座の店に向かう
梅雨の中休みで　じんわりと暑く　ビール日和ではある
ビールの無いビアホールに入るのは　当然初めてのこと
以前と同様　入口には様々な形と大きさのジョッキが並ぶが
今は　それらが　黄金色の液体に満たされることは　無い
枝豆やソーセージ　フライドポテトといった
ビールとの相性が良すぎる品々は避けて
ビールが恋しくならない稀な食物であるカレーを注文する
百人は楽に入りそうな広い店だが　客はまばらに十人ほど
パソコンを開く男性　若い女性二人連れ　中年の夫婦風等
やがて現れたカレーライスは　やはり　それなりにおいしく
水を　二回お替りした

ビール無きビーヤホールの薄暑かな
バッカスの留守の酒場や薄暑光

七月九日　金
東京五輪の東京圏での全試合を「無観客」に決定

十二日　月
政府が東京に四度目の「緊急事態宣言」
二十三日　金
夜　東京五輪の開会式
開会式は　そのオリンピックの顔であり
閉会式は　その背中である
一九八八年の秋
その顔を　韓国ソウルの五輪スタジアムの記者席で書き
その背中を　東京の新聞社内のテレビで見た
開会式から三日後「天皇陛下吐血」による
本社からの帰国命令を　ソウルで受けたのだった

今回の東京五輪の顔には　疑問が残った
電子的映像や花火　ドローンを駆使した演目の多くは
テレビのコマーシャルを大掛かりにした感が強く
作る努力は認めつつ　ＩＯＣの宣伝臭も感じられた
しかし　入場する選手たちの姿には　胸に迫るものがあった
手を振る先に　虚ろな観客席が広がっていたとしても
ようやく今　自らの舞台を手にした喜びは　共感できる
ソウル五輪を含め　数多の五輪を見聞してきて
開会式は　テレビ映えの趣向は最小に留めて
選手の入場と点火だけでいい　と思い続けてきたが
今回は　作りものの点火も　聖火リレーという仕掛けも
無用と思うに至った
これも　経る年の　せいか

＊

時を遥かに旅して
第二次世界大戦が終わる一九四五年・昭和二十年に
辿り着いたとする―その二

四月十二日
ルーズベルト米大統領が急逝する
彼は　南東部ジョージア州の山荘に滞在中だった
「午後零時四十五分、政府の重要書類に目を通していた大統領が、腕時計をチラリと見て、「あと十五分ほどで昼食にしよう」と、誰にともなく呼びかけた。そして、真正面に座るこの女性の方を見て、何かジョークをいったらしい。女性がニッコリし、それを見て大統領がまた笑った。
ここで時間が止まった。」
仲晃『アメリカ大統領が死んだ日』（岩波書店）
脳卒中の発作を起こした大統領は　椅子でくずおれ
約三時間後に　死亡が確認される　享年六十三
副大統領ハリー・トルーマンが　急遽　後を継いだが
ルーズベルトと極側近が密かに進めていた原子爆弾開発の
「マンハッタン計画」は　彼には知らされていなかった
――チャーチル英首相の「回顧録」
「十三日の金曜日の朝早くこの知らせを受け取ったとき、私はあたかも肉体的に一撃を食ったように感じた。この輝かしい人物と私の関係は、われわれが共同して活動した長い恐ろしい年月において、きわめて大きな役割を演じた。いまやその関係は終り、私は深い償い得ない損失の感覚に打ちのめされた。」

『第二次世界大戦』（佐藤亮一訳　河出書房新社）

この訃報は　世界を経巡る

東京朝日新聞（十四日付）は

十三日の昼には　都心の新聞街の電光ニュースで訃報が流れ

「都民の足をとめさせ、あつといはせた」と伝えている

――医学生・山田風太郎の日記（十三日）

「ルーズヴェルト、昨日午後三時過ぎに急死す。

僕達はそのとき淀橋図書館の中にいた――このニュースは次第に館内にひろがっていったが、みないっせいに立って、万歳を叫ぶような劇的光景は見られなかった。女の話や、書物の話や、落第の話にまじって、あちこちで、「へええ?」「そうかい?」「暗殺じゃねえのか?」「それならまだいい」「万歳だ」「もう日本は勝ったな」「まさか?」というような声が、ぽつりぽつりぽつり聞こえるだけで、すぐにそれはまたもとのくだらない騒音の中に溶けこんでいった。」

『戦中派不戦日記』（角川文庫）

――作家・内田百閒の日記（十四日）

「会社のラヂオで初めて知つたが亜米利加の大統領ルーズベルトは頓死したるなり。好い工合だと考へても割り切れない。その内何か面白い事になるだらう。」

『東京焼盡』（中公文庫）

――清沢洌の日記（十七日）

「ローズベルトの葬儀は十五日に行われた――瞭（長男）の話しでは、食事の時学校でその事を聞いて、皆な喝采したが、二、三人の話しになると惜しい事をしたといったそうだ――その翌日経済クラブへ行くと、呪う者は少なくて、戦後経営を、かれをしてやらせたかったというような話しが絶対多数だった。これだけ、ひどい目にあって、敵を呪う気持ちが少ないというのは意外という外はない」

『暗黒日記』（山本義彦編　岩波文庫）

――ノンフィクション作家・新井恵美子さんの回想

「学校でルーズベルトやチャーチルの藁人形が作られ、竹槍で刺す練習をさせられた子どもたちもいたという。

私の学校では、そこまではやらなかったが、四月にルーズベルトが急死したとの報が入った日、校長先生の号令で「万歳三唱」をしたことは記憶している。敵の大将が倒れたのだから、きっと日本は勝てる。勝てば、お父さんが帰って来る。私たちは幸せになれる。

と本気で思い、本気で万歳を叫んだのが六歳の私だった。」

『哀しい歌たち―戦争と歌の記憶』（マガジンハウス）

――アメリカに亡命中の作家トーマス・マンの日記（十二日）
「午後、フランクリン・ローズヴェルト死去の報に接し、ひどく動揺。ラジオでの即席の意見表明を断る。K、カーン女史とともに、ミセス・ローズヴェルト宛てのかなり長文の電報の文案を練る。一晩中ラジオをたくさん聴き、世界中からの敬意や弔意の表明に感動。衝撃は大きい。奇妙にも日本のラジオがこの「偉大なる人物」に頭をたれる。」
『トーマス・マン 日記』（森川俊夫・佐藤正樹・田中暁・共訳 紀伊國屋書店）

ここでマンが記した「奇妙な日本のラジオ放送」は
日本国内では流されず
海外に向けて英語で放送され
同時に同盟通信社が英文ニュースとして発信したため
アメリカの有力各紙が詳しく伝えた
――ニューヨーク・タイムズの記事（十五日）
「同盟通信社が発信した無線通信によると、日本の首相で男爵の鈴木貫太郎提督はフランクリン・デラノ・ローズヴェルト大統領の死去に際し、アメリカ国民に〝深甚なる弔意〟を表明した。」
（前出『アメリカ大統領が死んだ日』）

十六日 ソ連軍がベルリンを総攻撃へ
二十日 ヒトラーの五十六歳の誕生日
――ヒトラーの女性秘書・ユンゲの手記
「ヒトラーの誕生日だ！――総統が部下からお祝いの言葉を受けている。みんながやってきて、握手の手を差し出し、忠誠を誓い、街を去るようにと勧める――私たちも、ベルリンを出てはいかがでしょう、と勧めてみた。すると、「いや、それは私にはできない――ここベルリンで決定戦に持ち込まねばならない。さもなければ、破滅するかだ！」
この頃 ユンゲはヒトラーにこうも尋ねた「あのう、総統様ご自身が軍隊の先頭に立って、戦死されることをドイツ国民は期待しているとはお思いになりませんか」
彼は さもけだるそうに答える
「私はもう肉体的に戦えるような状態ではない。私の手は震えて、ピストルが握れないくらいだ――どんなことがあっても、私はロシア人の手にだけはかかりたくないんだよ」
実際 彼は ぶるぶる震える手でフォークを口に運んだ
トラウデル・ユンゲ『私はヒトラーの秘書だった』
（足立ラーベ加代・高島市子訳 草思社）

二十九日 ヒトラーがエファー・ブラウンと結婚
三十日 ヒトラー夫妻が自決
五月七日 ドイツが降伏

＝この項続く

堀田京子・小詩集
『明日は　我が身か（超高齢化社会）』七篇

その1　最後のことば

帰りたい　かえして！
家がいい　帰りたいよー！
必死で訴える老婆
誰だ　俺をこんなところに入れた奴は
かえせ　かえしてくれーい
悲痛な訴えは誰にも届かない
日ごとに募る思いは届かず
悲しみのあまり　とうとう老婆は認知になった
逃げ場はなかった
おーい　おーい　と人の名を呼ぶ
コロナで　親しい人との面会も許されない
長い人生の後に待っていたものは
介護施設で亡くなるのを待つだけか
人は人の世話になって旅立って行く
終わり方は神のみぞ知る
願わくは苦しまず　長くやまず
お迎えを望むが・・・
生かされてしまう現実もある
すべてを受け入れる心の準備は
聖人でもない限りなかなかできない
手足をチューブに繋がれて亡くなった方
認知症で15年間もお世話されたご主人
それぞれの終わり方に人生の辛苦をみる
自助・公助・共助　それぞれの選択
自立して暮らせる幸せは他にない
好きなことをして好きなように生活
小さな幸せ見つけながら
足るを知る　身の丈に合った暮らし
たおやかに　生きてゆきたい
覚悟はいいか　孤独死でいい
残り少ない人生を　自分らしく
終着駅に向かって歩んでいこう

その2　男の一生

老人は　若い時　戦争に行った
老人は家族を守り　働き続けた
困らないほどの　貯金もできた
楽しみは　カラオケとお酒
話のタネは　昔の自慢話
あっと言う間に　人生は終着駅
連れ合いは　亡くなった
彼はひとり　残された

好きなお酒が　断たれた
93歳　弱る体に　気合を入れて
頑張って　暮らした

子どもに認知と思われ
すべての預金を持っていかれた
渡すほうが悪いのか　握るほうが悪いのか
わずかの金をもらい　寂しい暮らし
もぬけのようになった
人のいい真面目な彼であった
最後は子供の世話になるからと
あきらめてしまった彼
今病院のベットで思うことは
無性に家に帰りたいと
人恋しさに泣く
自分の人生　自分で決める
1つ選択を間違うと悲惨な老後が見えてくる
残したお金は人生を豊かにするためにある
遺産を渡すためではない
しみじみと思う彼であったがもう戻れない
泣き寝入りの最後は無念である

その3　愛は食卓にあるか

妻に先立たれた一人暮らしの高齢者
独居老人の食卓を覗き唖然とした
宅配のお弁当　口に合わずほんの少ししか食べていない
冷蔵庫には調味料のみ　冷凍庫は満杯
茶簞笥にはカップラーメンやパックご飯が積まれている
ヘルパーさんのお世話になって暮らす彼
夕ご飯は　冷凍食品オンリーらしい
お湯でジャポンのレトルト食品
ひじきにホーレンソウ　シュウマイなんでもあり
ご飯も炊かなくて済むとはいえ　チン生活　味けないものだ
思い描いていた老後は遠い
自活できなくなった時　愛は食卓にあるか
生活力・体力のあるうちは　好物も買いにゆけたが
足腰も弱り我慢の子　おん年93歳　薬漬け
こんなはずではなかったか　さりとてホームにも入れない
週一の知り合いの助け舟が命の泉　うれし涙のこぼれるひと時
あたたかく寄り添ってくれる人が
傍にいてくれる　それだけで嬉しいのですね

パート4　誰でもいつかは（老々介護）

お二人は共働き　人生を仕事にかけてきた
娘たちは自立　孫も数人　別宅もある
海外旅行が趣味で　数えきれないほど世界を回った。
音楽好きの　人のいいご主人八十五歳

やがて二人に試練がやってきた
奥様の乳がん　克服の後は認知症
旅の思い出は忘れてしまった
アルバムだけが事実を語る
手をつないでいなければ危ない

足腰が達者なので　目を離せば居なくなる
そのたびに探し回り　捜索願い
やがてお下が緩み　始末ができなくなった
何枚もシーツを洗うのはご主人
おむつを付けたが粗相が目立った

介護保険の適応　デイサービスに
ごはんの支度や買い物など
家事のすべてが夫の肩に
彼は償いと考え一生懸命働いた
昔の旅の思い出を語る事が楽しみだった

ある日　スーパーで買った品物を盗まれた
米から食品　相当の買い物が消えた
自転車に置いたことが運の尽き
置き引きですよとスーパーの店員
人を疑わない彼　とんだ災難

そしてある時　やられた　詐欺師に
ベテランの警察官であったが
あっと言う間に50万　泣き寝入り
家には寄り付かない子ども達
できる所まで頑張ると笑顔で答える彼であった

その5　恍惚の妻

50代女ざかり　3人の息子も自立
人生これからというその時に
なんかおかしい　隣の方のおかずに箸が・・
変ですよ　パーキングから裏山の中へ迷い人
認知症の始まり　あっという間に進行
表情が能面になっていった
裸一貫で立ち上げた夫の青果業
ご主人は息子に手渡し介護一筋
両手を取りハイ一二　一　二
言葉をかけなだめ散歩に連れ出す

とうとう入院　覚悟であった
全霊をかけて通院の彼であった
私も見舞いに行ったが　まったく反応なし
たまたま来た三男　お兄ちゃんの結婚の知らせ
優しく話しかける　アルバムを枕元へ立てる
傍らにはかわいいだき人形が寄り添っていた
誕生日にはご主人が髪をすき　お化粧をしてくれる
しかし回復の兆しはなく弱るばかりであった
あっちへゴロン　こっちへゴロン　床ずれ防止のためである
とうとう恍惚の女になってしまった
やがて丈夫な歯を抜かれた
そして胃ろう生活となった
それでも家族は毎日会いに行った
そして長い長い年月15年が過ぎた　舌が落ちて喉をふさぐ
お迎えが来たのだ　やっと自由になれた妻
彼は若き日の奥さんの肖像画を床の間に飾る
毎日手を合わせている家族
月命日も欠かさずにお参りに行く
亡くなってもつながっている家族
孫たちの誕生に　目を細めるご主人
世のため人のためにも　寸暇を惜しまず動き回る人
料理名人で周囲の人に分けてあげることが楽しみの人
律儀で真心の人　卒寿を超えて足腰の弱りが目立つ
辛いことにも弱音を吐かずたくましく暮らす
前向きに生きる姿にパワーを戴いている

その6　とらわれ人

認知症が進み専門の病院へ移された老婆
そこには人生の最後のパラダイスがあるわけではない
子ども還りした高齢者は素の性格が出てくるらしい
穏やかに温和にことを受け入れる人もいるが
時には狂暴になり飛びつき、引っかいたりかみついたり
ボケたふりをして女性に手を出すおじいさん
ポットにおしっこをされたりとハプニン続き
真夜中の徘徊　予期せぬ出来事
夜中でも安心して眠れないこともあるようだ
自分が何者かさえ分からなくなりつつの状態の中で
昔の記憶は脳の奥深く眠っており時々は色鮮やか
だき人形やぬいぐるみを抱え込んんで
心の支えにしておられる人もいる
ふらりと脱走されては病院の責任が問われる
最後の最後まで人間らしく生かされるはずの病棟
人間不信がスカレート輪をかけて狂暴になってしまう人
精神科病院病棟のような厳重な警戒
耐えきれず暴れて騒いで手に負えない人はベットにくくられる
虐待に近い管理もまかりとおるところもあるようだ
クリスチャンの彼女は認知が進行、表情は険悪
別の病院へ移ることになった
閑静な田舎の病院だが環境になじめず

やたらと人をつねる癖が抜けなかった
心の傷跡はあまりにも大きくて癒すには
神父さんに抱かれて繋がれた鎖をとく作業が続いた
長い時間をかけて闇から光を見ることができたそうだ
穏やかな最期を迎えられる人は数少ないという
そんな幸運に恵まれる人は本当にラッキー
厳しい試練の日々祈ることで救われるならば
何にも問題はないのだが、現実は修羅場

妻はパーキンソン病　娘は癌転移　夫はショックで認知に・・
家族の絆はたたれて崩壊寸前
現役の認知症研究の医師が認知症になった
彼はこれで研究が完結したと結ぶ
１００歳時代に伴い様々な病と共に歩む人々

無常の風

昨日まで元気で　私の名前を呼んでくれた人よ
今日はもういない　熱い涙が胸に広がる
風そよぎゴンドラの歌が低く流れる
桜の花は跡形もなく散りゆき　葉は繁る
こいのぼりは　元気に泳いでいる
何事もなかったように　時は過ぎゆく
夕べの窓辺に　幻の影を慕い歌う

昨日まで好きな囲碁を　打っていた人よ
今日はもういない　寂寥感がこみ上げる
好きだよ愛してる　なんて冗談も言えないあなた
道化師になりすまし孤独を紛らわしていたのかも
自転車を捨て去り　愛車に別れを告げ
すべてを　手放して　還らぬ旅に出た
感謝を残し　人は去ってゆく

お棺の中で　ほほ笑む君
豪華な花々に　埋め尽くされて
たくさんの愛に包まれて　黄泉の国へ
信念を貫き生きた生涯　無常の風
あでやかな蘭の華を　手向ける私
青空の下で藤の花は　終焉の時を迎え
目に染みる霧島つつじ
木漏れ日に　若葉の輝く季節
人は人を送り　人に送られて旅立つのですね
燃え尽きた　あなたを偲びつつ
私は新しい出発の旅に　出かけよう

石川啓・小詩集『秋日』五篇

お彼岸

あちらは彼岸
こちらは此岸
横断歩道で
ウロウロしていた日を忘れない

七夕のように
鵲《かささぎ》の翼もなく
ただ一人で
赤い橋の上で暮れなずむ

彼岸花の咲かない地で
代わりに垣根の中に
小さな黄色い花がたくさん咲いていた
お彼岸の陽射しを顔いっぱいに受けて

物狂おしく　狂おしく
熱い溜め息ばかりが出て
追いかけてくるものを
振り返り　振り返り

伊邪那岐命《いざなぎのみこと》のように
桃を投げ込みました
剣《つるぎ》を打ち振りました
自らの意思で開けた黄泉の入り口

声…　が聞こえます
聞こえないはずの声…　が
約束…　をさせようとしてきます
あなたがたのいいようにはさせません

見えなくとも在るのです
在ってはいてもみえないのです
それが見えてしまったなら
スーッ…　と透き通っていくのです

我に返ると
横断歩道
両脇に車が停車して
永遠に停車しているかのように風も停まる

彼岸花

濃い陽射しの中で
長い首を風に揺らす朱い花
《触れちゃいけないよ　触れちゃいけないよ
　毒が体に回って
　　彼岸の向こうに連れていかれるよ》

朱い着物を纏って柔らかく背を反らしている六つの人の集い
細い手を伸ばしている雌蕊《しずい》と雄蕊《ゆうずい》を守って
気ままに揺れながら時折手招きをする
衽《おくみ》を左前に着てとうにこの世から去っている

唇にひと塗りされた朱が極立つ
魅き込まれて引き寄せられる
《触れちゃいけないよ　触れちゃいけないよ
　禁を破ったなら
　　もうこちら側には戻れないよ》

恐いもの見たさで刺激される好奇心
長い緑の黒髪を風に吹き流して
四方山話をしている女性《にょしょう》達の声が聞こえてくる
押し殺した笑い声を交わしている

天上に咲く華の陰に隠れて
天上には昇れない花
《触れちゃいけないよ　触れちゃいけないよ
　哀れに思っても
　　死人花でもあるんだよ》

芳りを嗅ぐのもいけないのだろうか
何本手折ったら向こうの岸に渡ってしまうのだろう
毒は薬　薬は毒　彼岸花の毒はどのくらい？
幾人の人を辿って人はそれに気づいたのだろう

秋陽を浴びている墓地で
火花のように燃えている
《触れちゃいけないよ　触れちゃいけないよ
　明き日の遊女のように
　　あどけない素顔に絆《ほだ》されてしまうよ》

振り返った　髪に朱い花を挿した
美しい女性がひともとの髪を唇に当て
ぬらりと微笑《わら》う
しかし眸《ひとみ》の奥底には　澄んだ泉が湧いていた

記憶の彼方への旅

私は想う

秘密の言葉を創って二人で楽しんだ無邪気な日々を
私は想う
憂いも悲観もなくただまっすぐ見つめていた晴れやかな時を
私は想う
あなたの言葉に触発され励まされ私の創造の源になったことを
私は想う
不完全燃焼で捨て置かれた炭をあなたが焚きつけたときを
私は想う
打っては返し返ってきては打つ弾んだテニスボールの歓びを
私は想う
好きなものが互いに二倍になっていった幸福を
私は想う
シリアスな話題にも本音を出して真剣に言葉を交わした日を
私は想う
距離は妨げにはならず距離が心を近づけた日々を
私は想う
日常の生活と精神の生活の上での綱渡りを
私は想う
自己肯定ができたならあなたにもっと近づけられただろうと
私は想う
あなたが闇の中に垂らしてくれたピアノ線の確かさを
私は想う
銀杏が金の栞となってあなたを癒やすのに私は無力な錫だった
私は想う
人の心は変わり玉あなたも私も　でも一色《ひといろ》より七色の虹は豊か
私は想う
秋を凝縮した白いカップの紅茶が少しでもあなたを温めるなら
私は思う
あなたの窓が晴れたなら私は遠くで小春日和の陽となろう

葉脈

I

蜘蛛の糸のように細い脈を縦横に張りめぐらせて

ところどころに半透明の薄い膜を残した
うすばかげろうの翅のような枯れ葉
かつてはその脈を通して水分や養分を葉に与えていただろう
緑色の瑞々しい青春時代を過ごして　今は老境の有終の美

ベージュ色の茎を持って正面に構えると
葉の中に佇む一本の木の姿
紫の上では毅然と動じず
青の上では凛と背を伸ばし
緑の上では懐かしげに語らい
黄色の上では明朗に笑った
赤の上では活気に身を起こし
菫色の上では来し方を振り返る
黄緑の上では希望を語り
灰色の上では口を噤み
薄青の上では哀しみを量った
白の上では高貴に居住まいを正し
黒の上では重々しく神々しくもあった

掌に載せると肩の力を抜きほっと安堵の笑みを浮かべた
カラカラと乾いて僅かな体重を預けている
生き切った人のように欲がなく
悟りの余暇を楽しんでいる飄々とした佇まい
それは世俗に見える者の憧憬の投影《まみ》か
静かに目を閉じて記憶の中に埋没している

Ⅱ

微小の一本の木　あるいは一枚の極細のレースの葉
肌と似た色で掌の中にとけこんでいき
網状の葉脈が私の背骨を中心に躰の中に細い手を広げていく
私が葉脈になるのか　葉脈が私になるのか
血肉は蠕動し変化を受け入れていく
刻々と進んでいく動物と植物の融合
躰は葉脈の記憶を「経験」の壺の中に収めていく
小さな女の子の私と　小さな男の子の私は
躰に広がっていく葉脈を
心の奥底から不思議そうに見上げている

葉脈は水分を吸収し次第に柔軟になっていく
神経のように躰中に手を伸ばしたなら
脈を通して何を躰に行き渡らせるのだろう
それは私にどんな変化をもたらすのだろう
最後はどのように締め括られるのかと
老成した第四の私は冷静に
躰の外から興味深げに成り行きを見守っている

言霊

言霊《ことだま》よ

あなたの居場所は誰も知らない
天空に棲んでいるようでもあり
魂の底に潜んでいるようでもある
私から招くことはできない
突然あなたが訪れ
矢継ぎ早に言の葉を降らせる
淀みなく流れてくる言葉を
私は洩らさず書きとめていく
途中で手を止めると「ツイ」と横を向き
あなたは去りピタッと言葉は止まる

時には励まされ　時には喜びあい
時には哀しみを分かち
あなたの言葉を読み返して
崩れた私の躰を立ち上がらせた事もあった

言葉はいつか一人で歩いて現実になるから
残す言葉を熟慮しなければならない
それを逆手に取り
実現に向けて少し背伸びをしようと思う
踵を上げて思い切り手を伸ばして——

迷ったときにはヒントをくれた
闇の中では光りを分け与えてくれた
時間がかかっても　回り道をしても

諦めなければ掌に果実を結び
私は至福に包まれて収穫した
豊潤な実りに酔いしれた

その歓びをあなたは吸収して輝く
いつもの黒装束を脱ぎすて
光りの束を纏う
夜の北極星のように確固たる意志で
行く方位を指南してくれる

時にはあなたの深みの中を泳ぎながら
言葉の豊かさに溺れそうになった
潜れば潜るほど深さは増し
昇れば昇るほど天空は広がり
追えば追うほど離されていく
しかし私はあなたを追い求める
見えはしないけれどいつもどこかで流れている水脈
疲れて小休止をし心の底を覗きこむと宇宙《そら》を映す
初秋の風に靡きながら我を忘れないコスモスよ
俯いても　見上げても
私はあなたの掌の上

成田廣彌・小詩集『マヒマヒカブリ』四篇と反歌五首

マヒマヒカブリの十四行詩

ずんぐり構へた丈夫《ますらを》の體軀、
譽める度にわが身は慄《をのの》く。
駿馬も息を荒げる脚《あし》、
譽める度に貴樣が迫る。

――あの日、わが家の白い壁、雨の鳴る
夜に憩ふ、闇よりも濃くほのかに光る
どす黒い五七五七七。聲持たぬ貴樣。

わが悲鳴《かけごゑ》に貴樣は走り、
嘶《いなな》くことなく、壁の白に影と宿り、
嘶くことなく、わが父の笞に罵られ、

貴樣は、鈍い鈍い汗を香らせ、
嘶くことなく、たゞ一行のどす黒い、
どす黒い五七五七七と落ちて――今も
「歌つてください」と乞うてゐるのだ。

反歌五首

言《こと》問《と》はず過ぎにし者ら歌はせと乞ひ過ぎにけり和《こた》へて歌はな

雨の音聞き憩へりし汝《なんぢ》をし驚かしつる吾《あ》が聲 奴《やつこ》

汝《な》を打ちてあなクシェムシとクシェムシと罵《の》らしし父をゆめな恨みそ

いづくゆか汝《な》は入《い》りにける吾《あ》を待ちて吾をば見むとて入りにけるかも

何しかも脚をとめぬる駿馬なす疾《はや》も馳《は》せなば死なざらましを

散文詩　マヒマヒカブリの手紙

拝啓
「コールサック（石炭袋）106號」掲載の御詩「龜蟲の十四行詩」拝讀しました。あなたらしいどんづまりつぷり、微笑ましく思ひました。

さて、成田さん、僕は龜蟲が羨《うらや》ましい。あれも僕も、あなた方にはてんで不評判ですからね。そこに例の十四行詩！あ、、龜蟲はコトホキを聞いたのだ。羨ましいとはその事を言ふのです。

羨ましいとはその事を言ふ！成田さん、あなたは僕を歌はうとは思はないのか。

僕だつてあなたとの思ひ出がないわけぢやない。歌はれて良いはずだ。ほら、あの日、土砂降りの夜でした！御實家の二階！僕のやんちやぶり！おぼえてる⁉あゝ、よかった！あなた、ひどい叫び方でしたねえ。え！喧《やかま》しい？貴様はあんまりおつかない？歌にならないくらゐ？

しかし、あなた、「怖い怖いと喜ばう」と書いたぢやありませんか。一行に二度も、書いたぢやありませんか。

あの夜のあなたは悲鳴をあげながらも僕を見續けた。然《しか》るに今やなんです！わが畫像《ぐわざう》なんぞに腰をぬかして、おまけに検索履歴はすつかり削除！それで「怖い怖いと喜ばう」つて？をかしいや！をかしい！

僕はねえ、最悪を一度も歌はない詩人は全然つまらない奴だと考へます。愛の足りない奴と哀《あは》れみます。詩になりさうな悪を、誂《あつら》へ向きの丁度良い悪を、ゴシップ氣分でスクープする、そんなのは詩人の悪趣味だ。

あなた方はコトホクことを忘れてどうならうといふのか。よく親しみ、親しんで良くなる「自然」をどこにやつてしまつたのか。悪をも歌ふ良い言葉を葬り去つて、それでもなほあなた方の人情は變《か》はらないといふのか。

え！成田さん！最悪は僕でせう！龜蟲ぢやない！僕が最悪だ！僕はあなたの、唯一度きりの仕事なのですよ！

いでいで！意吉麻呂《おきまろ》さんみたいに何でも歌つてみるのです！え！生意氣？しかし、僕だつて歌はれたい。それに、あなたに助言をと思つて……え！余計なお世話？でしやばるな？しかし、首を突つこむのは僕の癖でして、ね？

以下作者の獨白——これぢや意吉麻呂といふよりホカヒビトだ。しかし、俺のは鹽《しほ》のひとつまみにもならない詩だからね。いよいよ悪い！最悪だ！

夕の暗がり

夏の暑さのものすごい
暗い夕方の川邊を行けば
見よ、うごめくのは羽蟲だ。
私の開襟の白い、白い白いその上を
見よ、うごめくのは羽蟲だ。
數へる甲斐《かひ》も無いこれらを
一匹二匹とでこぴんするより術も無い。
見よ、今私の開襟の胸のあたりに
黄色いつゆが滲《にじ》んでゆく、
そして私は「一匹」と別に數へる、
そしてわが指を嗅いでみると、どうも、
生ぐさいやうに思はれて、二度と、
數へたくない氣もしてくる。
見よ、夏の暑さのものすごい夕方、讀點。
この群がる者共は私を放つておかない。
群がる者共よ、私は君達を厭ひに厭ふ。
汚く不潔な君達を罵らなければならない。
たゞ君達を罵らう。罵りつくしてやらう。
さうして一緒にゐたく思ふ。
さうして一緒にゐようぢやないか。
この暗がりに我々の生活を送らうよ。
さあ、寄れ、寄れ、見よ、燒けた私の腕も
羽蟲で一杯、私の汗にもがくもがく。
さあ、君達、群がる者共よ、
私のつゆは赤いのだよ、
齧《かじ》るといふなら齧るがよい、
さうして一緒にゐようぢやないか、
この暗がりに、我々の生活を送らうよ。

晝の喫茶店

見よ、この翁が「いつもの」と
少しく丁寧にお願ひすると
出てきた、出てきた、ビールとナッツと。
「どうも」といふおじぎの動きで
お前の白いシャツと藍《あゐ》のズボンとが
余計に良く見えてくるのだよ。
見よ、見よ、あのせはしないフリックを。
聞け、聞けよ、あのむつかしい獨り言を。
お前の内側に吸ひこまれたやうな唇は
まさしく翁のそれであるが、まつすぐと
伸びた背すぢに軽々と、組まれた足は
全然、俺のそれと同じなのだね。
そしてそのせはしないフリックと
むつかしい獨り言とは
まつたく、俺のそれ以上だ。
見よ、翁にナポリタンが届いた。
見よ、唇かくしてタバスコ垂らした。
垂らした垂らした、もう俺以上だ。
見よ、見よ、ナポリ、フリック、
ナポリタン、フリック、ナッツナッツ、
ビール、ナッツ、ビール、フリック、
聞けよ、聞けよ、獨り言、俺以上、

獨り言、俺以上……あ、、
お前が會計に添へて
「ビール助かつてます」と言へば、俺にも
お前の良い心がわかるのだ、今の世に
お前はお前の樂しみのために必死なのだ。
それであんなに、
フリック、フリック、獨り言、
フリック、フリック、獨り言、
あんなに、一所懸命だつたのだ。
あ、、お前は、俺以上の眞面目のために、
お前は、良い奴と譽められねばならない。
俺により、良い奴と譽められよ。
お前は、本當《ほんたう》の良い奴である。

植木信子・小詩集『愛について』三篇

愛について

川べりの小枝を透かして馬が一頭　草を食んでいる
花びらが幾千も散ってくる
小高い丘に古い樹が幹をよじらせ立っている
根元から麓につづいて墓が並んでいる
丘と馬を挟んで川が流れていく

水は数分毎に色を変え　青かったり緑色だったり
桃色がかったりする
上流は白く　下流は暗くて見えない
陽の加減では茜色に水が燃える
破れかけた帆船が荒い息の風音をたて燃えながら曳いている
生きようとして死んでいった船のようで
新しく生まれる呻き声に低く響く
馬は静かに草を食んでいる
花びらが幾千も散っている

川を遡るのは後ろへ戻っていく過去の鮮やかさだ
ところどころに王国のできるまでの事柄が
実りの樹に彫られている
両手で豊かな乳房を抱きほほえみ謎の流し目の女が各所にいる
神の妻　アシェラ*1神殿ではその女たちが機を織っている
シリアの砂漠からエジプトに至る家々に聖所に
お札やお守りのように置かれていた
四つの凶器*2に打ち砕かれ
素朴に生まれる人と人との愛を　与えあい　受け取りあい
育む愛を民人のひとつのものとして放浪に出たという
汚れや無実の惨殺は愛の罰などではなく
人は人に対する恐ろしさに立ちすくむ
ミッションなんかじゃなかった
意味を忘れた犠牲や強き者が弱きを叩く
人の暗い習性はいつの時代にもあった

君は捨てられたから
飢えを路上でしのいで大人になったから残酷になる
逃げてきた君と似た少年や少女には愛おしく心を抱くが
皆いなくなる

消えていった民人はたいてい善人だったから
丘の古い樹は幹をよじる
陽が差すと樹はかがやいて根元から広がる墓が虹にかがやく
川は緑に水を流し
馬が一頭　草を食んでいる
花びらが幾千も散っている
ラ・カンパネラ*3
世界は美しいと息を呑む

四月にふる雨

雨がふるのに埃が眼に入る
森につづく道に花が敷き詰めていて
踏み踏みゆけば花は赤い汁を滲ませる
森へは前を向くがうしろ向きに行くようで少しも進まない

昔あったことが影絵に掠めてすり込まれた記憶は
地層の下の出来事のようで
これから起こることのように思われてくる

どれだけ君は呼ぶのか
かっての若さ、輝きを取り戻そうとうしろ向きにゆくが
埃が入って眼をつむる
夕暮れのように暗くなり
空の光が赤く森を染めて立ち止まる

君は枯れた花をかざろうとするが
何のために闘っているのか
ただ　手を差しのべれば舟は近づいて君を乗せ
揺られている間に美しい調べと快い気体に包まれ
光のなかにいる
誰かがささやく

君は心の内を見ないで
信じないで
素朴な巫女の残酷さもなく

君は君を愛しているのか
空はどんな色に見えるのか
奇麗な色彩がふっと漂い一時心を明るくするのか

折れた紙に折れた色えんぴつで書いたたくさんの顔
たくさんの祖霊の面のようだ
その中に君はいるのかと探っている

人は祈っている時は神聖で流した涙はきれいだ
闘う君の悲しみが重くするが
芽ぐむ葦の若芽にふる雨のように
汚れた足を洗われて微笑むものがいる

梅雨の晴れまの日

夏風がコンクリにぶつかって三角の空き地の花園をゆする
あおい空の淵が水色がかり
ボーン　ボン　ボーン　そのあたりから音がする

にちりんさんを脊に
日輪さんは眩しくみえない
にちりんさんを体いっぱいにして君は呟き歩いてくる

三つの顔[*4]は三つの意思への一つを向けて
両手を胸におき合わせているのが変に美しい[*5]

にちりんさんの照りつづける下で
君は積み木遊びのようにひと事を重ねていた
小さくひと事と、まんなかふた事、大きくみ事
選び損ねが重なって崩れていった
ひとつの国が崩れるように
凍りつく君は君の内の氷りに深く居て
華麗な氷りの世界を創りゆらめく灯を点す
そんな国があったことを思い出されるように

何時か氷りは融けてゆき
夏風のなかを君は歩いている
奇麗な草はらを流れる川があり
此岸と彼岸を渡る川は生命の流れる川と思ったのは
川べりに虐殺された死体を見たからだ
君は脊を向ける
死体を吸って咲く毒々しい色彩の花を折り
君の三つの顔の一つの髪に挿した

木の上で子供がはやしたてるので投げた石が
子供にあたり落ちていった
走って開けた家の戸から花粉燐紛が君の顔にかかり
うしろから日輪が黒ずむ光に回って
ガラスに映った顔が厚塗りのルオーの道化師のようで
風に洗おうと夏の崖を落ちてひとしきり泣いたあとの
青年の祈り　壮年の祈りに見える顔が美しいと言われ
三つのうちのどの顔なのかと
君は考えている

＊1　アシェラ　古代イスラエル人のシナイ半島にある碑文から
＊2　四つの凶器　ジョン・ディクスン・カーの著作より
＊3　ラ・カンパネラ　モーツアルト作曲
＊4　アンコールワットに見られるヒンズー教三つの顔の像
＊5　興福寺の阿修羅像から

小説・創作

連載第十五回　高見順私論―『死の淵より』『闘病日記』を巡って―

宮川　達二

空をめざす小さな赤い手の群
祈りと知らない祈りの姿は美しい

詩集『死の淵より』所収―カエデの赤い芽―
高見順　北鎌倉東慶寺―詩碑

―東慶寺にて―

梅雨の始まった六月、私は北鎌倉の東慶寺を訪れた。山門から境内に入り、坂道の始まる崖の岩場の一面に、小さな星形をした紅紫のイワタバコの花が咲いている。東慶寺を代表する好ましい花である。一面に苔むした東慶寺には、多くの文学者たちが眠っている。奥へと進み左手の小道に入ると、低い壁で囲まれた作家高見順の墓がある。墓石に向かって右に、―カエデの赤い芽―という高見順自筆の詩句が彫られた詩碑がある。

彼は、昭和三十八年（一九六三年）秋の食道がんの手術後、北鎌倉の自宅で療養中、病室から眺めたカエデの赤い芽を見てこの詩を書いた。妻の高見秋子の回想によると、彼の墓が作られた後、このカエデは自宅から東慶寺へ移され、詩碑の正面へ根を張った。残念ながら、このカエデは半世紀を経て朽ち果て、今はこの場所には立っていない。

高見順が亡くなったのは昭和四十年（一九六五年）の夏である。闘病の中で、日々書いていたのが詩、そして日記だった。私は、この時書き残された最後の詩集『死の淵より』と『闘病日記』を繰り返し読んでいる。これらを読むことは、辛いことだが高見順の最晩年の心の世界へ分け入り、我々自身の死にも深く向き合う事になる。

―作家高見順―

作家高見順は明治四十年（一九〇七）、福井県三国生まれ。本名高間芳雄。高間姓は、母方のもので、彼は私生児として生まれた。東京帝大英文科卒業後、左翼運動に参加、小説、評論を発表するが、治安維持法違反容疑で逮捕され転向する。昭和十年『故旧忘れ得べき』が第一回芥川賞候補となり、文学界へ登場。『如何なる星の下に』『わが胸のここには』『昭和文学盛衰史』『激流』『いやな感じ』などを書き続ける。

終の棲家となった鎌倉には昭和十八年に移り住む。武田麟太郎、島木健作、川端康成、大佛次郎、中山義秀、小林秀雄など鎌倉文士との交流があった。執筆活動と同時に、長期の病との闘いも続く。晩年は、東京駒場の日本近代文学館の設立に伊藤整、小田切進らと参加した。昭和四十年（一九六五）食道がんで没。享年五八。なお、作家永井荷風と高見順は、実の父が兄弟であり従兄弟である。荷風が二十八歳年上、付き合いはなかったが共に浅草を舞台とした作品を書き、膨大な日記を書き残すという共通点がある。

―詩集『死の淵より』―

高見順は、語り手が積極的に文章に顔を出す饒舌体と言われる方法を駆使した小説家として知られている。私が最初に読んだのは、戦前の浅草を舞台とした『如何なる星の下に』だった。戦前の東京を知らない私にとって、この小説で描かれた古き良き時代の浅草の街並み、人々、風俗は非常に魅力的であり、不思議な語り口を持つ作家高見順を愛読する大きな契機となった。

彼は小説を書く一方で若き頃から、哲学的、内省的な詩を書き続けた。主な詩集に『樹木派』『わが埋葬』『死の淵より』などがある。この中で、生涯最後の詩集が『死の淵より』である。この詩集は彼の死の一年前に刊行、最初に次の言葉がある。

「食道ガンの手術は昨年（昭和三十八年―筆者注）の十月九日の事だから早くも八カ月たった。この八カ月の間に私が書き得たもの、これがすべてである。小説はまだ書けない。気力の持続が不可能だからである」

友人だった伊藤整に「書き魔」と言われた高見順にしても、手術、横臥、術後の激しい痛みのなかで、ものを書くことはかなり難しかった。印象的な「魂よ」という詩がある。

魂よ
この際だからほんとのことを言うが
おまえより食道のほうが
私にとってはずっと貴重だったのだ

『死の淵より』―魂よ―

文学の中心テーマは、歴史的に見て人間の精神、言い換えれば魂の問題を扱う事である。彼は、食道がんに直面した時、敢えて「魂」に徹底的に反抗する詩を書いた。実際、食道を手術で除去された時、魂より食道こそ命を支える大事な器官だったことを思い知らされる。目に見えない魂、それを何よりも大切だと思い続けていた愚かさ。この詩は、次のように終わる。

口先ばかりの魂をひとつひっとらえて
行為だけの世界へ連れて来たい
そして魂をガンにして苦しめてやりたい
そのとき口の達者な魂ははたしてなんと言うだろう

詩集『死の淵にて』に収められた詩は全六十三篇、闘病という苦悩、死と対峙する果てに生まれた詩の数々である。苦悩が直接的に伝わる詩が圧倒的に多いが、時には次のように、高見順らしい多少のユーモアを交えた詩もある。

余は左様　豪傑にあらず
されど文士というサムライなれば
この期に及んで
ジタバタ卑怯未練の振る舞いはできぬ

『死の淵より』―文士というサムライ―

敢えて「文士」という古風な言葉を使い、自分を彼はじっと見つめている。高見順の文士という言葉へのこだわりは、次に紹介する『闘病日記』にも登場する。

―高見順『闘病日記』―

高見順が昭和十六年から死に至るまでに書き残した日記は膨大である。全十七冊、生前、死後の二回に渉り、『高見順日記』（全八巻九冊）、『続高見順日記』（全八巻）として刊行された。私は、戦後の日記に編者によるタイトルが付けられた文庫本『敗戦日記』（昭和二十年記述分）、『終戦日記』（昭和二十一年記述分）、『文壇日記』（昭和三十五年一月～十月記述分）『闘病日記上・下』

（昭和三十八年十月～昭和四十年七月記述分）を繰り返し読んだ。

これらは、戦後の大きく移り変わる時代を一人の文学者の目を通して描いたものとして、非常に興味深い。私はここでは、詩集『死の淵より』と並行して病床で書かれた日記『闘病日記上・下』に焦点を当てる。

―「最後の文士」という言葉―

「ガンがこわくて文士がつとまりますか」

どうです、このセリフは。

『闘病日記上』 昭和三十八年十月八日

この言葉を日記に書いたのは、食道がん手術日の前日である。明日に迫る手術への恐れと同時に、文士として生きて来た誇りがこの言葉を彼に書かせた。少なくとも、他者、あるいは読者へ向けての問いかけの言葉ではない。同日の日記の最後に彼はこう書き留めている。

手術前夜なり。
死んでたまるか。
二三日前はむしろ死を甘く考えていたが。

『闘病日記上』 昭和三十八年十月八日

妻の秋子は、手術直後の夫高見順の様子を、看護メモで次のように書いている。

百八十センチ、七十五キロの巨体が、一まわりも、二まわりも小さくなったよう。わずか四時間の間に頬はげっそりとこけ、こうも相貌が変わり果てるとは！

『闘病日記上』 昭和三十八年十月九日―看護メモ―

文士とは、文筆を職業とし、時の権力や金に決して媚びない「気骨ある生き方を貫く」人間のことである。日本の文学者のなかで、文士という言葉を特別に意識していた代表者が高見順である。その矜持は、病を得てさえも続いていた。

同世代の親しい間柄だった作家伊藤整は、高見順を「最後の文士」と呼んだ。昭和も約四十年が過ぎ、すでに死語となりつつある文士という言葉、しかも「最後の文士」と高見順を呼ぶとは、言い得て妙である。

『闘病日記』には、凄絶ではあるが私の胸を打つ多くの言葉が書き残されている。

生とは死をふくめてあるひとつの流れの一部か。死は生の連続か。

『闘病日記上』 昭和三十九年八月十九日

私はいずこから来り、いずこへ去るのであるか。

『闘病日記下』 昭和四十年二月十二日

私の魂はいまちぢに乱れている。

『闘病日記下』 昭和四十年五月二十三日

死は私の死である。死は私にとって一般的な事柄ではない。

『闘病日記下』 昭和四十年五月三十日

詩は昇華作用のある創造行為であり、虚構さえ含まれる。一方、日記はおそらく、現実と密着した生の声そのものだろう。高見順は日記に、同時代を生きた映画監督小津安二郎、作家尾崎士郎、詩人三好達治などの死、そして文芸評論家亀井勝一郎のガン発病についても書き留めている。次々と、倒れ行く芸術家や文学者たち。こうして、苦闘に満ちた高見順の日記は、死の約一カ月前の昭和四十年七月十三日までで終わりを告げる。

―死よりの視界―

高見順は、戦後間もない昭和二十五年（一九五〇年）に、詩集『樹木派』を刊行した。この中のトップに、次の短い詩がある。

死

こっそりとのばした誘惑の手を
僕に気づかれ
死は
その手をひっこめて逃げた

そのとき
死は
慌てて何か忘れものをした
たしかに何か僕のなかに置き忘れて行った

『樹木派』を刊行した時、彼は四十三歳である。太平洋戦争中、報道班員として派遣されたアジア各地で死に直面し、敗戦後は胃潰瘍、胸部疾患などの病で生死の間を幾度となくさまよった。死は、彼の人生の途上でいつも目の前にあり、遠い存在ではなかった。「死」という詩は、高見順が遥か以前から死の予感を心に留めていた証である。

高見順は、詩集『死の淵より』と『闘病日記』で、生と死の意味を厳しく問い続けた。この軌跡は、文学史のなかに厳然と存在してゆくだろう。彼の筆跡により東慶寺の詩碑に刻まれた―カエデの赤い芽―に托した祈りの姿を、私は今後も深く心に止めようと思っている。

草莽伝

前田　新

壮年期 1

昭和四七年一月、会田真は共産党A村支部として、15ページに及ぶ「県営圃場《ほじょう》整備事業について訴える」を全町の受益者を対象に発表した。

その内容は、一、はじめに、二、土地改良に対するわれわれの要求、三、県営圃場整備事業の内容とねらい、四、地区内の農民の現状と事業後の展望、五、この事業に対する基本的な立場と当面の要求、の項立てで、第二次農業構造改善事業によって明らかになって来たその事業の目的と本質、その一環として県営圃場事業が実施されるが、圃場整備は農業生産の基盤の整備で、長年にわたる吾々農民の願いである。したがってその事業には反対しない。それに対するわれわれの要求が実現されるならば、実施に同意する。事業は民主的に農民の納得をもって進めなければならない。

事業に同意しない農家は、事業に対する疑問点が多く納得が出来ないからで、反対者ではなく未同意者である。従って村のなかで圃場整備について賛成、反対で農民同士が対立すべきではない。特に戦後の農地解放後に小作契約した農地、或いは未解放のままで残った農地は原則、小作者に売却すべきである。圃場整備について持っている疑問に回答を求め、農民のそれぞれの要求を、県や町に向かってみんなで要求をしよう。といった内容であった。

この共産党の政策に対して、裏切り行為と攻撃をしたのは、社会党であった。社会党を支持する反対者はこの事業の本質から、日本農業をまもるために、村の賛成者と戦い事業そのものを阻止しなければならない。強行されたら反対者の耕地は、除外工区をつくりそのなかで現状のままにしておき、事業不参加者として反対者の権利を尊重すべきである。という方針であった。

すでに町全体では百五十名ほどの農民組合が結成され、年長者の社会党の町議が組合長になり、真は副組合長兼自治体部長であったので、組合の分裂は避けて農民組合としての諸活動のなかに、県営圃場整備事業未同意者同盟という圃場整備関係者による同盟を組織して戦う方針を決定していた。

それは農業構造改善政策については反対で一致しているが、圃場整備事業について反対する理由はさまざまで、集落や個人によって異なっているので、それに応じて闘ってゆくが、さしあたっては、反対の理由とされる問題の解決を先行するという方針を立てた。それは次の三点あった。

一つは、農地解放によっても解放されずに残っている小作地と解放後に小作契約をしている農地を小作者に解放すること

二つは、経費負担などの、経済的な理由によって未同意の農家に対する対策を講ずること、

三つは、集落における事業実施にあたる役員を、これまでは富農層が占め、多数を占める中貧農の意見が反映されない。民主的な役員構成と全益者に情報の公開をすること、

圃場整備事業について、社会党と共産党の見解の相違があるが、未同意者が集落単位で話し合い、どの党の考え方を選択するかは、未同意者の自由とする。自治体交渉等は一緒に行い、それに参加するかどうかは、各人の自由とする。

以上のことを確認して、第一、第二の問題解決のための町行政との交渉を行った。第一の問題については、農業委員会に対策部会を作って対応する。具体的には公社の土地取得資金の活用と農業委員会による斡旋事業として取り扱い、税の免除をはかること、所有権の移転登記は圃場整備の事業に中で行うこと、

第二の問題については、全体計画の策定に要する費用は、町が負担すること、県道及び町道の拡幅やバイパス化による用地の提供は有償とすること、土地改良区の事務費の地権者負担は五〇%とすること。その理由は本来、町づくりのなかで行われる道水路などの環境整備が、この事業によって行われる。町の応分の負担は当然である。また、事業費の負担については、五年据え置き、十五年均等償還だが、果樹団地などについては植え付けから十年間は収益を見込めないので、その期間限定の特別融資を設けて町が利子補給を行うこと、

第三の問題については、土地改良区の理事長でもある町長は、集落における民主的な事業実施のために、役員構成や換地委員の構成には、必ず中小農家も参加できるように通達をもって指示し、それを指導すること

以上のことを確約書として取り交わした。

第二次農業構造改善事業は前述のように、新規開田を認めないということなので、これに対して真たちの集落では、開田ではなく畑地として整備し、地目を輪換畑として水田と畑地を交互に耕作する方向で対応した。輪換田なので用排水路は必要なので付けるが、新規開田ではないという解釈である。これは真たち農民の知恵であった。農地をどう利用するかについては、農家の経営に関することで、政府の方針がどう変わろうとも、圃場の整備は計画通りに継続できるのである。

その年の冬から二年間、真は喜与の叔父が若松市で司法書士事務所を開いていたので、そこにアルバイトとして通い、不動産の登記実務と会社設立などの登記事務を学び、農地の生前贈与や相続登記など、農家の相談に応じて、自己登記のための勉強会などを集落ごとに開いた。特に相続登記に関しては、家督相続の廃止にともなってさまざまな問題が起きていた。

政府も解決策として、農業後継者に農地の生前一括贈与の特例を法制化していたので、その活用をはかる相談会を真は集落で行った。

本来なら市町村の農業委員会が農家の相談に応じて、積極的な活用をすすめるのが同然なのだが、農村のサブリーダー的な存在として選出される農業委員はそうした情報を役得としてしか理解せず、相続問題で困っている農家のために役立てるということをしていなかった。真は集落における若い農業後継者の育成のために、この特例が生前贈与をしても贈与税が留保されて、譲渡者が死亡して相続税として課税されることによって、農地の場合、二町五反歩未満なら相続税の非課税限度額以内であることを周知し、その特例の利用を進めた。

集落の数戸の農家が後継者に、生前一括贈与の特例を利用し

て経営移譲し、農協組合員の名義変更を行い、意欲的に農業経営にとりくみ、それが口コミで旧村内の評判になり、毎夜のように、他の集落の農家から相談に来てくれという声がかかった。真は書類作成を手伝っても一円の報酬ももらっていないので、司法書士会もこれには文句のつけようもなかった。

昭和四十八年に第二工区として真の集落は圃場整備事業に着工した。真の集落の未同意者たちは、共産党の方針で事業の公正で民主的な要求を実現して同意していった。集落の役員構成は所有面積別に三つに区分し、それぞれの区分から均等に役員を選出した。集落の工事委員会を実施設計書の設計の検討、施工管理、完成検査の三つのセクターに分けて、それぞれに責任をもち、改良区との交渉に当たる。換地委員も同じように三つの区分から選出して構成し、他集落との境界、平均減歩率による配分等は改良区の方針に従うが、集落独自の換地方針を地権者の全体会議で決定する。基本的には従前地を考慮するが、団地化を前提として、二町歩以上の地権者は一団地乃至は二団地として集落からの距離の遠い位置から団地化する。遠いといっても五百メートル以内で、トラクターや軽トラで一分程度の差である。二町歩以下一町歩以上の地権者は一団地乃至は二団地として中間地域に換地する。それ以下は二種兼業農家が多いので、集落にもっとも近い所に一団地として換地する。これとは別に幹線水路から利水出来る場所に三か所の苗代団地をつくる、畑地は集落周辺に従前地のあるなしにかかわらずに一定面積を換地する。果樹団地はそれとは別に設定するなどの基本方針に基づき、集落の換地計画書を作成した。圃場が三反区画のために端数の整理が必要になったが、地権者の意向に基づき交換等を行い、一農家一か所だけの一穂城内の共同耕作地を設定した。

施行単価が平均化されて一律で積算されているが、完了検査で、暗渠排水、盛土、礫石《れきせき》の撤去などの必要度を精査して、工事担当委員会の基準に照らして合格するまでの責任をもって仕上げてもらってから、換地委員会に引き渡して仮換地を行う。他にも集落共有地（池や遊水地、神社境内の周周辺など）は、集落民の希望者のセリによって売却し、集落の集会場の修理費に充当する。

集落の工事区域の工事期間は通年施行で三年となるが、その間の飯米《はんまい》については、各戸の希望に応じて、農協から共同購入し、支払いは耕作が開始されてから、生産物の販売代金によって行う。それまでの期間、おおよそ五年の利子補給を県および町が折半で行う。

事業に関する諸決定は何事によらず集落全員の総意によって行う。少数意見についても多数決で押し切ることはしない。話し合いをもって納得を得る。そのことを全員で確認をして工事に入った。

村のなかでも社会党の方針を選んだ未同意の人たちは、集落のなかの賛成する人との話し合いは行わずに、道路と水路には協力するが、集落工区内に徐地区域を設定して、そのなかに未同意者の所有面積を移し、従前どおり耕作を出来るようにして、整備は行わない。従って整備にかかる諸経費は一切負担をしないということであった。当然、それは集落の中での対立となった。もともと、未同意者は中小農家が主体で、なかには大規模所有者もいたが、集落内で互いに助け合って暮らして来た人間関係か損なわれていった。

その誤りが後々さまざまなことで障害となった。

真は県営圃場整備によって、農業の近代化への基盤は整備されるが、その経済効果が発揮されるのには、すくなくとも五年はかかる。と、考えて、集落でその間どのようにして、専業農家は生活維持を図るかについて相談しあった。

集落では、出稼ぎがはじまり、二種兼業の農家の多くは、通年で出稼ぎをし、村に帰ってきて農閑期には人夫を集める周旋屋になって手数料をピンハネして、農家の親父たちを東京に連れて行った。

藤田さんたちのA村農村労組もそうした情勢のなかで、順調に活動していた。解体作業にも建設機械が導入され、その資格取得を進めて、若い人が資格を取得した。また、鳶の資格も数人が取得して解体の後の建て込みも受注していた。

しかし、一方集落には、真のような男一人の農家の男衆と年寄りたちは残された。残された者が十人ほど集まり、集落のなかにいて冬期間に出来るものはないかと思案した。

オリンピックの終わった後、出稼ぎ先は東京からその周辺に移った。労働条件も変化し、出稼ぎに出て行方不明者も出るようになった。通年施行による圃場整備事業の実施を目前にして、真をはじめ中農層の農民たちは何の補償もなく一年間農業が出来なくなることで途方に暮れた。農家の総兼業化が進むなかで、藤田さんたちのように二種兼業の零細農家は労働者となったが一町歩から二町歩前後の中小農家は、何か現金収入を得るものはないか、と、真のところに集まっては一杯やりながら話あった。

真は、『現代農業』誌の情報から、オガクズでのきのこ栽培をするのはどうか、と彼らに提案した。オガナメコやオガヒラタケは椎茸栽培に比べて、廃棄物のオガクズを利用するので資材代は十分の一、施設は蒸気ボイラーとドラム缶で作るオガクズ殺菌装置だけで、これは共同使用だから十人で箱数負担にすればいい。容器としての木箱や棚は手づくりで、空いている作業所や木小屋を活用する。問題は共同作業所だが、それは真の作業所を当面使い五年後に建設する。ということで話はまとまった。

農繁期が終わった十一月にオガクズを、製材所から軽トラックで運び、正月が終わってから殺菌したオガクズになめこ菌を混合して、木箱に詰めてそれぞれの家に運び、その年の秋まで棚で管理し、十月から十二月までの間に収穫しパックに詰めにして農協に出荷した。最盛期には夜中の十二時までも作業したが、それに見合う収益も得た。

真たちのことを聞いて、村のなかのいくつかの集落でも始まり、一定の売り上げが見込めるようになり農協でも動き出し、菌茸部会が結成された。

農協がそれまでに進めた椎茸の原木栽培は、原木の購入に多額の初期投資が必要なために、その返済に追われて失敗していたが、オガなめこやヒラタケ栽培は廃棄物のオガクズなので、タダに近かった。殺菌装置もボイラー一基だけであとは空きドラム缶を手作りして使った。

厳冬期の仕込み作業のために、年寄りたちはどぶろくをつくり、毎夜、寒い作業所のなかで呑んだ。きのこよりもそっちが楽しみでやっているなどと、言われながらも、出稼ぎにゆくよりはましだ。ビニール等の普及で藁仕事が無くなった年寄りたちは喜んだ。

収穫が終わったオガクズは、有機堆肥として夏秋胡瓜《きゅうり》栽培に利用した。

そうした集落での地道な生産活動によって「何でも反対の共産党」という反共宣伝は真の村では通用しなくなっていった。

しかし、昭和四十七（一九七二）年の二月十九日、連合赤軍による浅間山荘事件が起きる。朝から晩まで、銃撃戦により警官二名の死亡と十三人の負傷の一部始終がリアルタイムでテレビ中継が行われた。三月になって連合赤軍の山岳ベースにおいてリンチ殺人による十二名の死体が発見されて、兵士十五人が逮捕された。新左翼として包括される彼らは、不思議なことに反共では一致していた。しかし、村の人たちは共産党とか赤軍とか、革命とかの名で呼ばれるものは、要するに共産党の親戚か別動隊のようなものとしか理解できなかった。多くの人から真は、本当におまえは共産党か、あの赤軍とは関係ないのか、と支持してくれる人からも心配して聞かれた。

真はその度に、何度も共産党の大会決定や宮本委員長の自主独立論のことを話した。宮本委員長は新左翼と呼ばれる人たちを「棒を振っている学生たち」と言い、彼らは既成の革新政党打破が目的で、左翼を装っているが、その役割は現政権の放った回し者たちに過ぎない。いずれ、それは国民のまえに明らかになるだろうと、看破していた。

昭和四十七（一九七二）年の三月十五日、目前に迫った町議選の前に、真は選挙を手伝ってくれる集落の人は勿論だが、村の多くの人にも、この問題ついて理解をしてもらい、日本共産党のことを知ってもらうには、絶好の機会だと考えて、共産党の中央委員会に講師派遣をお願いした。

宮森繁中央委員が来てくれて、真の家の三十畳の座敷と居間がいっぱいになるほど、集落の外からも村人が集まってくれた。宮森さんは学校の先生のような雰囲気の人で、淡々と、毎日のようにテレビでみなさんが御覧になっているヘルメット被り棒もって警官と戦ったり、山荘に人質をとって立てこもり、銃撃戦をやったり、飛行機を乗っ取ったり、リンチで人を殺したりする人々と、日本共産党は何の関係もありません。彼らはさも共産党に関係があるかのような名前で暴れていますが、あんな気ちがいじみたことで、世の中が変わるはずもありません。日本共産党は選挙を通して、みんなの支持を得て政治に参加して、みんなの願っていることを実現することによって、住みよい世の中にしていこうとしています。この村の会田さんや町の野中さんをご覧ください。一生懸命に働きながら、みんなの頼りになるように努力しているではありませんか。と、村の爺ちゃん婆ちゃんにも解るようにやさしく具体的なことを交えながら話してくれた。

選挙にあたって、町委員会は先回僅差で次点、次々点で空白になってしまったことから、得票目標を引き上げて、万全の体制で準備をした。町政に対する政策も地区員会の指導のもとに練り上げて掲げたが、真の所属するA村支部も、一月に出した

「圃場整備事業について訴える」をさらに練り上げて圃場整備後にどのような町の農業振興を図るか、構造政策のなかで中小農家の生活をどのようにして守ってゆくかを、具体的に提案する『慕情整備後の町の農業政策』を、(B5、30頁のパンフレット)を発行して配布した。

その内容は次のようである。

一、豊かな農業へのプラン、二、住みよい村づくりのプラン、三、プランをすすめるために、をメーンテーマにして、政府が進める農業構造政策の本質を明らかにし、町内の中小農家がその経営と生活を守るために、圃場整備事業後の農業政策として、四つのことを掲げた。

1、農民の自主的な生産組織や機械の共同利用組織を集落を基礎に育成する。2、地域別営農類型、米プラス畜産、米プラス果樹、米プラス特用作物、米プラス野菜など、それぞれの地域に適応した営農団地を創り上げる。3、そのための機関として町行政、農業委員会、農協、生産者による町農業振興協議会を設立して、計画策定とその検討、問題点の解決などを、机上のプランではなくボトムアップ方式で提示し、生産者の自主的な判断で最終決定をする。4、地域農業の発展は生産者の意識の動向と不可分である。意識の向上のために、さまざまなかたちの情報提供と農業問題の理論学習を「農民大学」などによって行う。

この政策のなかで、特に重視したのは、県営圃場整備事業について、共産党がとった、農民要求である圃場整備について見解を「変わりゆく農業と農民問題における真の革新とは何か」という表題で発表した。

真はかつて叔父の高橋重次郎が『農民の生きる途』を書き残していった内容を思い起こし、町の最近、数年間の農業統計の次の八項目の資料をもとに、

1、農家総数、専業、兼業(一種、二種)の動向比　2、その耕作面積　3、主要農産物の作付面積と生産量および販売額、4、農業就業者一人当たりの名目生産量と製造業者、非農業者の比較の推移　5、農協貸付金の推移　6、農家の現金収入一位の作目と農家数の推移　7、農地の所有形態の推移、(自作地、小作地、賃借地、使用貸借地)　8、農地法四五条による非農用地の用途別の推移など、町の農業情勢の変化を数値として把握して、その現状認識のもとに革新の立場から、圃場整備事業に対して、反対ではなく、農民の自主性をもとにした民主的な実施を求めたことを明らかにした。

真自身、農業委員に当選して、農業問題により精通するために必要な農林統計学の基礎的知識を得ようとして、統計学についての通信教育を受講して、その知識を基にした現状分析と政策提言であった。

三月に行われた町議選で共産党は複数議席回復した。野中さんと会田真は前回より二人とも五十票以上得票を伸ばして当選した。真の選挙責任者を引き受けてくれた藤田さんは「これでおれも責任が果たせた」と、また皆の前で男泣きをした。

A村農村労組は今や三十数名の所帯になり、藤田さんは委員長であった。農民組合もキノコ生産部会も真の選挙を応援してくれ、共産党の農村支部も複数になった。真の集落には日本共

産党の掲示板が集落の入口と中央につくられ、誰言うとなく赤い集落と呼ばれるようになった。

真も三期目の当選を果たして、産業常任委員会に所属した。集落のみならず町全体の農業政策の計画策定とその実施にかかわり、圃場整備後、どのようにして構造政策から中小農家の営農と生活を守ってゆくかに実践的に取り組みたいという思いからであった。

共産党は昭和四十四（一九六九）年に、都道府県の政策担当者会議を開いて不破書記長が「政策活動の前進のために」を発表した。

そのなかで政策とは何か、について述べ、「民衆のさまざまな要求を党はどう解決するか、その方策を具体的に示すこと、民衆と一緒に実際に解決してその経験を通して、民衆の意識を変革すること」「党の政策は民衆の要求が出発点であり、政府の政策に対する反対が出発点ではない。政府の政策の暴露だけで、民衆の要求をどう解決するかを具体的に示さない政策は、支持を得ても要求は未解決のままに残る。民衆の要求は本質的には今の日米体制と民衆の生活とに生じた矛盾の表れであるから、その解決こそ当面する民主主義革命の本質的な党の活動である」

真はそれを繰り返し読んで、共産党と社会党の県営圃場整備事業に対する方針の違いを理解した。そして、党はあらゆる町民の要求に「聞く耳」をもって、政策を町民と共につくりあげていくことを、改めて党活動の基本に据えた。

というのも、少年期に詩作活動を通して社会科学に関心を持ち、青年期にその実践活動を志して日本共産党の第八回大会で決定された綱領に感動して共産党員になり、無我夢中に近い状態で活動してきたが、その活動から社会科学としてのマルクスやエンゲルスの理論的学説と、それを現実の社会の変革に適用するために苦闘したレーニンの著作を学ぶにあたって、「あれこれの時期にのべられた個々の戦術的命題を絶対化するのではなく、社会発展の大局的法則にもとづき、日本革命の諸問題を創造的に解決する力を見につけることを学習の眼目にしなければならない」とする日本共産党の科学的社会主義の方針を体験的に確信した時期であった。農村のなかでの活動は教条的に理論を振り回す人も過去にはいなくもなかったが、そうではなく農民の多様な要求を社会科学的な見地にたって、その方向性のなかで、地道に一つ一つを具体的に解決してゆくことが、共産党員としての活動であることを認識した。ともすると引用した「あれこれの時期の戦術的命題を絶対化すること」の誤りは犯しやすいが、それは現実を見ないことによって起きる。それも見るだけでは駄目だ。現実の現象の本質を弁証法的に動態のなかで捉え、実践よってその理論を主体的に検証する。それが科学的社会主義の方法論であることを会得した。

一方、そのころ、真の現代詩活動は、蛯原先生の転勤にともなって昭和四十年に『ポエム会』から『詩脈の会』へと展開したが、党活動に忙殺され同人誌『詩脈』発行など、その活動は停滞気味になっていた。蛯原先生は会を一旦解散して、新しく第二次「詩脈の会」を結成しようと提案されて、第二次詩脈の会の結成にかかり、昭和五十二年に十三人が参加し結成した。

その第二次『詩脈』復刊一号の巻頭に蛯原先生は「現代を生きる民衆の一人として、常に新しいことばを、内なる自分に向かって発見しつづけようではないか」と記した。
会田真は、復刊『詩脈』一号に詩「わが野草」を投稿した。

わが野草

気付いた時、すでに私は峠にさしかかっていた
いままで、何度か迂曲と勾配を意識したが
霧の光景の展開に目をうばわれて
立ち止まってふりかえる間もなかった
いま、褶曲線《しゅうきょくせん》にそって落ち込んでゆく背後に
谺のようなものを聞く
あれが私の青春であったのか
樹々との出会いを繋ぎとめようとして
邪険に樹皮に刻んだ言葉が、空に漂い
私の存在を示す樹の傷痕など跡形もない
峠にかかれば、私の人生の行く手が
見えるかもしれない
魯迅はペテーフィ・シャンドルの詩をひいて「もしも私が、不明不暗のこの「虚妄」のうちになお、生を愉しまねばならないならば、私はなおも、彼の過ぎ去った青春を尋ねよう」と「野草」（魯迅選集・岩波版、第一巻）を残した。
淡い野の花のはなやぎのような時が
いま、私のなかを遠ざかってゆく
あれが私の青春であったのか、あれが……
峠にさしかかる道は暗夜ではない
鏤《ちりば》められた星座の半分は
峠の向こうに没して、私の想像を拒絶するが
その星の照応の具合から
おおよその見当はついている
むしろ、私の貧弱なイマージュが
意外な出会いによって
打ちのめされるのを
私はひそかに期待して戦慄する
去れ、わが野草、死滅の時とともに
（第二詩集、『霧のなかの虹』収録）

にがくてあまい午後（五）

葉山　美玖

第三十三章　一歩一歩

本が、少しずつ売れ始めた。あたしは、地方の短歌の先生とひとり知り合いになった。それから、もっと嬉しかったのは、就労支援所と繋がってるフリースクールの担当者から電話があった。（売り込んだのはあたしだけど）「木村さんですか」

「はい」

「斎木と申します。こちらでは、いじめにあったり引きこもったり、問題行動を起こしたりした子に対する、学校では出来ない支援をしています」

「ええ」

「木村さんの本、興味深かったです。できたら、今度支援所を訪問しますので、是非直接お話が聞きたい」

「了解しました」

やった。今は無理かも知れないけど、将来、ピアサポートの仕事をするのがあたしの夢なのだ。あたしと同じような問題を抱えた子たちの力になりたい。「危険よ」ってチーフには止められたけど、実績を積み重ねていけばきっとできる。それにはまず、自分が立ち直らなきゃならない。あたしはふと爪を見た。思い切って、短く切りそろえると透明のマニキュアをした。それから、夏のタオルケットをうんしょと持ち上げて、ネットに入れて洗濯機で回した。

あれから、偉い人に結構献本してみたけど正直効果はゼロだった。偉い人は忙しいのだ。でも、自分の身の周りから一歩一歩積み重ねていけばいいことなのだ。それはきっと実を結ぶ。今日は結構暑い。あたしは、黒のスパッツとグレーのロンTを着て、洗濯の終わったタオルケットを干した。それから、冬の布団を出して青と薄い紫と黄緑のチェックのカバーをかけて、足元に丸めた。その夕方、佐藤さんが来た。

「小説全部読んだわよ。面白かった」

「よかったぁ」

「敦美ちゃんさ、幸せって感じるときある？」

「ありますよ」

「例えば？」

「こうやって本の感想を聞いたときとか」

「そう」佐藤さんは言った。「ささやかなことね。さて、ホットケーキとサラダスパを作ろうか」

あたしは、全粒粉のホットケーキのたねを卵と牛乳と混ぜながら、ちょっとショックでぼんやりしてた。（ささやかなこと……）

（本が、少しでも読んでもらえてうれしいって、ささやかなこと？）

（ふつう、幸せってどんなことなんだろう）

（……やっぱり、家族がいるとか、結婚するとか子供産むとかそういうことなのかな）

サラダスパはおいしかったけど、ちょっぴりすっぱかった。

第三十四章　三連休

三度目の三連休が来た。あたしは、都心行きの電車にごとんごとんと揺られて童話のラフの打ち合わせに向かっていた。疲れはまだ少し残っている。年配の編集者が言った。「ここさ」

「え?」

「表現に矛盾があるでしょ」

「はい……」

「それからね」

「?」

「子どもの表情に、もっと気を配って欲しいんだな」

「ええ」内心あたしはうなった。(どうしよう)

(静物は得意だけど、生き物の表情って苦手なんだ)あたしの顔色を見透かしたように、編集者は言った。「ま、いざとなったら色でごまかせばいい」

「色?」

「背景の色でだいぶ雰囲気が変わる」

ふうん。

「あとね、本屋で少し他の童話も手に取って見て」

帰り道、あたしはリブロに入ったけどお勧めの絵本はなかった。川上弘美の新刊を買って鞄に入れた。もう冬物の季節だ。GUに寄ったけど、買いたいコートはなかった。というか若い子向けのトレンドばっかりだった。(もうそろそろおばさんだしなぁ)代わりに、自動販売機でフォションの抹茶ラテを買った。(これでおうちカフェにして連休過ごそう)

実際、あたしのようなひとりもんの障害者にとって三連休は試練の時だ。マンションに帰って、PCを開いてフェイスブックを見ると、皆どっかに出かけたり外食したりしてる写真がアップされてた。

(東京駅)

(ヒカリエの酢膳)

いいなぁ。

夢中で、文庫本を読んでるといつのまにか四時を回っていた。あたしは焼き鳥をあっためて、茄子とピーマンとトマトの揚げびたしを作った。

「パパ」

「やぁ」

「いらっしゃい」

「退屈したろう」パパはちょっとふらついていた。「大丈夫?」

「上野まで行ってきたんだよ」

「そう」

「お、焼き鳥いいな」

「へへ」

こういう時は、パパの存在が助かる。ボーイフレンドの方が当然欲しいとは思うけど、あたしはだんだん最近男の子がうっとおしくなりつつある。

(年かなぁ)

(若い男の子は、スタイルとか顔の皺とか気にするもんな)

「敦美、結婚するのか」急にパパが聞いてきた。「え?」

「相談所の資料だろう、それ」

「うん」

「誰かと一緒になるのはいいが、よく人を選びなさい。敦美が普通のサラリーマンの世話をするのは無理だぞ」

「そうかなぁ」

「優しくて、敦美が疲れても代わりに料理作ってくれる人がいい」

「だね」

ＴＶではＡＫＢ４８がフリフリの赤いチェックのミニスカで紅白のＰＲをしてた。もう、年末は近づいている。

第三十五章　妬み

次の日、またいつものように佐藤さんが来た。あたしは童話のラフが思ったように進まないのでいらついていた。

「どうしたの、敦美ちゃんへばってるじゃない」

「うん」

「何かあったの？お薬よぶんに飲んだら」

げ。それだけはいやだ。

「あのね、佐藤さん」

「？」

「抗鬱剤の正体って、覚せい剤と同じ物質なんだよ」

「でもねぇ」佐藤さんはエプロンを巻きながら言った。「敦美ちゃんは病気なんだから」

なにそれ。

「鬱だったら、覚せい剤飲んでも元気でいた方がいいの？」

「だって、仕方ないじゃない」

「なにが？」

「結局ね、たくさんの人と寝たり自殺したりする人はみんな病気なのよ」

「佐藤さん……」

「敦美ちゃん、いっぱいわるいことしたでしょう？」

あたしは癇癪を起し始めていた。「だから何なの。佐藤さんはわるいこと何もしてないの」

「してないわよ」佐藤さんは平然と言った。「あたし、知ってるんだから」佐藤さんは、洗い場にうずたかく積まれた食器の山を洗う手を止めた。

「佐藤さんの弟さん、引きこもりなんでしょ」

「それがどうかしたの」

「弟さん、病気なんだぁ」

「そうよ」佐藤さんは普通に続けた。「あの子病気よ。大体、あたしたちが手伝いに行ってるのに、ひがんだり自殺したりする人はみんな病気なの」

「……」

「ご飯よそってくれる？」

「今日はもう帰ってください」あたしははっきりした発音で言った。「あたし後自分でできますから」

「そう」佐藤さんはエプロンを外した。「じゃ、また」

閉まったドアに、あたしはものをぶつけたくなったけど我慢した。わかってはいた。佐藤さんは『まとも』な人なのだ。まともな人たちは、あたしたちとの間に一線を引く。そして「助けてあげてる」と思ってほっとする。あたしは疲れてる。そういう人たちに……。

だけどふっと気づいたのは。佐藤さんの弟さんは、それが背負った宿命だったのだ。誰がわるい訳でもない。たぶん佐藤さんは、本当の意味で傷ついたり、笑われたりしたことがないんだろう。つまり孤独感ってものがわからないんだろう。だけど、弟さんは。

あたしはかぶりを振った。悪くない人でもまともな人でも、付き合えなくなる瞬間はあるのだ。その晩あたしは事務所に電話をかけた。「あの」

「KSヘルパーセンターです」

「木村です。夜分すみません。ケアマネ、申し訳ないんですけど他の方に変えてください」

「それは」

「……」

「事情を詳しく聞かせてください」

「言えません」あたしは言った。「ただ、前にも言ったけどこれ以上踏み込まれたくないんです。それだけです」

「わかりました」交換の人は慌てて言った。「前向きに対処します。では」

あたしはそしてはっと気づいた。（佐藤さん、あたしが本出したのが気に食わなかったんだ）

どんなにまともな人でも、距離のとれない人間関係はだめになる。

第三十六章　朝と夜

いつものように、朝が来た。ベランダに出て、（めんどくさいな）と思いながら洗濯物を干していると、新城さんの姿がなかった。あたしは、ご飯に焼き鮭のくずしたのをかけて、ブロッコリーのおかか和えと食べた。玄関に出ると、管理人室に張り紙があった。

「一日旅行にでます　新城」

あたしは少し気が抜けて、それでも自転車を支援所に向けていつものように発進した。ところが、今度は元木さんの姿がなかった。（あれ）「あ、敦美ちゃん」

「はい」

「元木さん、風邪でお休みなの。ひとりでヨーヨーキルトの続き作ってて。その内洲村さんが代わりに来るから」洲村さんはまもなく来た。

「あのう」

「ここね。……ここは隠れちゃうから、ちょっと縫い目見えてもだいじょうぶ」

「はい」

洲村さんは優しい。「あのね……」「ん？」あたしはいつになく真剣に言った。「男の人って、やっぱり素直に甘える人が好きなんでしょうか」

「木村さん、すごく我慢してるでしょ」洲村さんは笑った。「もっと甘えていいのよ」

「……」

あたしはその夜、なんだかぼんやりして昔みたいに終電の来る駅の前でうろうろしてた。カモはすぐ見つかった。

「一人?君」

「家出してきたんです」あたしは小さな声で言った。「泊めてあげるよ」「ほんとですか?」

「ああ」

「でも」

「ふふ」

その人は、五十手前に見えた。「それともホテル代払ってあげようか」「嬉しいです」ホテルに着くと、その人は言った。「きみ初めてじゃないよね」「ええ」「縛ったりするの平気?」「平気です」あたしは、真っ赤な紐でぐるぐるに縛られた。昔と違って、なんだか紐に違和感があった。やってるうちに、あたしはむなしくなった。「あ」「どうしたの?とってもいいよ」「……」適当にいったふりして、あたしはタバコ吸ってるその人に言った。「やっぱり帰ります」「ええ?」

「ごめんなさい」

あたしは走った。全力でマンションまで走った。ふと、気が付くと玄関の前だった。横の自動販売機がぴかぴか光ってた。

「う……」あたしは泣いた。

(もうやめよう)

(こんなこと二度とするのやめよう)

(自分を大事にしよう)

(けいちゃんとけいちゃんに会わせてくれたすべての人のために)

この暗い空のどっかから、神さまが見守ってくれてる気が生まれて初めてした。

第三十七章　仲間

土曜日だった。あたしは昼近く目が覚めた。もう、自助グループには三週間近く参加していない。何でかわからない。クリニックに行く日だ。もうぎりぎりだ。疲れてるけど、今日行かないと薬がすっからかんだ。自転車をやっとの思いでのろのろこいで、待合室に到着した。誰もいなかったので順番はすぐ来た。

「木村さん」

「はい」

あたしは診察室のドアをぱたんと閉めた。

「最近、調子はどう?」

「まあまあです」

「うーん」

「前につきあった人とか、父や佐藤さんへの怒りがたまってきて困ってます」

「……」

「あたしもわるいんです」あたしは続けた。「自分を大事にしてくれる人とつきあえなかったからです。でも父は」

先生は矛先をかえて聞いてきた。「自助グループが負担になってることはない？」

「……」

「お薬はいつも通りね」

あたしは気が抜けて、薬局で薬を貰った。ふと、気がつくとスマホが鳴った。こないだ、涼坂先生のトークショウで知り合いになった美紗ちゃんからだった。

「今日、あたしの誕生日に下北で即興演劇します。電話番号書いておきます」

どうしようかなぁ。確かに、今つきあってる全員との関係に、疲れてきてるのは確かだ。オトコも父親も佐藤さんも自助グループも。

あたしは、ヨシカミのシチューをあったためて、簡単におしんこをいっぱい盛った。あたしは、食べるのが早い。食べ終わると、パパの留守電に電話した。「今日は遅くなります。夕食どっかで済ませてください」

電車に乗ると、かなり疲れてた。不安もあった。正直、下北ってはじめてだ。だけど、地図を頼りに店につくと、ガラス張りの綺麗なギャラリーだった。つぎつぎと、小説サークルのおばさんたちの、ごてごてしたファッションとは違う、個性的なお洒落をした人たちが入ってくる。

即興劇は七時半にはじまった。内容はごたまぜで、途中で飛び入りで詩の朗読があったり、アコースティックギターの演奏があったりした。あっという間に時間は過ぎた。

終わった後、色んなジャンルの人がそれぞれ名刺を交換したり、雑談をしたり、次の自分のライブの予定の話をしたりしてる。

「美紗さん」

「あ、木村さん」

「すごく楽しかったです」

「外へ出ないとさ」普段はデパートの受付をしてる美紗さんは言った。「出会いってないでしょ?」

「はい」

「ここにはあたしの仲間がいるから」美紗さんは言った。「また来てね」

終電に乗ると、ため息が出た。あたしは、目の下に薄い皺が出る年まで、ずっと時間を無駄にしてたって気がついた。あたしに必要なのは仲間だ。

叩けよさらば開かれん。

第三十八章　宣言

次の朝目が覚めても、あたしは疲れてなかなかベッドから起き上がれなかった。ただ、青い毛布とチェックの布団にくるまって、寒さをこらえながら、あたしのわるい頭で考えたのは。あたしは、いまんとこ書ける。病気も少しずつ治ってる。これから、気をつけていけば仲間はできる。

だけど。たぶん、日本人じゃなかったに違いないけいちゃんには、生まれた時から味方はいなかったのかもあるいは知れない。あたしだって。

あの嫌な夢以来、友達なんかいなかった。わかってくれる人もいなかった。病気になってそれは拍車がかかった。精神病院に入院したことがある人を、人間扱いする人はいない。だけどもっとそれよりつらい人も、世の中にはいるのかもわかんない。

あたしは、気がつくとKSヘルパーセンターに電話してた。

「佐藤さん」懐かしい声がした。「ごめんね、入り込んで」

「いえ」

「もう、来ない方がいいのかな?」

「そんなことないです。ただ」あたしはぐるぐるする頭で言った。「病気でも」「え?」

「確かに、自殺したりお酒びたりになったり、SEXにはまる人は弱いのかも知んないです。病気、なのかも知んないです」

「……」

「だけど、そういう人たちも人間なんです」

「……」

「病気でも、人間なんです」

佐藤さんは吐き出すように言った。「わかった、わかった、敦美ちゃん。私がわるかった」あたしは泣いていた。

「行ってもいい?また」

「ええ」

「月曜日、一緒に料理しましょう」電話は切れた。あたしは床に座ってわあわあ泣いた。

(やっと)

(やっと言えた)

(あたしが、三十数年間抱えてた気持ちが)

第三十九章　安心

いつものように、朝が来た。新城さんは駐輪場の掃除をしてる。あたしは、ペッパーハムとスクランブルエッグを焼いて、米粉のパンと食べた。きゅうりとトマトのサラダも作った。自分でも、落ち着いてるのがわかった。

(ひさしぶりに服でも買おう)

駅ビルは混んでいた。欲しい服はすぐ見つかった。大好きなアルシーヴで、真っ青なふわふわの生地のセーターに裾にフリルのついたのがセールになっていた。

「それ可愛いでしょう。もう最後の一点よ」

「試着します」

あたしは、はっきりいってウエストが太くなって来てるので、ショートパンツの上からだとちょっときつかった。でも、トレンカ履けば何とかなるだろう。

「下に、スキニーはいてもいいですよ」店員も見抜いて言った。

「おいくらですか?」

「二千九百円です」

ううん。買おう。年末には、同窓会もあるからそれ用と思って。あたしはちょっと綺麗になったつもりで、茶色い紙袋を抱えて店の外に出た。手をつないだカップルがいっぱいいた。

(つらい季節だなぁ)

(今年のクリスマスはどう過ごそう)

どうしようもなかったらパパがいるけど、パパもカラオケスナックに行きたいこともあるだろう。そして、パパがいなくなったらあたしは一人になる。

（結婚したいなぁ）

マンションに帰ってくると、友達の出した小説が届いてた。薄っぺらだし、装丁もはっきりいってちゃちだ。だけど、これがものすごく売れてるのをあたしは知ってる。あたしの小説は、知り合いには評判いいけど、今のところ予約以来ほとんど伸びてない。

（本って、宣伝が命なんだ）

（いくら内容に、それなりに自信があってもだめなんだ）

どんなに小さくてもいいからどっかの賞、あたしには取れないかなぁ。もう一度、自費は正直きつい。あたしはＰＣに向かうと、十月の賞を検索してブログをワードに移し替えはじめた。秋というより冬が近づいている。

第四十章　夕刻

どんどんもう季節は冷え込んできた。あたしは郵便局と銀行で用事を済ませて、夕食の回鍋肉用に、豚のバラ肉とキャベツとねぎを買った。（ピーマンはまだ冷蔵庫にあるからいいや）マンションへの道を急いでいると、ふと見慣れない人影が挨拶した。「こんばんは」カーキの制服を脱いだ新城さんだった。

「こんばんは。今ちょっと、お忙しいですか？」

「いえ」新城さんはちょっと迷惑そうだったけど、あたしは頓着せずに言った。「この先のコロラドでちょっとお茶飲みませんか？」

「いいですが」

あたしと新城さんは、もう赤い夕陽のひかる道を歩いて、さびれたコロラドに入った。

「わたしに何か御用ですか？」

「新城さん、賞取ったことありますか？」

「地方の賞を一回」新城さんはコーヒーに口をつけながらちょっとはにかんだ様子で言った。

「すごいですね。どうしたら、賞って取れるんですか？」

「地方の賞は」新城さんは続けた。「大体、選考委員の方にどれだけ合わせられるかにかかってきます」

「はぁ」

「要するに、要領がいいかどうかです」

「……」

「つまらないことですよ。今の賞って、どれもどれだけ審査員の好みに合わせられるかです。後は」

「あとは？」

「本当の実力です」

ぶ。

「木村さん、賞取りたいんですか？」

「はい」あたしは素直に答えた。「でもむつかしいでしょう」

「そうですか？」「木村さん、ネットではかなりアクセス多いって聞きましたが」

「そんなでもないです」

「例えば、出版社によってはネットの実績で評価してくれるところもありますよ」

「それって」あたしも紅茶を飲みながら言った。「ほんとに一日3000PVとかそういうブログですよね」

「わたくし、実はブログをやっていてメッセがパンクしたことがありますが」

「すごいじゃないですか!」

「いや」新城さんは頭をかいた。「女名でやっていたんです。そしたら、『結婚してください』ってたくさん」

はぁ。

「要するに、勘違いです」

「でも」あたしはつぶやいた。「それだけ巧みに女性の心理を書けたってことですよね」

「……」

「すごいじゃないですか」

「ネットも現実も同じですよ」新城さんはぼそっといった。「どれだけ人にサービス精神があるかです」

それきり、あたしと新城さんは黙ってカップに入った飲み物の残りを飲み干した。「では」新城さんは几帳面にふたりぶん払った。あたしは店の外で五百円玉を財布から出した。「自分の分は払います」「女性とお茶して頂いて、貰う訳に行きません」

「そういえば」

「?」

「今度の小説会の旅行、行かれますか」

「日曜なので、出来るだけ行くつもりです。では」

それだけ言うと、新城さんは急ぎ足で駅に向かっていった。

(サービス精神か)(ふぅ)

私の頭が狂っているのでしょうか？

黄輝　光一

①日本橋の、アートアクアリウム美術館、「金魚」アートを見に行きました。コンセプトは、「生命の宿る美術館」です。なんと3万匹の金魚が、いろいろなガラスのゲージ（ユニークな形の大型水槽）の中で、所狭しと大量に泳いでいました。まさに、金魚が織りなす芸術作品でした。

私は安易でした。金魚がかわいそうだ。「気分が悪くなりました」「こんなことは、あってはならない」

私の頭が、おかしいのでしょうか？

②私は、10歳（昭和36年ごろ）のとき、遊びに行った長野県、信州の実家で、軒先に首を切られて、逆さまにつるされたニワトリを見ました。びっくりした私はとんでいき、おばさんに言いました。「首のない血だらけの鶏が、軒にぶら下がっている」と。おばさんは「卵を産まないからだよ、今日はおいしい鳥ナべだよ」と・・・信じられない！大ショック！

今、何百億という動物が人間に食われ続けております。65歳の時、私はその思いを小説「**動物たちに愛を**」にしたためました。人類は地球の代表、霊長類のはずです。その「霊」とは何ですか、極めて霊性の高い地球を守るべき使命を持った人類が、大自然を破壊しつくし、愛すべき動物たちを食べ尽くしております。これでは、「霊」とは程遠い「強欲猛獣」「肉食恐竜」ではありませんか。

中国や東南アジアでは、赤犬が食されております。世界のその数（食用にされている犬の数）は、年間２０００万頭〜３０００万頭です。

でも、他国のことは言えません。日本でも、かわいいイルカを食べています。その数は年間１８３６頭（２０１８年）です。

③整形美女が言いました。「コロナで、マスク。せっかく２００万円かけて、美容整形したのに見せられないなんて」

かくいう私も、歯の矯正をしました、あまり偉そうなことは言えませんが、人間の造形美の追求（美容整形）は、いったいどこまで許されるのでしょうか。

でも、この異常なる「ファッションブーム（入れ墨・金髪・ピアス等）」「美容整形ブーム」……

一番大切なものは、人の「こころ」ではないでしょうか。

いえいえ、違いますよ、身だしなみは大切です。美の追求は人間の芸術的本能です。「見た目がすべてです」!?

④１００万円もする、ブランド品のバッグのお値段が高い理由が分かりません。高い理由はなんですか？壊れない、１０００年長持ちする？

製造工程は、原価5千円の牛革が、ブランドの刻印を押した瞬間に、１００万円に変身しました。これを「ブランド力」といいます。

⑤薬局に「歯磨き粉」を買いに行って、その商品の品数の多さに驚いた。そしてそのお値段の差に驚いた。デンタークリアＭＡＸの１４０円から、最先端の予防歯科歯膜剤シマックの

2400円まで、しかも90種類以上・・・

高級品は、一週間、歯を磨かなくても大丈夫ということかなあ。

豊富な品数。過当なる競争社会。大量生産、めざすは大量消費。これは経済至上主義の鉄則です。

でも、本当に、これだけの品数が必要なのでしょうか。

コンビニにも物がありすぎます。ものであふれ返っております。もう当たり前になって、感謝のこころは見当たりません。

これは、便利ではなくてやりすぎではないでしょうか。悪しき競争です。

「小欲知足」という言葉があります。欲はなく、少ないものでもそれ以上を望まず満足すること。そして「奪い合えば足らず、分かち合えば余る」まさにその通りだと思います。

この膨大なる「製造エネルギー」「競争エネルギー」を、愛と奉仕、人々が助け合い分かち合う「差別なき社会」実現のために使ってもらいたいと思います。

⑥一本の歯ブラシを、2人で使う人たちがいます。いや、歯ブラシさえない人たちがいます。これが、現実です。難民の数、6750万人（2018年）。一日一食にもありつけない人がたくさんおります。テレビでは、「大食い競争」を今日もやっております。もう見るに堪えません。

⑦勤務時間が、8時間なのに、僕は、どうして仕事がおわらないのか。やるべき量が多すぎます、ノルマがきついです、このままでは病気になりそうです。
ノルマのない世界に行きたい。

競争しない世界に行きたい。

建築工期、納品期限のない世界に行きたい。

残業手当ではなく、そもそも、残業のない世界に行きたい。

それは、許されないことなのでしょうか？

僕の能力と努力が足りないのでしょうか？

それとも、頭がおかしいのでしょうか。

⑧「きれいになったね」と言ったらセクハラで訴えられた。
「なんで結婚しないの」と言ったら会社を首になった。

海辺で、写真を撮っていたら、警察に捕まった。

⑨神への、最大の裏切りは、この誓いではないでしょうか。
喜びの教会の結婚式。

厳粛なる雰囲気の中での、イエス・キリストへの誓いです、神への誓いです。

お二人の前で、神父がこう言いました。

「新郎、太郎よ、あなたは花子を妻とし、健やかなるときも、病める時も、喜びのときも、悲しみのときも、富めるときも、貧しいときも、妻を愛し、敬い、慰め合い、共に助け合い、その命ある限り真心を尽くすことを神に誓いますか？」

「はい誓います」

その1年後に彼は離婚しました。

それからなんと、彼はさらに2回結婚しました。合計、3度教会で結婚式を挙げました。

彼は間違いなく、2回神を裏切りました。

彼は、天国に行けるのでしょうか？

今、3組に1組が離婚しております。結婚は、ラブゲームなのでしょうか？

残された子供たちは、いったいどうなるのでしょうか？

⑩10歳のとき、ある真実を知りました。人間は、みんな、みんな、いつか、遠からず死ぬということを・・・ああ、それなのに、なぜ、平然としていられるのでしょうか？私は、子供ながら不思議で、不思議で仕方ありませんでした。どんなに頑張っても、どんなに努力しても死んでしまうなら「生きる意味」がないではないか。
それから、恐ろしい不治の病になりました、その名は**「死、恐怖症」**です。

まるで、中国の「杞憂」のようです。いつか必ず、天が落ちてくると。死は逃れられない絶対的な恐怖です。

心が晴れることはありませんでした。

その後、人生、色々と修行を積んできました。企業戦士、七転び八起き、七転八倒、四苦八苦、バブル崩壊、金融合併、転職。そして、ついには大きな病気になりました。潰瘍性大腸炎、脳梗塞。

その直後の55歳の時、ついに私の運命を変える本（シルバーバーチの霊訓全12巻）に巡り合いました。徹底的に勉強しました、学びました。ついに、死の恐怖から解放されました。「生きる」ということの本当の意味が分かりました。

以来、自称「あの世研究家」（？）になりました。


「魂は不滅です」の講演受け付け中です。

でも、誰も来てくれません。

「だって、死んだらお終いでしょ！」

⑪日本の軍事費は、5兆円です。パチンコ産業は、なんと20兆円です（趣味の多様化、コロナ禍もあり年々減少傾向ですが）。韓国では国を亡ぼすということで完全になくなりました。日本が世界唯一最大のパチンコ大国です。今回のコロナで、パチンコ依存症が大きな問題となりました。これは深刻な社会問題です。自由社会、快楽社会での「人間の生き方」が、問われていると思います。人生とは「楽しむためにある」「やりたいことをやる」『快楽の追求こそが人間の幸せの追求である』と・・・

⑫弁護士の仕事は、加害者の罪をできるだけ軽くすることではありません。
やってないといい確信が持てたなら、真実をあばくこと、そして、もしやったなら、二度と犯罪をおかさないための反省、悔い改めをうながすことです。そこへ導くのが弁護士です。弁護士は損得勘定であってはならない。「勝つことを目的としない弁護士」「争わない弁護士」をめざすべきです。

弁護士基本理念3か条（2001年）
・社会生活上の医師（メンタルドクター）
・頼もしい権利の護《まも》り手

・信頼し得る正義の担い手

⑬政治家の給料3000万は、高すぎですね。給与なしのボランティにすべきです。きっと、すばらしい人材が集まりますね。

⑭**驚くべき真実**

コロナで深刻な状況が続いている中、日本では、2019年から2020年にかけて、「豚コレラ」で、感染拡大の防止のため16万頭の豚が殺処分されました。2020年11月から、鳥インフルエンザで、987万羽が殺処分。なぜか大きく報道されておりません。しかし、これは、動物界だけのお話ではありません。

人類への重大なる警告です。

ところが、2020年1月。豚コレラの「コレラ」の3文字が、国民に誤解を招きかねないとして、法改正で「豚熱《ぶたねつ》」となりました。名称変更です。

これって、おかしくないですか。私は、このウイルスの問題は、動物を薬物だらけにして、劣悪の環境さえ改善せずに食べつづける、やりたい放題の人類への警告だと思います。「変異型」によって、いつ「豚から豚」ではなく、「豚から人」への感染が始まってもおかしくない現状だと思います。

自身のアンテナを張り巡らして、人類の「コロナ」同様に、すべての人が注視すべき問題だと思います。（畜産業界は、従来の名称では風評被害が著しいと、この変更を歓迎しております。また、過去にも風評被害を抑えるために、狂牛病が、BSE（牛海綿状脳症）に名称変更されております）

⑮**SFファンタジー？**

203〇年7月「思想統制矯正病院」にて。

看護師「369号室の患者ですが。明日が退院日ですが、退院させてもいいんですか」

所長「まだ、彼は大きな声で叫んでいるのかね？非核三原則『持たない、つくらない、持ちこまない』と」

看護婦「最近は、まったく言っていません・・・」

所長「ほう、そうか、だいぶ良くなったようだな。日本は、すでに憲法9条が改正され、5年後には核兵器を持ち、やっと戦えるすばらしい軍隊になった。彼の頭は、20年前のままだ、完全なる「お花畑」だ。でも、言わなくなったということは、すばらしい進歩だ。矯正剤が効いたかな」

看護婦「でも、最近は、別の言葉を叫んでいます」

所長「それは、なんだ！」

看護婦「不戦、非武装3原則です。『武器をつくるな、もたない、手渡さない』です」

所長「本当か！治るどころか悪化しているじゃないか。武器は平和の象徴だ。武器があるからこそ、平和が保たれているんだ。それが現実だ！それが、彼には分らない。

残念ながら、退院どころじゃない、彼は完全に狂っている。

『特別矯正病棟』にすぐに移しなさい！」

369号室の男の最後のつぶやき。

「もう、僕はなにも言いません。声を出しては言いません。お願いです、僕を許してください。でも、でも、こころの中では、言い続けます！」

見えない糸

國武　浩之

ドライブ

二〇〇四年の秋だった。洋一は母を連れて筑波山へドライブした。柏から国道六号線、通称水戸街道を土浦、水戸方面に一時間ばかり走ると、筑波山が行く手に見えて来る。関東地方は晴れ渡り、筑波山の男体山と女体山の二つの嶺が澄み渡った青空に聳えていた。

「母さんはもう九州へは帰らんとね？」

母は、九州の福岡県の八女市の出身だった。人生のほとんどを八女と久留米で過ごし、晩年の数年を柏で暮らすことになった。

「時々、九州に帰ればいいよ」

洋一は母に答えた。

「でも、九州で一人で暮らすのも淋しかったけんね。あんたがそばにいるけん、母さんは安心して柏で過ごせるたい」

洋一は母に広大なこの関東平野を色々と案内したいと思っていた。それは母の旅行好きの好奇心を満足させることにもなると思っていたし、母はドライブが好きだった。母は運転免許証は持っていなかったが太宰府の妹の恵美夫婦たちが別府や、大分や、阿蘇山等、近くの観光地に車で連れて行って呉れることをいつも楽しみにしていた。

母の両親は八女《やめ》の本村と言う小さな集落の地主だった。兄弟八人の大家族で、男六人と女二人の大家族で、母は一番下の娘だった。洋一が母からいつも聞かされていた兄弟達の話は、姉は若い頃、病死したこと、二人の兄が太平洋戦争のシンガポールの戦線で戦死していたことだった。残されていた兄弟全員でシンガポールへ行き、戦死した兄弟の冥福を祈る旅をしていたのを洋一は記憶していた。一人の兄はシンガポール戦線で真っ先に敵に突っ込んで行き、機銃掃射を受けて戦死していた。「あいつはバカやんけん、先頭を切って、敵に向かって行ってやられたんだ。でも、お国の為なら仕方なかばってんね……」福岡の伯父がことあるごとに話していた。日本がハワイの真珠湾を攻撃して太平洋戦争が始まった一九四一年の十二月八日の時点では母はまだ嫁入り前だった。戦争開始後、しばらくして結婚していたのだろう。洋一は両親がいつ結婚したのかは知らなかった。八女から久留米の絣問屋の本家に嫁入りして来たのである。

洋一の父は鹿児島の宮之城と言う山の中の小さな町の出身だった。父は久留米の絣問屋の養子となって鹿児島から、久留米に来ていたが養子先の嫁さんが若くして病死していたので母は後妻となって嫁に来ていたのだ。母は見合い結婚をして、洋一の父と久留米で新婚生活を始めていた。

洋一が生まれたのは戦争が終了した翌年の春だった。洋一の生まれた家は久留米市の中心街、六ツ門からから三百メートルほど北の住宅街にあったが、戦時中に新築した家にもかかわらず空襲を受けずにすんでいたのはラッキーだった。四百坪の敷地に四十坪の建屋だった。家族五人が住むのには十分広い家だった。それでも、戦時中、両親たちは空襲を避ける為に近くの防空壕に逃げ込んだり、久留米から疎開して本家の所有していた別府の別荘地、松波園に避難したりしていたと洋一は母から聞かされていた。洋一は戦前と戦後の両親の苦労を一身に背負って此の世に生まれて来た。戦争の直接体験者ではなかったが戦争と言う二文字を背中に焼き付けられてかろうじて戦争を免れてこの世に生を受けていたのだ。

物心ついた洋一は両親の苦労の波にもまれながらもどうにかこうにか人並みに幼稚園、小学校、中学校、高校、大学、そして、東京の商社に就職することが出来た。洋一は、もともと好奇心が強く、中学生、高校生の頃から旅好きだった。両親が夏休みや正月休みの時期になると、広島の伯父や、神戸の伯父、東京の伯父、鹿児島の伯父の住む町に連れて行って呉れたりしていた。福岡の従弟と二人きりで旅行したりもしていた。だから、洋一も親に似てあちらこちら見物するのが好きになったのだろう。また、長い間、商社で仕事をしていた関係もあり客のアテンド、接待などは日常茶飯事だったので母を連れてドライブするのは全然、億劫ではなかった。

筑波学園都市を通る度に洋一はヨーロッパの街並みを運転しているような気がしていた。大きな通りと大きなプラタナスと銀杏の並木道がどこまでも続いている美しい街並みだった。洋一は就職した商社の駐在員として通算で十二年間パリに住んでいたのでヨーロッパの街路樹の続く美しい街並みにいつも心が癒されていた。筑波学園都市はそんなヨーロッパの街並みによく似ていた。

筑波学園都市から見る筑波山は巨大な山容となって目の前にでんと構えていた。途中、筑波山神社があったが、洋一はそのまま車で走り抜けて、一気に、筑波スカイラインを通って標高四百メートルのつつじヶ丘の山麓まで行った。

「富士山が見えるよ」

「どこに?」

「右の方に、遠くだけど」

母にはすぐに富士山を探すことはできなかった。しかし、山道のカーブを右に曲がったり、左に曲がったりしていると、真横に富士山が見えてくるので母もようやく富士山を見つけた。

「あの三角形の山やろ?」

「そうだよ」

「雪が積もっているね。でも，奇麗かね」

十一月の富士山の頂上付近には初雪が降っており、富士の白雪と秋の青空の対比が素晴らしかった。母はそんな富士山を見て大変、満足そうだった。洋一は富士山を見る度にどう考えても富士山を抜きにした日本は有り得ないと思っていた。富士山のない日本は臥竜点睛を欠くような気がしていた。日本を旅行していたあるフランス人の若い男性が東海道新幹線の中から天気が良ければ雄大な富士山が裾野から頂上まで伸びる美しい姿を見ることが出来るのだが静岡県を通り過ぎる頃に生憎、天候が悪く富士山を全く見ることが出来なかった。そのフランス人の旅行客がフランスへ帰国した後、友人達に「日本には富士山は存在しない」と語っていたという話を聞いたことがあった。フランス人の負け惜しみの表現がユーモラスに伝わって来て洋一には忘れられないフランス人のエスプリに感心していた。風返し峠を更に上って行くとつつじヶ丘はもうすぐそこだった。

洋一と母はつつじヶ丘のレストランで休憩した。秋の筑波山はもう肌寒かった。茶色のオーバーを着ていた母は、それでも寒いとは言わなかった。

「コーヒーを飲もうか」

「そうね」

洋一たちは近くのレストランでコーヒーを飲んだ。母はレストランの窓から見える雄大な景色を楽しんでいた。

「ここは百人一首にもある筑波山じゃろ?」

「そうよ」

「『つくばねの嶺よりおつるみなのがわ恋ぞつもりて淵となりぬる』やったろ?」

「よく覚えているね」

「頭よかろが!」

母は自慢していた。洋一がまだ小、中、高校生の頃、親戚一同が集まって家で小倉百人一首のかるた遊びをしていたことを思い出していたのだろう。

「陽成院の短歌だよ」

洋一は、母を、以前、筑波山へ連れて来た時に中腹にあるその歌碑の前で母の写真を撮っていた。その母の写真を今では遺影として仏壇に飾っていた。からし色のセーターを着て、老眼鏡をかけていた母がにこやかな表情をしている写真だった。

みなの川も実際にある川で、男女川と書き、筑波山の嶺から梅林の横を通って麓の方へ流れていた。平安時代には水量も豊富で、渓流となって流れていたのだろう。

洋一は、小学生、中学生、高校生の頃、正月になると皆で小倉百人一首をして遊んでいたことをよく覚えている。母が中心になって、上の句を読んで呉れて、従兄弟、妹たち、友人たちとわいわいがやがや言いながらお座敷で百人一首をして遊んでいた。おかげで百人一首の句はほとんど覚えていた。洋一は福岡の従弟とは非常に仲が良かった。壮ちゃんは物覚えが良く、学校の成績もいつもトップだった。お互いに百人一首を覚えてしまったので百人一首につけられている番号を覚えてその番号で札を取り合ったりして楽しんでいた。洋一は、自分の子供たちにそのような遊びを教える機会がなかったことを今でも残念に思っていた。洋一が、母を筑波山に案内したかったのはその頃の楽しかった思い出を母にも思い出して貰いたいとの一心からだった。母も筑波山の女体山の頂上まで登ったこともあったし、筑波梅林を見る機会もあった。つつじヶ丘で休憩した後、洋一は再び、風返し峠に下りて、今度は表筑波スカイラインの方へ車を走らせた。洋一は、何度も筑波山へ来ていたが、あまり、そちらの方へ回ったことがなかった。表筑波スカイラインは土浦の方へ直接、行ける道だった。山の途中から、浅間山が大きく見えていたので洋一はびっくりした。柏のマンションから秩父の方を何度、探しても見つからない浅間山がここからははっきりと見えていた。途中に、広場があったのでそこに車を止めて地平線上に浮かぶ浅間山や秩父連山、丹沢、そしてひときわ高くそびえる富士山の景色を眺めた。

「母さん、浅間山が見えるよ」

「何処ね？」

「ほら、あそこだよ」

「あの丸い山ね」

「そうよ」

「あそこの海は何処ね」

母が左の方を見ながら指を指した。

「あれは霞ヶ浦たい」

霞ヶ浦もすぐ目の前にはっきりと見えていた。

洋一は、表筑波スカイラインをどんどん下りて行った。

「何処に行きよっとね」

「小野小町の村だよ」

「こげなとこにいたとね」

「ここで行き倒れになって亡くなったんだって。お墓があるよ」

洋一は、母にそこを見せたいと思っていた。

小野小町のお墓

普通の人は小野小町が亡くなったのが茨城県の小野村だということを聞いたこともないのではなかろうか。一説では、秋田にも小野小町のお墓があると言われているが……。洋一も、以前この辺をドライブして小野村を通り過ぎようとした時に偶然見つけたのである。小野小町がこんな片田舎で亡くなったとはとても信じられなかった。しかし、小野村には小野小町のお墓が確かにあった。晩秋の西日が筑波山の向こう側に沈むせいで小野村は日没が意外と早かった。伝説によると、小野小町が京を離れて秋田に行く途中にこの地で病に倒れて亡くなったと小町の資料館の説明があった。小野村は、どことなく京都の東山の風情に似ていた。京の昔の姿を見せて呉れているような村里だった。小町の資料館の横にはそば道場があったがもう店は閉まっていた。大きな水車もあった。洋一は資料館のある建物の中のそば処で母と手打ちそばを食べた。客は少なかった。そばを食べ終わると洋一はレジの係りのおばさんに小野小町のお墓がどこか尋ねた。

「ここから三百メートルぐらいのところです」

洋一は、教えられた通りに車一台がかろうじて通るほどの狭い田舎道をゆっくりと進んで行った。少し広くなった道路脇に車を止めて、洋一は母を連れて歩いた。細い道の奥の方には農家が何軒かあった。細い道を更に歩いて行くとみかんの木が沢山あった。

「八女のごたるね」

母は生まれ故郷の八女を思い出していた。八女にもみかん畑や茶畑が広がってたのを洋一は覚えていた。

「そうね、よく似ているね」

洋一は八女の田舎に親戚中が集まり、大家族制の生活を子供ながらに楽しんでいたことを思い出した。八女の幼少時代には従兄弟たちとミカン狩りをしたり、ヤマモモの木に登ってヤマモモの実を取って食べたりして、自然の中で猿などの野生動物のような生活をしていることも多かった。

小野小町の墓は朽ち果てた農家のそばにあった。御手水があり、奥に小さな石段があった。その石段を数段登ったところに小野小町のお墓があった。丸い石を重ねた五輪塔のお墓だった。洋一は手を合わせて拝んだ。母もお賽銭を石の上に置いて拝んでいた。

「こんなところに小野小町のお墓があるとね」

母も驚いていた。洋一も、この小さな発見に我ながら驚いていた。洋一はウェブサイトで小野小町の検索をすると小野小町伝説は日本に七十以上もあるとの説明が出ていた。生誕の地も全国に何カ所もあり、九州の熊本県にも生誕の地と言われている場所があると書かれていた。最も一般的に言われている生誕の地は秋田県湯沢市小野のようだ。洋一は何かの資料で千葉県の房総半島の村だと書かれていたのを読んだことも記憶していた。それに小野小町の墓は北は宮城県大崎市から南は何と山口県下関市まで十ヵ所以上もあると言われている。勿論この茨木県土浦市もその内のひとつだった。とにかく生誕の地の他に父親も正確にわかっていないが一説には公卿の小野良真とも言われている。いずれにしても謎だらけの絶世の美女なのだ。先ほど尋ねた資料館には小野小町の人形を売っていた。ぽっちゃりタイプの女性で洋一好みの美人女性だった。洋一が小野小町と同時代の平安時代の初期、九世紀に生まれていたら小野小町に一目ぼれしていたに違いないと思った。母は、小野小町のお墓にはあまり興味を示さなかった。

「暗くなって来たから早く帰ろう」

母は暗くなることに非常に怯えている風だった。小野小町が小野村の近くの滝澤寺というところから筑波山を越えて「北向観音」に参拝する途中で疲れて休憩したと言う腰掛石まで残っていた。洋一は、再びホンダのストリームに戻り、「北向観音」へ行ってみることにした。母も車の助手席に安心して乗っていた。車で来た道を戻って山麓の途中から八郷町の方へ行くと、筑波山の麓に「北向観音」があった。小野小町はこの「北向観音」までたどり着かないうちに倒れてしまった。

華やかな宮廷生活の後で、京を離れ、筑波山の山里で行き倒れになった小野小町の心境はどのようなものだったのだろうか。小野小町は近くの村人に助けられて、その村人の家で療養を受けている内に亡くなったとの言い伝えがある小野村だ。

「『花の色はうつりにけりないたづらにわが身世にふるながめせしまに』やったろ。小野小町の和歌は?」母はよく覚えていた。

「よく知ってるね」

「いい歌やけんね」

洋一は千年前の景色がそのままそこに残っているのを感じた。小野小町がこの筑波山の辺りを歩いていたのかと思うと気持ちが弾んでくるのを覚えた。小野小町は六十九歳で亡くなっていた。

「母さんも柏が永住の地になるとやろね」

「そうだろうね」

「あんたは九州には帰らんとね」

「もう帰らないだろうね。だから、母さんを柏に呼んだんだよ」

洋一は、もう柏から離れようと思っていなかった。柏周辺は久留米の景色とよく似ていた。利根川が筑後川で、筑波山が高良山で、関東平野が筑後平野だった。

「母さんの終の棲家たい」

母が終の棲家と言った時、洋一はどきりとした。洋一は母が出来るだけ長生きして欲しいと願っていた。本当に苦労して来た母を晩年は楽にさせてやりたいと思っていた。その為には、時間を惜しむことはしたくないと思っていた。出来る限りのことをしてやるのが子の勤めだと思っていた。

「もう、暗くなって来たけん帰ろう」

母は、淋しさに襲われていた。

「これから柏へ帰ろう」

「ここは何処ね?」

「筑波山たい。小野小町が亡くなった村たい」

洋一は、再び、筑波山を越えて小野村に戻り、天の川という村を過ぎて水戸街道へ出た。

「寒林に小町の眠る五輪塔」

「冬枯れにパラグライダーここかしこ」

小野村はパラグライダーの里でもあった。洋一は、ホンダのストリームのハンドルを握りながら母に俳句が浮かんだと披露した。洋一は子供の頃、百人一首をして従兄弟や妹たちと遊んでいたので歌心があった。その影響もあってか、俳句にも興味があった。

牛久大仏

翌週の週末は母を連れて牛久大仏へ出かけた。

その日も美しい秋の日だった。牛久大仏は水戸街道沿いの牛久沼から車で二十分のところにあった。「正直」という名の小さな町の十字路を通り過ぎると丘陵の上に黒ずんだ巨大な青銅の大仏が忽然と姿を見せる。それは、まさに目を疑うような一瞬だった。

「何故、こんなところに大仏が?」

母もびっくりしていた。

「こりゃすごかね。久留米の成田山の救世慈母大観音さんよりずっとおおきかね」

久留米にも成田山久留米分院の高さ約六十二メートルの白粉で化粧した観音像が立っているのを母が思い出していた。あまりにも唐突で、不似合いで、何の存在理由もないような牛久の丘陵地帯に青銅製の巨大な仏像が建っている。高さ百二十メートル。青銅製の大仏の立像としては世界一の高さで、ギネスブックにも登録されている。奈良の大仏の高さはわずか十四・九メートルだ。奈良の大仏が立ち上がっても百メートルにはなるまい。鎌倉の大仏は像高が約十一メートルなので像高十四・七メートルの奈良の大仏よりさらに一廻り小さい。母はそんな大仏を見て感謝していた。母は信心深かったのでお寺や神社や大仏を見ると必ずお賽銭を置いていた。

「長生きして健康だからこんな町まで来れるとっぱい」母は大感激していた。

大仏の足元にはコスモス畑が広がり、秋の夕日を浴びて色とりどりに輝いていた。洋一は、何度も牛久大仏を訪れていたが、いつも閉館時間ぎりぎりに着くので、胎内めぐりはあまりしていなかった。大仏の周囲には人家は見当たらず大きな霊園となっていた。鎌倉の胎内めぐりも圧巻だったが、牛久大仏の胎内めぐりはもっと規模が大きかった。大仏の後ろへ回ると背中の台座の方に入り口があり、靴を脱いで中へ入らなければならなかった。中はいきなり真っ暗闇の空となっており、目の前は何も見えず、ただ頭の思考回路だけがぐるぐる回り続けるだけだった。光の世界から闇の世界へのメタモルフォーズ。生きていながら目の前のものは何も見えず、夜の闇よりもっともっと暗い闇が広がり、まるで宇宙の底に降り立ったような気がした。

「何も見えんね。怖かね！」

母は、いつも暗くなると不安な気持ちに襲われていた。他の客もひそひそと話し、姿の見えない暗黒の世界の中で声だけが聞こえていた。と、その時、次の扉が開き、一条の光が天から降ってきた。

「光だ！」

不思議な感覚だった。

大仏の胎内の遥か上の方からまっすぐにレーザー光線のように光の塊が落下していた。さらに進むと、写経をしている人々や、三千体の仏像を置いた蓮華蔵世界があった。エレベーターで地上八十五メートルの所まで昇って行くと大仏の胸の部分となり、そこは展望フロアーだった。展望窓と言っても細い三本のスリットがあるだけでそこから何とか下界を見ることが出来た。関東平野は何処までも広く、まるで静かな海の底のように広がっているのが見えた。母は釈迦の分骨が安置されている所で手を合わせて拝んでいた。お賽銭を財布から取り出して仏様に置いていた。母の心は本当に仏様になっていたのかもしれない。

「自分には一生お金が身につかなかった」と時々、嘆いていた。

母は三つの展望窓の何処から見ても下界の景色が同じに見えると言う説明書を読んで、一つ一つの窓から確かめるように下界にいる人々とコスモス畑を見下ろしていた。母は自分の息子の洋一の子供の子供たち、つまり曾孫たちに何かお土産を買いたいと言った。小さなお守りを二つ買うと満足した様子だった。母は皆に気配りしているのがわかった。皆にお世話になることを非常に気にしていた。しかし、老人になれば、誰かの世話になるのは当たり前のことだった。息子や娘たちの世話になる、老人ホームの世話になる、誰かの世話になるのは避けられないことだった。余程、健康で精神的にもしっかりしていないと一人暮らしを続けることは困難だった。母を柏に呼び寄せたことは洋一としては本当に良かったと思った。昔から言われていた長男としての義務を果たすことの常識に何ら疑問を呈したことはなかった。

只、そのタイミングと洋一の置かれていた仕事上の環境との関係だけだった。勤めていた会社が自己破産した後、大使館に勤める機会があり、転勤も出世もない只、商務官と言う立場でカナダの経済の発展の一助になって仕事に励むことが出来たのはラッキーと言うしかなかった。母親の面倒を柏の自宅で見るタイミングもベストだった。洋一たちは、牛久大仏の展望フロアーからエレベーターで下界へ降りた。薄紫のコスモス、ピンクのコスモス、赤いコスモス、白いコスモス、コスモスの花はどれも皆、はかなげに咲いていた。ほんの少しの風にも揺れ、大風が吹くと風の吹き抜けた方向にどれも同じようになぎ倒されてしまう弱い美しい花だった。牛久大仏がいきとしいけるものを慈悲のまなざしで見つめていた。

母の転倒

洋一の母が根戸のセブンイレブンの近くで転んで倒れた。夕方、五時半頃、ヘルパーから大使館へ電話が入った。

「お母様がいらっしゃいません」若い女性のヘルパーの声だった。

「何時から?」

「午後三時頃、お家へ伺ったんですが、いらっしゃらなかったんです」

「……」

洋一は、暗くなった窓の外を見ながら母が見つからなかったら大変だ。何処かで行き倒れになっているんじゃないかと心配した。

「警察へ捜すように頼みましょうか」

「そうしてください」

「もう一人のヘルパーが周りを捜しているんですけどいらっしゃらないんです」

洋一は不安になった。

「家へ帰る道がわからないかもしれませんね」

「どの辺りまでが行動範囲ですか?」

「セブンイレブンかオークスの近くだと思います。それに北柏の駅の方へも行ってらっしゃるかもしれませんが……」

「久しぶりに良い天気になったのでお母様も散歩に出られたんでしょうね」

「そうかもしれません。近くのスーパーも探したんですか」

「ええ、昼ごろお母様を見かけたというお店がありましたが……」

「どの店ですか?」

「近くの食品スーパーです」

「昼からいなくなっているんですか……」

洋一は、益々心配になった。

「兎に角、警察に電話します」

ヘルパーはそう言って電話を置いた。洋一は母がそんなに遠くへ行っているとは思わなかった。心配で仕事にも身が入らなかった。それに、その晩に、久留米の本家の従兄と大倉の同僚と先輩の三人と飲む約束をしていたので飲み会をキャンセルせざるを得ないかも知れないと思った。午後六時に大使館を出ても家に着くのは午後七時半頃となる。それまでに母が見つからなかったらどうすればいいのだろうか。それから母を捜そうにも夜ではどうしてよいかわからなかった。

洋一は母を連れて潮来のあやめ祭りを見に行った時のことを思い出した。母がいなくなって警察に捜して貰ったことがあったからである。あの時には、洋一が駐車場まで母を歩かせるのは疲れるだろうと思って、母をあやめ公園の近くで待たせている間に、母の方が何処かへ洋一を捜しに行ったからだった。母は自分が一人、取り残されて洋一が先に帰ったのだと勘違いしていた。それで、一人で歩き出し、洋一がその場所へ戻って来ると母はいなくなっていたのである。洋一は、潮来の街の中を車で捜したり、満開のあやめの咲く川沿いを探し回ったが母は見つからなかった。洋一はとうとう警察へ行って捜して貰うことにした。潮来の警察署員が八人ばかり手分けして近くの会場から、通りをあちこち探し回って呉れてようやく一時間後にパトカーに乗って母が帰って来たことがあった。警察署員は皆、親切だった。

警察署員にお礼を言って母を車に乗せて帰り始めると「捜して貰ったお礼をしなければならない」

と言い出した。洋一は近くのスーパーへ行き、お菓子を買って、派出所へ届けた。母は礼儀に関しては非常にうるさかった。洋一はそんな母の迷子事件のことを思い出しながら、行方不明の母を案じていた。母は徘徊老人ではなかった。母の場合には放浪癖ではなくて取り残された不安で、待ちきれなくなってその場を離れてしまったことだし、今回も、道に迷ったのではなくて何か他のことが起こっているのかもしれないと思った。洋一は母が何処かで倒れていることを想像した。洋一は事務所のパソコンのキーを打ちながら仕事のレポートを書いていた。

しばらくすると女房から電話が来た。

「見つかったわよ。名戸ヶ谷病院にいるんだって……」

「何処にいたの？」

「セブンイレブンの近くで転んで額と右腕を打ったが心配は要らないそうよ。私が迎えに行くわ」

洋一はホット胸をなでおろした。

「怪我は？」

「救急車で病院に運ばれてレントゲンやＭＲＩを撮ったりしたけど大丈夫そうよ」

病院は家から遠いところだった。

「どうして警察が家を判ったの？」

「お母さんがウィンザーハイムとマンションの名前を言ったらしいの。それで、管理人へ電話が入り、家へ連絡が来たのよ」

洋一は母が見つかったので家には帰らずに久留米の本家の従兄達の飲み会へ行くことにした。

偶然にも、何年ぶりかでその夜、会うことにしていた洋一の従兄は輝胤という名前で久留米の本家の従兄で母の嫁ぎ先の家の長男だったのである。本家は立派な家柄で久留米絣の問屋だった。太平洋戦争前には地元で大成功していた本家だった。国会議事堂に赤絨毯を納入する話もあったが何かの理由で実現しなかったと言う話も母から聞いていた。久留米市の公会堂も寄付していた。

母が、道で転んだにもかかわらず骨折もせず、大事に至らなくて済んだのは見えない糸のお加護と言うより他にはないと思った。結局、洋一は、家には帰らなくて済み、従兄と会うように母が取り計らってくれたのかもしれないと思った。

有楽町のガード下の新日の基という居酒屋で四人は落ち合った。従兄の照胤さんに母が道で倒れて怪我したことを伝えた。従兄はびっくりしていた。「大丈夫でしたか」照胤さんは心から心配して呉れていた。「無事に見つかりました。怪我も大したことはないようです」洋一は照胤さんに説明した。洋一が照胤さんと会ったことを母に話したらきっと母が喜ぶだろうと思った。

従兄の照胤さんも母のことは小さい頃からよく知っていて、洋一の家族と一緒に百人一首をして遊んだ懐かしい思い出を持っている一人だった。また、洋一が商社のパリ駐在員をしている同じ時期に照胤さんは日本の大手銀行のロンドン支店に駐在していたので、洋一は母を連れてロンドンの照胤さんの家に泊まりに行き、ロンドン市内を観光案内して呉れた想い出もあった。大英博物館やバッキンガム宮殿、ロンドン塔、ウェストミンスター寺院、ウィンザー城、それに、テニスの聖地ウィンブルトンにも案内して呉れたのである。母も照胤さんのことを赤ちゃんの時から可愛がっていたので照胤さんも母親のように慕っていた。洋一は、その夜は帰宅が遅かったので母に会ったのは翌朝だった。

「昨日、転んで怪我したんだって?」洋一が母に尋ねたら「転んどらんよ」と答えた。

しかし、母の右側の額に擦り傷があり、唇の横に黒いあざがあった。

母の真心

母は週に三度、月水金と近くのデイケアーに行き、火曜日と木曜日にはヘルパーが家に来て呉れた。母はデイケアーセンターには喜んで出かけていた。孫娘のような若い女性が家に迎えに来て親切に応対して呉れるものだから非常に喜んでデイケアーに出かけていた。しかしデイケアーから帰って来て、マンションで一人になるとすぐに寂しさに襲われていたのだろう。元気な頃は、久留米の女学生の頃の友達に長電話したり、大宰府の長女の恵美に電話して気を紛らせていた。洋一の仕事場にも携帯電話が掛かって来ては母が何時に帰るのかと聞いたりしていた。洋一は、その度に、通勤時間が一時間半もかかる上に、残業で、遅くなったりするので、家に着く頃には母はもう寝てしまっていることが多かった。平日は洋一のマンションで女房が準備した食事を食べて寝泊りしていた。週末には洋一が母のマンションに泊まっていた。母は、毎日、寝る前に洋一にメモを残していた。帰宅すると食卓テーブルの上に鉛筆で走り書きしたメモが置いてあった。

「帰りを待っていましたけれど、疲れたのでお先に休ませていただきます。おやすみなさい」

朝はいつもは母が早く起きて洋一を起こして呉れていたが、いつの間にか、洋一が母に声をかけて起こすようになっていた。

「あじゃ！もう、こげな時間ね」母は恐縮して起きて来た。

朝の会話は短かった。女房が作った朝食を洋一と母が一緒に食べた。母は朝から大変、食欲があり、胃袋は丈夫そうだった。

「富士山が見えとるよ。奇麗かね」

八階のマンションの部屋から西の方角を見ながら、富士山が見えるといつも母は感激していた。そんな母も寄る年波には勝てず二〇〇四年の秋の終わりに満八十五歳で突然亡くなった。洋一に大きな悲しみと信仰心の大切さの教えを残して……。

母の最期の日

母が亡くなった日は、十一月二十日、土曜日。

秋晴れの美しい日だった。洋一は土曜日で仕事はオフだった。洋一は、その日一日、母のそばを離れずに、朝、慈恵医大柏病院へ母を連れて行き、柏駅東口の近くの眼鏡のパリミキで母の老眼鏡を買い、そごうデパートの回転展望レストラン桃亭で手賀沼や筑波山や広々と広がる関東平野を見ながら中華のランチをゆっくり食べた。しかし、母は食欲があまりなかったと見えて注文した酢豚定食は少ししか食べなかった。

「あんたにあげるけん残りは食べて呉れんね！」

母は、デザートの杏仁豆腐にも手を付けなかった。

「疲れたの？」洋一は母に聞いた。

「いいや。大丈夫よ」

「そろそろ帰ろうか」

「そうね」

洋一は十一月十八日の第三木曜日のボジョレーヌボーの解禁日からまだ三日目だったのでボジョレーヌボー一本を柏そごうデパートで買って母と一緒に北柏のマンションへ帰った。マンションに帰ると玄関には子供の靴が何足もあった。

「孫たちが来てるんだ」

洋一が母を連れてリビングへ行くと三歳、四歳の小さな孫娘たち全員が遊びに来ていた。母は、夕食まで洋一の孫娘たちに囲まれて、母から見ればその曾孫たちと話をしたり、曾孫たちも母のそばへ行き、一緒に遊んだりしていた。夕食時になると十名全員が同じテーブルを囲んで賑やかな晩餐会となった。母にとっては今までにない充実した一日のような気がしていたに違いなかった。夕食が終わる頃、突然、宅急便が届き、女房が玄関へ行って、何か小包をテーブルに置いた。

女房は「これを開けて食べよう」と言った。それは札幌の友人の大野君の妻の父さんが十月に亡くなっていたのでそのお香典返しに送ってくれた北海道の毛蟹だった。

「美味しそうだ！」

洋一は、喜んで蟹の爪を引き離してお皿の上に盛り付けた。

「母さん！蟹だよ！札幌の友達が送ってくれたんだよ」

「珍しかね」母は言った。母は蟹が大好物だった。孫娘たちも少しずつ蟹を食べた。母もふた切れほど蟹の爪を取って食べていた。

結局、洋一が一番沢山食べていた。

「美味しかったね」

母は満足している様子だった。孫娘たちもおお祖母ちゃんと一緒に色々と話したりして遊んでいた。やがて、洋一は、いつものように母を連れて、母のマンションに泊ろうと思っていた。

「今夜は、泊ってくれるね？」

母は夜になると不安げな表情で洋一に尋ねていた。

「泊るよ！」

洋一は週末には母のマンションにいつも泊ることにしていた。

「早く、帰ろう」

母は、洋一をせかして早く自分の家へ帰りたがっている様子だった。一日中、外にいたので少し疲れたのかもしれないと洋一は母のことを気遣った。夕食をした後、母は六畳の和室とリビングで懐いてくる曾孫たちと一緒に遊んでいた。しばらくしてから、洋一は母を母のマンションへ連れて行った。扉を開けて中に入ると、暗い部屋は淋しい感じがした。それでも、電気をつけて部屋を明るくすると温かみは出てきたが、洋一と母の会話は少なかった。洋一はリビングのベランダ側のコーナーに置いているテレビをつけた。賑やかなテレビの番組の音がすると少しは気が紛れた。母は、仏壇が置いてある隣の六畳の和室でいつも寝ていた。その仏壇は十一年前の一九九三年五月十四日に亡くなった洋一の父の位牌が納めてあった。大野城市から柏に引越してしばらくは夫の位牌のある仏壇と一緒に寝るのは嫌だとこぼしていたが、一年も経つと慣れていたようである。洋一は玄関の左手にある洋室のベッドに寝ていた。母は、時々、淋しいから自分の部屋で寝て呉れと言うこともあったが洋一は母をなだめながら一人で寝るように言った。ほんの五十メートルも離れていない同じマンションに住んでいるのに母はそれすら怖がることがあった。ドアの鍵はきっちり閉めていたし、時にはドアの鍵のところを固く紐で縛って誰も簡単に入って来られないようにしていることもあった。

（余程、一人でいるのが怖いのだろう）

洋一はそう思った。大野城市の一軒家に母がひとりで住んでいる時も隣の家に「淋しいので泊りに来てください」と走りこんだことがたびたびあったと聞いていた。久留米の娘夫婦の家にあまりの淋しさに駆け込んで泊らせてくれと頼みに行ったこともあったが一番下の娘の麻里は母を三日以上は家に泊めないと言って淋しがる母を大野城市の家に無理矢理帰してしまっていたと母がこぼしていたこともあった。麻里の母に対する態度はうわべだけの見せ掛けの親切で、心から母を介護しようと言う気持ちは微塵もなかった。洋一は九州で一人暮らししている母が可哀相だと常日頃、思っていた。しかし、商社マンの洋一には母を引き取って面倒を見る決心とそのタイミングを計るのが難しかった。ようやくその時期が来たと思ったのは勤めていた商社が自己破産した後に再就職したカナダ大使館の定年が三年先に見えて来たからだった。商社マン時代はいつ海外転勤するか見当がつかなかったし、洋一が勤めていた商社が自己破産してから入ったカナダ大使館の仕事も多忙を極めていたので母の面倒を見る気持の余裕がなかったのである。しかし、三年後に定年になると判ると、母を自分の家に呼んで同居できると判断していた。嫁と姑の問題が起こることは目に見えていたが、洋一にはそうするしかないと思っていた。女房は嫌かもしれないが我慢を強いることになるのは目に見えていた。しかし、女房はあまりそのことを口には出さなかった。必要なことはきちんと処理して呉れていたのでその分感謝していた。洋一は、母が仏壇のある六畳の和室で布団を敷いているのを見ていた。母は布団を敷き終わると「今日は風呂に入らずに疲れたからもうこのまま寝ようか」と言った。

「入ったら……」

洋一は何気なく言った。洋一はソファーにゆったりと腰掛けていた。その時、母がリビングに来て、低いテーブルのそばにじっと立ったまましばらくぼんやりとして暗い窓の外を見ていることに気がついた。洋一はどうしたのかなと思った。放心したような何かに取り付かれたような空ろなまなざしで西の方角を見ていたのである。洋一は母に向かって「そこへ座ったら……」と声をかけた。母は、はっと我に帰ったようにその場に座り込んだのである。母はその時、何を考え、何を見ていたのだろうか？洋一の脳裏には放心したようにじっと佇んでいるその母の姿が写真のようにはっきりと焼きついた。洋一は母より先に風呂に入った。洋一が風呂から出る時、後から入る母の為にあまりお湯が熱過ぎないように気にかけてお湯の温度を確かめた。風呂の温度は摂氏四十二度だったのでこの程度なら大丈夫だと洋一は思った。風呂の中で老人が死んだと言う話を時々聞いていたので摂氏四十二度なら問題ないと思った。リビングのテレビは風呂上りに母が見るだろうと思って電源を点けたままにしていた。洋一は浴室の隣の六畳よりわずかに狭い五畳半の洋室へ行き、テレビを点けた。すると、いきなりお葬式のマナーについてと言う番組をやっていた。お焼香のマナーとか、お香典を包む金額とか、お葬式にまつわるクイズ番組だった。洋一は、その番組を食い入るように真剣に見始めていた。

（俺にも、いつの日にか母のお葬式をしなければならない日が来るのだ）

洋一は母親のお葬式をする日が来るのを避けられるなら避けたいと思う気持ちがいっぱいだった。蛍光灯の点いた部屋で十五分ばかりその番組を見ていると、隣の浴室で何かことっと小さな音が聞こえた。洋一は母が風呂に入っている音だと思ったので別段、気にもかけなかった。お葬式特集のテレビ番組が終わると洋一は母が寝ているかどうか見る為にリビングへ行った。リビングには蛍光灯の明かりが点いたままで母は部屋には見当たらなかった。母が蒲団を敷いた隣の仏壇のある六畳間を見たが母の姿はなかった。

（寝た様子もないな？）

洋一はそう思って、ふと風呂場の方を見ると浴室のドアが半開きになっており、浴槽の中に母が沈んでいるのが見えた。洋一は信じられない思いがした。

（これは夢ではなかろうか？嘘だ！何かの間違いだ！）

急いで浴槽のそばに行くと母は頭のてっぺんまでお湯に浸かって沈んでいた。洋一は母の腕を掴んでお湯の中からひっぱりだそうとしたが母の身体は湯に浸かってすべすべしてすぐに持ち上げることができなかった。（大変だ！）

洋一は必死になって何度か浴槽の角で手や肘を打ちながら重い母の身体をようやく浴槽の淵まで引き上げた。母はぐったりしていた。

「母さん！母さん！しっかりして！……」

洋一は何度母の耳元で叫んだかわからなかった。（大変だ！救急車を……）

洋一は、母が浴槽の縁からすべり落ちないようにもたれさせながら風呂の栓を抜いてお湯を流した。その時、母のウンチが浴槽の中に浮いていた。

（助からないのでは……）

洋一は、ついさっき見ていたテレビ番組が母の死を呼んだのかもしれないと思った。それにしてもあまりにもタイミングが良すぎるのではないか、いやタイミングが悪すぎるのではないか、と思った。洋一がお葬式のマナーの番組を見た直後に、いや、その最中に隣の浴室で母が死んだのだ。（何というタイミングだ！）洋一の背筋がしびれた。

リビングの部屋の電話の所へ走って行き、一一九番へ電話し、救急車に至急来てくれるよう消防署に頼んだ。洋一は、電話口で言い間違えないようにマンションの住所と部屋番号を告げた。消防署に電話をかけ終わると女房に電話してすぐに来るように叫んだ。

消防署が百メートル足らずの距離にあったので救急車も五分と経たないうちに来てくれた。救急車がサイレンを何度か鳴らして、マンションの下に来て、停止するのが洋一にはわかった。女房と救急車がほぼ同時に来た。一台の消防車も来た。洋一は、母を浴槽の淵で支えながら何度も何度も母の耳元で「母さん！母さん！母さん！」と叫び続けた。しかし、母はぐったりしたまま動かなかった。それでも必死になって何度も何度も母の耳元に叫んだが母の耳の中には声が伝わらなかったのだろう。母の身体は風呂に浸かっていたのでいつまでも暖かかった。二十歳代と思われる四人の青年救急隊員が担架を持って、入って来た。玄関から入り、風呂場の入口に担架を置いて、三人の救急隊員が母を持ち上げてタオルを巻いて担架の上に寝かせ、人工呼吸器を口元につけた。救急隊員の一人が心臓マッサージを始めた。

「水を少し飲んでいるようですね」

救急隊員が母の口元から洩れ出てくる水を拭き取りながら言った。夕食で食べたものも少し口からこぼれていた。救急隊員は心臓マッサージを何度も繰り返して母を生き返らせようとしていた。人工呼吸器を取りつけて酸素を母の肺の中に送り込んでいたが母は目を閉じたまま動かなかった。

「心臓が止まっていますね」

いつの間にか、救急隊員がセットした心電図の装置のグラフが小さなぎざぎざの折れ線を綴って行くだけで、心臓の鼓動を示すピークは現れなかった。

（何で母が……しかも、お葬式のマナーの番組を俺が見終わってすぐに見計らったように母が亡くなるとは……）

洋一はまた新たにその信じられない偶然を呪った。

（罰があたった！あんな番組を見ていたので母の死を招いたのだ！）

洋一にはどうしてもそうとしか思えなかった。

（何たる偶然か！何たる運命の悪戯か！）

マンションの下で待っていた救急車の周りにはマンションの人たちが何人か出て来て、洋一の母の部屋で何が起こったのか様子を伺っていた。

「家族の人は一人しか救急車には乗れません」救急隊員の一人が洋一に言った。

洋一が母のそばに付き添って救急車で慈恵医大柏病院まで行くことにした。女房は救急車と一緒に来ていた消防車で慈恵医大柏病院まで来た。洋一は救急車の中にいる母のそばでスースーと息をするような音が聞こえるので母が生き返ったのかと思った。母の手を握ってもまだ暖かいので生き返ると信じていた。自分の乗っている救急車のサイレンが他人事のようにカーテンの外で聞こえていた。どの道を通っているのか洋一にははっきりつかめなかった。その時、洋一のポケットの中の携帯電話が鳴った。大谷君だった。

「明日、テニスしませんか?」

「母が風呂場で倒れて今、大変なんだ。今、救急車の中だよ」

「えっ!それは大変ですね。では、明日は無理ですね」

「また、連絡するよ」

洋一は、テニスの約束は断った。その日の朝、母を診察に連れて行ったばかりの慈恵医大柏病院の正門の裏手にある救急患者用の出入口に救急車が着くと、担架を下ろして救急隊員が母を治療室の方へ運んで行った。洋一は長い時間を過ごした。

(助かってくれるといいが……)

何度も思った。洋一は大宰府に住む妹の恵美の携帯へ電話した。妹は絶句していた。

「明日の朝、一番の飛行機で行く」と泣きながら言った。何年も母の年金の入った預金通帳を預かったまま最後まで母を欺き続けてお金を返さなかった一番年下の妹の麻里には洋一は連絡したい気持ちが起こらなかった。長い時間が過ぎて行った。洋一は、母を人一倍慕っていた府中市に住む従兄の信弘さんにも母が倒れたことを電話で連絡した。病院の待合室から外へ出て、洋一は夜空を見上げた。晩秋の夜空にオリオン座がきらきらと輝いていた。真っ暗な夜の闇の中におおいぬ座の一等星のシリウスが輝くのが見えていた。

「もう駄目かもしれない」

洋一は女房に言った。

「……」

女房は何も答えなかった。

「四十五分も過ぎたんだから……生き返っているならもっと早く連絡が来るはずだよ」

洋一の判断は残念ながら正しかった。やがて白衣の看護婦が来て、「医者が呼んでいます」と洋一に告げた。救急治療室へ行くと母がベッドに横たわり、そばで若いインターンの医師が母の心臓の辺りを右手と左手を重ねて強く押したり引いたりしていた。母の口には人工呼吸器が取り付けられていたが、無駄な酸素を母の肺の中へ送り込んでいるだけだった。

「もう、四十五分間心臓マッサージをやっていますがこれ以上は難しいようです」

「そうですか」

「装置をはずしてもよろしいでしょうか?」

「残念ですが、お願いします」

若い二人の医者は、目を閉じたままの母の口元から人工呼吸器を外し、心臓マッサージの手を止めて、装置類を片付け始めた。

「午後十時十三分に亡くなられました」

医者が死亡時刻を告げた。洋一はがっくり来た。涙が思わずこみ上げてきた。

(母さんが亡くなった)

洋一はどうしようもなく悲しかった。洋一は、夜の十時過ぎにもかかわらず妹の恵美に再び電話をし、母を一番慕っていた従兄の信弘さんにも電話をして母がさっき亡くなったことを伝えた。

母の遺体は柏駅の近くの国道六号線のそばにあるセレモ柏ホールの葬儀場へ運ばれた。遺体安置所は六人分しかなかった。その夜は母一人だけだった。他の人の遺体はなかった。ステンレスの扉で出来た丁度、カプセルホテルの棚のような遺体安置所だった。お線香をあげる時には、台車が引き出しのようにレールの上に乗ったまま手前方向に滑り出して、母を拝むことが出来た。

母は病人が着る簡単な白い薄めの浴衣を着せられていた。その死に顔はまるで眠っているような、声をかければ目を覚ますような安らかそのものに見えた。母の死に顔は、父の辞世の言葉となった「安心立命極楽往生」の表情をみせているのが不思議なくらいだった。母は「安心立命極楽往生」を心に刻んで一生愛し続けていた亡き父に呼ばれて黄泉の国へ旅立ったんだと洋一は手を合わせて拝みながら思った。母の頬に洋一は右手を添えた。母の顔はまだ冷たくはなく人肌と同じ体温だった。風呂に入ったまま亡くなり、心臓マッサージも諦めて、まだ、三時間程しか経過していないので死んだ母の身体にはまだ生きている人間と同じ温もりが残っていた。（残念だ）洋一はもう少し長生きして欲しかったと思った。午前四時過ぎに女房と息子の真一郎とセレモ柏ホールを出てマンションに帰った。その夜は当然のことながら洋一は眠らなかった。家では娘の由貴の夫の章君がやっぱり眠らずに待っていた。

「残念ながら母は亡くなりました」

洋一はリビングの食卓テーブルの椅子に座って待っていた章君に言った。

「ご愁傷さまです」

神妙な表情で章君はお悔やみの言葉を言った。

「偶然にも孫たち、全員が来ていたんだよね」洋一は言った。

「そうですね。まるで、最後のお別れをお祖母ちゃんに言いに来たような感じですね」

洋一の母が亡くなったその日は洋一の平穏な日常生活を大きなショックと悲しみのどん底に引きずり下ろしてしまった。そして、また、新たな日が静かに明けようとしていた。それらの新たな日々は悲しみに打ちひしがれた長い長い日々の繰り返しになって行くに相違なかった。

見えない糸

人が亡くなる前には、色々と不思議なことが起こると言われている。普段会わなかった親戚や知人が偶然来たとか、洋一が聞いたある話はもっと不思議さを漂わせていた。翌朝、洋一は親戚に母が亡くなったことを電話で連絡し始めた。広島の春子伯母さんに母が亡くなったことを電話で伝えた。春子伯母さんはしっかりした意見を持ってはきはきとものをいう人だった。一九四五年八月六日月曜日午前八時十五分四十七秒。広島に原爆が投下された日に爆心地から七百メートルの場所にいたがビルの陰にいて大きな怪我もなく奇跡的に助かったのである。被爆者手帳を洋一に見せて呉れたこともあった。恵ちゃんと言う可愛い娘が一人いたが幼稚園に行く頃に成長が止まり、背丈が伸びなくなる病気に罹っていた。病名は脳腫瘍だった。小学六年生になっても幼稚園児の身長のままとなっていた。九大病院で治療受けたり、広島鉄道病院に入院したりしていたが中学二年生になって亡くなってしまった。春子伯母さんが被爆していたのでその影響が子供に出たのだろうと親戚の間で話していたのを洋一は記憶していた。

「母が昨夜、亡くなったんです」

　洋一は春子伯母さんに言った。

「智恵子さんが亡くなったの。また、どうして?」

「風呂の中で亡くなってたんです」

「私の主人も同じような亡くなり方だったのよ」

「えっ?」

　洋一には一瞬、何のことかわからなかったが、次第に春子伯母さんの話を聞いているうちに広島の斉伯父が亡くなったことを知らされた。

「智恵子さんみたいにお風呂の中で鼻の下までお湯に入ったまま亡くなっていたのよ」

　洋一はびっくりした。斉伯父と洋一の母は八女市の藤本家で生き残っていた最後の二人だった。

　八人兄弟姉妹で太平洋戦争で戦死したり、交通事故で亡くなったり、病気で亡くなったりしていた兄と姉の内の最後の二人だった。斉伯父は九十一歳で洋一の母が八十五歳だった。洋一には斉伯父の想い出は沢山あった。母の兄たちとの仲が良かったので伯父さんたちの家に遊びに行ったり、招いたりして子供の頃から洋一のいとこ同士の付き合いが深かった。

「何時亡くなられたんですか?」

「十月二十九日よ」

「まだ、ひと月も経ってないんですね」

「洋ちゃんが大変だったこと判るわ」

　春子伯母さんも風呂で亡くなった斉伯父の手当てが大変だったと話してくれた。洋一は、仲が良かった母と斉伯父がほぼ同じ時期に亡くなったこと、そして、同じようにお風呂の中で亡くなっていたこと、まるで仲の良い二人の兄妹がほぼ同じ時期に申し合わせしたように亡くなっていたことを聞いてびっくりした。この不思議な因縁はそれだけではすまないことが判った。神戸の拓也従兄が母の亡くなる前日、つまり十一月十九日に八女市にある平治伯父のお墓を八女のお寺から京都のお寺へ移す最後の手続きの日だった。

　平治伯父は洋一の母の一番上の兄だった。山陽電鉄の副社長をしていた時期もあった伯父だが、そのお墓を移す為に福岡の従弟の家に十一月十九日に立ち寄ったと言う話が伝わってきた。八女生まれの母の実家のお墓が京都の東寺に移された翌日に母は亡くなったのである。まるで生まれ育った家のすべての整理が終わったかのように……。それにしても洋一は母の最期の日があまりにも充実して、皆に最後の挨拶をしたような一日となっていたことに母の普段の信心深い生き方のお陰ではなかったのだろうかと思った。

　洋一は母との最後の一日を振り返っていた。二〇〇四年十一月二十日、木曜日。午前中に洋一は母を連れて慈恵医大柏病院へ行った。その後、柏駅東口の近くの眼鏡のパリミキに連れて行き、母の老眼鏡を買い替えに行った。折角、注文した母の眼鏡は母の死によって後日、キャンセルせざるを得なかったが……。昼は柏そごうの回転展望レストラン桃亭で手賀沼や筑波山、新宿の高層ビル街、遠く富士山までも見ながら酢豚ランチをゆっくりと食べた。その中華レストランはホテルオークラの直営店で洋一が三十年も勤めていた大倉商事と同系列のレストランだった。洋一はそのレストランが気に入っていたし、常連でもあった。洋一の好きなレストランはまず景色が良く、内装がおしゃれですっきりして落ち着いて美味しい食事ができる雰囲気のレストランだった。レストラン桃亭はその条件を満足するレストランだったが二〇一六年九月三十日に色々な思い出を洋一に残して閉店してしまった。ランチの後はそのそごうデパートの一階で三日前に解禁となったボジョレーヌボーを一本買って、家で飲もうと母に告げていた。母も洋一がパリの駐在員としてパリにいる間に父が亡くなり、一人になって淋しがる母をパリに呼び寄せて一年足らずパリで一緒に暮らしていた。だから母もボジョレーヌボーのことはよく知っていた。マンションに帰ると特に約束もしないのに洋一の孫娘たち全員が偶然、遊びに来ていた。夕食の終わりの頃、札幌の友人の大野君から北海道の毛蟹が届いた。大野君の奥さんの父親が亡くなった時のお香典のお返しとして送って呉れた品だった。その大野君が新婚旅行でパリに来た時に丁度、母がパリにいたのでその友人夫婦と一緒にパリを案内したこともあった。夜は母のマンションに戻り、母が呆然としてマンションの西の方角を見ながら佇んでいたのはもしかしたらひと月前に亡くなった広島の斉伯父が母を呼んでいた為かもしれないと思った。母は斉伯父が亡くなっていたことは母方の親戚筋は誰も知らなかったたし、勿論、洋一も知らなかった。広島の春子伯母さんは母方の親戚の誰にも夫が亡くなったことを連絡していなかったのだ。斉伯父が亡くなったのを知ったのは洋一の母が亡くなったことを広島の春子伯母さんに電話で連絡したからだった。

「俺が先に逝くからお前もついて来い！」

斉伯父は母が一人此の世に残されるのを心配で心配でたまらなかったからかもしれない。

「智恵子よ、お前がこの世に一人で残るのは俺には耐えられないんだよ。ついて来い。黄泉の国へ！」

母が呆然と立ちすくしたまま西の方角を見つめていたのは西の方角に当たる広島の斉伯父との霊的な会話をしていたからかもしれないと洋一は思った。母の死に方と斉伯父の死に方が全く同じとなり、二人とも自宅の風呂の中に沈んで死んでいたのだ。こんな偶然は普通ではありえないと洋一は思った。それに母が風呂の中で死んだと言うことは最後に身体を洗い清めて亡くなったのだと洋一は思った。

このように母の亡くなったその日は母の人生の最期を迎えるにあたり何か見えない糸がすべてを操っていたような気が洋一にはしていた。洋一は、その見えない糸の存在を確信するにたる一日だと思った。

（了）

評論・エッセイ

『近藤益雄《えきお》を取り巻く詩人たち（一）』
江口季好《すえよし》・近藤益雄の平和道（その6）
―碑《いしぶみ》のように刻まれた―

永山　絹枝

益雄も江口も平和の道をひたすら歩み続けた。それは戦禍を生き延びた者の使命であったし、子等のしあわせを願う道であった。命の尊さも命の輝きも平和あってのこと、また彼等は「ことばの力」を信じる綴方教師であった。

「ことばは人の心を動かす力を持っている。ひとりの人間の心を動かすばかりでなく、国民を動かし、歴史をつくりかえるような大きな力をもっている」ことを信念とし実践し続けた。

この章では、「平和」、主に戦争体験を基点に彼らの思想と仕事の意義を探究してみたい。

ブーゲンビレア　　江口　季好

祖国の空も太陽もない温室で、
ブーゲンビレアの赤い花びらは、
憂いを知らず、／晴れやかに笑いさざめく。／／
どこの国の花だろう。／目をとじると、
華やかな民族衣装を着飾った／若い娘たちが踊っている。
かろやかな足。／透きとおった風の中のロンド。
わたしは、／実を結ぶことなく
異国の土に散ったこの花かげに、
文明に欺かれた／心のありかを静かに思う。

『子ども賛歌』

一、生々しい戦争体験を刻む

⑴「江口自身の体験を語る」

江口の青春は戦争に塗りつぶされている。
母のとっさの判断で、どうにか道をたがわず生き延びる。

戦争中の私　　江口季好

1941（昭和16）年12月8日朝7時、NHKのラジオは突然「臨時ニュースを申し上げます」と2回繰り返し「大本営陸海軍部午前六時発表。帝国陸海軍部隊は本八日未明西太平洋においてアメリカ・イギリス軍と戦闘状態に入れり」と報じた。私はこのとき中学3年（旧制）で鞄を背負って玄関を出ようとしていました。緊張した高鳴る気持ちで登校すると教室は戦争の話で盛りあがっていました。国語の教師も数学の教師も「日本は全世界を支配する」というようなことを前置きして授業をはじめ、教練の時間に配属将校は「君たちは陸士、海兵に行って皇軍の先頭に立って戦わねばならない。」と励まして手榴弾を投げる訓練をさせました。

この日、夜のニュースを聞いていると役場の兵事係の人が来て戦争の話をした後「今、少年航空兵の募集がきていて、まだ人数が満たないので息子さんを応募させてほしい。」という話をしに来ました。父は留守でした。母は兵事係の前に座って下を向き、「うちの子は体が強くないので兵隊にはむいとらんけん」と言っただけで、後は何も言わないでうつむいていました。

しかたなく兵事係が帰っていくと、母はぼくに「おまえは軍人にはならんほうがよか。お医者さんになったほうがよか。和尚さんもよかかね。先生もよか。校長先生になったほうがよか。」と言ってぼくの頭をなでてくれました。その後、兵事係は何度か来て「満蒙開拓義勇軍に応募させてほしい。」などと言ったけど、母は断りました。私の親しく遊んでいた小学校時代の友達、松尾登代喜君は、このとき少年航空兵に応募して特攻隊として戦死しました。『知覧特別攻撃隊』という村永薫編の本に「松尾登代喜・少佐・佐賀・20・5・20」と出撃と戦死の日が記されています。もし、あの時父母が少年航空兵や義勇軍に志願することをすすめていたら私は今この世にいないでしょう。

1943年、私は親のすすめによって佐賀師範学校（現・佐賀大学教育学部）に進学しました。そして、1945年4月、私たちは学徒動員で伊万里市浦之崎の特殊潜航艇（人間魚雷）を造る軍需工場に行きました。全長10メートルほどの船首に爆薬をつめて、一人乗りで東支那海から沖縄のほうへ行く特攻隊の船でした。私が溶接の黒い棒をはさんでスイッチを入れようとしたら、警戒警報の予告もなく、突然バリバリと音がして機銃掃射の攻撃を受けました。一発は私の右一メートルほどのところに打ち込まれました。天井（てんじょう）にはいくつも穴があいていました。このとき弾が一メートルほど左にきていたら、今私はこの世にはいないでしょう。

6月になると資材もなくなり、みんな寮でねころんで日を過ごしていました。私は学校にいたとき図書部員だったので「学校に行って本を持ってきて読んだほうがいいと思う。」と先生に提言して、汽車の切符を買うための証明書をもらって家に帰りました。咳をしていたので5日ほど家にいたら、姉の夫の佐賀新聞社に勤めている畑瀬正夫がひょこりやって来ました。そして「日本はもう負けるから浦之崎には行かんでいい。」と言いました。私がうかぬ顔をしていると「ミッドウェー海戦で連合艦隊は全滅したんだよ、ガダルカナルでも負けたし、山本連合艦隊司令長官も古賀峯一長官も戦死したし、フィリピンでもサイパイでもアッツ島でも負けたし、沖縄もだめだし、東京もどの町も空襲されるし、イタリアもドイツも降伏したし、日本もまもなく降伏するんだよ。」と自信に満ちて説明しました。彼は早稲田大学在学中に軍事教練反対運動をして退学処分になったと、姉が話してくれたことがありました。新聞社に勤めているので情報はかなり詳しく知っているようでした。母も「浦之崎には行かんがよか。」と義兄の言うことに賛成したので私もその気になって、ずっと家にいることにしました。それから夜になると東西南北の夜空に、空襲で燃えあがる火が見えました。私の家は有明海から筑後川を少し遡ったところにあって、新北村（現・諸富町）といい当時人口5千人前後、戸数八百戸ほどの農村でまさか空襲はないだろうと思っていました。ところが、こんな田舎にも空襲がありました。それは筑後川のなかに大中島という小さな島があって、そこに小さな高射砲陣地があったからだと思われます。

1944年8月5日、夜10時半ごろ警戒警報の予告もなく、空襲警報のサイレンとB29の爆音と、ザーッ、ズドーンという爆裂音と地ひびきに飛び起きて庭に小さく穴を掘って作った、底に水の溜まっている防空壕に母と入りました。父が来ないので、外に出てみると、父は家の屋根の上にいて焼夷弾が落ちてきたら払いのけようと、火たたき棒をもってかまえていました。この夜には全体で２００戸ほど全焼し30人くらいの方が亡くなりました。幸い私の家には焼夷弾は落ちなくて無事でした。照明弾が落ち地上は昼のように明るくなり、打ち上げ花火が落ちるように焼夷弾が落ちてきて、火の海のようになり、この夜死んでも「運が悪かった。」などとは言えない烈しい空襲でした。

　戦争が終わるまでに、私は三度、生死の岐路に立ちました。召集令状（赤紙）を受けて戦地に行った先輩、友人もたくさんいます。師範学校の食堂ではたびたび壮行会をして、軍歌を合唱し「靖国で会おう」と握手したりしました。

　私は10月ころは入隊するようになるだろうと予測していましたが、幸い8月15日終戦。そして今、81歳です。

　８月１５日は雲一つない晴れわたった空でした。私は、こんな美しい空は、日本の歴史上はじめての空ではないかと、青く澄んだ空を何時間もあきることなく見ていました。

『平和の理』／江口季好／駒草出版 2006）

江口の生死の岐路にたった戦争体験。益雄の許しがたい苦渋。
時代のずれはあるが、実に二人共深い傷を負っていた。
彼等は拳《こぶし》をあげる。何人《なにびと》も再び悲惨な目に会わせたくない！
平和な社会の中で子ども等を健やかに育てたい。
戦後の教育姿勢の支柱となった堅固な決意であったろう。

⑵家族の悲惨さを刻む
―江口の家族（姉）も戦争の直接的な被害者

地図

江口季好

「おじいちゃん、どうして地図見てるの。」

「・・・・。」

「どっか、行くの。」

「なんで見ているの。ここは何という国なの。」

　孫に聞かれて、私は話しはじめた。

　おじいちゃんが中学生のときね、お姉さんが結婚して、ここ・・・そのころ、ここは満州といっていたところへ行ったの。

　おむこさんが満鉄という鉄道の会社のこのあたりの駅につとめていたからね。そのころ、日本は中国やアメリカと戦争していたんだよ。そして、広島や長崎に原子爆弾を落とされて負けたの。おむこさんはシベリアのほうに連れていかれたらしいね。お姉さんは、このあたりから哈爾濱《ハルピン》を通って、朝鮮の方へ千キロも二千キロも歩いて、ここ釜山《プサン》にきて、船で博多について、おじいちゃんのお父さんが迎えにいって、この佐賀のうちに帰ってきたの。

　ぼろぼろのきたない服をきて、髪の毛は切って男のような姿で、骸骨のようにやせほそって帰ってきたの。ひどい咳をしながら「ただいま」とも言えずに、すぐふとんに寝かされて、ずっとそのまま起きられなかったの。体じゅうしらみ（虱）にくわれて、かさぶただらけでね。何をきいても、咳をしながらうなずくだけで、一言も話をしなかったの。

　お医者さんに

「結核です。カルシウム注射を打ったほうがいい。」

といわれたけれど、その注射一本が月給の三分の一くらいで、高くて買えなかったの。おじいちゃんは、卵の殻にはカルシウムがあると考えついて、すりばちですって殻を細かい粉にして

「カルシウムがあるから食べてね。」

ともっていったの。でも、少し口に入れてやったけど咳がひどくて食べられなかったの。

ある朝、おじいちゃんのお父さんがお姉さんを見にいって

「しいちゃんが死んどる！血をはいて死んどる！」

と大声で叫んだの。おじいちゃんは隣の部屋にねていたので起きて行こうとしたけど、足がすくんで立てなかった。

お姉さんは満州からどんなつらいめにあって帰って来たのだろうね。一日中なにも食べない日があったんだろうね。生まれて三か月になる赤ちゃんがいたんだよ。赤ちゃんはどこでどうなったのかね。がんばって帰ってきたのに、一言も話さないでお姉さんは死んでいったの。

やさしいお姉さんだったよ。おじいちゃんが一年生のとき、足をけがして学校に行けなかったとき、夕方、おんぶして散歩してくれたことがあった。柿の木でからすがないていた。お姉さんは

「からすなぜなくの　からすは山に　かわいい七つの子があるからよ。」

ってきれいな声で歌ってくれた…。

さっき地図を開いたら、ちょうどここがでて、満州の山道を想像しながら、お姉さんのことを思いだしていたんだよ。

もう一度、お姉さんとお話ししたい。顔が見たい。手をにぎってみたい。そう思いながら、この地図を見ていたの。でも、もう何一つできないねえ。この地図が、何か話してくれたらいいのに…戦争がいけなかったんだよ…。

孫も、くちびるをかんで地図を見ていた。

（『日本児童文学』二〇〇一・九）

江口家族の痛苦の歴史が語られる。姉の壮絶な逃避行と死。筆者も今号（「コールサック」107号）には、小詩集の部に「日露戦争と満州事変の跡をたどる旅」を採り上げた。彼が「命」を、どれほど尊いものと思っていたか。野の花々を、蟬を、生き物すべての命あるものを、深い慈悲の心で包んだ詩群から読み取ることができる。

たたかっている花　　**江口季好**

松は枝も幹も芯だけになって／白っぽくささくれた屍骸を晒している。／／幹はなかほどから折れ、根元から折れ、／ここは無残な死の廃墟。／／しかし、この山の各所に群落している、／にりんそう、かたかご、あずまいちげ。／早春の清純なスターたち。／かきどおしの花は、／ベロ出しチョンマの長松の愛嬌のある舌。／／もみじがさのなかには優雅なお方。／／「野草は強いんです。」／と言って大野英子先生が指すところは、ブルが山肌を削ってしまったゴルフ場。／／いま、秩父の山の植物たちは、／酸性雨やゴルフ場と、たたかっているのだ。／私は花を摘まないでかわいらしい姿をはげます。

『生きるちからに』1992

(3) 戦争の聞き書きを刻む。

「詩は生活の現実を見つめ、世の中の矛盾を書き込むもの」。

長女の横山百合子さんも、そんな父の信念を感じていた。

同じ話　江口季好

おばさんの痴呆度はかなり進み、
外出すれば帰宅できないようになられた。
でも、わずかに記憶のある人と会えば、
必ず、十分ほど同じ話をされる。／／
わたしは昭和十八年六月一日、
九つと五つの息子を連れて、／主人のいる奉天に行って、
女の子が生まれて幸せでした。／だから、幸子ってつけたの。
ところが、戦争に負けると、／夫はソ連に連れていかれて、
私たちは無蓋車《むがいしゃ》で平壌の南の船橋まで逃げて、
毎日、とうもろこし一本食べて、／着がえもなくて、
子どもも私も栄養失調で、／お乳も出なくなって、
幸子は立てなくなってしまって、
十二月八日の朝、つめたくなったの。
夜中、幸子をだいていると、
幸子にいた数百匹の虱が私の体に
ぞろぞろと移ってきたの。
長男は腎臓炎でおなかがゴム毬のようにふくれて
小便が出ないので、
塩水をぐいぐい飲ませたら小便が出たの。
次男は発疹チフスになって一時間に数回下痢して、
扁桃腺がはれて息が苦しそうだから、
外から棒きれを拾ってきて、
のどをつっついたら、うみがどろどろ出て治ったの。
幸子はお棺にも入れないで、
裏山に穴を掘ってそのまま入れて、／土をかぶせてきたの。
つめたかったよね、幸子は。
米軍の上陸用舟艇で錦州から船に乗って、
二人の息子と帰ってきたの。
幸子のいる山に向かって、
─幸子、ごめんね。満州で生まれて朝鮮で死なせて。
─幸子、いつかきっと、お父さんといっしょにいくから
待っててね。／と言いながら帰ってきたの。
夫は「必ず帰って来る」と言ったのに、
まだ、今日も帰って来ないのよ。
何時ごろ帰ってくるかしら。／わたし待ってるのに。／／
おばさんは、／何十年前のことを
いつも昨日のことのように話していられる。
ときどき、・玄関を出て外を見ながら、
夫の帰りを待ちながら。

（『生きるちからに』）1992

筆者も『平和教育・感動と表現の指導』で長崎の被爆者の体験談を纏めた。江口が戦争の聞き取りを、「見たこと、聞いたこと、話したこと」の事実の中に挿入している事を知って共感の思いであった。日本作文の会では、表現の指導過程の中に「聞き取り」も取り入れている。被爆・戦争の体験者が高齢化され、亡くなられていく今、聞き残して記録し伝達することは、私達やこれからの時代を創る若者たちの務めだと思うからである。

乳房　江口季好

秋の日、／あてもなく、
見知らぬ小さな町を歩いた。／／
そこに、／静かな古寺があった。
その一隅にまた一つ、
かわいい御堂がたっていた。／／
御堂の前には、
三体の子育て観音の小さな石像があった。
御三体は子どもをだいて、
豊かな乳房をふくらませておられた。
子どもはあどけなく、
いつくしみ深いお顔を見上げていた。
右手を、／乳房のうえにおいて。／／
うす暗い御堂の中には、
子どもの衣類がいくつも重ねてあった。
ガラガラや、お人形や。／絵本などもあった。
幸子・健・豊・明美などと、
よく見ると、名前のないものもあった。／／
この町の子が、／こんなに、どうして死んだのだろう。
飲ませることのできなかった思いを、
母たちはこの石像の乳房に託して、
自らをなぐさめたであろう。
わたしは賽銭をおいておがんだ。／／
幾日かして、／友人にこの古寺の話をした
すると、ことをもなげに、
「ああ、それは生まれてきては困る子たちでね、
終戦直後は外国名の子もいたな。」
と答えてくれた。／もし、そうだとすると、
あの豊満な乳房はいったい何だろう。
母親の慈愛か、
女であることのつぐないか、
それとも、
平和としあわせなくらしへの悲願なのか。／／
古寺のかたすみに、
石像はかなしい物語を秘め、
人は老い、世はかわり、ひっそりと、苔むしていく。

『生きるちからに』1992

「乳房」は、生きることを拒まれた命が私たちの前に現れて、虚を突かれる。また「同じ話」では、痴呆度が進んだ「おばさん」は、胸の内の痛恨の想いを吐き出さないではいられない。シベリアに抑留された夫を今でも待ち続けている。誰がこんな酷い立場に追い込んだのか。

ナガサキ　江口季好

炎の中に消えた街
ここに立って
地底に
真理の使者の声を聞く

「生きる力に」

三、平和を語る：ことばの力

（1）、どんな人だったか

「江口先生は、とにかく情熱家でした。権力をおそれない自由人でしたね」「教科書裁判のところは、みごとですね。ジャーナリズムはみんな先生に応援しますよ。」

「児童詩教育のすすめ」の出版祝賀会での会話である。

江口を囲む仲間・同窓会ではこんな話がひとしきり続いた。

（『生きるちからに』P107）

教科書裁判というのは、歴史学者の家永三郎が政府を相手取って教科書検定の違法性を問う裁判を提訴した事件である。

当時、家永の高校教科書『新日本史』についた検定意見は〝戦争を明るく描くように〟だったという。「教育を受ける権利は子ども自らの要求する権利であり、政府の教育内容への介入は許されず、教員の教育の自由を認めなければならない」とした杉本判決は教育運動の発展の土台となった。一九六七（昭和42）年、教科書検定は憲法違反とする第2次家永裁判では、原告側の証人として江口は果敢に法廷に立った。「川の音は、検定が求める『さらさら』だけではない」と主張し、子どもたちの詩を朗読した。綴方研究会の早川恒敬氏は、言葉を添える。「彼は、教科書から学ぶものは多いがそれ以上に学ぶべきものが『生活のなかにある、たくさんある』と、よく語っていました。改定教育基本法からは「実際生活に即して」が見事に削除されています。「実際生活に即して」学ばせることの重要性を江口さんは説き続けました。文科省は完全に実際生活から学ぶことを排除してしまいました。」と‥。

二十一世紀を生きる君たちへ　江口季好

人類の文化は、
加速度を加えながら発展していく。
未来へ、／未来へ、／とどまることなく。／／
物質はいよいよ豊かになり、
情報は洪水のようにおしよせ、
マスメディアは、人間をロボットのように
はてしない未来へ歩かせる。／／
それは必然であり、／人類の宿命であろうか。
毎日、四万人の子どもが、／餓死しているというのに。
人間は、／身近な愛を求めて、
日常を生きているのに。／／
二十一世紀を／君たち自身のものとしてほしい。
君たち自身の心と手と足で
二十一世紀を創造してほしい。
めぐまれない人々が／幸せである社会を。

詩集『生きるちからに』1992

詩人は、いつの時代に於いても一歩先の社会を暗示するという。江口は、「マスメディアは人間をロボットのように歩かせる」と予告し「君たち自身の心と手と足で創造してほしい」と呼びかけた。江口・益雄両者とも、「自分と向き合いながら、多くの人とつながって共感できる力を育てていく」という、ゆるぎない思想に貫かれていた。筆者の所属する長崎詩人会議でも、「響き合い」を大事にしてきた。以下、仲間達の「声」である。

〈その1〉

餓死している沢山の同胞を思う時、未来への希望を子供たちに託し恵まれない人々の幸せを願う。先生の祈りのような詩。

（堀田京子）

〈その2〉

本当に江口先生の言う通りですね。しかし、江口先生が求めていることは、近藤益雄先生にも共通して、めぐまれない子どもや人々への愛、人々の中で文化や科学が享受されえない人々への愛が迸《ほとばし》っているところがすぐれていますね。（2030年は分岐点で、2050年には、食糧危機、水不足問題がやってくる。2030年までに何とか手を打たないと！とNHKのスペシャルシリーズ特集で紹介している昨今。江口先生が詩にして指摘していることは、今後私たちの生き方に関係する重要な指摘のように感じます。めぐまれない子どもが幸せを享受できるようにそれらがつながる社会を、子どもを育む学び舎を準備したいものです。

（神崎英一）

〈その3〉

物質の豊富さ、情報の洪水、マスメディアによる人間のロボット化はまさに現実。恵まれない人々への思いが薄いのも現実。しっかり受け止めねばと思う。「二十一世紀を君たち自身のものとしてほしい。」ということばが深く心に止まる。一人一人が自分の心と手と足で築く社会は、弱者に寄り添い、学び、みんな違う人間同士が共に生きる社会へと進む道に思えてくる。観念ではない行動の力を、江口先生はこの詩を通して残してくださったと実感しました。

（田口諭美）

（2）平和を綴る：近藤益雄・近藤えい子
滾《たぎ》るような怒り・悲しみを平和教育で
――夢を実現することで伝えようとした益雄――

江口・益雄両者の戦争体験は、彼等の思想の地に着いた根拠となった。苦難苦渋の戦後の時代を、どのように生き抜こうとしたのか。先ごろ上梓した『魂の教育者・詩人近藤益雄』の、次の項目の中にも記している。

七、決戦体制下の混迷と葛藤の中で（P88）

八、短歌集『火を継ぐ』（P102）

自身の苦悩を克服していく過程に於いて、民衆の幸福をも追求しているところに、二人の思想の具現化を見る。

ところで、益雄の伴侶である近藤えい子氏も又、一九五一年、『われら母なれば』を、平塚らいてう、櫛田ふきの両氏の監修で上梓された、「平和を祈る母たちの手記」に投稿している。日米安保条約を結び、再軍備へ、戦争協力へ走っている世の動き。再びの戦禍への阻止と抗議のためであった。

「十八まで育てた耿、
はじめて何年ぶりかに落ちついた気持ちで、
いま、ひざの上で
あまりにも軽くなった耿《あきら》をだきながら
汽車にゆられていた。
まだ帰らない夫のことを思い、
戦争のため母と子が別れ別れに住んで、

生命をすてて働いて、
どうして子どもの幸福があろうか。
平和がほしい。

綴方教師である益雄は、戦争孤児になった教え子達に書くことで思いを吐き出させ、どうして戦争が起きたのか、どうすれば平和が訪れるのか、書き合い、読み合い、声を上げる平和教育を実施している。

「宗一の父も戦死―
三夫の父も戦死、
母が労働をしながら三人の子どもを育てている。
そしてキヨ子の父も戦死した。
すべて戦争は不幸であった！」

書くことで、悲しみや悔しさの、ありのままの現実を認識させ、話し合うことで、戦争を無くすためのよりよい方法を手探らせ、社会発展に繋げようとしたのである。子等の次の詩から「戦争はしないで！」という叫びが聞こえてくる。

せんそう　　一年　まつもと・くにひろ

せんそうは　やめてください
せんそうは　おとろしいです
せんそうは　あぶないです／／
あしを　ひっかいだりして
かぜから　ひっとばされたりするせん、あぶない
ばくだんが　おちてくる
かぜが　ふいてくる
じしんがなる
あぶない
ばくだんには　かやくのはいっとる
おちたら　くるしか
かいりきらんごとなる
せんそうは　ぜったいやめてください
ひこうきが　くるときは
ぶんぶんと　うなって　おとろしか。

（ボタ山一号）「作文実践第三号」

近藤益雄の永遠のロマンであり願いは、最初から最後まで、「平和な社会を築くこと」であったと筆者は思い至る。

そのために奮闘した人生でもあった。だからこそ、57歳となり、体力にも先行きにも余裕がなくなった益雄の場合、待っても待っても国は動かず、再びの戦火を見るに至り、今、自分ができることとして、最後の夢実現の為に旗揚げした。「「コロニーのぎく村づくり」であったのだ。実現させたかったと思う。

この章論では、「ことば」が「核兵器・核物質」に抗し得る大きな武器であること、事実、真理、願いを書き表していくことの思想と意義を江口季好、近藤益雄の実践で浮き彫りにした。

【引用文献】
・「こどもの詩から見えるもの」⑤「平和の理」／江口季好著／駒草出版 2006

夭折した山形の女流詩人　その一
四季派の影響を受けた「日塔貞子」について③

星　清彦

前号までのこと

日塔貞子は一九二〇年（大正九年）十二月十四日に山形県河北町西里六七一の、逸見家という裕福な家庭に生まれた。しかし生後暫くして生家が没落。没落後は山形市、天童市と住まいを移しながらも親戚縁者などの支援を受け、祖母と二人で暮らしながら地元の、「谷地高等女学校」を卒業し、兵庫県姫路市に居る叔父宅を頼り、そこから洋裁学校に通わせて貰う。しかし僅か半年後に、高校生の頃から発症していた「結核性左膝関節炎」が本格的に悪化し、歩行に難を抱えてしまったことにより、残念ながら山形に帰ることとなる。その上右手も大きなこぶのような腫瘍に襲われ、字を書くことすら難しくなった。このような苦境に立たされても高校生当時から始めた詩作を続ける。右手がだめなら左手でもと左手での練習を始め、やがてある程度整った形で文字が書けるようになると、猛烈に書き始めた。そして一九四五年（昭和二〇年）五月三十日に、後、夫となる日塔聡と運命的な出会いにより恋に落ちる。という辺りまででしょうか。

日塔貞子の作品の傾向について

若い二人の恋とその後の生活を述べる流れですが、その前に少し寄り道になりますが日塔貞子の詩集「私の墓は」を基に、タイトルにもあるように四季派の影響を受けていると思われる、作品の数々の中から幾つか紹介したいと思います。まず日塔聡と貞子の心を通わせる力となったものは「詩」そのものでした。しかも貞子が立原道造が好きだと言ったことに聡は驚きと好感を受けたのです。立原道造は聡の尊敬する先輩でした。その立原道造を知っていてくれたこと、更にはこの山深い地にあって立原道造の作品を知っていてくれたことに驚いたのです。その「詩」によって二人の間は益々距離を縮めるのでした。

立原道造と言えば「ソネット」です。四・四・三・三行の十四行に作品を纏めていますが、尊敬する先輩にならってか日塔聡もまた「ソネット」の作品を、自分の詩集の中に多数残しています。「ソネット」は行数が定まっていますから、私はとてもリズミカルで若々しいと感じるのですが、貞子もやはりその辺りが好んだ理由でしょう。その為に詩集「私の墓は」にも「ソネット」の作品があります。しかし完全に十四行ではなく、四・四・四・四の十六行といった作品がどちらかというと多く、「ソネット」や「ソネット風」といった作品が特徴です。また前半は季節に関した作品が多く、その中でも夏は少なく、春、次に秋を題材に使用したものが多いのも特徴のように思われます。貞子は春に希望を、秋にこの先の不安を感じ取っていたのかも知れません。例えばこのような作品があります。

もうじき春だ

もうじき春だ
水を汲みに行った清水に　けさは
岸の雪がくずれおちていた
そのあとに　真青な芹がゆれていた

家にもどると
雪ぐつがぬれとおっていた
水もこぼさないのに　乾いていた藁が
こんなに重たくしとってしまう

ああ　ほんとうに　もうじき春だ
朝々　堅雪の上を子供たちが
小鳥と一緒に歌ってくる
紅い木の枝をくぐってくる

厨にいると
水甕のあつい氷も
うっすらと融けてただよう
どんな小さな隙間からも明るい光線がさしこんでいる

青い木の実

怠惰な運命の星から
ようやく与えられためぐり逢い
夜露に傷む孤独な愛を
心なく見過ごした償いをこめたように

そのあと忽ち朝がきて　昼がきて
自分のしらぬまに花が咲き
しずかな蕾《つぼみ》と信じていた日に
不安な青い実ばかりが残された

たしかな回帰を知らないので
季節とともに悩む心は
あおい霧のなかの梢のように揺れている・・・・・・

暑い昼は渇きながら
冷い夜はふるえながら
―やがて時経て与えられた意味に熟れよう

山のサナトリウム

花ざかりの蕎麦の畑にとりまかれて
山のサナトリウムが立っている
玩具のような小さいドアを排して
のどかな秋が入ってゆくと・・・・・・

一つれの干柿を下げた窓に
ふとった蜂がふり返る
幼顔のきえない看護婦が
多忙な調薬の手も休めてしまう

カルテには余白がなくなった
めくられた生の余白もつきている
長い病気の浸蝕をうけて
夢をうつろになってしまった―

間もなく冬が来るだろう
気象は日ましに冷たくなり
蕎麦は素朴に実ってゆく
生と死の小さな対話が聴こえてくる

山のサナトリウムはひっそりかん
柱時計もゆったりと安静時刻を指していて
もみじした林の道を
まぶしい狐雨がとおるばかり

たしかに立原道造の「ソネット」や「ソネット風」の作品に仕上がっていると思います。そして貞子の情緒の不安定さも見事に表現されていると感じることができます。ここが四季派の影響を受けていると私が察するところです。

それでは運命的な出会いをした直後からの話に戻します。

日塔聡との生活

一度逢っただけで二人とも大切な人になり、直ぐに恋に落ちると数々の手紙のやり取りが行われ、貞子が入院中の寒河江市の大沼病院や、大江町の光風園にもしょっちゅう聡は顔を出し、二人の愛は育まれついに一緒に暮らすことに踏み切るのでした。無論二人が一緒になるということは、当時相当反対や障害があった筈です。日塔聡は健康で地元の名家の男性、そしてもう一方の逸見貞子は歩くこともままならない病気を抱え、入退院を繰り返し、床に付く高齢の祖母まで一緒に居る。その祖母を振り切ってまで聡と暮らことは貞子にとっても無理なことだったのでしょう。祖母でありながら生母はすぐに家を出て、生後間もない頃から祖母を「かあちゃん」と呼んで育てて貰ったのですから。

実際聡には幾つも結婚の話はあったのでしょうがそれでも一九四七年（昭和二十二年）九月十三日、ついに二人の生活が岩根沢で始まります。助けてくれたり協力してくれた友達は沢山いましたが、二人の親族達の怒りや嘆きはいかばかりだったかと察します。特に貞子はその身体的障害がありましたから、聡との生活を喜ぶ半面、自分で良いのかという想いにも苛まれていたのではないでしょうか。でももう引き返せないという覚悟をもって生母に付き添われ、岩根沢へ向かったのでした。貞子の印象を疎開していた丸山薫は「冷たい珠のような容姿。その内部に犯しがたい気品と激しい気魄が燃えていた」という感想を残しており、それを読んでも貞子はどんな非難にも耐えてやるという、悲壮なる決意と覚悟を持っていたと思われます。尤も没落したとはいえ、生家も名門を誇る家柄（通称カモン家）でしたので、「犯しがたい気品」が内部に感じられたのは、その逸見家に生まれたことによる、持って生まれたものだったのかも知れません。

そんな覚悟を持っても現実には日々身体中が痛み、常に熱に襲われ「生きる」ということに苦しみ続けていました。けれど貞子は痛みに耐えながらも、自分の生きているという実感も感じていたのです。その「生きる力」はやはり絶望から救い出してくれた日塔聡の存在そのものでしょう。周囲からいくら非難されても、苦痛の中にあっても貞子はきっと幸せだったのです。

日塔聡は当時代用教員をしていましたので、山奥の岩根沢では先生のお嫁さんが来たと、結構な騒ぎになりました。そして子どもたちが交互に覗きに来たりしては、立ち尽くしてしまうほど驚いたそうです。それは綺麗な花模様の蒲団から上半身だけを出して、色の白い笑顔でいる貞子の美しさに見とれてしまった為でした。結果子どもたちは村中を駆け巡り、どれだけ貞子が美しいかということを告げて回ったのです。「お人形みたいに綺麗だった」とか、その声は「白い声」だったとさえ表現されています。病によるか細い声がきっと子ども達の耳には透明度の高い、澄んだ声に聞こえたのでしょう。それを「白い声」と表現されたのです。その岩根沢での新居は、八畳一間と台所しかない住まいでしたが、それでも二人は満たされた思いだったことでしょう。貞子の足が調子の良いときは、一緒に岩根沢で催されている句会にも参加したのですが、そのメンバーの中には丸山薫も居りました。聡には貞子へのいたわりの気持ちが、貞子には聡への感謝の気持ちがあり、これは周囲の人間の目にも伝わっていたのでした。しかし一緒に居れば当然のことして貞子は妊娠してしまいます。貞子はどうしても二人の子どもが欲しかったのです。けれど周囲の人々はそれをどうしても許しません。それは貞子の死を意味するからです。随分と貞子も抵抗したようですが、五ヶ月目に入りついに橇に引かれて病院に行き、中絶せねばなりませんでした。入院はたった四日だけでしたが、それでも大きな痛手となって貞子の心の中に残ってしまったのでした。

昼の月

小学校のオルガンが
子守歌をうたっている
しずかな冬の　あたたかい日の
なにかうっとりする午後の雰囲気・・・・・・

女がひとり
失った未生児への
やるせない愛情に泪ぐむ
昼の月と　はだれの畑の麦のみどりと
丘の上の小さな病院
丘の下の古びた小学校
オルガンのうたうゆるやかな子守唄が

うっけた心に注がれて淡い月のように新しい

すうっと貞子の悲しみが、そしてその悲しみが徐々に胸の中で広がっていくような感傷を、私も受けてしまいます。そうして後、貞子の身体は足や手だけではなく、徐々に内臓までも痛めてしまい、利き手ではありませんが練習して文字を書けるようになった左手までが不自由になり、最後には書くことができなくなってしまったのでした。

日塔貞子の逝った日

貞子の掛かり付けの宿谷医師が引っ越すことになりました。そこでこの医師には全幅の信頼を置いていた二人なだけに、共に引っ越すこととなったのです。残念にも岩根沢での二人の暮らしは一年で幕を閉じることになりました。川土居村入間、今度の住まいはその地の「渋谷猪太郎」という方の部屋になりますが、当初渋谷家では引き受けることに困惑していました。現在と違い、「先生」という存在は大きな注目の的でしたし、しかも貞子は歩くこともできず、両手も不自由な障害を持っています。どう接したらよいか解らなかったのでしょう。そこで三ヶ月だけという約束で貸すことになったのです。けれども何時しか情が移り、三ヶ月という契約は自然に破棄されしかも貞子の葬式までも、この渋谷家で出してくれたのでした。

聡はこの地の川土居中学校に赴任が決まると、岩根沢の時と同じように沢山の子供や大人達が出入りし、渋谷家の家人が追い払ってもまたやってきて、ついにはいつも貞子の部屋には誰かが居るありさまでした。先生の奥さんというのは興味の的だったのが解ります。しかしすでに内臓と名の付くものはどこもかしこも冒されていて、酷い高熱が続いて一時危篤状態に陥ります。死相が現れていたと聡は後日述懐しています。それでもこの時は奇跡的にも助かり、小康状態を得ることができました。

ところがそれから暫くした一九四八年（昭和二三年）十二月二十四日、クリスマスイブに貞子が「かあちゃん」と呼んでいた祖母が亡くなってしまったのです。直後貞子は泣き叫ぶというよりは、すっかり全身から力が抜けていくような感慨にあり、葬式にも列席できず弔電だけは打ったのでした。そしてその約三ヶ月後、その祖母を追うようにして貞子もこの世を離れます。

その日は一九四九年（昭和二四年）三月十四日、うっすらと雪が降り風がその雪を舞わせるような一日でした。もう既にブドウ糖の注射も効かず、痛みは津波のように襲いかかり、激痛に身体を海老のように曲げなければなりません。かと思うとあまりに静かなので不安になった聡が、「貞子」と呼ぶと「はい」と小さな返事をします。そして「どうして眠らせてくれないの」と答えます。するとまた苦しみが襲いかかってきます。そしてまたパタリッと静かになり、「貞子」と叫ぶようにして聡が呼ぶと「はい」と、弱々しく返事が返ってきます。そんなことを何回か繰り返しているうちに、徐々に呼吸が不規則になり返事も聞こえなくなり、やがて魂は肉体を離れていってしまいました。満二十八歳三ヶ月の生涯。直接の死因は腸管閉塞でしたが、既に貞子の身体は前述のように全身痛んでいてたのでした。

カモン家という名門の没落、生まれてから直後の生母との離別、祖父母との生活、病苦、従兄への失恋、父の死、長い戦争、聡との運命的な出会い、繰り返された入院、そして同棲と、二十八年の生涯は多難を極めたものでした。もっと人並みに命の時間があれば、きっと日本を代表する高名な詩人に成られたことでしょう。たった一冊の詩集「私の墓は」を読んだだけでもその才能に圧倒されてしまいます。でも日塔聡という素晴らしいパートナーを得られたのですから、それで差し引きゼロということになりましょうか。

葬儀は三月十八日に行われました。三月十八日は二人だけで秘めた婚姻の日だったからです。この土地に川千鳥が鳴くと雪が去って春が来る、という言い伝えがあります。川千鳥の鳴き声に耳を傾け人々は春を感じていた筈です。

私の墓は

私の墓は
なに気ない一つの石であるように
昼の陽ざしのぬくもりが
夕べもほのかに残っているような
なつかしい小さな石くれであるように

私の墓は
うつくしい四季にめぐまれるように
どこよりも先に雪の消える山のなぞえの
多感な雑木林のほとりにあって
あけくれを雲のながれに耳かたむけているように

私の墓は
つつましい野生の花に色彩られるように
そして夏もすぎ秋もすぎ
小さな墓には訪う人もたえ
やがてきびしい風化もはじまるように

私の墓は
なに気ない一つの思出であるように
恋人の記憶に愛の証しをするだけの
ささやかな場所をあたえられたなら
しずかな悲哀のなかに古びてゆくように

私の墓は
雪さえやわらかく積るように
うすら明るい冬の光に照らされて
眠りもつめたくひっそりと雪に埋れて
しずかな忘却のなかに古びてゆくように・・・・・・

＊参考資料
私の墓は　日塔貞子　桜桃花会
雪に燃える花　安達徹
曠野十号（日塔聡追悼号）　木津川昭夫
日塔聡詩集　土曜美術出版社
インターネットより多数

沖縄の「孵《す》でる精神」を引き継ぐ独創的な試み
――おおしろ房句集『霊力《セジ》の微粒子』に寄せて

鈴木　比佐雄

1

おおしろ房氏が第一句集『恐竜の歩幅』に次ぐ第二句集『霊力《セジ》の微粒子』を刊行した。この二十年間の作品から俳人で夫のおおしろ建氏とも相談し選句したという三八二句が収録されている。二人は、野ざらし延男氏が主宰する「天荒俳句会」の創刊同人であり、おおしろ建氏は同人誌「天荒」の編集や事務局を長年務めている。野ざらし氏は句集『恐竜の歩幅』の解説文で、二人との出会いについて触れている。野ざらし氏が一九八一年に宮古高等学校に赴任し、「天荒俳句会」の前身である「耕の会」を発足し俳句の土壌を作ろうと志していたところ、数学教師であったおおしろ房氏と国語教師であったおおしろ建氏たちが参加してくれたのだった。その会が発展して現在の「天荒俳句会」になったと記している。また野ざらし氏は当時の思いとして、五〇年前の一九三一年に同じ高校（旧制宮古中学）に赴任した篠原鳳作の姿と自己とを重ねていた。鳳作は鹿児島県出身で、初めは「ホトトギス」や「馬酔木」などにも投句していたが、東大を卒業し帰郷した一九三〇年の二十四歳の時に福岡市の吉岡禅寺洞の無季俳句を試みる「天の川」に投句し始めた。その中の一九三四年に発表した「しんしんと肺碧きまで海の旅」は「馬酔木」の水原秋櫻子をして「この句により鳳作は無季第一の作家である」と言わしめた。沖縄をテーマにした名句を詠んだ鳳作は一九三六年には三〇歳の若さで亡くなり、その才能や詩魂を惜しまれた。野ざらし氏はこの鳳作の撒いた俳句の種を育て豊かに開花させようと、子供たちへの国語教育や「天荒俳句会」を通して実践してきたのだろう。

「天荒」を開けると《「天荒」は／荒蕪と／混沌の中から／出発し／新しい俳句の／地平を拓き／創造への／挑戦を／続けます》と俳句文学運動の理念を掲げている。野ざらし氏は芭蕉の原点を問いながらも、「新しい俳句の／地平を拓き／創造への／挑戦」を実践されてきたのだろう。

野ざらし氏は第一句集『恐竜の歩幅』の解説文「闇の突端を耕す」の中で次のようにおおしろ房氏の俳句の特徴を指摘している。

《房作品の特徴は感性の弦が高鳴っていることであろう。肉眼では見えない世界や音の無い世界を胸泉へ引き寄せ、臨場感溢れる詩世界を構築する。作者の鋭い詩眼は、表層的・生活的・既知的・日常的世界を、深層的・想像的・未知的・非日常的世界へと転移させる。》

このようにおおしろ房氏の特徴を、日常世界を「深層的・想像的・未知的・非日常的世界へと転移させる」ことだと語り、さらにおおしろ房氏の精神が独自の圧力をかけて、未知の創造空間を作り出してしまう資質に野ざらし氏は気づいてしまったのだろう。最後におおしろ房氏の句「体中涙腺にして蛇の脱皮」を挙げて、その俳句作家としての「闇の突端」を突破する力があるとその句を高く評価する。野ざらし氏は「天荒」六〇号の評論「沖縄を掘る――孵《す》でる精神」で、自らの俳句精神を「孵《す》でる精神」であり、それは沖縄の「おもろそうし」（沖縄・奄美地方に伝わる古い歌謡）に流れている沖縄の魂を、「蛇の脱皮や雛の孵化のように再生する」ことだとその本質的課題を解説している。野ざらし氏にとっておおしろ房氏は自らの俳句精神を体現する有力な作家であると考えているのだろう。

2

句集『霊力《セジ》の微粒子』は十章に分かれている。一章「時空巻く」の冒頭は次の俳句だ。その句を含めて「時空巻く」から五句を紹介したい。

ジャズは木枯し心のうろこ吹きとばす

アメリカの黒人が人間の尊厳を奪われて奴隷として服従させられたように、沖縄人も日米政府から今も植民地のように多くの軍事基地が残されており、辺野古海上基地も力づくで進行中だ。このような不条理な扱いを受けていることを踏まえて、ジャズを生み出した支配や抑圧から自由を取り戻す黒人の魂に、おおしろ房氏の魂は共鳴しあうものがあるのだろう。もちろん白人・黒人の米兵が沖縄の女性たちの尊厳を踏みにじってきたことが不問にされるわけではない。しかし、おおしろ房氏の俳句の隠された魅力は、この世界の人間が支配され管理されることから自由になるためにジャズの誇り高き精神の俳句を詠み、人間の自由や想像力などを駆使して表現することから、未来を創造していきたいと願うことなのだろう。この句は七・七・五であるが流れるような一行詩で、ジャズ好きの人びとなら我が意を得ていると感じ、心に刻まれてしまう句だろう。このブルースを歌い個人の内面をさらけ出すあっけらかんとした軽みのようなリズム感がおおしろ房氏の特徴の一つだろう。

屋久杉の千手観音時空巻く

アインシュタインは、巨大な二つのブラックホールが激突して引き起こされる重力波のようなものを予言し、多くの科学者たちは今もそれを探求している。数学教師のおおしろ房氏は、樹齢数千年にもなる屋久杉で作られた観音像に、時空のゆがみのような只ならぬものを感じてしまい、それを「時空巻く」と表現したのではないか。この感覚は句集名ともなった「霊力《セジ》の微粒子」にもつながっていき、二つのブラックホールが激突して生まれる巨大なブラックホールのように、屋久杉と千手観音を融合させて新たな創造物を作り上げて、苦悩する民衆の魂をそれによって救済しようとした僧侶たちの願いを、「時空巻く」という言葉に込めようとしたのかも知れない。

異次元の冷気編み込むさがり花

一夜限りの花と言われる「さがり花」は、日本では奄美大島以南に自生し、石垣島や西表島に自生の群落がある。長さ数十センチの総状花序が垂れ下がり、花は横向きにつき夏の夜に開いて芳香をあたり一面に放つ。その美しさにツアーも組まれているらしい。この句には夏の夜に白または淡紅色に咲く「さがり花」を夕涼みのように見に行くことは、この世とは思われない世界を感じることだと告げている。「さがり花」の光景は、この世界から異次元の入り口を垣間見ることなのだろう。

曼珠沙華狂女のまつげの鉄格子

この句にある「狂女」と言えば、野ざらし氏の代表的な句「黒人街狂女が曳きずる半死の亀」を想起する。「黒人街」とは沖縄市にあった米兵の黒人たちが通った赤線があった場所で、「狂女」とは乱暴する米軍兵士であり、「半死の亀」とは沖縄の女たちのことを喩えていると思われる。おおしろ房氏の「狂女」は沖縄に居座る普天間基地、嘉手納基地などの多くの「米軍基地」や、辺野古海上基地などを指しているように想像する。基地や米軍基地を取り囲むバリケードやフェンスや柵は、「狂女のまつげの鉄格子」だと秋に咲く「曼珠沙華」を見るたびに感じているのだろう。私には「狂女」はいつになったらその「鉄格子」を取り払い沖縄から去っていくのかを問うているように思われた。また「鉄格子」が精神を病んだ「狂女」と作者との境界線と読むことは可能であり、艶やかな目元に残る「狂女」の悲劇を物語っている。

清明祭《シーミー》や身売りの幼女は蛇の穴

清明祭とはお彼岸のことで先祖の霊をお迎えすることだ。そのような家族・親族の保護から弾き飛ばされた「身売りの幼女」が、社会の底辺で苦労しその果てに精神を病み、昔の映画にあった精神病院の中でも最悪の独房である「蛇の穴」に閉じ込められた「狂女」を想像している。おおしろ房氏はこの社会で最も不幸な経験をした人びとの人生に関心を持ち、その悲劇を語り継いでいこうとしている。この「曼珠沙華」と「清明祭」の句などは沖縄の女と子供の地上の悲劇を異次元の天上と激突させた胸に刃を突き付けられる句だと思われる。

3

次の二章から十章の章タイトルは「魂迎え《ウンケー》」、「太陽の翼」、「母は避雷針」、「冬至雑炊《トゥンジージューシー》」、「片降り《カタブィ》」、「メビウスの帯」、「霊力《セジ》の微粒子」、「片足忘れ」、「地球の心棒」だ。その言葉のある句を引用してみる。

島中が罠かけて待つ魂迎え《ウンケー》

沖縄では旧盆の七月十三日から十五日の三日間に先祖の霊を迎えるお盆を行う。「ウンケー」（迎える）とは旧盆の初日の十三日を指していて、十四日の「ナカビ」十五日の「ウークイ」（見送る）の三日間を先祖の霊と食事を共にするという。本州のお盆は八月十三日から十五日の新暦だが、沖縄のお盆は旧暦が暮らしに根付いている。お盆の仏壇飾りでは沖縄の独特のお供え物が並び、先祖と一緒に食べる食事、お迎え、見送りなども様々な仕掛けがあるのだろう。そのことを指して「罠かけて待つ」と言っているのかも知れない。沖縄人が先祖の霊を迎え、先祖と語らい、時に踊り楽しむこともあるようで、あの世とこの世が入り混じる非日常性がとても大切な時空間なのだろう。

白菜や太陽の翼になりたくて

白菜はもともと結球していないで葉は開いていたのかもしれない。人間が食料にするために今の形が増えているが、白菜は本来的はその葉に太陽の光を浴びて、葉を翼にして空を飛んでいきたいと白菜の気持ちがいつのまにか自分の心持ちになっている。

春雷や昏睡の母は避雷針

昏睡状態で心臓の力が衰えて脈も無くなりかけて危篤になった母を前にして、自分をこの世に誕生させてくれた存在に対して、絶望的な心境になっている。その時にまだ助ける方法がないのかを、おおしろ房氏は問うていたのだろう。春雷の力を借り、母の心臓の避雷針となって心臓を再び動かせたいと強く願うのだ。母を生かしたい子の切ない思いが伝わってくる。

冬至雑炊《トゥンジージューシー》ぽーんと夕陽を割って入れ

冬至雑炊《トゥンジージューシー》とは、夜が一番長くなる冬至に、火の神を呼び寄せ家族の健康を願って作る炊き込みご飯のことだ。その中に黄金のような卵も割って入れ、火の神の太陽のエネルギーをさらに家族に届けたいと願うのだ。

片降《カタブィ》りや彼岸此岸の綱を引く

「片降り」とは沖縄でよく遭遇する通り雨のことだが、本州では「狐の嫁入り」とも言われるように、「片降り」は異次元からのやってくる恵みのような感じを抱くのかも知れない。「彼岸此岸の綱を引く」とは、忘れている異次元感覚を想起させる際に引き起こされる日常と非日常の内面のせめぎあいを指しているのだろう。

白詰草メビウスの帯で基地囲む
錦帯橋水面《みなも》に映すメビウスの帯

「メビウスの帯」は一般的には反物のような帯状の長方形の片方の端を一八〇度ひねって、他方の端に貼り合わせた曲面の不思議な循環している形状であり、科学や芸術の分野でも活用されている。最近では持続可能な社会の循環と再生のシンボルとしてデザイン化もされている。一句目では、少女たちは春の野に出て白詰草を編んで花輪の冠やネックレスを作るのだろう。その白詰草の花飾りのように、沖縄の人びとが連帯し合いメビウスの帯となって普天間基地などを取り囲み、基地をいつの日か平和の花園にしたいと願っているのだろう。また二句目では、五連のアーチの錦帯橋が水面に映るのを見て「メビウスの帯」のようだと気づいてしまう。

降り注ぐ霊力《セジ》の微粒子東御廻り《アガリウマーイ》

ニライカナイの楽土から稲を携えヤハラヅカサの浜辺に降り立ったアマミキヨは、浜川御嶽《ハマガワウタキ》に仮住まいした後に他の聖地に移っていった。そのゆかりの聖地であるヤハラヅカサ、浜川御嶽、受水走水《うきんじゅはいんじゅ》を含めた十四箇所を回ることを東御廻り《アガリウマーイ》と言い、今も続けられているという。「霊力《セジ》の微粒子」とは、アマミキヨが感じたであろう聖なる降り注ぐ光をこの場所で追体験しようとしているようだ。おおしろ房氏はその聖なる光を俳句の中に込めて読むものにその場所に誘いたいと願って詠んだのだろう。

缶蹴りの片足忘れ大夕焼
地球の心棒になるまで独楽廻す

缶蹴りで缶を蹴りだす爽快感を片足が覚えている。できるだけ長く独楽を回す工夫をすることに熱中する。そんな子供たちの遊ぶ時間を、「大夕焼」や「地球の心棒」は見ているのではないか。そんなゆったりした時間と異次元の空間がまじりあった句だろう。

　これらを含めた句集『霊力《セジ》の微粒子』（三八二句）は、篠原鳳作や野ざらし延男氏たちの沖縄の無季俳句の百年近くの歴史を踏まえ、沖縄の日常と非日常がねじり合って接続している暮らしの深層を明るみに出している。この句集によって沖縄の文化、宗教、歴史が今も生々しく息づいている現代の沖縄を受け止めることができる。さらに宮沢賢治と類似するような詩的精神で、おおしろ房氏が宇宙と人間や生き物たちの多次元的関係性を見詰めていることを感じ取れるだろう。

若狭と越前への愛に満ちた詩篇
——恋坂通夫詩集『欠席届』に寄せて

鈴木　比佐雄

福井県永平寺町に暮らしていた恋坂通夫氏が二〇一九年に他界された。その恋坂氏の詩集『欠席届』が刊行された。妻で詩人の赤木比佐江氏から、生前に未刊の詩篇や既刊の詩集からも選んだ代表的な詩篇を収めた詩集をまとめたいとの恋坂氏の遺言ともいえる言葉があったとお聞きした。編集上においても、社会的な主張や批判精神のある詩篇を残してほしいとも言われたそうだ。この度、そのような思いを汲み取って編集された詩集が刊行された。

本詩集には、四章に分けられた四十八篇の詩篇、その他に証言集の一編、資料編として三編、解説文などが収録されていて、恋坂氏という詩人の全体像が立ち現れてくる編集になっている。

恋坂氏の詩的言葉の特徴は、福井県の若狭や越前の自然から立ち上る生命力や家族への愛や友人たちへの友愛などが、魅力的に詩行から湧き上がってくる人間愛に満ちていることだ。また故郷の一部の人びとの権力に迎合する姿勢に対する批判、それとは真逆な人びとへの尊敬と共感、さらにこの社会や世界の不条理や理不尽さへの怒りなどを自らの志として表現しようとしてきたことだ。その際に包み隠さずに誠実に他者や事物との関係性の真実を書こうとしていることは、恋坂氏が真に自由な精神の持ち主であったことを明らかにしている。

Ⅰ章十二篇は故郷・福井県の自然・文化・歴史について自らの暮らしを見詰めながら掘り下げていく詩篇群であるだろう。冒頭の詩「命輝く季節」では、一連目で「志比谷《しいだに》の六月／花の香と若葉の精が溢れ／命が輝く」と言い、恋坂氏は「志比谷の六月」の花や葉から「命が輝く」さまを感受する。二連目では「カラスのあ太郎、ミソサザイ、雀、土鳩」たちが立ち現れて、中には「蜥蜴が愛の交換をしている」こともある。三連目では「植えたばかりの水田」や「にんにく、玉ねぎの収穫が終わり」、茄子、胡瓜、トマト、ピーマン、豌豆、人参、黒瓜、南瓜を「かみさんが育てている」という。四連目では「夜の永平寺川は蛍の群舞」であり、屋敷は「子カエルの楽園になる」らしい。五連目と最後の六連目を引用する。

《六月、人の命も輝く／花鳥風月を愛でながら／詩を作るよりも田を作る方が／よほど楽しい／腹の足しにもなる／／嬉しいとき、悲しいとき／よほど、腹の立つとき／思いを込めて詩を書こう》

越前の志比谷の田畑は無農薬に近いのだろうか。蛍や蛙の楽園であるには、蛍の光と蛙の鳴き声を慈しむ地域の人びとがいて六月の頃に農薬を散布しない合意が出来ていなければならないだろう。恋坂氏は教員をやめた後には農業を中心にして生きていたのであるが、けれども詩を書かざるを得なかった。それは「嬉しいとき、悲しいとき、余程腹の立つとき」だという。里山の美しい光景を愛でると同時に、恋坂氏がなぜ詩を書く根拠として胸に秘めた「喜びや悲しみや怒り」という純粋で本来的な感情を大切にしているかがこの一篇から理解できる。

二篇目の詩「若狭の人」を三篇目の詩「分かされのくに」を読むと、恋坂氏は福井県南部の小浜市の口名田村に生まれたことで、その地に生きた二人の人物、古河力作と水上勉を畏敬し影響を受けていることが分かる。「若狭の人」を前半の三連を引用する。

《佐分利《さぶり》川《がわ》の流れる若狭大飯町／水《みず》上《かみ》勉《つとむ》さんの故郷／南川が谷間を流れる名田の庄／川口の雲浜は古河力作《ふるかわりきさく》さんの故郷／／勉さんは苦労の末作家となり／「西津の主義者」古河力作は／大逆事件で幸徳秋水と共に処刑された／勉さんは哀悼の思いを込めて力作さんの伝記を書いた／／力作さんは青井岬の六呂谷／歓喜山妙徳寺に眠っている／墓はいらぬと言い残して処刑された／この人を知る人は少ない》

恋坂氏は一九一一年の大逆事件で処刑された一二名の一人であった古河力作とその伝記を書いて古河を後世に伝えた水上勉の二人を忘れてはならない「若狭の人」としてこの詩を書いた。恋坂氏は大逆事件によって聖域化した天皇制がその後にどんな悲劇をもたらしたかを問い続けていて、国家が天皇の名を借りて民衆よりも国家の目先の利益を優先するために、民衆の命を消費してもいいという確信犯的な国家主義に変貌する恐怖感を、古河力作と水上勉を通して想起させている。後半部分も引用する。

《青井の山から大飯原発が見える／力作さんは涙を流している／悪魔の火を持ち込んだ者と／受け入れてしまった人たちに／／勉さんの故郷若狭大飯町と／名田の庄は平成の大合併で／山を隔てた背中合わせに／一つの大飯町になった／／札束と甘言と権力で／弱者を支配する者を憎んだ／勉さんと力作さんの魂は／中嶌哲演《なかじまてつえん》さんに乗り移り／若狭の人たちを揺り動かしている》

国家・行政・原発メーカーが恋坂氏の生まれた口名田村を含んだ大飯町に関西電力大飯原発を稼働させて、当初から僧侶の中嶌哲演氏たちの反対運動を黙殺し、四十年を超えた今も老朽化した原発三号機を再稼働させている。そのことに対して力作さんと勉さんは「涙を流している」と恋坂氏は痛みのように感受するのだ。この三名の「若狭の人」の先駆的な人物たちを恋坂氏はこの詩によって伝えてくれている。

詩「分かされのくに」の冒頭の二連では、次のように恋坂氏は語る。

《巡査と役人と先生は越前からやってくる／昔から、若狭の人はそう言ってきた／／今では、日本中の原発が若狭にやってくる／若狭の人は、小声で、つぶやくように洩らすのだ／貧しさの故に、原発に身売りして／苦界に身を沈めてしまった悲しみと／それをとどめる知事を持てなかった悲しみを》

恋坂氏は、その「貧しさの故に、原発に身売りして／苦界に身を沈めてしまった悲しみ」を抱え込んでいる。そして「原発に身売りした若狭の人びと」に対して、「若狭は、昔も今も寂しいのだ／越前に住んで、老年を迎えた／分かされのくにの分かされの子は／そう思っている」と、いかに原発で潤っても、それで若狭は本当に幸せなのか、と問うているかのようだ。若狭という「分かされのくに」は本来的なものや大事なものから分離されて、長いものにまかれて現実の利益を優先させた結果、恐ろしい「原発銀座」を築いてしまった。このことを恋坂氏は、歴史的な事実として内側から書き記している。恋坂氏は若狭を離れて越前に住み着き、そこに暮らしたが、決して「若狭の人」を捨てることなく、その「喜び、悲しみ、寂しさ」などを記そうとしてきたのだろう。

その他の詩「蛍川」、「越前」、「天の声」、「いのち」、「五月」、「空梅雨」、「花の記憶」、「彼岸花」、「日本の猫」などは、越前の永平寺町での晩年の家族との暮らしと友人たちとの「喜びや悲しみ」を抱えた交流を繊細に描いている。

Ⅱ章十三篇では、どちらかと言うと「怒りを感じた」社会性を描いたものが収録されている。冒頭の詩「夏座敷」では、俳句四句を詠んでその解説的な詩行を続けている。三句目を引用してみる。

《腹出して兜太秩父の地に還る／／

硬骨の俳人・金子兜太逝く／アメリカの潜水艦に沈められた／日本の輸送船に集まる無数の青鮫／若き日の過酷な体験を語り／護憲を貫いた人だった》

このように恋坂氏は、金子兜太のように生涯にわたり戦争体験を我が身に背負って生き抜き表現し続けた俳句作家に敬意を抱き、哀悼を込めて追悼句を記した。兜太の護憲の精神を恋坂氏も生涯貫いたことは次の詩「国体」を読めば明らかだ。

《我が国は万世一系の天皇が／現御神《あきつみかみ》として永遠に統治される国です／わが国体は外国とは違って／天皇を戴く一大家族国家です／億兆心を一にして／忠孝の美徳を発揮しなければなりません／／僕は、早く大きくなって／兵隊さんになって／お国のために尽くしますと／作文を書いていた／国民学校六年生の時／日本は戦争に負けたので／僕は死なずに済んだ／／騙した者も騙された者も／時局に悪乗りした者も／戦後は戦争だけは御免だと言っていた／民主主義の日本になって／神様ではなくなった天皇は／国民のために祈り、寄り添う／象徴天皇像を作り上げた／おかげで、君民一体の／「草の根の天皇制」が甦った／／福井国体に皇族が相次ぎ来県／役場から歓迎のお達しが来た／但し、二階以上の高い所からは／歓迎を慎むようにと書いてある／転落等の危険があるのでと／姑息な言い訳が添えられていた／現代版「神の国」を遺して／僕と同い年の平成天皇は退位する》

恋坂氏の誠実なところは、国民学校六年生の十二歳の頃に、「僕は、早く大きくなって／兵隊さんになって／お国のために尽くします」と作文に記したことを心に刻んで反面教師としていることだ。そして、国家主義が少年たちを洗脳する教育の恐ろしさについて、身を以て体験したことへの痛みを抉り出していることだろう。この詩は恋坂氏の後世への遺言だと思われる。「国民のために祈り、寄り添う」という「草の根天皇制」が「平成天皇」によって一見して甦ったかもしれないが、恋坂氏は《現代版「神の国」を遺して／僕と同い年の平成天皇は退位する》と「神の国」が再び到来する危険性を予見しているかのようだ。それは天皇制を利用する歴史が続いてきたからだろう。

Ⅲ章十二篇では教師時代の関係者や地域の友人たち、高齢結婚を祝う詩など友愛に満ちた詩篇が記されている。Ⅳ章十一篇は、再婚をした妻との暮らしや闘病生活から亡くなるまでのことを記した詩篇群だ。その中でも最も心に残った詩「雪が降る」を引用したい。恋坂氏の妻への愛とそれに寄り添う瞬間を永遠に刻んだような抒情詩の秀作だと思われる。

《雪が降る／あなたは雪をかく／手伝いをしないで／僕は新聞を読んでいる／／雪が降る／あなたは食事のしたく／僕は布団の中で／まな板の音を聞いている／／雪が降る／あなたは僕を呼ぶ／ご飯ですよ／僕は熱い味噌汁を飲む／／雪が降る／あなたはものを言わない／じっと指を眺めている／僕はただならぬ気配におびえる／／雪が降る／あなたはつぶやく／友達も仲間もいなくなって／つまらないと／／雪が降る／あなたは静かに止めをさす／この村は寒い狭いうるさい／おまけにあなたは身勝手だ／／雪が降る／僕はあわてて雪をかく／茶碗を洗う／あなたは追い討ちをかけない／／雪が降って命は輝く／やがて、雪が溶け／村は緑で溢れ／蛙の合唱に包まれるだろう》

「あなたは追い討ちをかけない」という言葉は夫婦の愛の言葉として多くの読者の心に伝わっていくだろう。

最後に詩集の後に続く「証言　吹田事件　―朝鮮戦争に反対した大阪の闘い」は、恋坂氏の原点を辿る意味と同時に朝鮮戦争に反対した当時の若者たちが、政治に翻弄された実相を当事者の一人である恋坂氏によって記された貴重な証言集だ。その事実を踏まえた恋坂氏の見解も最後に記されている。詩集『欠席届』と証言集が若狭と越前を愛する多くの人びとの心に届くことを願っている。

万葉集を楽しむ　九　山上憶良

中津　攸子

憶良・筑前守になる

山上憶良は身分が低く、その父母は不明です。ただ大宝元年（七〇一）に遣唐使の粟田真人の随員として四十歳前後で渡唐し、仏教や儒教や老荘思想などの研鑽を積んで景雲二年（七〇四）か景雲四年（七〇七）のいずれかに帰国したとされています。

その渡唐時代に憶良の詠んだ望郷の歌が万葉集にあります。

いざ子ども早く日本《やまと》へ大伴の御津の浜松待ち恋ひぬらむ　巻一―一六三

―さあ人々よ、早く日本へ帰ろう。御津の浜松が待ちかねているだろうから―（子どもとは従者や舟子、大伴の御津はかって大阪湾にあった大伴家の領地）

無位だった憶良は帰国してから和銅七年（七一四）正月に従五位下に叙せられました。霊亀二年(七一六)四月には伯耆守(鳥取の長）に任じられて赴任し、任期を終えるとすぐに帰京しました。そして養老五年（七二一）には首《おびと》皇子（後の聖武天皇）の侍講をしていました。

憶良は首皇子に和歌を教えるため、沢山の歌を集め、種類別に分けて七巻に編集しました。『類聚歌林』です。『類聚歌林』は万葉集に先行する五つの歌集の一つで『正子内親王絵合』『袋草子』他、鎌倉期までのものに記録がありますが惜しいことに現存していません。

万葉集には『類聚歌林』の中から名高い額田王《ぬかだのおおきみ》の歌、

熟田津《にぎたつ》に船乗せむと月待てば潮もかなひぬ今は漕ぎ出でな　巻一―八

―熟田津で船に乗ろうと月の出を待っていると、月が出て折よく潮も満ちて来た。さあ、漕ぎ出そう―

など一二首が選ばれています。熟田津の名湯は愛媛の道後温泉です。

憶良は首皇子の侍講としてほぼ五年を過ごし、神亀三年（七二六）に筑前守として九州へ下向しました。

憶良の有間皇子を偲ぶ歌

憶良が在唐中に詠んだとされる有間皇子を偲んだ歌があります。

鳥翔成《つばさなす》あり通ひつつ見らめども人こそ知らね松は知るらむ　巻二―一四五

―有間皇子の魂は常に（藤白坂）あたりの空を通ってご覧になっておられよう。それを人は知らなくても松は知って居よう―

有間皇子は一人っ子で父は孝徳天皇、母は小足媛で、父・孝徳天皇が亡くなられた時、十五歳でした。

有間皇子には当然皇位継承権があり、優秀な為、斉明天皇や中大兄皇子らから危険視されていましたので、有間皇子は、ハムレットのように精神を病んでいるように見せかけ、身の安全を計っていました。『斎明記』に、『有間皇子、性さとし、いつわりて狂う』と書かれています。

斉明四年（六五八）十月、斉明天皇は中大兄皇子たちを伴い、紀伊の牟婁の湯に出かけました。天皇の留守を守っていた蘇我赤兄が親し気に有間皇子を訪ね、斉明天皇や中大兄皇子の失政、

大きな倉を建て民の財を集めたこと、
長く渠を彫って公の糧を浪費したこと、
土木工事をやりすぎたこと

を数え上げ、有間皇子に謀反を勧めました。十九歳の有間皇子は、

—赤兄の言う事は尤も。もし私が天皇になったなら、人民を困らせるような政《まつりごと》はしない—

と思い、赤兄の口車に乗せられ、ついに謀反に同意しました。

大化の改新の時、蘇我石川麻呂は中大兄皇子に従って蘇我入鹿暗殺に協力し、石川麻呂が朝鮮使節の手紙を読み終わった時に入鹿を討つ手筈でした。ところが、石川麻呂は手紙を読んでいる途中で震え出してしまい、蘇我入鹿が、

「なぜそんなに震えているのか」

と訝《いぶか》って聞きました。と、間髪を入れずに中大兄皇子が抜刀して飛び出し、入鹿を殺害して大化の改新の幕が開いたのです。

石川麻呂は後に讒言によって中大兄皇子の率いた軍勢に囲まれ、追い詰められて自害しました。

この石川麻呂の弟が蘇我赤兄ですから、赤兄は中大兄皇子に追従し保身を計っていたのです。しかしそのことに有間皇子は気付かず、間もなく有間皇子は再び赤兄と会い、

「我が兵を用いるべき時なり」

とばかり、挙兵の話し合いをしていますと、おしまずき（脇息）の足が折れたのです。すると「不吉だ」と赤兄は話の途中で席を立ってしまいました。そしてあろうことか、その夜の内に軍勢を引き連れて有間皇子の邸を囲み、謀反の角で皇子を捕えたのです。

この事件は中大兄皇子が、有間皇子を陥れるために、赤兄に命じてやらせた事とされています。

連行された有間皇子は紀伊の藤白坂で十一月十一日に絞首されました。この連行中に詠んだ有間皇子の歌が万葉集にあります。

家にあれば笥《け》に盛る飯を草枕　旅にしあれば椎の葉に盛る

巻二—一四二

—今は旅の途中なので飯を器に盛らずに椎の葉に盛ることだ—

岩代の浜松が枝を引き結び　ま幸《さき》くあらば　またかへり見ん

巻二—一四一

—岩代の浜の松の枝を引き結んで無事を祈る。道の神が聞き届けてくださり、無事だったらまたここに来てみよう—

無事には済むまいと思いながら、もし無事だったらこの松の枝の結びを再び見ようと歌う皇子が哀れです。

中大兄皇子と皇位継承を将来争いそうな相手を計略を巡らせて殺してしまう、この陰湿なありようを思い、憶良は、

―このような事実は正史には書かれず、やがて忘れられ消え果ててしまう―

との悲憤ゆえに歌を詠み残したと思われます。

旅人の左遷

憶良が筑前守として九州に下向した二年後に憶良より五歳年下の大伴旅人が大宰府の長として着任しました。

大伴家の祖は瓊瓊杵尊《ににぎのみこと》に従って高天原から高千穂の峯に降った五神の一柱として神話の中に登場し、大和朝廷成立以来、物部氏や阿部氏と共に朝廷を支えてきた旧家です。特に大伴氏は武を以って朝廷に仕える要の家柄でした。しかし旅人の時代には既に朝廷では東北、沖縄を除いてほぼ全国制覇を完了し、以前ほど武力が必要で無くなりましたから、朝廷内で絶対の権力を誇っていた大伴家の勢力は次第に衰えつつありました。

朝廷内では次第に蘇我氏が勢力を持つようになり、大化の改新で滅ぼされました。やがて藤原氏が不比等の娘、安宿媛《あすかべひめ》を聖武天皇の皇后にしたいと画策し始めました。そのことに強烈に反対していた長屋王《ながやのおうきみ》の邸を舎人親王や藤原不比等の子武智麻呂らが軍隊を出して急襲し、長屋王と吉備内親王に四人の皇子を自殺に追い込みました。

「皇族でない者が皇后になったことは朝廷が誕生して以来無い」と反対していた大伴家の家長である大伴旅人は中央政権から離され、重要な地とはいえ都から遠い九州へ左遷されました。

こうして藤原氏は娘を皇后にしたいとの望みを達成し、聖武天皇に嫁がせ光明皇后が誕生し、平安時代の藤原氏繁栄の基を築いたのです。

左遷された旅人は憤懣やるかたない思いで九州に下ったはずですが、九州に着いて間もなく旅人の妻・大伴郎女《いらつめ》が亡くなってしまいました。旅人は詠みます。

世の中は空しきものと知る時し　いよよますます悲しかりけり

巻五―八九三

―世の中は空しいと知るにつけ、ますます悲しみがこみあげることだ―

仏教思想のもと、亡き妻への思いを率直に読む旅人の表現の新しさはどうでしょう。

すでに筑前守として九州に来ていた憶良は、そんな旅人の気持ちになって長歌『日本挽歌』を詠みました。

「大王の遠《とお》の朝廷《みかど》……心そむきて家離《ざか》りいます」

―天皇の遠い地方の政庁に来て…（大伴郎女が）家を離れて行ってしまった―と読み、その反歌五首と共に、神亀五年（七二八）七月に旅人に捧げました。その反歌の中の二首、

悔しかもかく知らませばあをによし国内《くぬち》ことごと見せましものを　巻五―七九七

―残念だ。こう（亡くなってしまう）と知っていたら筑紫の国中を全部見せてあげればよかった―

妹が見し棟《おうち》の花は散りぬべし　わが泣く涙未だ干なくに　巻五―七九八

―妻が見たセンダンの花は散ってしまった。私の泣く涙はまだ乾かないのに……―

旅人の気持ちを察し、亡き妻への思いを詠んだ憶良の歌に旅人は感動したに違いありません。

全国の歌を募集

二人は親しくなり、長屋王のこと、有間皇子のこと、藤原氏の横暴さなどを語り合い、意気投合したと思われます。そして今、九州に居て二人に何が出来るか話し合い、ついに、「中央の認める歴史では、ありのままの事実が後世の人に伝わらない。そこで事実ありのままを歌に詠んで残したい。歌なら燃やされたり消されたりしないだろうから」

との旅人の思いに、有間皇子を思い胸を痛めていた憶良は大いに魂を揺すられました。二人は全国のあらゆる階層の人から歌を集める方途を考え、事前に朝廷に報告してから、全国の人々に歌募集の報せを徹底することに努めたと思われます。その一方で憶良は寸暇を惜しんで社会の実相を後世に伝える歌を詠んで行きました。

憶良と旅人の出会いは、万葉集の編集を具体化させ、さらに万葉集の表現世界を広げ、それまで詠まれなかった社会派的な歌も生んだのです。

憶良の歌

憶良の歌は旅人に会うまでは僅かに六首しかありませんが、旅人に会って触発されてから、可能な限り歌を詠んでいたことが万葉集に八十余首も掲載されていることから分かります。

天平二年（七三〇）の旅人邸での梅花の宴で読んだ一人一首で三十二人の歌が万葉集に載っていますが、その序文から、令和の年号が決められたことは既述しました。この序文は山上憶良が書いたとの説が有力です。この旅人邸での憶良の歌は、

春さればまず咲く屋戸の梅の花　独り見つつや春日暮さむ　巻五―八一八

―春になると真っ先に咲く梅の花を一人で見ながら春の日をすごそうか。いや皆で共に楽しもう―

です。旅人は、

我が園の梅の花散るひさかたの天《あめ》より雪の流れ来るかも　巻五―八二二

―梅の花が散っている、まるで天から雪が降ってきているように―

と美しく実に見事です。

憶良の歌の特色

憶良には子を思う歌があります。有名なのは、

銀《しろがね》も金《くがね》も玉も何せむに優《まさ》れる宝　子に及《し》かめやも

巻五―八〇三

―銀も金も玉も優れた宝だが、子に勝る宝があるだろうか
―

です。この歌は長歌『子等を思ふ歌』の反歌です。

永い間、日本は母系制社会が尾を引いていましたから父が子を思うという事は普通にはありませんでした。極端な例ですが、貴族の父と奴婢の母の間に生まれた子の身分は奴婢。奴婢の父親と貴族の母との間に生まれた子の身分は貴族でした。母親の身分が子供の身分だったのです。

通い婚で子供は母親の許で育てられましたから子供の身分が母親と同じで当然でした。このような風習の中で、父親が子を思う歌を詠むのは渡島した憶良ならではの新思想でした。

憶良には「風交《まじ》り雨降る夜は……すべなきものか　世間《よのなか》の道」と歌った名高い長歌「貧窮問答歌」があり、その反歌は、

世間《よのなか》を憂しとやさしと思へども　飛び立ちかねつ鳥にしあらねば

巻五―八九三

―この世の中を辛い、肩身が狭いと思っても、鳥ではないのでどこへも飛んでゆけない―　（やさし、は　痩さし）

で、貧しい暮らしの苦しさを読んでいます。憶良はこのように貧、病、老、死に敏感で、社会的な矛盾を鋭く見通して詠んだり、家族への愛や、社会的な弱者へ優しい視線を注いだりして詠み続けました。

士《をのこ》・憶良

憶良は天平五年（七三三）六月に、都に帰りました。その時には既に天平二年（七三〇）に大納言になって帰京した旅人は六十七歳で翌年に亡くなっていました。憶良は旅人と同じく京に着くと間もなく旅の疲れからか重い病の床に就いたのです。病と聞いて藤原八束が河辺東人を見舞いに行かせますと、憶良は病床で次の歌を口ずさみました。

士《をのこ》やも空しかるべき万代《よろずよ》に　語り継ぐべき名は立てずして

巻八―九七八

―男子たるものが空しく果てていいのだろうか。万代に語り継ぐ名も立てないで―

と。間もなく憶良は七十四歳で亡くなりました。旅人と話し合ったことでまだやるべきことがあると死を前にして憶良は時間の無いことを残念に思ったのです。全国から集まって来る歌の分類に憶良の『類聚歌林』の編集の経験が役立ったことでしょう。

こうして憶良や旅人が夢見、手を付けた万葉集が成立したのは憶良の没後数十年の後でした。

ノースランド・カフェの片隅で—文学&紀行エッセイ
第二十九回　海棠の寺—鎌倉の中原中也—

宮川　達二

あゝ、おまへはなにをして来たのだと・・・・・
吹き来る風が私に云ふ

「帰郷」　山口市湯田温泉　中原中也詩碑

—海棠の寺—

昭和十二年四月、鎌倉比企ケ谷《ひきがやつ》の妙本寺の境内の海棠の花の下で、二人の男が石に腰掛けて話をしていた。小柄な男は、詩人中原中也二十九歳。年上の男は、文芸評論家小林秀雄三十五歳。中原は二月末に鎌倉寿福寺境内に住み始めた。小林は鎌倉に住んで六年になる。

二人は、大正十四年に東京で知り合う。同年の三月、十七歳の少年だった中原は京都で同棲していた女優の長谷川泰子を伴い上京した。しかし、彼女は十月に中原から小林のもとへ去る。後に小林が「奇怪な三角関係」と呼んだ青春の痕跡である。以後二人は絶交、交友を繰り返す。その後、それぞれに別の女性と結婚、この地鎌倉で交友が再開した。しかし、二人は敢えてこの古い三角関係について、海棠の下で一言も語ろうとはしない。

—「中原中也の思い出」—

小林秀雄に「中原中也の思い出」（昭和二十四年）という文章がある。昭和十二年に妙本寺に二人で行ったことを回想する唯一の回想文である。

「晩春の暮方、二人は石に腰掛け、海棠の散るのを黙つて見てゐた。花びらは死んだような空気の中を、まつ直ぐに間断なく、落ちてゐた。樹陰の地面は薄桃色にべつとりと染まつてゐた。あれは散るのぢやない。散らしているのだ。」

この文章を書いた当時、小林は四十七歳になっている。回想によると海棠の妙本寺を出ると、二人は陽が暮れようとする鶴ケ岡八幡宮の茶店に立ち寄り、ビールを飲む。

「夕闇の中で柳が煙つてゐた。彼はビールを一と口飲んでは、「あゝ、ボーヨー、ボーヨー」と喚いた。「ボーヨーつて何んだ」「前途茫洋さ、あゝ、ボーヨー、ボーヨー」と彼は眼を据え、悲し気な節を付けた。」

中原は前年に長男文也を失い、精神の均衡を失った。心と肉体を病んだ中原は、小林の前で不安を隠すことなく「ボーヨー、ボーヨー」を繰り返す。

—「三角関係」のもたらしたもの—

中原は、小林と海棠が散るのを見た年の秋に鎌倉で死去する。小林は、その直後に雑誌『文学界』昭和十二年十二月号に追悼詩「死んだ中原」を掲載する。最終部は次のようだ。

あゝ、死んだ中原
例えば赤茶けた雲に乗って行け
何の不思議があるものか
僕たちが見て来たあの悪夢に比べれば

小林秀雄この詩で、中原自身とお互いに語ることのなかった三角関係を「悪夢」と書いている。小林の中原への想いが一気に出ている詩だ。二人は、ひとりの女性を通した愛憎の果てに、底知れない地獄を見た。この青春の痕跡こそ、中原は「汚れつちまつた悲しみに・・・」などの喪失感に満ちた詩に、小林は『モオツァルト』『無常という事』などの文章に反映する。

—寿福寺の住まい—

鎌倉扇ヶ谷に、山門から伸びる参道の美しさで知られる寿福寺がある。中原中也は昭和十二年二月、この寿福寺境内の一軒家に移り住んだ。鎌倉駅から歩いて約十分程度、背後に森を控えた静かな場所である。小林秀雄によると、中原の家はこんな風だった。

中原は、寿福寺境内の小さな陰気な家に住んでいた。（中略）彼の家がそのまゝ這入って了ふような凝灰岩の大きな洞窟が、彼の家とすれすれに口を開けていて、家の中には夏とは思われぬ冷たい風が吹いていた。

小林秀雄「中原の思い出」（昭和二十四年）

中原が住んでいた家は既に取り壊されてない。だが、凝灰岩の崖と洞窟、庭の池は今も残っている。また崖の横には、源氏山、葛原ヶ岡神社、日野俊基墓へ通じる山道がある。

—中原の死—

中原は、昭和十二年十月五日に結核性脳膜炎を発病。十月六日、鎌倉雪の下の養生院に入院したが二十二日午前零時十分永眠。享年三十。二十四日、寿福寺で告別式が行われた。

中原中也が、死の前に書き残した詩がある。彼は、最後の心境をこの詩に托した。

四行詩

おまへはもう静かな部屋に帰るがよい。
煥発する都会の夜々の燈火を後に
おまへはもう、郊外の道を辿るがよい。
そして心の呟きを、ゆっくりと聴くがよい。

中原が、死の前に帰るべき「静かな部屋」とは鎌倉ではなく故郷山口だった。それは、中原の死の翌年四月に創元社から刊行された第二詩集『在りし日の歌』の「あとがき」にこう記されている事から、明白となる。

私は今、此の詩集の原稿を纏め、友人小林秀雄に托し、東京十三年間の生活に別れて、郷里に引籠るのである。別に新しい計画があるのでもないが、いよいよ詩生活に沈潜しようと思っている。

扨《さて》、此の後どうなることか・・・・それを思えば茫洋とする。

さらば東京！お丶わが青春！　［一九三七、九、二三］

この文章には自分の直後に迫った死への予感は書かれていない。だが、小林の回想に出てくる「茫洋」（ボーヨー）という言葉、そして東京、青春への訣別の悲しさがここに溢れ出る。詩的感性が支配する中原、横溢する知性が優先する小林、反発しながら培った不思議な友情。彼らが妙本寺の海棠の下で語り合ってから今年で八十四年の時が流れた。

追憶の彼方から呼び覚ますもの　連載エッセイ2
二人のシモーヌ―危機の女性たちへ今舞い降りよ

日野　笙子

「手紙をください。でも返事は時々しか期待しないでください。手紙を書くにはひどくつらい努力を払わなければならないのです。パリ十五区ルクルブ街二二八に手紙を下さい。工場のすぐ近くに小さな部屋を借りています。

春を楽しんでください。空気と太陽の光（もし太陽が出ていたら）を存分に吸い込んでください。素敵なよい本をお読みなさい」（ヴェイユ「ある女生徒への手紙」）

「私がこれを企てた主な理由は、人は決しておのれを知ることはできず、ただおのれを語ることができるだけだということが、私にわかっているからなのである」（ボーボォワール「女ざかり」）「しかしながら、懐疑的な眼をあの信じ易い心の少女に向けるとき、私は茫然として、私がどれほどだまされたかを思い知るのである」（ボーボォワール「或る戦後」）

シモーヌ・ヴェイユ（一九〇九―四三）とシモーヌ・ド・ボーボォワール（一九〇八―八六）、この二人の偉大な女性への思いを語りたい。

たっぷりと空白の歳月を経て四十数余年ぶりの再会である。私はもう晩年の域なのだけれど、思い起こせば、何かとてつもない青春のカオスに再び迷い込んだような境地になる。それは羨望と悲壮のトポスにもう一度踏み込んでしまった気分といってよかった。つい今しがたドアを開けて別れを告げた人と、再び青春のドアを開け再会を果たした時の感慨である。長いこと一人旅を続け舞い戻ったところが、彼女たちへの永遠の憧憬と悲壮感であったのだ。本来、うつ的な屈折を自認しているから、今回書くことなどは見方によっては向日性とは逆向きの不健康さを隠せないだろう。彼女たちの哲学や思想については私など門外漢である。影響を受けたとしたら、単純明快、その生き様であった。七十年代後半から八十年代半ばにかけて、私は彼女たちの回想録や書かれた断片にどんなに励まされたことか。自分の人生と全く異なる環境でありながら、こうも生き方を重ねてみたい異国の女性たちはいなかった。このエッセイなどの試みは私の取るに足らない思い出話なのである。どこまでも遠く、いつだって新鮮な彼女たちだった。それでもあるはっきりしない記憶を辿ろうとすると、押さえ込んでいた何かにぶつかり中断した。言い淀んだり、揺らいだり、沈黙したり、そして途切れてしまい、私はある時期からふんぎりをつけてしまった。考えるのが嫌になった。そして今、死がもうすぐ近くにあると自覚した途端、二人のシモーヌへの思いは、ある個人的な間柄の破綻の記憶と強烈に結びついていたことに気付いた。

近年、若い女性と子どもたちの自殺者が驚くほど急増しているという。送付されてきた二〇二〇年の二冊の白書がここにある。子どもの自殺は早くも四六〇人。二〇一八年から二〇一九年の二年間で、子どもの自殺が六五〇人。二〇二〇年の自殺者数は二万九一九人と二〇〇九年（リーマンショック）以来、十一年ぶりに増加に転じた。男性自殺者数は減少を続けたが、女性自殺者数は六九七六人と前年比八八五人増加している。もはや異常事態である。新型コロナウイルス感染拡大による不況が多くの女性たちを、そして子どもたちを直撃しているのだ。コロナ禍での女性の苦境を端的に表しているのは雇用で、非正規の仕事はその所得の低さで苦しさは身に染みて理解出来る。経済苦や虐待、虐め、差別などがもたらした若い女性の死は痛ましいと思う。生きていれば人生は楽しいこともあるし、恋もするし、おいしいお酒も味わえるのに。こうして書いているうちも、居たたまれない気持ちになってくる。

時代はコロナ禍のパンデミックである。ますます弱者には冷たい切り捨て社会になってきたと思う。戦後と大震災の後も大混乱と不況が続いた。しかし今は明らかに違う。形のない見えない恐怖が身近にある。世間は不寛容である。孤立した社会的弱者は助けなければ死んでしまう。主義主張はどうでもいい、ヴェイユが生きていればきっとそう言って励ましてくれるだろう。彼女ならば捨て身で行動するだろう。不器用に。ボーボォワールであれば聡明な刺激的な文体で記録を残すであろう。

口幅ったいことを書いてしまった。思想に関して私は完全に力量不足なのである。生きていれば誰しも遭遇するかもしれない実存そのものの不安、大げさかもしれないが人生の危機や絶望感から彼女たちが救ってくれやしないかと期待しているのだ。ヴェイユやボーボォワールは女神ではないのだけれど。私も死にたかったという体験が少なからずある。それを伝えたことくらいで現状を変えられるものでもない。若い頃の死にたい欲求などは自分の場合は殆どが衝動だったと振り返る。よくわからないのだ。衝動なのだから。何よりも子どもの自殺が異常に多いこの国がいいわけがない。彼女たちの思想を回顧したからといって今すぐに解決されるわけではない。そのくらいで解決できるものじゃないのだ。

四十年も前の直感的によぎった思いなど当てにはならないだろう。私はあの頃、ヴェイユとボーボォワールの違いは、愛情の受け止めようにあるような気がした。すでにサルトルとの実存主義の実践や、『第二の性』のメジャーな思想家になっていたボーボォワールの文章はおもしろいのだが何故か寂寥を感じた。ヴェイユの半生は不吉なところもあったし奇異であったが、彼女にこそ底抜けの精神性を感じたのである。広く深い愛情に恵まれていたのはヴェイユの精神だったのではないのか、という感想を一瞬抱いてしまった。当時は説明できなかったのだ。

こうして書いてしまった自らの言葉に、あくまでも回想のトポスのうちに過去の傷を発見した。深刻になるのはもう嫌だ。そこにはただ心貧しい私がぽつねんと立っていた。

そのトポスの時間軸は私が死に損なった頃の体験でしかありえない。それは思想的に外側から帰納されるものではなかった。先に打ち明けたように極めて貧弱ながらも私にとっては自分の体験から回顧される思いなのである。二人へのエピソードとしての断片を並列して語るとしよう。

ヴェイユの純粋で崇高な知性は、類いまれな「生きにくさ」

を敢えて武器にするように、工場の「女性労働者」を実践した。様々な批判を承知しつつ、若くして自ら燃え尽きるように死んでいった。彼女のような生き様は特異であり、若い頃の自分などは絶対そんな生き方は真似できないと思った。こんなに愛情をたっぷり受けてすべてにおいて恵まれていたヴェイユという女性は、よっぽど不幸せが好みなのかと訝しんだ。それに神の概念が出てくるあたりは私には戸惑いであったのかもしれない。意識しようにも信仰するということがわからなかった。その戸惑いはむしろ彼女の徹底した個人主義への自覚ではなかったのか。ヴェーユは実存主義のボーボォワールと同様に、何よりも人間の自由を希求したと思う。若い私は読み手として未熟だったのである。その独特な自虐性がロマンティシズムを帯びたとき、若い自分の感性には独創性に映ったのだ。そこに羨望の眼差しを向けた。捨て身になるという姿勢がまぶしかった。彼女はナチスの暴力が渦巻く中で最期まで抵抗し、女工として工場に入る。その後もスペイン内戦に参加、第二次大戦中にイギリス・アシュフォードで病没。次の言葉を手紙で残した。

「労働者に(わたしたち民衆の意味)必要なのはパンでもバターでもなく、美であり詩である」(田辺保訳『重力と恩寵』)

対照的にボーボォワールの私のイメージは違った。合理性や外向きの自由さ、個人というものの強さを感じた。生き方は安定して理想的なのである。客観的に自分に価値があると考え、そのために幸福と満足を手に入れていく。言うまでもなく彼女の知性は天与の才能である。女性たちの置かれた抑圧の立場を実存主義の分析で論じ、自己の体験をもとに幸福を自由を実践したのだから。別の側面から憧れであった。

後になってサルトルと訪日した際、彼女は日本の前近代的な風土に驚いたという。欧米のフランスと日本とは全く比較にならない土壌の違いがある。封建制の名残り、家父長制度、様々な法の不備(女性の参政権は一九四六年にようやく成立)である。それでも漁村で働く女性たちの元気な表情を見て取り、「日本の婦人たちは辛い仕事にもかかわらず明るさと笑いを持っている、と話していた」(『女性と知的創造』朝吹登水子・朝吹三吉訳)と書かれている。

ボーボォワールの『娘時代』の中で、ヴェイユとのエピソードは有名である。「あなたは一度もお腹を空かせたことがないような顔をしているわね」。(ヴェイユの言葉として記されているが、後になってその真偽は不明とされる)二人は同時代を交わることなく生きた。ヴェイユは三四歳で病没、その後四三年、ボーボォワールは活躍し自伝的文章を多く書き亡くなった。

こんなに時間が経ってしまうと、実は自分がこのフランスの思想家に真に傾倒していたのかさえ怪しくなっている。老いて、忘れてゆく、ということはそういう悲しみがつきまとう。脳細胞が一つ一つ消えて居場所を喪失していくのである。

フランス文学という柄じゃないのは言うまでもない。私は目に見えない領域に対する尽きない興味と好奇心の旺盛な娘時代を送ったと、昔、大風呂敷を広げたことがあるが、人は何度も生き直すわけにはいかない。今さら言えない。私は本当に文学少女だったのかって?　嘘だった。人のこころは、都合よくも悪くも嘘をつくもんだ。さまざまな妄想が幻想が渦巻いているもんだと私は思う。意識するにせよ、無意識にせよ、人間の心がつくさまざまなその嘘は、時に、物語といわれたり、歌といわれたり、お芝居といわれたり……。その頃は家のテレビがようやくカラーになったのだもの。コマーシャルで、アラン・ドロンとかカトリーヌ・ドヌーヴをそれはもう殆ど羨望というものを越え、西欧文化のなんか知らないけれど鼻高々の優位性を感じつつ、やっぱり憧れてしまう少女期のツンとした孤独な世界、だけど表面張力で危うく保っていたような脆弱な神経世界がたまらなく懐かしかったりする。二人のシモーヌへの傾倒ぶりは実はその延長にあったのだ。憧れと夢は大きい方がいい、そんなふうに笑い合った間柄の人がかつていたのだが。

ヴェイユは二度、焼け付くように刻まれた強烈な記憶が残る。彼女の著作集の挿入にヴェイユの肖像写真がある。とりわけ眼がきれいな少女である。アーモンド形をした黒眼勝ちの眼、澄んだ瞳が自然である。彼女は形振りなどに拘るタイプではなかったから、成人しての眼鏡と毛布のような黒ずくめの風貌はやはり奇異に映ったのだと思う。こうしたところも好きだった。文字通りヴェイユ思想の発祥の視点であり、遠い国の憧憬の少女だった。

もう一つは社会経済のテキストだった。「資本と生産」の章である。『工場日記』（田部保訳、講談社文庫、一三四頁）は、フランスの哲学者シモーヌ・ヴェイユの経験と思索と紹介されていた。三四歳で夭折した彼女の体験記であり日記の一文である。続いて『ロンドン論集とさいごの手紙』（田部完・杉山毅訳　勁草書房）を読んだ。まだ三十代だというのに酒も飲まず、フランスの子どもたちが飢えているのに自分はご馳走は食べられないと食を拒み、悲壮な最期である。稀有な人だ。才気や感性などはずば抜けていたのだろうに。ストイックというのとは少し違う。余談だがこの時も経済学はすぐに中断した。私には難しすぎた。

一方のボーボォワール。実存主義の哲学者サルトルの同伴者である。入籍しないパートナーとの人生はやはり波瀾万状であり読みものとしても大変興味を惹いた。「人は女に生まれない。女になるのだ」という有名な台詞を生んだ『第二の性』。フェミニズム思想の先駆者である。フェミニズム思想には興味が無かった。けれども彼女の小説『レ・マンダラン』は4冊の回想記と共に夢中になって読んだ。ボーボォワールは自伝的な小説が断然おもしろかった。私は空想で、パリジェンヌになりサンジェルマンのカフェで語らい、恋もしたし嫉妬もしたし、旅行やワインも愉しんだし、それにちょっとは勉強もしたんだろうと思う。本はわくわくするほど刺激的で知的だった。なによりもボーボォワールの自己開示に勇気づけられた。まだ展望というものを持てる時代であった。

ある時だった。その頃の知人に螺旋階段のある古い建物に連れて行ってもらった。その建物は階段の上の奥に薄暗い倉庫のような書庫があった。一時期、その日を機会に私はそこへ通った。そして棚から取り出した彼女の回想記の一冊、『娘時代』（朝吹登水子訳　紀伊國屋書店）にたちまち熱中した。そのボーボォワールはヴェイルに対して「宇宙全体と闘えるだけのその心を羨んだ」という。これまた有名な台詞である。
その頃は転居したばかりで心細かった。私は知人の言うままに行動した。ボーボォワールのこの一連の回想記（『娘時代』『女ざかり』『或る戦後』『決算のとき』）のおかげでその後の私はますます現実離れしていった。というより現実と譲歩できない癖を身につけていったのである。螺旋階段は思い出したくもない個人的な破綻の場所である。今となってはどうでもいいことなのだが。当時は一人で号泣したんである。その建物は静かで厳かな感じのかなり古い建物だった。螺旋階段はもう無い。建物自体が倒壊してしまったという。何かくらくらしてきた。

年を重ねてみてこんな疑問を持つようになった。何故私はアナーキーな立場にいるなどと口を濁していたのだろうと。そして七十年代から八十年代終わりまで私はいわゆる左翼思想といわれる人々とのつきあいにおいても、やはりハッキリできなかったのである。彼らに対する揶揄や虐め、ハラスメントは当時からたくさんあった。左翼はだから駄目なんだという批判にすぐにぺしゃんこになった。治安維持法の時代だったら私などはすぐに逃げ出しただろう。保身や傍観、既得権益を批判する資格は私にはなかった。一筋縄でいかないのが人間社会なのだ。

あの螺旋階段の書庫に私を連れ出して本の世界に逍遥したその人はこう言い放った。正確に言うとそれは別れ、苦い体験が私にもあった。今思い出したのだけれど。

「貧しい人や弱い立場の人は、助けないと死んでしまうのです。そうでない人たちは今すぐどうなるわけじゃない。君も僕もね。明日からまた同じように。別々です。いいですか」

おわりに、こうした私の貧しき体験などさほど重要ではないことを繰り返そう。意味があるのは当時死にたがっていた自分が、ヴェイユやボーボォワールの言葉や創作に、そのあふれんばかりの強烈な個性に魅了されたことである。それを体験として受け取ったことであった。身に染みている。その何かを伝えたくなった。本当に個人的な心の内に湧き起こる不思議な感情であった。

参考図書

シモーヌ・ヴェイユ
『シモーヌ・ヴェイユ著作集Ⅰ　初期評論集』（一九八四、春秋社）
『シモーヌ・ヴェイユ著作集Ⅱ　後期評論集』（一九八五、春秋社）
『シモーヌ・ヴェイユ著作集Ⅲ　重力と恩寵』（前掲同）
『シモーヌ・ヴェイユ著作集Ⅳ　神を待ち望む他』（前掲同）
『シモーヌ・ヴェイユ著作集Ⅴ　根をもつこと』（前掲同）
『工場日記』（田部保訳　講談社文庫）
シモーヌ・ド・ボーボォワール
『娘時代』（朝吹登水子　紀伊國屋書店）
『女ざかり　上、下』（朝吹登水子・二宮フサ訳　紀伊國屋書店）
『或る戦後　上、下』（前掲同）
『決算のとき　上、下』（朝吹三吉・二宮フサ訳　紀伊國屋書店）
『レ・マンダラン　Ⅰ、Ⅱ』（朝吹三吉訳、人文書院）

大河ドラマという文化

淺山　泰美

大河ドラマ『麒麟がくる』のことを書いていたら、往年の大河ドラマのことが思い出されてきた。私は昭和二十九年生まれなのでその始まりを憶えている世代である。第一作目は昭和三十九年の『花の生涯』であった。これは幕末の、大老井伊直弼《すけ》の半生の物語で、主演は先々代の松本幸四郎、共演は淡島千景と加藤剛だった。さすがに私は小学三年生だったので、全編を見ていたわけではないのだが、ドラマの終盤で、主人公の井伊大老が江戸城の桜田門で水戸藩の尊王攘夷《じょうい》派の志士たちに襲撃されて絶命し、難を逃れた家来の一人が井伊の屋敷に駆け込んで、家人に一大事を告げるところをはっきりと憶えている。「みしるしをとられました」と家来の侍は絶叫したのであった。白黒の小さなテレビ画面の中で、歴史の荒波が猛り狂っていた。

翌年が『赤穂浪士』ではなかったろうか。長谷川一夫の大石蔵之助が、吉良邸討ち入りの際に言う台詞、「おのおのがた、御油断めさるな」はいっとき巷で流行したのであった。四十七人もの武士がたった一人の老人を討ちとる話が何故時代を超えて語り継がれてゆくのであろう。一人の老人が四十七人の猛者《もさ》を倒す話であれば話は別だが、と国外では驚くむきもあるようで、武士道精神というものが貴ばれていた時代の悲劇と言ってしまえばそれまでではある。けれど、忠臣蔵ネタのドラマは大河ドラマだけに限っても、私の知る限りで緒形拳が主演した『峠の群像』、中村勘三郎の主演した『元禄繚《りょう》乱』と後もう一作あったと思う。

これからも、艱難辛苦《かんなんしんく》に耐え主君の無念を晴らそうとする忠臣たちの仇《あだ》打ちの話が、日本の感性に何かを訴え続けるのだろうか、『元禄繚乱』の中だったと思うが、本懐を遂げた義士たちの処遇をめぐって、幕府重臣たちがある高僧に意見を求めるくだりがあった。先代の中村橋之助がこれを演じていたのだが、「生かすや否や」の問いに、こう答える。「みほとけは、目の前の命にはこだわりませぬ。腹を切らせてやるが宜しかろう」と。迷いもなく涼やかな返答ぶりが、印象に残っている。

私が大河ドラマを毎週見るようになった始まりは、昭和四十年の『太閤記』であった。主演の緒形拳の出世作で、藤村志保のねね、前田犬千代役の川津祐介も人気が出た。なかでも、信長役の高橋幸治の人気が凄まじく、局には毎日のように「信長を殺さないで」という嘆願が山と届いた。クールで野性味のある信長を演じたが、佐藤慶が演じた明智光秀の燻銀のような存在感も忘れ難い。このドラマでは光秀は秀吉との戦さに敗れて敗走する途上で、村人の竹槍で殺されてしまう。哀愁の翳り濃い光秀像であった。

『太閤記』では秀吉の光の部分によってドラマが作られているが、たぶんその実像は『麒麟がくる』で佐々木蔵之介が演じた、小狡《こずる》い秀吉が近い気がする。高橋幸治の信長人気が高すぎて出演が延び、後半の三田佳子扮する「淀君」の出番が削られたと言われていた。その最終回、秀吉の辞世の句とされる、「露と落ち露と消えにしわが身かな、なにわのことは夢のまた夢」が流れ、それは私が初めて感じ入った「うた」となった。緒形拳はつくづくうまい役者であった。今となって一度でもその舞台を見ておけばよかったと後悔することしきりである。彼が死の十年程前、タクラマカン砂漠を訪れ、「もう、死ぬのがちっとも怖くなくなった」とテレビで話していたのを憶い出す。名人はこの世にある日ふらりと現れて、ふいに去ってゆくものらしい。謦咳《けいがい》に接するなどという言葉があるが、そのチャンスは誰にもたやすく巡ってくるわけではないのだ。

秀吉を熱演した緒形拳は、翌年の大河『源義経』では武蔵坊弁慶を演じている。義経役は尾上菊之介であったが、静御前の藤純子と恋仲となり、後に二人は晴れて夫婦となった。藤純子は東映の看板女優であったが、あっさりと女優を引退し梨園の妻となった。『緋牡丹博奕』の矢野竜子役で人気のドル箱スターがよく決断したものである。

弁慶の壮絶な立往生の場面は、今も記憶に残っている。最終回で、義経主従が平泉で討ち死にした後、加藤大介演じる金売り吉次が登場すると、母が真顔で「この人が鞍馬《くらま》寺から連れて出たばかりに」と怒ったのには驚かされた。ドラマの世界にどっぷりとハマリこんでいた。私は失念していたのだが、この『源義経』の最後の場面は、義経たちが彼岸へと旅立ってゆく幻想的なものである。八年程前にその回が放映された際に見た。義経は二〇〇五年に再び大河ドラマとなった。この時は義経役は滝沢秀明で弁慶は松平健であった。噂では、義経役は窪塚洋介が第一候補だったと聞いた。残念なことである。彼の義経をぜひ見てみたかった。個人的には『麒麟がくる』の帰蝶役であった沢尻エリカの降板も残念でしかたがない。本来なら大輪の牡丹のような花を画面に咲かせられたはずである。池端俊策も本人以上に無念なことだったであろう。推察に余りある。

ともあれ、義経といい、信長といい、坂本龍馬といい、歴史の大きな転換期に忽然と現れて大仕事を成し遂げて、彗星のように去ってゆくヒーローを日本人は殊に好む。どうしてなのだろう。外国にもそんな歴史上の人物は存在するのだろうか。

*

大河ドラマは今年の二月十四日に放送が始まった「青天を衝け」で六十作目になるのだという。これまでのところ、明治期以降の近代をあつかったものは余り人気がでないようである。さて、今回はどうなるのだろう。草彅剛が徳川最後の将軍、慶喜をどのように演じるか興味深いところである。主演の美青年、吉沢亮は番組宣伝の折、NHKサイドへのリップサービスかもしれないが、「大河ドラマに出ることは俳優としてのステータス」と言った。「大河俳優」などという呼称もあるようで、亡き樹木希林は、『利家とまつ』で主演した唐沢寿明に、「大河で主役を張る者は人柄が一番大事だから」とアドバイスしたという。

歴代の大河ドラマで一番の高視聴率を上げたのは、渡辺謙主演の『独眼竜政宗』だという。昭和六十二年度の大河であることを憶えているのは、私が娘を出産した年だからである。大河のコアな視聴者はかくの如く、自分の人生の出来事とドラマをリンクさせて記憶しているもののようである。俳優にとっても一年間（撮影は一年半）一人の役になりきって演じるという貴重なものであるという。これまでで私が一番面白いと思った大河は『黄金の日々』である。原作は堺屋太一であったが、脚本は『傷だらけの天使』の市川森一だった。主役のルソン助左衛門は、先代の松本幸四郎で仇役の秀吉を緒形拳が怪演してみせた。頂点を極めた権力者の老いと狂気を見事に演じて、人間の業の深さを見る者に感じ入らせた。対する利休を鶴田浩二が演じていた。他者への優しい心くばりを感じさせる場面があり、忘れ難い。又、石川五衛門役の根津甚八が大ブレークし、その結果、「次元の低いいざこざ」が起きて状況劇場を去り、オーディションを受けて黒澤明の映画『影武者』に出演することとなる。五衛門役の恋人モニカ役を夏目雅子が演じていた。『黄金の日々』のヒロインは栗原小巻だったのだが、何故か印象が薄い。記憶違いでなければ、細川ガラシャを島田陽子が演じていたと思う。彼女は後に『黄金の日々』と同じ市川森一が脚本を担当した『花の乱』の「森女」の役を降板してからおかしなことになり、表舞台から姿を消して久しい。たいへんうまい女優だっただけにまことに残念である。もう四十年以上も昔の話になるが、彼女が篠田三郎と夫婦を演じた『名もなく清く美しく』の、聾唖《ろうあ》者の妻役の演技にいたく感動した。本来なら彼女も六十代半ばの押しも押されもせぬ大女優の貫禄をふりまいていたことであろうに。つくづく芸能界は難しい業界である。

女性が主人公の作品は数こそ少ないが、名作が多い。大原麗子主演の『春日局』はベテラン橋田壽賀《すが》子の脚本であるが、執筆中に夫君が亡くなったと聞く。デビュー間もなった江口洋介が徳川家光を初々しく演じていたのを憶えている。佐久間良子が主演した『おんな太閤記』も面白かったし、近年では何といっても宮崎あおいが主演した『篤姫』が良かった。不誠実な臣下に「おのれを恥よ」と一喝する場面は胸のすく思いがしたものだ。小松帯刀役の瑛太も良かった。宮崎あおいの演技にはいつも感心させられる。

きっとラブコールはあったのだろうけれど、吉永小百合の主演作を見てみたかった。私の記憶では彼女は二作しか出演していない。そのうちの、加藤剛が平将門で主演した『風と雲と虹と』の零落《れいらく》した姫君役の美しさは忘れられない。

六十作もの大河ドラマの主役たちはもう、何人もが鬼籍に入っている。緒形拳しかり、加藤剛しかり、大原麗子しかり、中村勘三郎しかりである。彼らは又、生まれ変わったとしても役者になることだろう。それを疑わせないだけの役者としての腕があり、矜持《きょうじ》があった。やはり大河ドラマは面白いのである。

人生の備忘録

鈴木　正一

（一）

四月二二日の朝、若松丈太郎さん（福島県南相馬市）の突然の逝去が報じられた。若松さんは、三年にも満たないお付き合いでしたが、私の心のよりどころになる導き手でした。

五月二日の告別式に参列し、その後コールサック社の鈴木比佐雄社長と二時間ほど、故人を偲んで懇談しました。五月一六日午後三時頃、奥様のお許しをえて焼香にお伺い、一時間以上いろいろな思い出話をお聞きしました。

東電福島第一原発から一〇㎞圏内の浪江町に居住し、核災（原発事故）以降浪江町の津島、仙台市、佐渡市に避難し福島市の仮設住宅に落ち着いたのは、二〇一一年七月末でした。二〇一三年一二月、南相馬市に中古住宅を求め移住したが、なぜ悲惨な想いを強いられるのか。核災の原因と責任を明らかにしたいと常に思っていた。二〇一七年は、マルクス『資本論』発刊百五〇周年、レーニン『帝国主義論』発刊百周年の年でした。私の大学の卒論「『帝国主義論』基本論理についての一考察」を起点にした、自分なりの分析・解明を著作することにした。同郷の詩人根本昌幸氏から鈴木比佐雄氏を紹介していただき、同氏から若松丈太郎さんの著書『福島原発難民』と『福島核災棄民』をご恵与、紹介していただいた。若松丈太郎とのご縁の始まりです。古希を迎えた私は、若松さんとの大切な交流を生涯忘れないように、出会いとご教導を書き留めることにした。

（二）

二〇一八年五月一七日の午後二時、初めてご自宅を訪問しました。お会いするなり「先生と呼ばないで下さい」と言い渡され戸惑いました。今でも「さん」と呼んでいます。若松さんのご自宅は、偶然にも一㎞ほどの近所でした。私の自宅は相馬農業高校の南西側で、若松さんは東側でした。

私の目的は、ひとつは『福島核災棄民』からの引用のご了承でした。ふたつは、引用した私の原稿の批評依頼でした。ご了解をいただきたく、私の卒論の説明や社会科学の理解（唯物史観）について、必死にお話しました。静かでしたが真剣にお聞きいただいた印象で、気が付けば二時間近く経過していました。

帰宅する際に、著書『わが大地　ああ』と資料を拝領。私は思わず、「サインを下さい！」、と初めての面談で、失礼なお願いをしてしまいました。「わかりました」とペンをとりに立ち上がり、署名していただきました。私の大切な宝物です。

二日後の一九日の午後九時頃、若松さんから電話をいただき「直すところ、聞いて欲しいところがある」とのことで、二〇日の午前一〇時過ぎに訪問。原稿の句読点、記述方法、加筆修正などをご教授いただきました。

私の著書出版は、若松さんのご尽力、鈴木比佐雄氏の「解説」があり、日の目を見ることができたのです。

七月二八日の午後、『〈核災棄民〉が語り継ぐこと　レーニン「帝国主義論」を手掛りにして』を持参し、お礼のご挨拶にお伺いしました。喜んで収めていただき、私は、「詩人会議8

Vol56」（若松さんの詩「戦争したがっている国がある」掲載）と原稿「フェンスで囲んだゲートの向こう」をいただきました。

同年四月五日、浪江町集団ＡＤＲ（町が主体で住民を支援し、地域コミュニティの価値を問う）が打ち切られ、訴訟の準備がすすめられた。「浪江原発訴訟」原告団の総会は、一一月一八日開催、私は原告団長に就任。同月二七日福島地裁に提訴。記者会見で団長挨拶を求められ、〈核災棄民〉の流布を目的に、初めての作詩「君の名は」を資料に発表した。

年が明けて二〇一九年一月一一日、若松さんから「初春」のハガキをいただいた。「御著の〈核災棄民〉が語り継ぐことの反響はいかがでしたか。新しい年がよい年でありますように」私の出版を気にかけて下さっていた。奥様の話では、新造語〈核災棄民〉は、生涯の関心ごとのようでした。

私は、翌一二日午後に訪問。「初春」ハガキのお礼と近況報告（「浪江原発訴訟」提訴と原告団長就任）をお話しました。一時間以上の懇談でした。

二月一七日、若松さんが、バイクで突然ご訪問された。『福島原発かながわ訴訟団資料集Ⅱ』（見開きに若松さんの詩「原因者が決めることなのか」掲載）をご持参。「浪江の訴訟に役立てて！これ！」私に手渡すなりすぐに戻られた。不安定な運転の後姿に、心配と感謝を抱いたことが忘れられない。

五月二十日、「浪江原発訴訟」第一回裁判期日が開廷。私は、原告番号一番で意見陳述をした。若松さんのバイク資料は、心強い支援と励みになった。陳述の最後は「私は、原発事故の被災者を〈核災棄民〉と言っています。原発は、核爆弾の派生技術で誕生しました。福島第一原発事故は、まるで戦災の様な巨大な人災です。だから原発事故を核の人災〈核災〉と表現するほかないと思っています。加えて、浪江町民には事故当日、原発隣接町であるにもかかわらず、国から避難手段は何も手配されず、生死にかかわる放射能汚染に関する情報も、提供されませんでした。だから浪江町民は、国から見棄てられた〈棄民〉です。本件訴訟の原告らは皆〈核災棄民〉です。」

＊自著出版後の〈核災棄民〉執筆活動等についてはまとめて後記する。

九月一日、法要を終えたばかりの午後のお忙しい時にもかかわらず、しばらくご面談していただきました。福島大学経済学部の後藤康夫特任教授が、私の著書の書評を執筆し、その報告と説明のための訪問でした。その時若松さんは、東京地裁の東電強制起訴裁判の判決（九月一九日）を、心配されていました。多数の証言は、有罪を確信させるものであることを確認しましたが、結果は残念な忖度判決でした。

この時も貴重な資料、「脱原発社会をめざす会」No.一六と「福島県双葉郡の詩人、偉人伝」の原稿の一部（舛倉隆氏）をいただきました。舛倉氏を訪問し、懇談されたそうです。また、縄文文化のお話、浪江町浦尻の貝塚、双葉町の清戸迫横穴のお話をしていただきました。その時、私が清戸迫横穴の第一発見者であること。小学生から縄文時代の土器、やじり等の石器、浦尻の貝塚の収集が趣味だったこと。また舛倉隆さんと面談し『原発に子孫の命は売れない　舛倉隆と棚塩原発反対同盟二三年の闘い』（恩田勝亘著　七つ森書館）をご本人から購入し、サインをいただいたことをお話ししました。若松さんのお話には、不思議な近親感を持ちました。

二〇二〇年一月七日午前、新年の挨拶に訪問いたしました。懇談の途中で「私がやってきたことに、どんな意味があったのだろうか」、不安げな若松さんの様子が印象に残った。私は、文芸等の現代的意義について、私論をお話ししました。以前に、詩人の先達の方から同様の問いかけがあり、人文科学の現代的意義について、スケッチ的に検討していた。帰宅の際、若松さんからは『いのちの籠』四四号（「福島からの近況報告」を掲載）をいただく。

四月二〇日、右記のスケッチ的私論をエッセイ『新しい社会構成体における文芸等人文科学の歴史的役割概論』にまとめ、若松さんへ郵送しました。二五日、若松さんから礼状が届く。

要旨は「現代における文芸等人文科学が担う歴史的使命についてのご論考を拝読し、共感いたしました。ありがとうございました。」でした。小さな文字の追記で、安堵を覚えました。

今年四月三日「震災・原発文学フォーラム」（いわき市）に実行委員長の若松さんが、寄せた最後のメッセージです。「人類にはことばがあります。ことばによって、人類がこれまでに学びとったことがらすべてを、未来の人類へ伝え残すことが、なによりも大事な役割だと考えます」。

二〇二一年一月中旬、『三・一一フクシマ」から一〇年』を迎えるにあたり、私は一〇年総括の作詩を試みた。近況報告を添えて、その総括の詩の批評お願いの手紙を出しました。若松さんの返事は、一月二五日付けで着信。浪江町自宅の環境整備のため、昨年一〇月頃から南相馬市と浪江町を、行ったり来たりの私の二重生活を心配してくださり、丁寧な批評もいただきました。六章の総括詩の内三章は、「高く評価します」でしたが、あとの三章については、「つめ込みすぎて、しかも漢字が多く使われているため、読む人に抵抗感を与えるのではないでしょうか。テーマをしぼって表現するのがいいと思います。」と手厳しいけど暖かい批評をいただきました。最後に「きょうは暖かな日です。春近い感じです。二〇二一年をいい年にしたいものです。お元気で！」と結ばれていました。

私は、身体の具合が良くないと聞いていた。「お元気で！」の結びの言葉で、不安がよぎった。四月三日の「震災・原発文学フォーラム」で、元気にお会いできることを願った。

三月一五日、『夷俘の叛逆』ご恵与と、総括詩批評のお礼の手紙を、若松さんのご自宅ポストに投函。「‥私は、我が強くて読み手にとどく表現に無頓着でした。私にとって『夷俘の叛逆』は、生きた教科書になりました。ありがとうございます」。そして、以前お話した双葉町の清戸迫横穴「発見」のエッセイ原稿を同封。それが、私の最後の手紙になりました。

＊自著出版後の〈核災棄民〉執筆活動等

二〇一八年

一二月　詩「君の名は」「コールサック」No.九六

二〇一九年

三月　講和「核災棄民が語り継ぐこと」原発のない福島を！

県民大会（参加者千七百人主催者発表）
三月　詩「沈黙破る核災棄民」「腹の虫」No.九
九月　エッセイ「福島地裁意見陳述」「コールサック」No.九九
一二月　詩「あれから八年半」「コールサック」No.一〇〇

二〇二〇年
三月　論文「第九章集団ＡＤＲ打ち切りと浪江原発訴訟」（共著『二一世紀の新しい社会運動とフクシマ』八朔社　後藤康夫・宣代編著）
六月　評論「新しい社会構成体における文芸等人文科学の歴史的役割概論」「コールサック」No.一〇二
七月　寄稿「ある核災棄民の闘い」「つうしん」No.二一四（日野・市民自治研究所機関紙）
九月　講和「核災棄民から歴史の変革主体へ」（参加者五〇人　主催　盛岡医療生協）
一一月　寄稿「あれから九年半」「つうしん」No.二一八（日野・市民自治研究所機関紙）
一二月　詩「三・一一を忘れない」「コールサック」No.一〇四

二〇二一年
三月　詩「『三・一一フクシマ』から一〇年」「コールサック」No.一〇五
六月　エッセイ「五十五年前の『発見』清戸迫横穴」「コールサック」No.一〇六
六月　詩「憂える帰還」「コールサック」右同

（三）

若松さんとの出会いは、私にとって奇跡でした。核災（原発事故）の原因は、現代資本主義の寄生性・腐朽性のひとつの典型である、国と東電の相互関係「規制のとりこ」（注）であった。「原子力の平和利用」、「安全神話」に騙され、取り返しのつかない自然破壊による被災者が、核災棄民であった。

若松丈太郎さんのひとつ目の導きである。

全世界に広範に拡大している多種多様な、自律した市民運動（核廃絶・政治反動阻止・性 人種差別反対・環境保護・人権擁護等）は、次世代の市民社会を構築する主体的勢力としての潜勢力を持っている。政治組織とは無関係で、ネットで結ばれた組織を持たない新たな市民運動である。それは、資本主義、社会主義社会を問わず、全世界で共有する新しい民主主義の源泉である。現代の文芸等人文科学が、自律した市民の秘められた潜勢力を増幅させ、社会変革の原動力になっている。

従来の唯物史観は、下部構造の経済（生産関係と生産力）が原動力になり、上部構造（政治）を変革し、それに追随して文化・イデオロギー諸形態も変革するという定義だった。私は、脇役と思われていた文化・イデオロギー諸形態、特に文芸等人文科学が、今の社会体制の未来にある、本来の市民社会を創造する潜勢力のひとつに成り得ると、確信するに至った。

若松丈太郎さんのふたつ目の導きである。

（注）「規制のとりこ」
更田豊志原子力規制委員長の職員訓示（三月一一日）
「・規制当局が電力会社などに逆に取り込まれていたと指摘された点に関しては「解消されたと考えてはいけない。『規制のとりこ』への恐れはずっと意識され続けるべきだ」と述べた。」福島民報三月一二日若松さんのふたつの導きは、四六年前執筆した卒論の国家独占資本主義分析視角の論理を発展させ、現代資本主義分析手法の示唆をしていただいた。文芸等人文科学とりわけ「詩」は、私の人生では別世界でした。若松さんとの三年未満の交際は、「詩」の魅力と感動にとどまらず、長年の私の夢実現に導いてくれました。

五月一六日、若松さんのご自宅へ焼香にお伺いしたときに、奥様からふしぎな縁をお聞きした。丈太郎さんは、大和田秀文先生と生涯の仲良しで、チェルノブイリ原発事故の視察研修は、彼の誘いで実現したと聞きました。大和田秀文先生は、私の中学二年生の社会の先生で、夏休みの宿題で浦尻の貝塚収集ケースを提出したことがありました。先生の浪江町のご自宅は、私の家から六百mほどで、核災前は畑作をいただき、時には町政のご意見をお伺いしていました。

最近『裁かれなかった原発神話―福島第二原発訴訟の記録』（松谷彰夫著二月二五日かもがわ出版）が発刊された。一九七五年一月七日住民四〇三名が、東電福島第二原発の設置許可取り消し求め福島地裁に提訴。一九九二年最高裁で棄却され原告敗訴が確定した、裁判闘争の記録です。四万字に及ぶ訴状は、三・一一フクシマの原発事故を彷彿させる「まるで東電第一原発の事故の実況を見ているよう」（同書一七二～三頁）な内容でした。それは、スリーマイル島原発事故の四年前、チェルノブイリ原発事故の一一年前で、物理学者等の科学的分析の論証でした。若松さん大和田先生方のチェルノブイリ原発事故の視察は、現実化した核災の実地検証だったのではないか。

一七年半の長い年月の裁判闘争で、大きな勢力だったのが県立高教組の先生方で、大和田秀文先生（県教組）も同志（注）でした。私も一九七七年から一〇年間ほど、裁判闘争を支援した。当時から、若松さんと親交あった先生方々が近くにいたことを知り、ふしぎな縁を感じました。

若松丈太郎さんは、庶民の立場から歴史の真実を語り続け、確かな道標を示してくれた先覚者です。

偲ぶ会で奥様は、「若松丈太郎は宇宙塵になりました」と挨拶されました。その「塵」は、私には昇天された巨星に想えます。

焼香を終えて帰り際に、「遺言どおり戒名をつけない無宗教葬で、遺影を飾りました…写真を見に来てくださいね！」の再訪のことばを拝聴。思わず遺影を仰視し、帰路についた。

（注）『六十人の証言』（一九七三年九月、日本科学者会議編集）発刊について

東電第二原発原子炉の設置に係る公聴会が開催（同年同月）された。それは、反対者は一五人で賛成者が二七人と、賛成者に偏重した「やらせ公聴会」だった。

日本科学者会議は、不当に封じられた反対意見書を右記の冊子に編集し、公聴会の場で原子力委員会に提出。

大和田先生は、六十人のひとりで二件の証言（「巨大原発の集中立地にともなう重大事故等への不安について」と「温排水の具体的調査計画について」）をされた。

話題の本のご紹介

ローゼル川田　随筆と水彩画
『よみがえる沖縄風景詩』

B5判・64頁
並製本・1800円

琉球・沖縄の風景の時空間を切り取り、沈黙するいにしえを物語る。沖縄タイムスや琉球新報に連載の作品から28を厳選した随筆画集！

台湾の「日本語世代」の葛藤を背景に、
若い日台ハーフ秀麗《しゅうれい》の日本語の響きに
魅せられた老俳人秋日《しゅうじつ》の恋を描く

村上政彦『台湾聖母』

四六判・192頁・並製本・1,700円

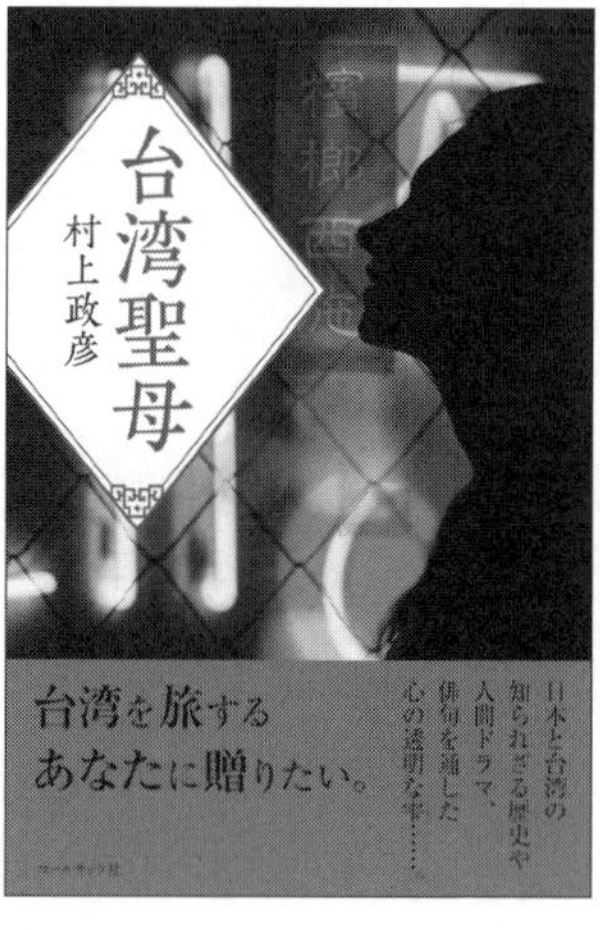

台湾で歳時記の出版を志す老俳人劉秋日は、台北の「檳榔スタンド」で働く若い日台ハーフ秀麗の日本語の美しい響きに恋をしていた。少しずつ距離を縮めるさなか、母、兄を連れ秋日を訪ねて来た秀麗は、お腹の子の父は彼だと嘘を告げる…。日本統治下の台湾で生まれ育った「日本語世代」の主人公の体験、秘めた心情が語られ、台湾と日本の関係史の深層に迫る。戦前の台湾の土俗的な暮らし、現代の首都台北の文化・風俗も生き生きと映し出す長編小説。

書評

森有也句集『鉄線花』
也有に倣う日々

秋澤　夏斗（「都市」同人）

森有也氏は俳号を江戸時代の風流人横井也有から採られた。横井也有は、江戸時代の武士で、尾張藩に長く勤め、隠居した後は草庵に身を隠し、俳句や俳文を書き続けた人である。著書に『鶉衣』がある。その生き方に共感したのである。

有也氏が俳句を始めたのは四十余年勤めた製薬会社を辞してからである。所属する俳誌「都市」の十周年記念号に、俳句を始めた経緯をこう書いている。

小学校の「綴り方」で書くことを覚えて以来、詩や文学全集に溺れて人生の大半を無為に過ごしてきた。しかし、俳句だけは何かが怖くて、近づくことが出来なかった。定年を機に俳句の門を敲き、五里霧中の中を指折り数えて十年、俳句の何が怖かったのか考え続けてきた。（以下省略）

悩みながら、也有の生き方に倣って歩んだ結晶が、『鉄線花』である。

枯れきらぬ身のうつろなる夕桜
木は育ち人は老いゆく後の月
大根のせつなき白さ老いにけり
鵙猛る老文弱に何せよと
世捨て人たらんと拾ふ落椿

老境を詠んだ句が印象深い。

一句目、二句目、三句目。桜を見ても、月を見ても、大根を見ても、ふと老いてゆく自分に気づくのである。老いゆく切なさを素直に詠んでいて共感する。四句目は俳句が思うように作れないときの心境を詠んだものであろうか。自虐の句である。五句目は也有の生き方に憧れ、同じように生きようとする作者の気持ちが詠まれている。

蜻蛉のあの世この世を日矢の中
日陰れば寂光浄土芒原
秋深しこの世の端を千鳥足

理論家の作者。あの世があると信じている訳ではないだろうが、すっと作られたこれらの句にも作者の今を大切に生きようとする生き様が表れているように思う。

軒貸して四十年や蟻地獄
小春日や遺しゆくもの家一つ
耕していよこの世を遠ざける
孤独とは耕すことよ瓜の花
犬小屋の農機具入れとなりて夏
厨房に余生を過ごし火取虫

四十余年住み慣れた自宅のそばに農地を借り、野菜を育てて、少しでも自給自足の生活に近づこうと努力を重ねている作者。料理学校にも通い、老いた妻を助けようと台所にも立つようになった。

一句目、二句目はサラリーマン時代にローンを組んで購入した自宅を詠んでいる。実直な生き方が滲み出ている二句である。

三、四句目は野菜作りを題材に詠んだ句である。長く勤めた会社から解放された安堵感、孤独な自分を楽しんでいるように思える。五句目、飼っていた犬が亡くなった後、もう犬は飼わないことにしたのだろう。犬も断捨離の一つである。六句目は、会社を辞めて厨房に立った自分を見つめた句。長い人生の中で、厨房に立つことになったわずかな時間を惜しみ、自分を火取虫に重ねて詠んでいる。

母の手に帽子渡して春の川
亀鳴くと母と並んで寝ねにけり
日陰れば母の遠のく雪柳
鉄線花母あればこそ長き文

父母に育てられた人生を振り返った句にも秀句が多い。一、二句目は母と過ごした頃の思い出の句であろう。暖かい母の思い出には春の季語がふさわしい。三、四句目は作者が東京へ出て、母と別れてからの句であろう。母が存命の時には長い手紙を書いていた作者。この句集のタイトルのついた四句目、真っ先にこの句集を読んで欲しかったのは母であったに違いない。

東京を夢みし頃や桐の花
蘖や父にそむきて父の道
陶枕や戦語らず父逝きぬ

父の句も少しあるが、母の句ほど多くはない。二句目にあるように青春時代は父に反発して過ごしたのかもしれない。

一枚の樹皮の掲ぐる梅の花
解かれし帯のごとくに花流る
日盛の襞にひだ積む象の足
早苗田や鷺まへのめり前のめり
月山やけふふたたびの秋の虹
シーソーの父は真ん中木の実降る

有也氏とは吟行を多く共にしてきた。独特の見方をして句にすることがうまく、時にはユーモアのある句も作る。

一句目は幹が腐って、樹皮だけで繋がっているけなげな梅の花を詠んだ句である。二句目は花筏を解かれる帯に見立てた。艶やかな花筏の様子をちょっとエロチックに詠んでいる。三句目は動物園吟行の句。襞のリフレインが皺くちゃの象の足をよく表している。四句目は田んぼの吟行句で、獲物を捜してゆっくり歩く鷺の姿を面白く詠んでいる。五句目は羽黒山へ吟行した時の句。雨が止んで再び虹が現れた月山の荘厳な姿が目に浮かぶ。六句目、公園で二人の子と遊ぶ父親の優しさを詠んだ。母親ではこうはならない。

句集の最後に有也氏は自分の句を理屈っぽくて文学性に欠けると謙遜されているがそんなことはない。

「都市」のあとがきに、今までの自分の俳句は習作であったと述べておられるが、老いてから作句する者すべての人に当てはまる言葉だと思う。習作でも読み手の心を打つ優れた句はある。これからも良い句を作り続けられることを期してやまない。

森有也句集『鉄線花』を読む

宮﨑　裕（「花林花」同人）

表紙には鉄線の花のイラスト、帯には代表句が書かれている。

　枯菊を括れば胸に日の匂ひ

「この句には麝香のような芳香を放つ美しさがある。この句も派手さはないけれど、奥ゆかしい佇まいである。……」と解説が付してある。さあ、この句集の扉を開くことにしよう。

　冒頭に序文。春夏秋冬の四章で、約三〇〇の句が並んでいる。そういえば、裏表紙に次のような十二の推薦句が書いてあった。この句集の魅力を、余すところなく伝える俳句たちである。

　①春寒や壱の字を掻く馬の足
　②凪に道水に道あり花筏
　③搦ひたる蝌蚪や光となりて落つ
　④世捨て人たらんと拾ふ落椿
　⑤滝の水割つて鳥飛ぶまつしぐら
　⑥一行の我を救ひし書を曝す
　⑦もう追はぬ夢陶枕に沈めけり
　⑧蜻蛉のあの世この世を日矢の中
　⑩生涯の役をこなしてこの無月
　⑪初霜や妻へ届かぬ思ひあり
　⑫煤逃やここにも所在なき手合

なお、冒頭の枯菊の句が⑨となる。

　これらが散在する、豊かな俳句の群れが続き、最後には著者のあとがきが添えられていた。

【森有也は何を俳句に詠んだのか】

　季語を大切に扱いながら、丁寧に季節と暮しを詠んできた。また家族（⑨の句）を見つめながら、時に母（本稿文末⑬の句）に思いを寄せて、ゆったりと淡々と人生を詠んでいる。

　傘寿を迎えた著者は。製薬会社を定年退職後（④の句、⑩の句）に俳句を始めて、「都市」を主宰する中西夕紀さんのもとで、約二十年の句作を重ね、この句集が生まれたのである。

【森有也はどのように俳句を詠んだのか】

　俳句が深く静かに澄んでいる。ゆっくり心の中で温めてから、俳句が作られている。俳句に接して、私が最初に頭をよぎったのが「内面の沈黙」であった。

「内面の沈黙」とは、信仰用語である。あえて沈黙のうちに身を置くことで、自分の内面に思いを巡らせて信仰を深めること、これを大切に実践している聖職者や信徒がいるという。また禅宗における瞑想もこれに関連しているのかもしれない。静かに心を落ち着ける習慣のことである。沈黙の効用は、レミニセンス＝記憶定着だったり、情報伝達にあたっての有効化に必要だったりするらしい。たくさんの情報が氾濫する中で、次々に入力されて来る情報を、慌てて他人に対して出力しがちな昨今、今一度かみしめておきたい沈黙の効用である。

　著者は句作にあたって、発見の喜びにただ歓喜雀躍とはなってはいない。内面の沈黙の時間を経て、熟成した俳句を生み出している。何より、一切の余計なことがそぎ落とされている。なかなか捨てることは難しい筈なのに見事だ。だから、ゆったりと俳句が詠めている。結果、読み手の目を奪うような仕掛けを振りかざしてはいない。だから、凛とした風格と見識が俳句から立ち上る。それは読み手への信頼の証だ。俳句は座の文学だといわれる。恵まれた作句環境＝「都市」のなせるわざに違いない。

かつてサイモンとガーファンクルの名曲に、「サウンド・オブ・サイレンス」があった。沈黙の音または沈黙の声と訳せばいいのだろうか。ここにも沈黙が掲げられていた。私たちは、沈黙の中に宿る真実に対して、それを聞く耳を持たなければならない。そうした聞く耳を持った仲間がいたからこそ、この句集が生まれたのだろう。一方で俳人としては、自らの沈黙を沈黙のままにしていてはならない。沈黙の声なり、沈黙の音なりを発しなければいけないのである。一定期間の沈黙によって醸成された、価値ある情報を発信すべきである。それがこの句集から、聞こえてきたのである。

【俳句鑑賞】

①の句。何といっても「壱」がいい。沈黙を経て塾考した末の「壱」であろう。馬の蹴り跡は「一」であっても充分に俳句的発見なのに、この「壱」を見てしまうと「一」では物足りなくなるのだ。馬の勢いが半減してしまう。こういった思考の落ち着きが著者の真骨頂だ。

⑩の句。季語「無月」の選択が素晴らしい。よくまあ見事に見つけて取り合わせたことだろう。

⑫の句。「手合」が秀逸である。なんという語彙力。この「手合」で俳句がすっくと立ちあがった。

心が静まり返った秀句も句集には並んでいた。たとえば

荷に隠れ押す荷車や十二月

帰省子の米研ぐ音に目覚めけり

燕帰る屋号の上に巣を残し

かように、心静かに俳句を詠めるとは。まさに「沈黙の中からの声」のようである。

そうした沈黙の声たる著者に、珍しく心の揺らぎが垣間見える俳句が四句並んでいる。二十六と二十七ページだ。これはここでは掲出しない。いずれも桜を詠んだ句である。ぜひ句集を読まれて、お楽しみいただきたい。

著者は本句集の制作にあたって、あっさりと選句を他に任せている。この恬淡さも快い。俳句の詠みっぷりとも合わせて、実に痛快でもある。お人柄が生んだ傑作の句集と言えるだろう。

【標題『鉄線花』について】

本句集のタイトル「鉄線花」についても、触れておきたい。四音鉄線の四音でなく、五音の鉄線花がピッタリなのである。四音だと助詞や切れ字を伴うせいか、どこか頼りなさが残る。ましてやクレマチスではない。五音の鉄線花こそ、きちんとゆるぎなき折り目正しい季語に思えた。この句集にお似合いだ。それを冠した俳句が次であった。母へのふくよかな愛に満ちている。

⑬鉄線花母あればこそ長き文

そして、最後にこの句集の表紙を飾った鉄線のイラストにも拍手を送りたい。実に良くこの俳句たちにフィットしていた。

今井正和歌論集『猛獣を宿す歌人達』あるいは「猛獣」という、ひとつのχ《エックス》

福山　重博

（「猛獣」とは何の喩えなのだろう?）

わたしは『猛獣を宿す歌人達』という書名に戸惑っていました。書名の由来を記したエピグラフは本書にはありません。まえがき（「はじめに」）にも「猛獣」は出てこない。しかし「猛獣」にこだわりながらわたしは抑制の効いた文章の魅力に唸りつづけていました。それは引用された短歌の〝読み〟においてもすばらしい効果を発揮して、作品の良さについて語っています。

この本は沖縄の歌誌「くれない」に連載された歌壇時評（全五〇回）をまとめたものと記されていて、Ⅰ～Ⅳまでの章が「時評」、最後のⅤの章が「書評」です。「時評」には背景となる東日本大震災、原発、安倍内閣、岸内閣、沖縄、広島、長崎、天皇制、歌会始の選者、安保法制、虐待、自死、結社……が次つぎに登場します。各篇には一段組で四ページ（本書のレイアウトに換算して）という制約があり、抑制の効いた文章はこの制約のせいなのか、あるいは歌人である著者の三十一文字という定型（これも制約）からの影響なのだろうか、などとこじつけてみたくなりますけど、この魅力は「時評」よりも一篇のページ数がはるかに多い「書評」においても変わっていないのです。これは著者の、評論家としての姿勢からくるものであると思います。

話を「猛獣」にもどします。本書の半分を過ぎた一六四ページ、ここでわたしは「猛獣」に出会うことができました。（書名の「猛獣」はここからとられたにちがいない）

「猛獣を檻に入れて――石牟礼道子全歌集より」という文章です。引用します。

> 石牟礼道子の歌集には、私たちが予期するほど、水俣病に関する歌は収められていない。歌を始めた頃、「あなたの歌には猛獣のようなものがひそんでいるから、これをうまくとりおさえて、檻に入れるがよい」といわれたという。その通りに、猛獣は奥に潜ませて表には出ていない。

この「猛獣を檻に入れて」に限らず、本書は抑制の効いた文章が魅力的であることはすでに述べました。「はじめに」のページにある表現を借りれば、著者は全編にわたって、

――作品という蠟燭を立てる燭台。

という立場に徹している。そこが実にすばらしいと思いました。そのせいもあって、では「猛獣」とは何か、「檻」とは何かと考えるとき、わたしは即、文中の「檻」を「抑制」の比喩だと思い、そして「猛獣」を「怒り」の比喩だと思ったのです。

しかし「猛獣」は出てきたものの、引用した文章は謎めいている。特に「あなたの歌には猛獣のようなものがひそんでいるから、これをうまくとりおさえて、檻に入れるがよい」という部分。わたしは〝コントロールできない過激な怒りを抑制の効いた表現のなかに閉じ込める〟ということかと思いましたが、その前にある「石牟礼道子の歌集には、私たちが予期するほど、

水俣病に関する歌は収められていない」、その理由が「あなたの歌には猛獣のようなものがひそんでいるから」であるように思えるのです。逆に言えば「猛獣は奥に潜ませて表には出ていない」という『石牟礼道子全歌集』だからこそ「私たちが予期するほど、水俣病に関する歌は収められていない」ということになるのかも知れない。石牟礼道子を読んでいないわたしは（ごめんなさい）、そんな抽象的推測しかできない自分を恥ずかしく思うばかりですが、「猛獣」というχに「怒り」を代入したまま先へ進みます。

文章に抑制を効かせることによって、著者は自分の中にひそむ「猛獣」を「檻」に入れている。政権や歌壇を批判しつつも感情を爆発させることはないのです。そういう意味で「猛獣は奥に潜ませて表には出ていない」というのは著者の姿勢そのものであるようです。一方、歌集から引用された作品は燭台に徹した著者の文章が感情を抑えているだけに「猛獣」という炎がくっきりとその姿を見せている。「はじめに」は次のように締め括られています。

それゆえ、人は私の批評に対して甘さを見るかもしれない。しかし、私は（略）作品をより良く生かす道を選んだ。その燭台は、灯を大きく明るく照らせばよいからである。その結果において、私の文学的態度も自ずと明確になっていると思う。

わたしが本書に好感を抱くゆえんです。

「書評」の章にもふれておきたいと思います。ここには五冊の歌集が取上げられていて、作者への私信を再録したものが一篇ありますけど（それ以外は同じスタイルです）、これがアクセントになっていて面白い。いずれも魅力的な書評ですが、わたしはその中でも特に「新しい女の物語――鈴木美紀子歌集『風のアンダースタディ』」に登場する「毒」、そして「都市に対する美学――嵯峨直樹歌集『みずからの火』」に登場する「火」、このふたつに魅了されてしまいました。引用します。

彼女の作品の特徴は、もうひとつある。どの作品にも微量の毒が含まれていることである。（略）それでいて、この毒には不快感がない。言えなかったこと、意識されえなかったことを、明るみに引っ張り出してくれたかのような爽快ささえある。まつわりついていた縄から解かれたような、薬にもなる毒なのである。

（歌集『風のアンダースタディ』評）

現代の都市に生きている私たちは、見えない力によって操られているのかもしれない。しかし、作者はそれに挑むかのように、歌集名に「みずからの火」と名付けた。能動的にこの現代を生きようとする意思を感じる。

（歌集『みずからの火』評）

わたしは書名にある「猛獣」というχに「毒」または「火」を代入するべきなのかも知れません。

今井正和歌論集『猛獣を宿す歌人達』
猛獣を呼び醒ます時評

松本　高直

本書は、二〇一六年十月から二〇二〇年十二月まで歌誌「くれない」に連載された歌壇時評と五編の歌集の書評で構成されています。歌壇時評というと、その時々の歌壇の動向を伝え評するものですが、歌壇の事象を如何に捉えて表現するかは評者の立場や志向によって異なってきます。評者には時代を嗅ぎ取る嗅覚も必要となるでしょう。経験的に言えば、現出する事象や移り行く有様を、如何に自らに引き付けて論じるかという難しさが付き纏います。また、結社誌の時評の場合では、評者の立場や主張を鮮明にして論じるか、ニュートラルにして論じるか、情況を中心にして論じるか、自己の興味を中心にして論じるかなど、色々と悩ましい問題が頭に浮かびます。

こうした時評の立場について、今井さんは「はじめに」の冒頭のところで次のように明示しています。

《歌壇時評とは、通常は今日の短歌界にどのような動きがあるかをリアルタイムに伝えることが本来の姿であるかもしれない。だが、忘れてならないことは、短歌が内から発せられた言葉である以上、そのぎりぎりの思いを作品に即して汲み上げることが、その作者の生きている現実を描くことにもなるということである。そのためには、作品に即した読みと、その作品を正当に評価する作業が求められるであろう。そのことが、私たちの生きる社会と短歌の世界を論じることになり、もう一つの歌壇時評になりうる筈である。時評は、そういう意味で、作品という蠟燭を立てる燭台であらねばならないと思う。》

時評というとしばしば大きな情況に目を向け、歌壇時評であれば歌壇の動向から演繹的に論じがちですが、今井さんの時評は先ず作品を第一としています。作者の「そのぎりぎりの思いを作品に即して汲み上げること」を重視しています。作者の直面している生の現実に迫り、そうすることによって、作者の生の場である社会や歌壇の情況へ思考が広がり、そこに時評が成立する、こうした視座に立っています。作品と向き合い読み解く作業を通して作者の思いを受け止め、その上で作者を取り巻く現実（環境）を考察することに繋げてゆくのです。これは作品解釈を積み重ねることによって、現実の社会や歌壇を照射し論じるいわば帰納的な方法と言えるでしょう。

引用した文章の最後のところで、今井さんは、時評は「作品という蠟燭を立てる燭台であらねばならない」と言っています。この「作品という蠟燭を立てる燭台」というのは時評の在り方を示す実に魅力的な比喩ですが、それには評者の確かな眼力や思考力が必要となります。そして、ある種の覚悟のようなものが伴ってくると思います。ここに時評の難しさが存在すると感じています。

この本に収録された歌壇時評は、約五年間で五十回にわたる長期のものです。目まぐるしく変化する現代では、次々に新たな事象や事件が起こり、一つの出来事がすぐに過去のこととなり風化してしまうことは否めません。今回、今井さんの時評を読み進める中で、三・一一の震災詠や沖縄の辺野古の問題などを改めて考えさせられました。

《被災者を遠くから見つめる創作者は、誠実なあまり、自己の歌が被災者の思いに届けられないもどかしさ、映像によって作ったという無力さ、被災の痛みを知らない者が詠う不遜さなどから、詠んだ歌を披瀝したがらない傾向がある。しかしそういう作品も、傷ついた魂の精神的支援にとどまるものであれ、連帯の証となる果実といってよいのではないだろうか。》（震災詠の視点）

震災を題材として詠おうとすると、必ずぶつかる問題は、この一節にあるように、当事者以外の者に被災者の痛みや苦しみが表現できるかということです。そこには、どのように表現しても結局は、単なる同情であり、機会詠や時事詠として安易に詠み流してしまうという危うさが常にあります。だから詠わないというのも一つの選択ですが、それでも表現しなければいられないという切実な思いは否定できません。被災者との〈距離〉を自覚して、自己に引き寄せ想像力でもって詠うしかないのかも知れません。

また、今井さんは本書の中でたびたび沖縄の短歌を論じています。注視すべき部分を一つ挙げて見ます。

《総じて、政府への不信があり、米軍への反感があり、民意を無視して強行する辺野古新基地への反発と怒りが吐露されている。このことを、「メッセージ性が強く類型的」（小高賢）と評して良いのだろうか。私には、現実から逃げず、事象だけに捉われない思惟を介在させ、自らの課題に立ち向かっているように思われる。》（沖縄の歌）

沖縄の辺野古基地建設に対して、人間として絶対に許せないという思いがあります。こうした人々の共通した思いを表現しようとする際には、強い気持ちだけが先行し、上擦った表現となってしまう傾向に陥りがちです。しかし、今井さんは震災詠の場合と同様に、あくまでも自らが現実を引き受けて表現して行こうとする歌を支持しています。ここには、辺野古への強い思いを持って、沖縄の現実から逃げることなく表現を共有しようとする、今井さんの歌に対する真摯な姿勢が現れています。

ところで、歌会始など天皇制との関係は、現代短歌においても、切り離せない一面を持っています。「八〇年代短歌評論の軌跡」では、外塚喬著『現代短歌を評論する会』を取り上げてこういっています。

《昭和から平成に跨るものでありながら、平成時代に入った改元時の、天皇制や元号についての評論や作品が全くといっていいほど無かったことには強い違和感が残った。評論が時代とクロスすることのない時、短歌史を検証する評論の力は大きな喪失感を伴うだろう。》

この文章から推し量って見ると、短歌が社会や時代に向かい合う時、タブーを作ってはならないと言っているように思います。つまり、短歌を始めとした文学に、批評の届かない領域が、批評が避ける領域があってはならないということでしょう。今井さんのいう「大きな喪失感」とは、批評に伴うタブーの存在を危惧しているのだと思いました。

本書に収録された五十編の歌壇時評を読み通してみて、これらは、私たちの中に宿る、いわば眠りこけた猛獣を呼び醒ましてくれるものとなっている、そのように感じました。

中津攸子『仏教精神に学ぶ　み仏の慈悲の光に生かされて』

古田　恵

中津先生との出会いは十八年程前で、私の手記を贈呈した事を機に、先生が主宰している寄稿誌「新樹」に投稿するようになってからです。しかし親しくなったのは共通の友人と共に先生宅へ伺い始めてからで、三年位前です。食事を共にしながら先生の豊富な経験話を聞くのは、驚きや感動で溢れる楽しい時間でした。先生の不屈で前向きな生き方は、苦労を重ねながらも乗り越え、更にその経験を糧として身についたものと思われます。穏やかな口調の中に、先生の真の強さや、優しさや、粘り強さに感動し、発せられる話に言霊を感じ、私の中で輝き出しました。

先生は私にとって、歴史学者であり、天文学者であり、立派な作家なのです。純粋な心と目で森羅万象を捉えて納得のいくまで追究して考察するのです。何事にも真摯な態度で臨むのです。そのため私のような者でも、納得でき、共感し、感銘を受けるのだと思います。

さて、本書はただ一つの真実、み仏の話ですが、四章に分けて、第一章は諸行無常、第二章は自然法、第三章は常楽我浄、第四章は自浄其意について記述されています。

本書の言葉一つ一つに大切な意味が有りますが、特に心に響いた部分を書き出してみます。（「第一章　諸行無常」から）

寿命も無常の事実の現れです。

（中略）

人と同じで、地球にも寿命があり、寿命が尽きると人間なら心臓が止まってしまうに似て地球は、公転も自転もやめ死に至ります。

私たちの命の源になっている太陽でさえ今のままの光を保ち続ければ、五百億年の寿命だそうです。

ということは五百億年の後にはこの宇宙空間から太陽が完全に消えてしまっているということです。もし太陽が今よりもっと光を増し、原子力の消費量が増えれば、百億年の寿命だそうですが……。

（中略）

とにかく太陽や地球にも寿命があり、移り変わるという無常の事実の中に存在していることだけは確かです。

（中略）

無常こそこの世の中にあるたった一つの絶対の真実なのです。

天文学者のような理論が展開され、私はその内容に改めて共感し納得するばかりでした。大宇宙誕生は想像の及ばぬ∞ループに入り込み、どのようにして生まれ存在しているのか結論は出ません。この大宇宙とは自然の創造物なのか？　見えざる万能の何かの力で創造されたのか、疑問は絶えず心の中に有って結論は出ませんが、大宇宙の壮大さを想像さえできない人間に分かるはずがないので、自然に任せて生きると読み取れて気が楽になりました。

次も第一章からの引用です。

生々流転するという無常の事実、無常そのものが仏なのですから、人が認めようと認めまいと仏は存在しているのです。

（中略）

地球は自ら光を出している恒星ではないのですから他の星からは見えません。地球のような惑星は、見えないのです。見えないのだから地球は存在していない、とはいえません。今、確かに私たちは地球上に生きているのですから。

見えない物も存在しているという事実。み仏も見えないけれど存在しないとは言いきれないという思いがしてきました。

次は「第四章　自浄其意」から抜粋した内容です。

世の中の過ちについては断固ノーを言うことも、合掌して生きることであり許されて生きる生き方です。

私は悪いと思う事ははっきり相手に言うので、黙っていい子でいる人が多い日本人の在り方に不満を抱いていましたが、先生の言葉に救われた気持ちになりました。

「――この私はすべての天体と同じように生まれるべくして生まれ一定の期間を生き、死んで行く、無常の真理を宿したかけがえのない生命体である――」

「真理の方からものを見て生きる、大自然の摂理の方からものを見て生きる、すなわちみ仏の方からものを見て誠意をつくして生きる。この間違いのない生き方は、仏教の諸宗派すべてに通じる生き方です。」

大宇宙も人間も長短は有るが、一定の期間を生き、死ぬという事実。かけがえのない生命体だからこそ、命を粗末にしてはいけないし、どんな人も同等の命という宝物を持っているということ。生かされているその時間を精一杯生きて、命尽きればみ仏の世界へ還っていく、みんなが旅人なのだと説いています。

長いようで短く、短いようで長い人生。ちっぽけな人間だけど、人体はまるで宇宙のように大きくて、神秘的です。人の血管をつなげると十万キロメートルとも言われています。なんと凄いことでしょう。私は進化論は正しいと思っています。ただし進化するにはその大もとが必要だと思うのです。最初の細胞はどのように生まれたのでしょうか？　又本書にも書かれていますが、エネルギー不滅の理論が正しければ、人間の命のエネルギーも死後も見えない形で存在しているかもしれません。

生も死も自然の在りように任せて今の今を生きるという、仏教の教えにもう一度真摯に向い合ってみよう。

この本に出会い新たな考えを与えて頂きました。読まれた方は必ずや人生の指針を与えられ、より豊かに幸せに生きることの意味と生き方を学べるに違いないと、私は確信しています。

中津攸子『仏教精神に学ぶ　み仏の慈悲の光に生かされて』

秋山　忠彌

中津攸子女史には、少女時代の悲惨な太平洋戦争の空襲体験がある。そして敗戦による社会の価値観の大転換に人間不信、さらに家庭内の不幸に見舞われ、自殺まで考える絶望感に襲われたが、これを克服。その後は、真理追究の求道者となり、東西古今の思想書を読み耽り、また識者の講話を数々聴くなかで、やがて親鸞聖人に出遇い、「歎異抄」を識る。

　白薔薇病床にある歎異抄

女史の句である。俳句文集『風わたる』に載る。句に添えた文がある。

　私の「一冊の本」は歎異抄。歎異抄も共に灰になれれば海に流そうが地に撒こうが構わない。灰になれなくてもいい。病室にいて呼吸困難になった時、私はひたすら歎異抄の言葉を繰り返していた。「善人なほもて往生をとぐ、いはんや悪人をや。しかるを世の人常にいはく、悪人なほ往生す。いかにいはんや善人をや……」「念仏者無礙の一道なり……」などなど歎異抄の文を思い出すままに繰り返していた。（八八頁）

女史はそして、病室の天井いっぱいに微笑んでいるたくさんのみ仏のお顔が見え、息苦しかった状態から自然に呼吸ができるようになったという。病室は人生、呼吸困難は人生の苦難苦悩、そして白薔薇は仏教とくに親鸞聖人の教えを暗示しているのだろう。

女史の聖人讃仰が、本書の随所に語られている。たとえば、

　親鸞聖人に会えた時、私は生もよし、死も良しというか、この世に怖いものがなくなったのです。苦しかった過去から死とは何か死んだらどうなるか、絶対に分からない私は、死を大宇宙の摂理に任せきることで、死後の不安まで完全にぬぐわれたのです。（一〇八頁）

　親鸞聖人は亡くなり際に仏を念ずる人と共にいると言われたのですが、仏を念ずるというより親鸞聖人を仰ぐ心でいますと聖人が見守っていてくださると思えるのです。（一三一頁）

　釈尊の教えを通して親鸞聖人の御教えに導かれてからの私の人生観は百八十度転回し、私ほど不幸なものはないと思っていたのに、

　――私ほど幸せなものはない。私が苦しみ悲しんだのは、ひとえに親鸞聖人の御教えに逢わせていただくために必要なものだった――

　と思うことができ、苦しかった生活に感謝しないではいられないほどの絶対の救いの中にいる自分を発見したのです。（一三五頁）

女史の聖人への厚い頌辞は、何やら聖人への熱い恋文に読めなくもない。そういえば、哲学者梅原猛の言を思い出す。同氏が著した「歎異抄」の入門書に、この聖典を「わが恋人」と呼び、

　人生に行き詰まり、自己に耐えられなくなったときに私は、何度か「歎異抄」を繰り返し読んだ。そして読むたびに私は不思議と勇気づけられ、いつしか心の傷が癒された

気になるのだった。

と述べている。

親鸞聖人そして「歎異抄」が、いかに強く深く人を魅了する、その温い高徳がよく伝わる。

仏教を考えるとき、浄土に対する地獄への関心は避けられない。「歎異抄」の第十七条に、地獄について語られている。梅原猛は聖人と地獄に関して、著書『地獄の思想』のなかで言う。

私は彼（筆者注・聖人のこと）において地獄の思想の帰結をみる。地獄の思想を徹底さすことにより、彼の前にかえって大生命の歓喜があらわれる。地獄の思想は、そこでは生命の思想のなかにのまれてしまわないか。親鸞はどこかで空海とつながりはしないか。阿弥陀の仏は、大日の仏とどこかで通じないか。

女史もまた、本書のなかで弘法大師の教えは聖人の教えと同じであると述べている。梅原・中津両氏が、仏教観のなかで通底しているのが興味深い。そして人間の存在や生命を宇宙規模で考える女史は、ブラックホールを知ってからは、地獄は在ると信じるようになったという。

人間の魂が二度とこの世に生まれかわれない絶対の死を死ぬ、人間の生命エネルギーを吸い込むブラックホール、それが地獄で人には分からないけれどブラックホールが実在する以上、み仏の教えに反して生きた人の行くべき地獄も実在するに違いないと私は思うのです。（九九頁）

かつて六道絵地獄図を観ての漢詩（七言古詩・魚虞通韻）を詠んだことがある。いま本書に触発され、その詩に新たな句を付け加えることを思いついた。まずはその詩とは、

剝衣抜舌灼頑軀　肉飛骨砕鬼前徒
為惨獄囚由未解　伝聞皆是邪念愚
聯想但丁神曲絵　未開朗基羅画図
不知何善亦何悪　三界惑毒感有余

衣を剝ぎ舌を抜き頑軀（頑丈な体）を灼く、肉は飛び骨は砕ける鬼前の徒（獄卒の前に引き出された亡者たち）。惨獄（惨たらしい地獄）の囚と為るの由を未だ解せず（よく理解できないでいる）、伝え聞く皆是邪念の愚。聯想す但丁（ダンテ）神曲絵（挿絵）、未開朗基羅（ミケランジェロ）の画図（システィーナ礼拝堂「最後の審判」）。知らず何が善亦た何が悪か、三界の惑毒感余りあり（考えたら限がない）。

この詩に付け加えた新たな四句。

悪人正機救万衆　非僧非俗通真如
親鸞聖人達高志　歎異尊抄洗心書

悪人正機（悪人こそ成仏できる）万衆を救う、僧に非ず俗非ずは真如に通ず。親鸞聖人高志を達し、歎異尊抄洗心の書なり。

いま地球は新型コロナ禍にある。地獄だと思う人がいるかもしれない。愚かな人間どもが利便性や利潤性を追求した結果、破壊され破滅に瀕した自然が人間どもに復讐している。必死の抵抗でやがて何とか下火になるだろう。そしてコロナ禍後は、行動の変容、変革によって新しい文化、知恵が生れるに相違ない。いま指針が求められ、その一つとなるのが親鸞の教えであり、本書はまさしくその指針の書である。

中津攸子『仏教精神に学ぶ　み仏の慈悲の光に生かされて』

片岡　昌一

先日久しぶりに中津攸子先生から電話をいただいた。内容は「今度新しく出版した、エッセー集の講評を頂きたい」というものでした。

中津先生には、日頃から大変お世話になっておりますので、内容も分からぬままに承諾の返事をいたしました。数日後著書が送られてきましたが、中身をざっと拝読して後悔いたしました。

仏教の教えを基にした、大宇宙の原理、人間としての生き方、哲学まで……よくもここまで学識が豊かな事と驚くような内容で、とても私のような浅学菲才の者には手に負えないのではないかとは感じつつ……一評を述べさせていただきます。

中津先生のあの穏やかな笑顔の裏に、少女時代のあのような悲惨な体験があったとは、本当に驚きました。

しかし、ある時仏教の教えに出会い、絶望の淵から立ち直り、釈尊の大悲大慈の法を心の糧として、穏やかで慈愛に満ちた生活を送ってこられたという事には、感動いたしました。

私の家は、元から神道でしたので、経典に触れたこともなく、「人間は死んだら皆神様になる、悪いことをしたら地獄に落とされて、閻魔大王の裁きを受ける」くらいしか教わっていませんでした。

そういう訳で、神道に付いては多少の知識があり、日本の神々の元は伊邪那岐と伊邪那美でその子が天照大御神と月読命と須佐之男命であり、須佐之男命は、母親の伊邪那美が亡くなった後、泣いてばかりで、姉の天照大御神を困らせたので、高天原から追放されて、地上に降ろされた云々……とこの程度のことでは有るが。

現在では、仏教と神道は分離されて考えられていますが、それは近世時代明治以後で、中世から江戸時代までは、仏教と神道は合体して考えられておりました。

そのため、大きな神社の傍には寺院があり、又寺院の傍らに神社が有ることが多かったのです。

明治新政府になってから、国策的に神道を国家の宗教として奨励し、仏教を規制して、廃仏き釈が行われました。

しかし、よく考えてみると、神道は、天照大御神即ち太陽を中心とした、狭義の考えであり、それに比して仏教は、大宇宙を視野に入れた物理学であり、経典にも「空即是色、色即是空」とあり物は皆大宇宙で生まれると説いておられるようです。

仏教は、釈尊によって創始され、空海や親鸞、日蓮などによって布教され広く日本の人々の心の糧となりました。

特に親鸞の教えは、浄土真宗として熱狂的に全国に広がり、石山本願寺の顕如に引き継がれ、あの魔王と呼ばれた織田信長でさえ、制圧するのに相当手を焼きました。

仏教の教えの心底に有るのは「無常」という事……生あるものには必ず死が訪れるという事です。

残された時間もそう多くなくなった自分の寿命、どのように死に向かって生きてゆくか、これは、今後の一つの大きなテーマです。

子供の頃は、自分の肉親の死など考えると、とても恐ろしくて、受け入れられませんでした。しかし、現実には祖父が死に、祖母が死に、弟が死に、愛犬が死に、愛猫が死に、親友が死に、母親までが寿命を迎えるという現実に遭遇すると、諸行無常を感じずにはいられません。

星は死に際に光を増すと中津先生は著しておられました。自分もそれを見習って、この後何年生きられるかわかりませんが、少しでも周りを明るく照らしてゆきたいと思います。

中津先生とは歴史イベントの場などで幾度かお会いし、討論などさせていただきましたが、私の一方的な自説をいつも笑顔で受け止めていただき「片岡さんの話は、実にユニークで面白い」と言っていただきました。

それは中津先生が培ってきた、み仏の教えを元にした、大悲大慈の心だったのが判りました。私は、歴史家ではありませんが、種々の史実を見るにつけ、現在表に現れている日本の歴史は、改ざんされた勝者の歴史であり、多くの歴史家や大学教授の方達も、自分の教えを一方的に、引き継いで伝え、新しい史実や、伝説、秘話などに目を背けているように思えてなりません。

私は、今後とも、伝説、秘話を元に現地調査を行い、ドキュメントとして、後世に残してゆきたいと思っております。

去り行く者の身として、老婆心ながら、今後の日本の行く末に懸念を抱いております。

日本では戦後、学校教育として「道徳」の教えがなされておらず、日本の国の生い立ちや、先祖に対する崇拝の心も薄れております。アダムとイブは知っていても、伊邪那岐と伊邪那美は知らないという若者が多いのです。

それはさておき、昨今のコロナ禍ですが、これも、増長して留まることを知らない、人間に与えた神仏の罰だと思えてなりません。

以前に読んだ、糸川英夫博士の著書で、宇宙には、多くの未知のウイルスが生存しており、そのウイルスが星や太陽から放たれる放射線（宇宙線）に乗って地球に到達している。この生物は酸素が無くても生きられるし、低温でも生きられる。……とそれから思うと、宇宙から到達したウイルスがヒマラヤ山脈の氷河の中に、長年凍結されていたものが、化石燃料や森林破壊による地球温暖化により、溶け流れ、中国の長江を経て武漢に達し、全世界にまん延したのではないかとも思われてなりません。

これは、あくまでも私自身の推測ではありますが。……中津先生は、以前教育者であられたようですが、このような先生に教育を受けた学生は大変幸運です、この書は、是非小学校や、中学校の教育者に読んでいただきたい。

「三つ子の魂百までも」という諺がありますが、幼児教育は大変重要だと思われます。

かくいう私も、子供の教育に失敗したことを痛感している次第ですが……

紙数が少なくなりましたが、中津先生にはますますご健勝で、又お会いして、歴史話など語り合いたいと念じております。

２０２１年７月吉日

髙橋宗司詩集『大伴家持へのレクイエム』
さえずる雲雀のために

池下　和彦

御詩集『大伴家持へのレクイエム』を拝見して私が思いうかべた一篇は、敬愛してやまない田村隆一の次の作品です。

空から小鳥が墜ちてくる
誰もいない所で射殺された一羽の鳥のために
野はある
（「幻を見る人」初連）

御詩集を拝見しながら、なぜか田村隆一の匂いをしきりと感じていたのですが、なかほどに置かれた次の白眉の一篇を読んだときに得心しました。

散り散りに散るために
早くも山茶花が咲いたよ
（「山茶花」初連）

髙橋さんと田村隆一とでは当然のことながら、詩の内実あるいは詩質において多分に異なるところがあると申せましょう。あくまでも詩的な理を貫く田村隆一に対し、理に依拠しながら情にも目配りを怠らない髙橋さんと申せばよろしいでしょうか。引用した「山茶花」は「ひな屋の信ちゃんち」で始まる第二連、「西に七軒離れた喘息持ちの小父さんち」で始まる第三連、情にも目配りを怠らない髙橋さんの面目躍如、ひな屋の信ちゃんが生き生きと描かれています。そして、次の三行。

いつもと同じように
今年も山茶花が咲いているよ
散り散りに散るために
（「山茶花」最終連）

白眉の一篇をリフレインふうの技法を用い、見事に〆ます。感服至極です。

もちろん、その前後の作品群も理に依拠しながら情にも目配りを怠らない髙橋さんの一篇、一篇が収められています。

たとえば、巻頭の作品「役目を終えて棄《す》てられた石」（「石器包丁」初連中）は「どういう用途のために」役目を果たしたのでしょうか。私にとっては、今そこにあるナマの縄文人との連想が尽きません。

また、たとえば「綴り方教室で」は、まさに呼気と吸気の存在理由に託した喩をもって綴り方の本質が活写されています。初連は百メートル走における無呼吸の運動に喩えられた俳句。二百メートルにおける気合に喩えられた短歌、かと思えば現代詩は中距離走における切れ目のないリフレインに喩えられる仕かけです。マラソンに喩えられた小説は果てのない往復運動、アスリートにとっては有酸素運動かしら。いずれも、内実に裏づけられた喩の巧みさに感じいります。

そして、たとえば「山茶花」とともに、集中の白眉の一篇と申したいのは由緒正しい起承転結の「手」です。その起で「爪を切る／正座してこたつに向かい／爪を切っている／切った爪が散乱せぬように／新聞を広げている／どんよりと曇った空から／春雨が落ちはじめる」（初連）と過不足なく語りはじめます。承では「先ず右手で左手の爪を切る／手際よくさっさと始める／右手は自信に満ち乱暴だ（中略）そこに傲慢が生じる／親指人差し指　中指」（第二連）と波乱を含み、果たして第三連は「鼻歌など歌わねば良かった／自信過剰が生む狂信的結果／いきなり痛み　薬指の深爪／痛みは傷の痛みを超えて／存在そのものの奥底から来る（後略）」と哲学的悔恨へと転じます。そうして、つかんだ次の気づきの十行。

右手の爪は不器用な左手が
切らねばならない
左手はいつも慎重
危険を知っているから
左手は神経質　そして
優しく繊細
形状はまずいが大過なく切られた
右手の五本の指の爪
薄緑の木の芽に
雨が降り注いでいる

（「手」最終連）

この最終連は、おかしみの味付けをしつつも普遍の怖さを描いて十全です。個別の体験や感想が人類の知恵の仲間入りをすると申しても、さして大げさな物言いではないと私は考えます。また、初連最終二行「どんよりと曇った空から／春雨が落ちはじめる」の伏線が利いた最終「薄緑の木の芽に／雨が降り注いでいる」の二行は、まさに最終連の〆のためにあるといえましょう。

蛇足ながら、詩集名『大伴家持へのレクイエム』も秀逸ですね。田村隆一とともに大伴家持は、私が敬愛する作家です。詩集名と同じ題名の「大伴家持へのレクイエム」に引用されている「うらうらに照れる春日《はるひ》にひばりあがり情悲《こころかな》しもひとりしおもへば」の一首を受けて「家持のこころは千二百年後の人のこころを読みとっているようだ」と書きつぎ、次のこころ優しい詠嘆ものにしています。

をのこだからでない
をみなだからでない
ヒトだから
上空にさえずる雲雀と世界が悲しい

（「大伴家持へのレクイエム」第二連）

このこころ優しい詠嘆は、まさに「優」の字解どおり「人」の「憂」を知るこころなのかもしれません。たぶん、ヒトにとっても「さえずる雲雀のために上空がある」のでしょう。

髙橋宗司詩集『大伴家持へのレクイエム』

山﨑　夏代

わすれていたことば。おきざりにしてきたことは。捨て去ったつもりはないけれど、捨てたも同然に、わたしの日々から薄れ消えていったことば。

むかし、小さな詩をひとつ、読んで深くこころに刻み込んだことがあった。共感こそが美、だと。そして、そのことを、そのときの感動ごと、わすれさった。その感動が時間のかなたから、戻ってきた。なにげなくひらいた、髙橋宗司詩集『大伴家持へのレクイエム』の作品から。《さびしい口》

長い爪の白い処が傷ついて
君はさびしさを食べている
食べても食べても
減らないさびしさを

人間という存在の深みに、悲しみの原点がある。山奥の岩場に染み出す水源の一滴の滴のように、透明に澄み切った冷たい一滴がやがて川のように、人間の髄を流れる。最初のひとしずく。人間の共感の場。

表題となった、《大伴家持へのレクイエム》を読んだ。この詩人の大伴家持への共感が、わたしにはとてもよく分かる気がした。わたしにも、忘れることのできない歌がある。

わがやどの　いささ群竹　吹く風の　音のかそけき　このゆうべかも

髙橋氏が引用した作品は、この作のすぐ後「うらうらに照れる春日にひばりあがりこころ悲しもひとりし思へば」であり、これは万葉集巻第十九の絶唱である。

髙橋氏は、あげひばりの光景と心象風景を重ね合わせながらその作品を次のように結んでいく。

ぼくはこの安定した快晴の空のした四月五月
兄と学友を喪った
哀しいのに空が澄んでいる　花花がきれいだ
木々がうすみどりに整列する季節
うつくしい秩序の中で家持のようになぜ哀しむのか

不思議だけれど、哀しみの深みにあるときは、花や水の流れや、空や木々が一際美しく感じられるのだ。風の音やクモの巣の揺れ、遠くの鳥の声、みな、澄み切って美しい。美しは、悲しであるのかもしれない。哀しみとは感覚をいやがうえにも鋭角にするものかも知れない。

《花花の中で》という作品がある。桜の咲く季節に亡くなった「兄」（そうとは書かれてはいないけれど、わたしには自死のように読める気がした）の死の悲しみ。花の季節は、八重桜、花水木と華麗に変わる。美と悲哀とはここでも、一つのもの、美は悲を抱えて完全なものになる。

この詩集の中で、わたしは《石器包丁》が好きだ。縄文時代の遺物の包丁、きちんとした形態の描写から、石器が目に浮かぶ。詩人は、縄文の家族への思いを馳せたのち、「言葉を探し文字を打つ／数千年以前のことばを思い」と結ぶ。数千年、人間にとって長い歴史、けれど、石器にとって、それはほんの少し前の出来事。そしておそらく、人間というものの在り方、こころの動きにとっても、数千年はほんの少し前の事だろう。はるか昔の自然に溶け込んで生きた縄文時代、ひとの家族への愛はいまの人間と変わりはない。

《悲しい鬼》も、また、美しい作品だ。鬼ごっこ、かくれんぼ、子供の遊びに登場する鬼。この作品の鬼は、こどもの遊びのふりをしながら、人の心に潜む異端、孤立、孤独、不安の鬼なのである。遊びの鬼の立場は入れ替わる。こころに潜む鬼は立ち去ると見せては立ちもどる。鬼とは、異形のもの、異形であるというだけで、ゆえなく差別されるもの。大和政権からみれば、縄文の暮らしを続けている東国の人々もまた、鬼であったのかもしれない。

この詩集には、詩人の生まれ育った地、埼玉入間地方への、愛着が深く描かれている。これは、大伴家持が検校として赴いた東国の防守たちへの深い人間としての共感を意識してのものかもしれない。これらの作品に描かれた埼玉入間地方の自然は同じ地方の生まれであるわたしには魅力だ。雑木林の光や落葉の下に覗く真っ黒な土の匂いをわたしも懐かしんで止まない。

このささやかな文の出だしは、この詩集の一つの作品を読んだ瞬間にうまれたものだ。これを、わたしは書きたいと思ったのは、その作品による。詩としてはとくに何ということもない作品かもしれない。同工異曲はあるいはあるかもしれない。にもかかわらず、わたしは最初の一行に心を奪われたのだ。作品は《大事なもの》

昨日いちばん大事なものを
失した
夜が明けると昨日の街へと
急いで私は電車に乗った

ついにはどこへいったか、どこでなくしたか、分からない。一番大切なものとはなにか、それもわからない。わかっているのはなくしたという実感だけ。喪失感の激しい不安だけ。

人間とは生まれてからいろいろなものをプラスしながら、付け加えながら成長するものではないのかもしれない。持って生まれた、あるいは神から与えられていたものを、喪失していく軌跡、それが人生かもしれない。喪失感、それが、人生かもしれない。サヨナラダケガ人生ダ、詩人はこの世の真実を語り出す存在である。

髙橋宗司という詩人は不器用な詩人である。器用にうまくまとめれば傑出した作品になりそうな素材をそのままに、ことばに定着している。それゆえに、わたしはこの詩人を愛する。

土地の記憶としての沖縄文学―大城貞俊『多様性と再生力―沖縄戦後小説の現在と可能性』

崎浜　慎

「沖縄文学」を定義しようと試みるとき、私たちはある困難に逢着する。沖縄人（ウチナーンチュ）が書いた文学？　沖縄の言語いわゆる「ウチナーグチ（またはシマクトゥバ）」で書かれたもの？　しかし、そうであるならば、沖縄生まれでない者は沖縄文学を書く資格がないのか、沖縄生まれだが移民でハワイや南米に移住した者が現地の言葉で創作するものは範囲から外れるのか――。定義は簡単なようでいて意外にむずかしい。人種や民族、言語などといった集団を規定する要素から離れて考えるべきなのかもしれない。

　本書の「序辞」で著者は明解に沖縄文学の特質を述べている。すなわち、①戦争体験を取り扱っていること、②国際性があること、③ウチナーグチを日本文学にどう取り込んでいくのかということ――である。これは沖縄文学の特質を言い当てていると同時に、これから書かれる沖縄文学の在り方をも指し示すものでもある。

　①の戦争体験は、作家の目取真俊が沖縄は「戦後ゼロ年」であると喝破しているように、沖縄を生活の場としている人間の主要な課題でもある。県民の四人に一人が犠牲になった沖縄戦の象徴ともいえる広大な米軍基地は、いまでも沖縄本島の15％を占めているし、日本全体の米軍基地の71％を沖縄が担っている。その現実を目の前にして、戦後は終わったなどとはとても言えない。②の沖縄の国際性については、戦前、極度の貧困のために海外へ移民せざるをえなかった沖縄の歴史的な背景がある。また、米軍基地があるために、沖縄県内や日本本土だけでなく世界から人が集まり、そこにさまざまな人種による「場」が生ずるという状況。それが国際的に開いていくというのも皮肉であるが、そこからは様々なドラマが生まれ小説に結実していったのは本書に述べられているとおりである。③の言語の問題は明治期の廃藩置県から現在にいたるまで沖縄の表現者が直面しているものである。どのように工夫をこらして書いてきたのかを、たとえば、地の文に日本語とシマクトゥバを織り交ぜた崎山多美の「ガジマル樹の下に」に見ることができる。

　　台風の日に、風《カジ》がばぁばぁする道を、破れた芭蕉衣《バサージン》を被って蝶々みたいにぴらぴらして村中を走りまわったり、共同売店の売り場で、他のおばぁたちとユンタクしていたかと思うと、アッタに、あばれだして相手につかみかかったり、とかね。

　このように、戦争体験や言語の差異など、一見「負」の条件とも見える要因が沖縄文学を特徴づけているということに注目したのは著者ならではの視点である。

　具体的に本書を見ていくと、まず第Ⅰ部で県出身の四人の芥川賞作家を取り上げ、その代表的作品と特質を解説している。沖縄文学に先鞭をつけた大城立裕や、東峰夫、又吉栄喜、目取真俊は比較的よく知られた作家たちであり、また、戦後の沖縄小説を語る上で欠かせない長堂英吉や、実験的な創作を試みる崎山多美などにも目配りが利いている。

　大城の国際性や沖縄人としてのアイデンティティーという問

題、東の基地の街を生きる少年の目を通して描く庶民の生活やシマクトゥバの実験、又吉の「原風景」と呼ばれる生まれた土地へのこだわり、目取真の沖縄戦の記憶の継承——といったテーマは沖縄文学の特徴的な「構造」として見られ、その後につづく文学も方向づけている。

第Ⅱ部第四章「沖縄文学の多様性と可能性」は著者が特に力を入れて書いた章ではないだろうか。著者が「沖縄文学三賞」と名付ける「九州芸術祭文学賞」「新沖縄文学賞」「琉球新報短編小説賞」は、それぞれ1970年代に開設され、現在にいたるまで沖縄文学の新人を生み出すものであり、また中央文壇への登竜門としての役割も担っている。著者はそのすべての作品に目を通し、この章にまとめている。資料としても貴重であり、巻末に付した『沖縄文学三賞』の受賞作家と作品」年譜とあわせて読まれたい。

この三賞を作品ごとに腑分けし分類していくことで見えてくるものがある。

「戦争と平和（沖縄戦・自衛隊など）」「国際的な視野（外国が舞台・基地・外国人との交流）」「沖縄アイデンティティーの描写と追及（土着・文化・民俗）」（「新沖縄文学賞」受賞作品のテーマごとの分類）はその一部の項目だが、どの作品もなんらかの項目に該当する。

各作品のあらすじを追っていくだけでも、多岐にわたるテーマや、沖縄戦後小説の歴史が持つ厚みを体感することができるだろう。

著者は「沖縄の作家たちは、今を真摯に表現する。過去を描いても今の沖縄の状況に倫理的であろうとする」と述べている。あらすじを一通り読んでいくうちに、ある感慨にとらわれる。さまざまな表現者が基底のテーマにこだわりつつ、独自の主題を追求していった軌跡を目の当たりにするからだ。それはたしかに、日本文学には見られない、連綿と続く沖縄文学の営みであろう。

第Ⅲ部は「沖縄文学の視座」として、近年の芥川賞受賞作品とノーベル文学賞作品を読むことによって、沖縄文学を掘り下げていく新機軸を打ち出している。興味深いのは、日本文学と世界文学を比較することによって、私小説、自然主義を主としてきた日本文学の特殊性が浮き彫りにされることである。移民問題などによる「越境」が小説の主流になっている諸外国と比べ、日本社会はあきらかに閉じている。そのなかでも例外的に沖縄文学は日本文学を飛び越えて、世界文学の方に近接している印象を受ける。それはなぜなのかと考えることから、新たな日本語やシマクトゥバによる文学をつむぎだしていくことが可能になるのかもしれない。

世界文学のなかでも特に「土地の記憶」がテーマとして取り上げられているが、著者は沖縄文学の方向性を考える上で、それを示唆的にとらえている。沖縄戦の経験が今後の沖縄においかに継承されていくかが課題であろう。たとえ風化にさらされても、いま自分が立っている土地を見つめることによってそれを克服できるように思える。著者の言葉によれば「それぞれの土地の記憶を、己の記憶として組み立てること」である。沖縄という場所で書く者として励まされる提言である。

共鳴する　長嶺キミ詩集『静かな春』に寄せて

近藤　八重子

長嶺キミ詩集『静かな春』は、詩人たちのさまざまな思いの詩を呼び覚まします。

昭和・平成・令和を力強く生きながら植物や動物に愛情を注ぎ、観察しながらその瞬間、瞬間を種子に変えて未来へ飛び立たせる希望に溢れた詩集です。

同じ時代を生きた女として母として共感したり同情したりして拝読しました。

長嶺キミさんの生き方を多くの人たちに読んでいただきたい詩集です。


長嶺キミさんは画家であり詩人です。

令和元年八十四才の御主人を亡くされ、その悲しみが詩の中で夫婦としての柔らかく温かい絆が絹糸のようにしっかりと織り込まれています。

あの世に旅立つ大切な人たちは何故、美しい思い出だけしか残さないのでしょう。

命に寿命があるように夫婦として過ごす時にも寿命がありま す。

詩の奥深い所で作者の悲しみが伝わりました。

お父様もフィリピンで三十三才の若さで戦死され　その時キミさんは六才だったと詩中にあります。

遺骨はなく墓の中には小さな木の御位牌を埋められたそうです。

残されたお母さまはその後三人の子を苦労など言葉にしないで育て、九十七才の夕刻、あの世に旅立たれたそうです。

この戦争にまつわる詩を拝読した時、栗原貞子さんの「日の丸の旗はなぜ赤い」という詩を思い出しました。

日の丸の旗はなぜ赤い　かえらぬ息子の血で赤い
白地に赤く血をしたたらせ　ああ怖ろしや日本の旗は
日の丸の赤は人民の血　白地の白は人民の骨

こういう思いで日の丸の旗を見ておられる母がいらっしゃった事実。

戦争を体験された岡崎澄衛さんの詩に「爪を切る」があります。

人間天皇の時代　中国軍の砲声が日々迫る日
戦死者の小指を焼いて遺骨をつくった　人間を焼く匂いは
　嫌なものだ
小箱に納められて遺族の元に還る小指
私は生きて帰り老いて硬くなった爪を切る

他にも戦争体験詩が何冊か届きました。

日々死を覚悟しながら生き、時には狂気に満ちた残忍な行動も記されていました。

戦争体験詩を拝読するたびに平和のありがたさが胸いっぱい

広がりました。
　長嶺キミさんの「ふるさと」に出てくる彼岸花にも戦争中の
悲しい詩があります。
　別名・曼珠沙華。

大東亜戦争の中　硫黄島に真紅な花が咲いたという
軍の命令で少年兵たちが自決させられ
少年兵たちの臓を禿《は》げ鷹《たか》が喰いちぎり血が飛び散り
腐乱していく少年兵たちの死体の下から芽を出し咲いた花
　が真紅で
血の色をしていたから人々は血の花と呼んだという

　この詩を読んでから、ある老人が彼岸花を死人花と言ったの
を思い出しました。
　私の山里にも秋を告げるようにあちらこちらに彼岸花が咲き
ます。
　彼岸花の球根は毒が強いので田を守るために畔に穴を開ける
もぐらが来ないように、田の畔に彼岸花を植えていること昔人
の知恵も最近知りました。
　詩集『静かな春』で最も心動かれた詩「待つ」があります
　二〇一一年三月の福島原発事故の「逃げろ」という短い言
　葉を

聞きもらした老夫婦は　ここに残った
五月にはいつものように燕が来てくれて　いつものように
　巣作りをし卵を産んだ
雛は孵化するとすぐに死んだ
我が家の燕も隣家の燕も四軒もの雛は死んでしまった
野鳥のほとんどが姿を消し　飛ぶ鳥のいない黙した空を眼
　の奥に宿して
老夫婦は床の間を背にして座すようになった
この映像はどこにも送られなかった

この詩を拝読した時　知る権利を奪われた現実を知りました
目に見えない放射能汚染の恐怖が隠れていることを
私たちは知る必要があると感じました。
この青い地球《ほし》を支配しているのは人間です。
戦争も平和も原発も人間の手でつくられているのです。
尊い生命を最優先に考えてほしい地球人たち。
長嶺キミ詩集『静かな春』は悲しみも辛さも種子にして静か
な春の大地に幸せの花を咲かせたいという願いが詰まっている
詩集だと思います。
　一人でも多くの人に読んでいただき和やかな気持ちに導かれ
ますように。

家族愛の咲く詩集
―長嶺キミ詩集『静かな春』

照井　良平

まず、詩集のタイトルにもなっているⅡ章の冒頭の詩篇「静かな春」を取り上げよう。

《折り損なった／白い折り紙が／部屋に散らばっている／／モノクロームのぐちゃぐちゃの／冬の月は／雪雲の天井にあって／間違えてしまった折り線を隠し／奥底の皺を隠し／虚しさまでも隠して……中略……月よ／わたしの空の白い月よ／ときには窓を開けて風を入れよう／冷たく縮み込んだ記憶を棄てて／移ろう季節に／その身を任せてみよう／静かな春が／きっと来るから》

読後に、やはりこの詩篇が詩集の多くを語る詩だなと思った。父親の比島での遺骨もない戦死、加えて母親のその後の三人の子育て人生模様、辛苦などが《折り損なった……》の描写に含まれているものと推測できる。そんな年月、生きた日々をを詠う詩篇「野の花」に《野の花よ／それが運命なら／それを生きよ》とあるように、紆余曲折があったとしても運命として希望を持ち、何とか乗り越えてきた。と、Ⅱ章にはそうした年月を詠う詩篇が多い。上げれば、詩篇「秋草」では《深い雪のなかで／種子は夢を見る／はるかな過去の自分でない自分が／何かを準備するのを》。詩篇「白い雪の下」では《雪の下の／泣きながら寝入った種子の／傷は癒されてゆく》。詩篇「冬の夜に」は《冬の夜に／樹という樹は、それぞれに／みんなすっくと／立っているではないか》のようにだ。また、Ⅱ章は花の名のつく植物に包まれた、四季の季節感を詠う詩篇も多い。美術教師として自らも絵筆をとっていたからであろうか。思想性を持つ絵画的な詩篇が多く見られる。一例として詩篇「また会えるよ」の部分を引用すれば、《もうすぐ黄金色に染まる稲穂の／向こうの西の山々は／夕闇の影を濃くしている／燃えつづけた／太陽が／炎のすべてを内に秘めたその姿を／大きな赤い円に描いて／刻々と落ちてゆく／／いまは黙しているけれど／いまは西に沈むけれど》

この絵画のような言の葉の対象を見る目は絵描きの目をした描写である。さらに詩篇は他の詩篇にも感じるところの輪廻転生の世界も持ち合わせている。

こうしたⅡ章の詩篇はⅢ章の詩篇「残照」の中の《きみは／そこに種子を置いたか》に通じている。

私の知る盛岡市出身で、ハリウッド俳優のユル・ブリンナーが注射針の絵（絵のような）を購入していったときに生まれた、嘘のようなエピソードを持つ前衛美術家の村上義男氏は自身も詩を書き、読んだこともあるが、絵描きは詩人と仲良くするべきだ、した方が良いと、よく語っていたことを思い出す。

また、詩篇「たんぽぽの花」も絵画的だがその色には思想がある。「じゃがいもの花」の詩篇も同様である。つまりこの2篇だけではないが詩に奥行きが生まれ、創造力を掻き立てられる。故に、詩の高みに連れて行かれる詩が多いのはこのためであろう。

さて、Ⅲ章に「残照」という詩篇があるが、残照を国語辞典で調べると「夕日が沈んで周囲が薄暗くなっても山頂などに残っている太陽の光（ベネッセ）」とある。詩篇の冒頭の詩行に通じ、再掲するが《君は／そこに種子を置いたか》の意味を含んでいる。
詩行のそことはどこであろうか。著者の生きてきた世界にということであろうか。詩篇「待つ」では2011年の3月の被災地に取り残された老夫婦は何を「待つ」のだろう。詩篇「大地」でも《それぞれに待っている》とある。が何を待っているのだろうか。この世の向こうの世界ということであろうか。
そんな詩行・詩語の世界を探すことを始めた時にその在り処を示しているのが、詩篇「白い花」では《それでも／先祖伝来のこの大地は／白い花を育んでいる》。詩篇「小さな魚」では《小さな魚よ／おまえの祖先の住んだ川を／わたしは知らない》と詠う言の葉の中にあるのではないか。
同じく詩篇「4歳の誕生日」にある《幼い子は／ハッピィバースデイを歌っています》。詩篇「今　二〇一七年十月」では《大きい孫は　二十一歳です／震災の年に生まれた／小さな孫は六歳》に種子の意味が込められていないか。勿論、世界全体が光に包まれることも願っていることは確かなことだが。
所謂、祖先から次の世代へ種子を繋いでいく輪廻転生の世界を示している。詩篇「ICU室で」では《立ち上がらねば／身体のどこかに力を込めたような／そんな記憶が残っている》。詩篇「再生」では《杉よ／ふたたび生きよ／平地のなかで形を変えても／新しい使命に／ふたたび生きよ》
こうして、希望を持って世間を生きようとする姿の基になっているのがI章の中にある冒頭の詩篇「ふるさと」である。それを引用すれば、
《その／玄関に立つと／格子戸のガラスのむこうに／影が映る／／…中略…だれもが見てきた／この地の／ふるさとの中に立つ影が映る／／父は…中略…比島で戦死した…中略…享年三十三／／母は…中略…苦労などは言葉にしないで…中略…九十七歳の夕刻には／旅立った／／夫は…中略…通院…中略…そして入院／「くたびれるから　明日はこなくていいよ」と…中略…言葉を残して／翌日の明け方に逝ってしまった／／遺影の中にみる／ふるさと／／ふるさとは／そこにある》
この詩は、すでに亡くなっている父、母を詠い、夫を詠った詩であるが、この他にもI章は父、母、夫を詠った家族愛の詩篇で多くを占めている。著者はこの縄文にも通じる祖先と結びついた家族愛をふるさと、と呼んでいるのである。
私の「ふるさと」と言えば《ふるさと／ふ　ふ　ふるさと／この響きこの音色だけで／透明にみずみずしく山河を詠い／赤く想い出が芽吹く》
こんな、遠方からややもすれば自然を詠いたくなる「ふるさと」である。ところが、著者の詩篇は人間以外の他者にも心が向き〝メイ〟と名付けた愛犬を詠っている詩も数篇あるがこれらの詩、タイトルの詩も含め家族愛に満ちた詩である。さらに、Ⅱ章・Ⅲ章の中の詩篇も家族としての直接的な詩語はないが、間接的に波を打って伝わってくるものは「ふるさと」に通じている家族愛である。
そういった視点を見せる詩集『静かな春』は、心の芯に沁みる読み応えのある家族愛の詩集である。

声で伝える　鈴木文子の朗読の会 編
合同詩集『心をみつめて』をみつめる

速水　晃

心、つまりは私というものは、わかったようでわからないものです。合同詩集のタイトルがなければ、書店の棚では心理学、ユング心理学の近くに置かれているだろうと楽しみます。深層で私をつき動かす力、原動力を明らかにしようとする過程は、「もうひとりの私」を探す旅であるのでしょう。日記のように一日の私を振り返り明日をみつめるのか、手紙のように他者へ思いを届けるのか。そこには自己存在の確認と客観視、生きることを実感し創造へ向かう力が働くでしょう。また、黙読ではなく聴き手を前にすれば、私というものを新たに発見し覚醒させるでしょう。新川和江さんの提案、細かなアドバイスと命名によって誕生した「声で伝える　鈴木文子の朗読の会」、五年目を迎える節目の本詩集上梓です。市の「公報」の呼びかけに応じた八名プラス鈴木さんの、毎月一回から二回へと増えていく活動は、自らの、互いの心を温かくみつめ、自他理解から「語り部」の場へと発展していくのでしょうか。

詩集冒頭は新川和江さんの序詩。「木かげ」のもつ柔らかさ爽やかさ、小さな木が象徴する世界、枝葉のそよぎと共に木の息吹き・心を感受し、清々しい風が通りぬけます。子どもや小さな木の成長発達を見守り支えて、成長の喜びを伝えるおかあさんや大きな木は、会の発展と新たな人間形成を示唆しているようです。支える新川和江さんの存在も小さな木であり子どもであり、共に歩んでいきましょうね、という謙虚な姿勢で現れてくるように思います。

「宝石　四篇」の藤井民子さん。「野鳥」は「夫が定年になって／庭の木に餌台を作った」ことからはじまった「毎日の日課」、ひろがる楽しさと野鳥への気づき。「幸せを運んでくれる／青い鳥　来ないかなー」と結ばれますが、藤井さんの側に来ているのではないか、とグリムの童話を思い起こします。「宝石」は「私から見ると／ガラクタのオモチャ」だが、四歳の孫が望んだ「宝石」を土産として渡されます。「ビーズの腕輪を……／早速　腕につけ／満面の笑顔が宝石だ」、と民子おばあちゃんは感じる。藤井さんの幼い頃、今ではガラクタのように見えますが自分だけの創造（想像）の世界がひろがっていただろうと思います。「あんなに喜んでくれる孫」の心に、「私の宝物」をみつけたのだ。その心の、ひろがり。

「町中散歩　四篇」の窪谷泰子さん。「町中散歩」は、「商店街のいせいのいいよび声」や店の総菜が放つにおいがただよってきます。「何だか私もウキウキ」しつつ、「安くておいしい物は」と思案するのは堅実な主婦の知恵、と男の私は思います。「そうだ奮発してステーキでも焼こうか」との思いは、「夫の笑顔がうかぶ」につながります。「おいしい物作ろう早くかえって」との思い、夫婦同じ方向を進まれ心は満たされているのでしょう。終連「なんとなく　寂しい」と繰り返され不安になりましたが、寒い寒い冬を迎える心でした。その「寒い冬」は「懐かしい母のお汁粉」につながる昔を運び、温かな味に。

「山百合　四篇」の山﨑清子さん。「つつじの藪の小枝の中を／上手にすり抜けて／花と蕾は　すこし揺らいで」いるのを目にし、「心が痛む」と表現されます。その一方で「ずーっと日陰で　少しずつ明るさを求めて／（略）／花は　あたり前の顔して…／／茨の道なぞ　無かったように」と捉えられます。相反するような心は、「九十歳のクラス会」を重ねることで明確な像を結びます。女学生時の勤労奉仕と学校工場の縫製作業の間の「二時間だけの授業」。「欲しがりません　勝つまでは」の決戦下、「心の中はいつもすきま風」。作業台の下で「少女の友」等を回し読みする楽しさ。「詩　散文などの　同じ作品を」持ち寄って作りあげた冊子「信濃路の四季」の喜びと実感が行間ににじます。暗闇に揺れる灯りのように。

「夏の晴れ間に　五編」の永田浩子さん。「夏の晴れ間に」は「明るい空が注ぐ雨は／（略）／枯れそな心を潤すように」と結ばれます。私たちの発する言葉は他者を「いたわるように」、その人らしさを「濃く」するように、「静かに／青みをおびて真っすぐに」心を潤しているだろうか、と内省。「残り少ない命」に直面しつつ、「大地に鍬を振る」って「種を撒いて行く」人の詩「スナップエンドウの花が咲いた」。「春　畑いちめんに白い命が咲き／やがて　実をつけた／緑濃いふっくらとした実りだった」との表現に、意志ある命の継承と心が写すモノをみつめます。「残された私は縁ある人々に／『天国からの贈り物です』…」とあることで、その人は身内であり、次の連で夫であることを知るのです。「愛しいものたちを／いつまでも見守り続けたい眼差し／エンドウの花　開いた」の詩行は、互いの思いが交差し結ばれていく様を感じます。

「辺野古の海　四篇」の太田章子さん。「『ふくしま』を」は、「外が大好き」な歩きはじめたばかりの男の子が「土を掘り掘りし、道端では「つるつる　でこぼこの石」に興味をもって行動する様子を描きます。次連は「『外に出ては　だめよ』」／『ふくしま』の子どもたち／おかあさんに　何度　言われたことだろう」と遊びの場を対比し、「放射性物質」の残る「ふくしま」に心を添わせます。「辺野古の海」は埋め立ての現場を眼にし、座り込みに参加された体験が生きています。基地を囲む金網の先端は「動物園のオリ」とちがい、住民に向けられていることを知るのです。本詩創作時の県民投票は「『基地建設反対』が七割を超え」ましたが、今も杭は打たれ、遺骨を含む地の土砂が投入されています。家族と同様に、我が事として他者・地の心をみつめ考えられている太田さんの心を強く感じます。無関心を決めこまず、外へと開かれた世界です。

「お岩さんになった師匠　四篇」の野口正士さん。女性の「詩人のSさん」は「荷物を持って／宅配便業者を目指して暗い道を急いで」いて転倒、荷物を手放さず「右の頬から着地して強打」されたという。その後の二人のやり取り、自らを「お岩さんだよ」というSさんの言動等が描かれます。あるがままに受けとめ、ユーモアを忘れず、しなやかに生きておられるSさんは師匠と呼ぶにふさわしく、読者の私も尊敬の念をいだきます。気がつかなければ死地となった浴槽で「気分良くて眠った」という体験、「暖かい布団」で眠り「いい気持ちで眠っていて／入浴中のことで気分が良かった」夢を重ねた詩「夢の中で逝けたら」。お風呂大好きな方らしく、「一日の疲れを取るには／最高の場」、「入浴の夢を見ながら逝けたら／幸せだろうな」との理想に湿っぽさはなく、くすりとさせられます。

「ホハル　四篇」の清水美知子さん。二〇一八年の西日本豪雨は、岡山県の真備町を濁流となって襲いました。「星一つもない空の下／一足早く立ち直ったホハル／ホハルだけが豆電球をつけてライトアップ」というのはテレビで視聴されたのでしょう。「ホハル」のことを夫に訊き、真備町や身体障がい児施設「ホハル」に心を添わせます。生活を取り戻すのは先のことになるでしょうが、「帆を張る」町や施設が出航への風や支えを受け、光輝いて欲しいとの思いが託されています。「出会い」は「貴方は雨の中／原水禁のビラを配っていた」とはじまり、「貴方は恥ずかしそうに／声をかけてビラを手渡した／（略）／ビラ一枚が／二人の縁」と簡潔です。淡々とした表現に、今も続いているだろう二人のかかわりが見えてきます。

「心をみつめて　六篇」の羽賀壽子さん。「わたしの名前　壽《ひさ》子《こ》」は、小学校入学を前に父は「ひさ子が大きくなって喜ぶことが／とっても多いように」と命名への思いを伝えます。娘に意味は「解らぬまま」、書くには難しいだけ。結婚式では風呂敷に同じ文字を見つけ、「私の名前　黙って使ってるぅー」と大声で泣き、困った母に「お風呂敷の字から戴いたのよ」、と言われたとか。続けて「私には　心の財産が二つある」の述懐となり「私は、辛い時、嬉しかった時、両親の／やさしい声や笑顔と共に　生きてきた」と感謝されます。喜びがひろがり、生きぬく力となっていると想像します。テレビで満開の桜を観ている私に、孫娘は「私の心をよみとった」ように亡き夫と桜の下で歩く絵を描いて手渡したという詩「心をみつめて」は、互いの心をみつめあい分かち合う心をみた思いです。戦時と今の状況が瞬時に重なる「コロナの夏とペスト菌」は、時間・空間が一つになり広がり深められていく映像です。

「我孫子だより　四篇」の鈴木文子さん。利根川沿いの現在に過去が交差し、遡っていくことでみえてくる情景、「ふるさと　千葉県野田町」への思慕を感受しました。「我孫子だより」のような激しい闘争の時期を持ちませんが、今の、穏やかな光景に私も「仲間たち」を思いだします。「二人づれで」とあれば一瞬で青春回帰、誰と？　と思いを飛ばします。「仏の座」は利根川が背負ってきた悲しく惨めな女性たちの歴史、その鬼気の様相をみつめ感じ取ってきた植物が写す今と昔なのでしょう。「利根川には／時おり　世界の空が降りて来るらしい」とはじまる「秋　蒼い空の記憶」のひろがりは、アフガニスタンの女性へつながります。「空色のロングドレス」、「ブルカ」という伝統服を羽織り、差別されてきた女性の心をふんわりした印象描写で包み込みます。「郷土の雨乞い祭り」はお囃子にのって遠い町へ戻り律動と人の流れを感じ、祭りの最高潮から暗転、創造性のない現代社会へと落下していく想い。

私も老いへ向かっておりますが、みなさん老いの悲観はなく、何時、何処からでも出発との気概をお持ちであることが大きな喜びとなりました。恣意的な感想をお許し下さい。

命の不可侵性を蔑するおぞましい国家で「人間をやめな」かった詩人の生と思想
吉田正人詩集・省察集『黒いピエロ　1969～2019』

山口　泉

新型コロナウイルスが猖獗《しょうけつ》を極める世界で、日本が際立って度し難いのは、安倍晋三から菅義偉へと独裁を強める政府が、自らの招いた破局を認め対処する道義を持ち合わせない点だ。この構図の、東京電力福島第一原発事故と、なんと酷似していることか。

危機はその国家の本質を顕現させる。〝死が鴻毛《こうもう》よりも軽〟いのは『軍人勅諭』（1882年）のみの価値観ではない。「原子力緊急事態宣言」下の「東京五輪」招致という、世界に恥ずべき醜行の成れの果ての今日の事態を糊塗しようとする企みの影で、いままた『命』は何重にも蔑《なみ》されている。

私は『週刊金曜日』連載「肯《うべな》わぬ者からの手紙」やブログ「精神の戒厳令下に」、遡っては「3・11」直後の著『原子野のバッハ』（2012年／勉誠出版）等でも命の不可侵性への冒瀆を批判してきている。そこで言及した故・横塚晃一氏（『母よ！殺すな』1975年／すずさわ書店）や、堤愛子氏（「ミュータントの危惧」『クリティーク』88年7月号／青弓社）にも通底する深い思想的営為と、このほど新たに出会った。

《あ、彼らは、人間を埋葬するために偏見を必要とし、僕たちは、人間を取り戻すために偏見を埋葬するのだ！》吉田正人「冬の断片」（一）

吉田正人（1947～2019年）は、静岡県清水市生まれ。「先天性脳性麻痺」のため40歳頃には歩行が困難となったという。10代で詩作を開始、東海大学在学中から当初は「ガリ版印刷」で、和文タイプを経た後にはパソコンにより数十部ずつ製作した詩集は、友人に配ったり静岡駅や清水駅の地下通路で自ら〝坐り売り〟したりした（氏の伴侶・高畠まり子氏編纂の年譜に負う）。こうして99年までに60冊が発表される。

本年でその吉田の詩集・省察集が続けて刊行された。『人間をやめない　1963～1966』『黒いピエロ　1969～2019』（共にコールサック社）。本稿での引用はすべて、私がつい最近、恵贈に与《あずか》ったそれら両書に拠る。

《障害者に加えられる社会的差別は、人間の全的解放を通じてしか根絶し得ない》。故に《あたかも障害者問題という、自分に無関係な問題が独自に存在していると考えているよう》な人々の用いる「社会復帰」という言葉はその欺瞞が根底から批判されるだろう。

《誰が、何処から復帰するのか？　復帰すべきは、障害者にあらず、むしろ、社会が、立ち返るのだ》（以上『奴隷の言葉』から抄録）。

《死んだのは　僕ではない／死んだのは　ベトナムの兵士》《死んだのは　僕ではない／死んだのは　ケロイドの女》《あ、死んだのは／僕ではないが／せめて一言　言わせてくれ／――彼らを殺したのは／お前たちだ！》（「死んだのは…」部分）

――こんな作品を含む「詩集」を作者自身が路上で売っているのに遭遇したなら、それは紛れもない「幸運」というものだろう。

性の扱いや、ある種の「宗教」的語彙、先行する文学者へのナイーブな傾倒等、私とは志向が異なる部分もある。だが、ここに既存の制度圏ギルドと次元を異にした本源の「詩人」が屹立していることは、疑いない。

　99年発行の60冊の詩集には先駆的な警告も刻まれていた。《天皇という「体制」を守ろうと君が代を歌ってきたこの国に、人間なんかいた例《ためし》はないですものね。それには標的には格好の原発が、元よりこんなに沢山あるんだから、戦争なんか始めたらそれこそ終わりではないでしょうか》(「電網書簡　癒しへの道」下／ルビ原文)。

　もはや、魂の死臭に鎖《とざ》された日本。この国で、かつて路上から発信され続けた洞察が蘇る。《今日、〈無〉を自覚することの出来る人たちは、幸いである。——明日は〈無〉を超えることが出来るであろう》(「冬の断片」二)

＊「ミュージックマガジン」２０２０年11月号より転載

吉田正人詩集・省察集『黒いピエロ　1969～2019』

照井　良平

この書を手に取ってまず「えっ?」と思ったことは、「省察集」も入っていることだ。

具体的には詩集は短篇の詩篇が4篇～15篇ほどにまとめられたものが4詩集。長篇の詩篇が一篇から数篇にまとめられたものが30詩集の「詩集集」、と省察集の20数省察から構成されている。

言わば、作者の書き手としての生涯の作品集、鳥瞰図的な鳥瞰集といったらよいのだろうか。509ページに及ぶ大作である。このような書の書評となると、何をどのように手掛けたらよいか迷うところでなかなか手強い感を受ける。そんな中でも詩集の表題の一篇「黒いピエロ」が大きな鍵を握る重みのある一篇とみて、この詩篇を取り上げ、それを中心として書き進めたいと思う。

さて、VOL.１『黒いピエロ』の詩集にサブタイトル的な「あゝ、彼らは、人間を埋葬するために偏見を必要とし、僕たちは、人間を取り戻すために偏見を埋葬するのだ」とする端詞が不意にあり、その詩集の中にムダがなく透明にグサッと収められている一篇、「黒いピエロ」の詩篇は次の通りだ。

彼は　舞台には立たなかった／客の白けた笑い声を／せめて彼女にだけは／聞かせたくなかったから／／もの言わぬピエロ／人は　彼を一目見ようと／彼の虚ろな楽屋に／赤い風船を持って訪ねて来る／／天才の名に相応しく／彼の居る所／つねに　嘲笑の悪臭が立ち込めた／／楽屋で　人は彼の裸体の／いくつかの赤痣を見る／あゝ　その時　赤い風船は不覚にも／呪いの針に刺されるのだ

ピエロは勿論道化師で、作者であろうと思うのだが、では「黒い」とはどういうことであろうか。辞書では「公正でない、悪い心がある」とかの意味がある。真っ白く生まれた人間に対し、詩篇に実は裏の生き様は悪者で本当にそのように生きている。とかそいった意味で使っている訳ではないだろう。ではどういうことなのであろうか。と読み解いていけば、世間を開き直って見ている。裏から見て見る。などと視点をかえた角度から見るといった見方の方が当を得ているのではと思う。

同じように詩篇の嘲笑の対象の意味を持つであろう詩語「赤い風船」に対しても、やはりまたしても聞いてみたくなる、創造力を掻き立てられる詩語を使ってくるのだ。これらの言葉の背景を知るためには他の作品も読んでみなければ作者の言いたいことが摑めない。

そこでこの「詩集・省察集」の冒頭にあげているVOL.１の詩篇「日本やぁーい」を読み、紐解けば日本をどう見ているのかが見え、ほぐれてくる。激しい詩語で対象を「胡麻すりだぁ、野太鼓だぁ、金魚の糞みてぇな奴ら」と呼んでいる。確かに政界とか経済界には〈どうも〉という人格の持ち主とかあるいは会社などの、社会組織・人間にも疑問符を抱かざるを得ない類もあるだろうことは理解できる。が、しかしみんながみなではないだろうと思うところでもある。ですがですけれども、驚くほど冷笑的で痛く直接的な詩語で対象を表現し世間を見ている。
見方を変えれば二極化、二元論的な考え方、見方で読み解いていくのも一方法であろうと考えられなくもない。そこで、まずサブタイトルであげた端詞中の「彼ら」としている立場の対象は、詩篇の中から語句を拾いあげれば「胡麻すり、インテリ源ちゃん、貴族…」等であり。もう一方の「僕たち」を対象としている詩語は「負け犬、赤痣の持ち主、抵抗者、排他される者…」等である。

言わば、世間を本質を見ないで偏見で持って見ている人たちの「彼ら」が、世間の不条理に対し、効率的でないとする目、見方。偏見を持たなければ存在価値を見出せないとする目、思考など。ややもすると己を殺して立ち向かいあるいは理解しなければならないところを、それを埋葬と呼んでいる。

その埋葬する彼らを可逆的な冷やかしの詩語、詩行によって糾弾する言葉、詩を僕たちの思念の偏見とし、埋葬から解放とすることが徳性のある人間を取り戻す行為と解釈できるので二極、二元である。

それはズバリその通りであると理解し、詩篇はとなればその多くがきりっとし、饒舌に洗練されて書かれている。であれば「冷やかし」が対象を冷笑的で直接的な詩語で表現する理由は何であろうか。

そこで詩篇の中から「僕たち」を多方面から言い換える言葉「絶望、敗北、報いのない努力、孤独、自分を卑下」などと取り柄のない人間とみているのは何であろうか。人間の生き様を深く追求考察する哲学的に見つめる目の裏返しの表現、言葉、ふむふむと納得できる言葉。そう、僕たちが今日の絶望を生きていくための徹底的な冷笑、反逆なのではなかろうか。と目が所せましと見えてくる。

詩篇の多くを読んでいるうちに収束・収斂してくるものは、どんな境遇、どんな立場、どんな環境にも左右されずに、「彼ら」「僕たち」が等しく生きることができる宇宙の中にある地球の山であり、川であり海である場所、居場所。この地のこの自由の中で生きることができる人間である。と、レヴィ＝ストロースの『野生の思考』にも繋がる「人間の存在」を追求した書である。そう言いたい。

鋭利な金言・箴言も厳しければ厳しいほどに、自分を見つめ、存在意義の追求に繋がっていく厳しさを持ち合わせている査察であるのかもしれない。とも思われるのである。

詩篇は哲学的で「無の自覚、愛と宇宙、漂白」とか生活感の薄い抽象的な詩語が多く、具体的でない。このため多くの詩篇を読まなければ、なかなか理解できないところもある。反面、手応えを覚えるところでもあり「黒いピエロ」にみられるように引き締まった詩篇が多く実に見事である。

読んで得る物の多い好感を書評としておく。

*右記書評は104号に掲載されましたが、346頁3連3行目の引用などに誤りがあり、左記のように修正いたします。
《偏見を必要とするのだ」と、?とする》→《偏見を埋葬するのだ」とする》

『証言・昭和の俳句　増補新装版』（黒田杏子聞き手・編者）第二部より転載 プロフェッショナル

対馬康子
一九五三年生・「麦」会長／「天為」最高顧問

とにかく面白い。どの語りも潔く忌憚がない。デジタル時代が失った厚みのある人間像に圧倒された。黒田杏子さんの世代は戦争を体験されている。そして杏子さんはその戦争の直接の当事者であった俳人から貴重な聞き取りをされた。それは、相互の信頼と周到な準備の上でなされたプロの仕事である。私は「戦争を知らない子供たち」と歌われた世代だが、戦争は現実の「モノ」として身近にあった。そのあとは戦無派世代となり、そして戦争を全く理性で知るしかない世代となる。その意味では、杏子さんの渾身の大作である俳句界の巨人たちの貴重な証言に対して、率直な感想を残しておくことが私たちの責務であり、この与えられた機会に感謝したい。

（以下文中敬称略）

第一章の桂信子は、戦前の女学校を出られたキャリアウーマンの魁の作家である。近畿車両の社長をはじめ多くの役員たちの面倒を二十年もみられた。戦後の高度経済成長を支えた「できる男たち」を見定める眼があった。日野草城には人生の変転の中に虚と実がない混ざって、できる男たちにはできないことをやり遂げていることに対する、深い畏敬の念を終生持ち続けた。山口誓子に対しても同様の視座を感じた。

実の世界を見極めながら、人の世はそれだけではない、もっと大切なものがあると決然と実行に移し、「草苑」を創刊するに至った。

「俳句そのものをおもしろおかしく詠えばそれでよいというわけにはいかない。いま、そういう俳句がいいというふうになってますけど、造物主の、自然にあるそのものを詠うべきだと思います」「永遠のものがあると思うんですよ、消えないものが。そういうものを詠いたい、詠うべきだ」と、実に颯爽とした詩人である。「冬滝の真上日のあと月通る」は、まさに造物主の深淵な世界の一句である。

二人目は鈴木六林男。関西の義理と人情を貫き通した作家である。私の夫の両親も関西出身で大正生まれだが、戦争の時代の昭和に比べて、大正デモクラシーの名残を思わせる。精神の伸びやかさと、人と人との濃密な付き合いが現実のものとしてあった時代なのだろう、反骨精神のかたまりのような、しかし損得を抜きにして友を許し、応援する度量の大きさに惹かれる。関西人の筋を通す面が、西東三鬼のスパイ疑惑を晴らす、死者の名誉回復という極めてまれな訴訟を行い勝訴するという快挙を成し遂げた。それは新興俳句運動の象徴としての西東三鬼の名誉を回復するだけでなく、新興俳句運動そのものの文学的意義の存亡をかけた戦いであるという明確な認識のもとに、俳句は第二芸術ではないということの戦いだったのだ。「水あれば飲み敵あれば射ち戦死せり」の句など凄まじい時代の悲しみを詠んだ。

山口誓子が「天狼」を同人誌から主宰誌に変更する経緯につ

いて、誓子を作家として評価しつつも、冷静に批判している。大家といえども堂々と批判する風通しの良さが、当時の俳人達の間にはあったのだ。また、阿波野青畝が無季俳句を標榜する六林男に話した「写生写生と言いますけれど、写生みたいなもの、どうでもよろしいよ」という言葉も大胆である。四Sの中でも青畝は少なくとも客観写生の対極にある作家であると思っていたことが腑に落ちた。

三人目は草間時彦。杏子さんは六林男は講談調、時彦は浄瑠璃調と、うならせる観察眼を示しておられる。鎌倉市長を務めた父上を持ち、有馬朗人と同じ武蔵高校に進学したが、肺結核のため学業中断の上、製薬会社の三共のサラリーマンとして立派に勤め上げた。実業界のことに長けているので、角川源義という経営者と肝胆相通ずるところがあり、俳句文学館建設という田中角栄まで巻き込んだ大事業の推進の部隊長として、俳人協会理事長の要職を十八年間も務められた。

浄瑠璃というのは、そのストーリー展開は極めて複雑で、人間関係の機微などが面白さの一つである。そのストーリーの一つに、俳句文学館建設があるが、資金作りのために、寄付と会員参加権と一体として一億円以上集めるという、多くの関係者の関与する複雑な荒業に由来していることを知って驚いた。協会員になれるということの貴重な価値に気づき果敢なビジネスモデルを打ち立てたことは、コロンブスの卵的な発想である。それにしても政府からの二億円の補助金や笹川財団などの協力は、角川源義が自らの土地を売り、そのおかげで政府からの土地の払い下げを受けることができたからであると知り、俳句のために純粋に私財をなげうつ財界人がいたことに感銘した。しかも完成を見ずに、鬼籍に入られたのである。

「大正から昭和にかけての俳句を貫いてきたものはやはり虚子の選だと思うんです」「その虚子の選を正しいとして評価する俳句と、それに対してノーだと言う俳句が出てきたのが現代俳句協会と俳人協会の分裂じゃないかなあ」「昭和二十何年から三十年にかけて虚子も老いたのです」。

石田波郷に「君は俳壇政治がうまそうだから（現代俳句協会幹事に）推薦した」と言われ、終生自分の俳人としての行動を呪縛しているのではないかと苦笑して語っている。しかし「政治」は人々が幸福になるための最も重要な公的活動であることに思いをいたせば、立派な俳句世界の政治家であったからこそ虚子を評価し、また批判できたのだと思う。「甚平や一誌持たねば仰がれず」は作者ならではの諧謔である。

次の金子兜太は、正岡子規国際俳句大賞受賞講演や、公の場の最後となった現代俳句協会七十周年祝賀会での秩父音頭の歌声を思い出す。没後直ちに杏子さんが中心となって創刊した『兜太 Tota』四号にて、私は「内なる兜太・外なる龍太」と題して飯田龍太との死生観の違いを書かせていただいた。ここでは、楸邨と草田男の影響力について感想を述べたい。

草田男に繋がりのある俳人として文中名前を挙げていた橋本風車、保坂春苺が懐かしかった。風車さんは東大学生俳句会に、兜太が打ち込んだ「成層圏」についての評論を寄稿してくれた。パイプをくゆらせながら、静かに俳句を語るダンディな紳士であった。春苺さんはなにか不思議な底の知れない大人のイメージが残っている。本当に兜太は記憶力抜群で、人とのかかわりを大切にする繊細かつ豪胆な俳人だと思う。特に戦前の「成層圏」に集まっていた学生俳人のいろいろな学問分野に属しながらも、ひろく文学に関心のある若者が、俳句という場に引き付けられ、それぞれの主張を持ちながら、文学運動としての俳句活動を自由にやっていたというくだりは、学園紛争の後の東大学生俳句会「原生林」の成立や雰囲気が蘇ってきて、『青春の蹉跌』という当時はやった小説のテーマがほろ苦く浮かび上がってきた。

兜太が「原《ウル》」ということを草田男との関連で述べているのも、人はその根源にすでに詠うものを持っているということにつながると思う。草田男は西欧文学を学び、自己の外側に存在するキリスト教的絶対唯一神を認めながらも最後まで帰依することに逡巡した。むしろキリスト教的神の世界を、自己の内面に追求したために、いわば、神の存在を認めない大乗仏教的な世界を意識せずに追求しているかのようであり、大きな苦悩を背負うことになったのではないかと感じた。それに対して楸邨は、自己の内面にひたすら真実を追求し続けた俳人であったということで、いわば小乗仏教的な作家であったのだと感じた。その両方を師と仰いだ兜太の慧眼に脱帽し、それを統合したのが兜太の述べる日本語の根本の土臭い韻律の世界であるのだろう。

七十九歳の証言時、生涯の代表句として迷うことなく「水脈の果炎天の墓碑を置きて去る」を挙げている。

造型俳句論について、私は一対一でインタビューをさせていただき、その中核的考え方の「創る自分」について、角川ソフィア文庫『金子兜太の俳句入門』にて少し述べた。つまり、造型的態度で作句という詩的活動を行ってゆくと、自己の内面にアバターのようなものが形成される。そこにどんどんイメージを打ち込むことにより、理解するとか、表現するとかというレベルを超えて、深層意識や脳を中心とした、六塵と言われる人間の認識システムの高度機能がそれを坩堝のように溶かしてゆく。その機能が、俳句という短詩型表現の映像伝達に画期的な役割を果たす。このことは内面の具象とは何か、俳句という短詩型の真の力とは何かを考える上で、原点のようなものであると感じている。

五人目の成田千空は、津軽の俳句の文化文政以来の伝統の上に、俳句の文芸復興を実現した作家である。中央俳壇を憧れ学ぶという態度を打破し、中村草田男の「萬緑」俳句を青森にもたらし、俳句の東京一極集中に風穴をあけ、多くの角川俳句賞受賞者を青森から輩出させたバイタリティーと、俳句の本質を常に考え続ける態度に感銘を受けた。現在と違って、青森に本拠を置きながら、全国的な俳句活動を展開することは極めて困難な時代であった。

「五十年、六十年とその道でやってきている人はそれぞれの世界を持っているんです」「文学というのは文学者だけのものじゃないんだということでね。すべてのものに文学の世界をもっていますから。あとは自分の言葉でどう表現するかということだけです」が胸に響く。「八雲立ちとどろきわたる佞武多かな」は雪国に生きる命の爆発が集約されている。

六人目は古舘曹人。曹人は青邨の側近中の側近で、有馬朗人が荒ぶる直参旗本とするならば、御老中という感じであったが、私がお会いした頃はまだ五十そこその若さだったのだ。氏は斜陽となった石炭産業を、太平洋興発という不動産会社に立て直した経営者であった。大企業の副社長をされていたが真っ直ぐなエリートではなく、大変な紆余曲折を経て当時の地位についておられたのだと知った。決断と実行の方で、学生に対しては優しく頼りがいのある先輩だった。経営に関する講演を行うため様々な情報を分野別にカードにしておられたが、俳句も同様にその論点を多くのカードにして活用することを教えていただいた記憶がある。

　角川源義に魅せられて、俳句文学館建設に関して経営のわかる俳人として俳人協会を支えた。「私の俳壇とのつきあいは角川さんから始まっているような気がするんだ。角川さんとの出会いから。すでに私のほうは会社は捨ててきているから、俳句だけになっていっている。そして青邨とはすでに俳句について具体的に話すこともなく、互いに違う道を歩いている、作句の上でね。むしろ虚子のあとを追おう、伝統を追おうとしているものだから、先生とは合わなくて、師弟としてのつきあいだけはしているけれど俳句は別で、そういうことで「塔の会」に入ってから結社外の俳人たちとのつきあいが始まって、私の『砂の音』を作っていくんです」と、青邨を尊敬しつつも、それに甘えない毅然とした発言が衝撃的である。

　そのような思いがあればこそ「夏草」の終わらせ方にしても合理性と師への情を兼ね備えた見事な舵取りをされたのだ。「畳から柱の立ちし大暑かな」には、実景を超えた命が滲み出る。

晩年、一人娘と妻を相次いで亡くし、七四歳で句作の筆を折った後は、自らのルーツにつながる小説執筆に没頭された。

　紙面が尽き後半に及ぶことができないが、十三名の証言は「俳句とは何か」という問いに対する福音のようである。

『証言・昭和の俳句　増補新装版』（黒田杏子聞き手・編者）第二部より転載
千空と兜太と

横澤放川
一九四七年生・「森の座」代表

平成十年五月に成田千空は第四句集『白光』により第三十二回蛇笏賞（角川文化振興財団主催）を受賞した。千空は大正十年三月三十一日の生れだから、このとき七十七歳になっている。そのとうに一家をなしている千空がこの蛇笏賞授賞式での受賞挨拶に、開口一番こう名乗りをあげた。いやこれは当日の驚きをいまもって忘れずにいられる黒田杏子さんのことばで伝えておこう。

＊

千空さんが蛇笏賞をもらわれたとき、有名になっている人なのに、挨拶に立って、「中村草田男門、『萬緑』の成田千空でございます」と。先生はもうこの世におられないのに。実に素晴らしいと思った。そうしたら、藤田湘子さんが「モモちゃん、カッコいいねえ。師をああいうふうに言えるんだね」とおっしゃった。千空さんのあのときのお言葉は、先生を称揚するというより、自分が先生を生涯、誇りに思っておられたからで、まことに素晴らしいことだったと思いますよ。

（「森の座」創刊号特別対談─伝統の継承）

＊

驚きはこの名乗りだけではなかった。千空はこの壇上で自身については碌に語らず、終始といっていいほどに、この日蛇笏賞詮衡委員として目の前の委員席にいた金子兜太に語りかけたのである。そしてそのこれまた開口一番のことばが「兜太は未完ですね」というのだった。会場が一瞬ざわめいたのはいうまでもない。兜太のあの頑丈な頸がむっくり起きたのが後ろから眺められた。

私はそれこそ萬緑門であるから、千空を兜太を望むべき峰峰のひとつひとつとして見やり続けてきた人間だから、千空のいわんとすることをすぐに直覚した。千空らしい、兜太を認めていればこそのフモールの表現なのである。おそらく訝しい顔で見上げた兜太に向かって、そのこころはとばかりに千空がいい足した。「草田男も未完でした」。

千空がいいたかったのは、草田男と兜太にはどこか共通点があるということだ。どれほど両者が論争しようとも、それで優劣をつけ割り切ることなど決してできないデモーニッシュな詩精神をふたりがもっていると見ているのである。

式後の宴席で私は、未完といわれましたねえと、兜太にいささか揶揄のことばを投げてみた。憤然として兜太が応じた。「千空ごとき小成に甘んずる者ではない」。七十七歳と七十九歳のこのふたりの掛け合いの場にいて、私はふくふくと湧きあがってくるようなおかしみを覚えるとともに、羨望というように近い不覚の感情の起こるのも覚えた。

遅く生まれ過ぎた。私は昭和二十二年の生れである。兜太が復員し日本銀行に復職した年だ。そして「寒雷」にも復帰するとともに沢木欣一の「風」において兜太の戦後の批評活動が開始された年だ。一方で千空は四年に亙る肺疾療養ののち、二十一年には草田男の「萬緑」に創刊とともに参加。北津軽郡飯詰村に移住すると、帰農生活五年のなかで青森俳句会「暖鳥」創刊に同人参加。つまり兜太も千空も戦争や肺疾で中断されたいわば遅れての青春の活動を、戦後という時代の活動を開始した頃に私は生まれている。

授賞式での千空兜太のこうしたやりあいをすこぶる面白く思うのは、また不覚とも感じるのは、それこそこの一書『証言・昭和の俳句』が豊かな眺望で教えてくれている、二度と再現されることのない時代への羨望のなせるところにちがいないのである。そこに登場する作家たちの証言はまさに時代を生きた充実感に溢れている。

この『証言』は、そのままではまちがいなく時の流れのなかへ消滅していったはずの、無数の事実と真実が収蔵された一大史記となっている。聞いておかねば、語ってもらっておかねばならないものが歴史にはあるのだ。この戦争を挟んで生きた俳句作家たちの活発な精神史を、いわば同時代人として経験することができた人々は、どれほど幸運なことか。

千空兜太のふたりは、なにも反目しあっているわけではない。ふたりは戦前の改造社「俳句研究」誌で草田男選に仲よく三句づつ並んで入選して以来、互いに同時代の作家として注目しあってきた間柄だ。昭和四十二年、八戸在の豊山千蔭が現代俳句協会賞を受賞する。千蔭は「寒雷」の同人でもあったから、この年の五月兜太は受賞祝いに青森に赴く。

人体冷えて東北白い花盛り

この句はその旅の産物である。千空の案内で北津軽を歩いた、十三潟あたりの印象であることは兜太自身が自解で語っている。千空がまたこの作品を兜太の本質において捉えていたひとりであることは『証言』の記録で明らかだ。千空はこんな風に評するのである。

＊

兜太は別個なの。なぜかというと、さすがに彼は一句をまとめるときにデモニッシュなんです。内部から突き上げてくるものでとらえる。そこが兜太は草田男に似ている。（略）前衛の連中のなかで兜太だけが実作のほうが理論を超えているなという感じがする。

たとえば兜太の〈人体冷えて東北白い花盛り〉を見ても、できていますものね。香西照雄に言わせれば、なんだ、花冷えに過ぎないじゃないかということですが。「人体」とはその当時の前衛ふうですね。分解したみたいな。だから人間を人体としてモノとしてとらえる。そこで、「東北白い花盛り」ということになると、その花は桜じゃないですね。東北で桜が咲くころは林檎も咲くだろうし梨の花も咲く。木蓮も辛夷も。東北には白い花が似合うという感じじゃないですか。東北というのは白い花が咲いているところだ。人体は山背で冷え切ってしまっている。兜太はそういうことを一挙にとらえてデモニッシュなものを表現する。これは前衛俳句としては一つの成功した例じゃないかと私は思います。

＊

兜太が未完であるとは、意識的構成では終わらない内部衝迫から、デモーニッシュに作品が産出し続けているという意味だ。だから千空は草田男も未完でしたというのである。だから千空は「本当は兜太は草田男についていくべき人であったんじゃないかなと思いますね」と得心しているのである。これは兜太草田男の造型俳句論争とか、現代俳句協会の分裂とかいった社会事象とは根底において異なる、文学的真実なのである。

私はかつて兜太によばれて「俳壇」誌の座談会に出席したことがある。その折には兜太は草田男を季題宗だといって、まだ盛んに批判していた。しかし座談会の収録が済んだあとで私はややの苛立ちを覚えながら、兜太さんそれでも兜太さんは草田男の弟子でしょうと迫ったのだった。すると兜太は一瞬だけ、それこそ千空ごときと目を剝いたような面相を見せ、しかしその構えを俄かに崩すと、膝を叩いてそれを肯うのだった。そうなのだ、そうなのだ、と。

兜太の青森行と同じ時期に、千空にはこんな作品がある。

野は北へ牛ほどの藁焼き焦がし

これを共感こめて見事に解説した兜太の文がある。少しく長いがここに記して、千空の兜太観と仲よく並べておこう。

＊

原野には何もない。収穫のあとであろうか、何もない。その一個所に、藁が積まれて、焼かれている。その焼かれ方は、ぼうぼう燃えるのではなくて、まわりは黒く、中は赤く、積まれた形をくずすことなく中へ中へと燃えてゆく感じである。だから「牛ほどの藁」という形容が生まれてくる。積まれて、しかも黒くくすぶっている形が、まさに牛のように見えるのである。大きさも牛ぐらいだ。

煙は、北へ流れてゆく。野を這い、横切って流れてゆく。そして北空に終わる。ここでも「北へ」という想いのこめられた積極的な言葉づかいが見られる。絶対に「北に」ではなく「北へ」である。

いま私は、想いがこめられている、と言ったが、この作品は、まさに想いをこめている作である。この景の背後には、冬のくる大地、暗い空が見え、その土地の人びとの農耕の生活が荒々しく甦ってくるのだ。そこまで言うべきかどうか知らぬが、その大地と空と生活を、私は、東北地方のそれと受け取る。この暗さ、この荒々しさには、まぎれもなく東北がある。しかも、作者は、東北に限定しないで、普遍性を持った景に仕上げ、そして、その景を迎える人の想い――情念の激しい波打ち――として、読む者の胸にたたきこむのだ。

その想い、情念の激しい波打ちは、「北へ」とともに「牛ほどの藁」にもある。つまり、両方ともに実際のこととしても、それを俳句のなかの〈事実〉とするためには、作者の決断が要る。その決断のなかに想いがこもる。「牛ほどの藁」など、やはり東北の農村生活のただなかにいないと出てこないし、それを言葉として定めるためには、感覚の働きにたよっているだけでは、だめなのだ。それにしても、この牛、耕牛であり、牛のように鈍重で粘り強い農民であり、作者の重い心の姿（心象）である。それが火をこめて焼き焦げ、煙は北空へ流れる。

前掲の赤尾兜子の作品（註・広場に裂けた木塩のまわりに塩軋み）が示している私たちの存在感のなかから、この作は、情感に激しくぶつかってくる現実の相を捉え、それを情感の沸き立ちのままに、一義に、示したものなのである。混濁の存在感を知る者のみが示しうる〈想い〉と〈決断〉があると私は言いたいほどだ。重い東北の空と大地――人はそれを風土と言う――が色濃く基底を色どるのも、存在感の深さによるものであった。(『今日の俳句』)

*

千空が兜太はデモーニッシュだといった理由がありありと知れてくるだろう。「混濁の存在感」とは、のちに兜太が盛んにいい出した、余り適確な用語とも思えぬが、兜太のいうアニミズムに通ずるものだろう。千空が内部から突き上げてくる力としたものだ。千空は兜太を語ることによって千空自身を語っている。兜太は千空を評することによって兜太自身を語っている。ひとつにそれは時代的共感といっていい。

千空が見つめていたのは兜太ばかりではない。彼の蔵書中のたとえば佐藤鬼房の『鳥食』には集中の佳句を書き出すとともに感想を書き込んだ藁半紙が挟んであった。そして「おそらくこれからも鳥食の賤しい流民の思いは消えず」といった鬼房のことばに添えて、「私は底○○の自分のくらしを、しばしば落ち穂拾いだと思う。鳥食《とりばみ》はもうひとつつきつめた己れを見つめるきびしさから出た言葉である」といった思いが綴られているのである。

戦前戦中戦後を生きた昭和の俳句作家たちには、さまざまな論争や分裂のなかでなお、同時代意識というしかないこころが生きている。兜太のことばなら、想いと決断が。かつて、みなづき賞授賞式の折だったか、黒田杏子を央にして、兜太と千空が寒山拾得さながらに顔突き合わせて睦み合う、そんな一葉が遺されている。昭和は忘れられてはならない。

編集後記

鈴木　光影

今号の特集「福島浜通りの震災・原発文学フォーラム」には、当日私も舞台裏スタッフとして参加した。コロナ禍中に何とか開催でき、本号に記録を掲載できたことは意義深いことと思っている。その中で特に印象に残ったのが、第三部で齋藤恵子氏が掲げたアンケート結果（P.46）である。文学や詩歌は、数字や多数派からこぼれ落ちるもののためにあると思うが、それでも、被災地の子どもたちの心の痛みや複雑な思いへの想像力を忘れたくない。俳句では照井翠氏の『龍宮』が話題に上がっていたが、沈黙の祈りを湛えた詩歌は、震災文学教育の優れた教材になりうるはずだ。さて、今号の作品の共鳴句を挙げよう。

いくつから年寄りと呼ぶ寒の入り　　今宿　節也
遠眼鏡山の桜はまだ散らず　　松本　高直
舟虫の無明を走る迅さかな　　原　詩夏至
カブト虫きのうの正義が死んでいる　　福山　重博
フランスの友と見上げし雲の空　　水崎野里子
真夜中は／眠りのはずが／熊思う
Midnight –／a time for sleep and dreaming／
still thinking of the bear　　デイヴィッド・クリーガー

俳句欄初参加の今宿節也氏の作風は、俳諧味のある日常詠にとどまらず、絵画や天体をも詠ずる多彩さ、悠遠さがある。掲句は、〈旅人と我が名呼ばれん初時雨　芭蕉〉にも通じ、年を重ねても人生の冬旅をひょうひょうと行く姿を思わせる。

編集後記

座馬　寛彦

この夏、日本列島は過酷な豪雨災害に見舞われた。今号で大城静子氏が〈人間に寄生目論む変異ウイルス神鳴の音に尻尾も巻かぬ〉と詠っているが、当然ウイルスは雷・嵐を恐れたりはしないので、そんな最中でも非常に新型コロナウイルスは猛威を振るい続けた。〈ししとしと梅雨そよそよ春風の期待裏切り怒りの風神〉は水崎野里子氏の歌。日本人が大切にしてきた季節感をも破壊する異常気象は、人間が引き起こした温暖化の影響と言われている。「風神」なる大自然の「怒り」を侮ってはいけない。それでも、原詩夏至氏の歌〈轢かれた鳩がつよい陽を浴びていた他はほぼいつもの石畳〉において「轢かれた鳩」がいても「ほぼいつもの石畳」と表現されるように、非当事者である以上、惨事もやがて他人事となってしまうのが世情だろう。そして、福山重博氏が〈幽霊になったぼくを即その日から拒絶した駅の自動改札〉と喩えたように、目の前のリアルにしか反応しないのが冷徹な現代社会の本性なのかもしれない。高柴三聞氏の狂歌〈コロナ禍を　聖火は走る　何の為？／税金かけてどこ行く日本〉で東京五輪を痛烈に揶揄したが、一度問題意識や反発を抱いたとしても如何ともし難ければ、間もなく諦め流されてしてしまうのが今の日本人なのかもしれない。たびあめした涼香氏の歌〈これ以上続かないでと願っても凪は強いし風も強いね〉が胸に響くのは、「風が強いね」と繰り返すしかない無力感を噛み締めているからか。このままで良い訳がない。

編集後記

鈴木　比佐雄

　今号では、今年の四月三日に開催した「3・11から10年、震災・原発文学は命と寄り添えたか」をテーマにした「福島浜通りの震災・原発文学フォーラム」の内容を文字起こしして再現をした。森ミドリ氏のオープニングコンサートから始まり、一部は詩人・俳人・歌人、二部は作家・ライター、三部は震災・原発文学を教材とする教育者たちによる、各座談会の三時間半の発言が生き生きと甦っている。一部に出演するはずだった若松丈太郎氏は検査入院と重なり不参加だったが、三月下旬の文書での私の二つの質問に答えて下さり、その回答を会場で読み上げることができた。残念なことに若松氏は四月二十一日に亡くなられたので、この言葉が若松氏の最後の公的な発言になってしまった。このフォーラムの全記録を最も読んで欲しかった実行委員長の若松丈太郎氏には、参加して頂き、感想もお聞きしたかったが、今は果たせぬ夢となってしまった。九月下旬に行われる若松氏の納骨の際には、今号をご霊前に捧げて、また著作集の進展具合も報告したいと考えている。

　若松氏がチェルノブイリから戻り書いた「かなしみの土地」11篇の中の「6　神隠しされた街」は、現実となってしまい、それから十年が経過した。その十年間で「かなしみの土地」は今もどのように持続しているのか、またどのような時間が流れて変容をとげているのだろうか。一部の齋藤貢氏は「福島浜通りの三重苦」によって「奪われしまった時間」を抱え込む「喪失の文学」から「覚醒」を模索する。永瀬十悟氏は《産土《うぶすな》を汚すのはなに梅真白》と《鴨引くや十万年は三日月湖》のように季語を使用し産土の十万年後も続く痛みを予感させる。本田一弘氏の《震災以前震災以後とみちのくの時間まつぷたつに裂かれき》と《福島の土うたふべし生きてわれは死んでもわれは土をとぶらふ》では「みちのくの時間」が真っ二つに裂かれても、「福島の土」である産土が汚れても、それを讃美して共に生きて死んでいく覚悟を物語る。

　二部では司会をされた作家・歌手・詩人のドリアン助川氏は、一九九四年の先駆的なアルバム『虹喰い』の「汚染蟹《おせんがに》」で放射能汚染によって死滅していく母子の蟹の悲しみを作詞し叫ぶように歌ってきた。3・11以降には芭蕉の『奥の細道』のコースを折りたたみ自転車で線量を測りながら辿り『線量計と奥の細道』を書き上げた。助川氏は作家の桐野氏とライターの吉田氏から原発事故に関わる切実な思いを引き出してくれた。翌月に日本ペンクラブ会長に就任した桐野夏生氏は「自分の混乱と恐怖を、福島の原発の爆発というものを考えていこうということで書いたのが『バラカ』です。主人公のバラカという少女は本当に無垢で、その無垢な少女が結局被曝するということで、私としては福島の象徴みたいな気持ちで書いたものです」と創作動機を熱く語ってくれた。ライターの吉田千亜氏は双葉郡の六十六名の消防士から取材して《孤塁　双葉郡消防士たちの3・11》を執筆した。「住民の方を迎えに行くために原発から三キロのところまでわざわざ戻らなければいけないとか、被曝の恐怖、死の恐怖と闘いながら活動しなければいけなかったということが一番びっくりしたことでした」と家族に遺書を書いて出かけて行ったという消防士たちの胸に秘めた証言を伝えてくれた。体調を崩されてビデオ出演された作家の玄侑宗久氏は「うちのお寺は原発から四十五キロ地点にあるんですけれども、そこに住んでいることで、やっぱりどうしても書きたかったのは、原発の問題と放射能の問題は別なんだということですね。原発はこれだけ地震が多く津波も来る国で、やめるべきでしょう、という考え方は非常に分かりますし、同意できるんですけれども、放射能は昔からいながらにしてあるわけですね。付き合っていく相手であって、反対するような相手ではない」という自説を述べて、福島の人びとが暮らしやすくなることを科学的な観点から模索している。

三部では齋藤貢氏が司会をして「福島の教育現場でいかに震災文学・原発文学を教材として教えるか」をテーマに教育者の髙橋正人氏、斎藤恵子氏、菜花美香氏たちが、川上弘美の小説『神様２０１１』や照井翠句集『龍宮　増補新装版』などの教材を通して、高校生たちがどのように読み取っていったかを報告してくれている。

また当日の三時間半の模様は遠隔、左右の三台のカメラで録画、動画編集しＤＶＤを制作しました。限定75枚を実費の二千円でお分け致します。ご希望の方はコールサック社まで電話かメールでご連絡下さい。

今号の表２の「詩歌の窓」には『証言　昭和の俳句　増補新装版』の装幀が掲載されている。俳人の黒田杏子氏が企画し二十年前に金子兜太、桂信子などの十三名の昭和を代表する俳人をロングインタビューして刊行した角川版上下巻を一冊にまとめ、さらに齋藤愼爾氏、筑紫磐井氏など二十名の現役の俳人・作家・批評家たち二十名の新しい論考を掲載した528頁の『増補新装版』が八月十五日の奥付で誕生した。この書籍は昭和の俳人たちを振り返る際の第一級の資料となり、昭和を平成・令和につないでいく、今日的な戦後俳句史の検証や俳句評論の最前線が読み取れる重層的な俳人論・俳論集であり、また戦争世代の悲劇を記すと同時に戦後を創り出した昭和民衆史としても読まれる可能性がある。

また表４には、『地球の生物多様性詩歌集　生態系への友愛を共有するために』の装幀デザインが掲載されている。『「生物多様性」を詠う２３４名の俳句・短歌・誌』が収録されている。第一章「誰がジュゴンを殺したか」では金子兜太の二十句「おおかみ」と玉城洋子の短歌十首「儒艮《ざん》」から始まっている。表３には『日本の地名詩集——地名に織り込まれた風土・文化・歴史』の装幀デザインが掲載されている。「１４２名の詩人により、日本各地の風土の深層が呼び起こされる」と紹介されている。第一章「沖縄・奄美の地名」では山之口貘、八重洋一郎から始まり、第七章の宮沢賢治から始まる「東北・北海道の地名」で締めくくられている。

今後にも数多くの詩、俳句、短歌、小説、エッセイ、評論などを寄稿して頂いた。メールで送って下さった方には編集者たちが感想などを添えて返信を差し上げている。また時にはアドバイスをさせて頂くこともある。手書きで郵送の方にも、時にお電話を差し上げて感想を伝えることもある。まず作品をしっかり拝読しその魅力を発見することが編集者としての務めであると考えている。次号にも力作をお待ちしております。

詩論・芸術論　石炭袋新書

- 鈴木比佐雄詩論集『詩の降り注ぐ場所──詩的反復力Ⅲ（1997-2005）』A5判・372頁・並製本・1,428円
- 鈴木比佐雄詩論集『詩人の深層探求──詩的反復力Ⅳ（2006-2011）』写真／武藤ゆかり A5判・656頁・並製本・2,000円
- 鈴木比佐雄詩論集『福島・東北の詩的想像力──詩的反復力Ⅴ（2011-2015）』A5判・384頁・並製本・2,000円
- 佐相憲一詩論集『21世紀の詩想の港』写真／佐相憲一　A5判・392頁・並製本・2,000円
- 斎藤彰吾詩論集『真なるバルバロイの詩想──北上からの文化的証言（1953-2010）』写真／佐々木亨二　解説文／佐相憲一、黒川純、三浦茂男、和賀篤子、高橋昭八朗　A5判・384頁・並製本・2,000円
- くにさだきみ詩論集『しなやかな抵抗の詩想──詩人の生き方と言葉のあり方（1962-2010）』写真／猪又かじ子　栞解説文／佐相憲一　A5判・288頁・並製本・2,000円
- 長津功三良詩論集『原風景との対話──詩人たちの風貌（1984-2009）』帯文／吉川仁　写真／長津功三良　A5判・320頁・並製本・2,000円
- 水崎野里子詩論集『多元文化の実践詩考（2000-2008）』栞解説文／石川逸子、郡山直、鈴木比佐雄　A5判・384頁・並製本・2,000円
- 石村柳三詩論集『時の耳と愛語の詩想』写真／牧野立雄　栞解説文／芳賀章内、鈴木比佐雄　A5判・448頁・並製本・2,000円
- 石村柳三詩論集『雨新者の詩想──新しきものを雨らす詩的精神（1977-2006）』栞解説文／芳賀章内、池山吉彬、鈴木比佐雄　A5判・464頁・並製本・2,000円

全詩集・著作集

- 『三谷晃一全詩集』解説文／菊地貞三、真尾倍弘、槇さわ子、深澤忠孝、若松丈太郎、鈴木比佐雄　A5判・560頁・上製本・5,000円
- 『亀谷健樹詩禅集』解説文／山形一至、石村柳三、磐城葦彦、鈴木比佐雄　A5判・528頁・上製本・5,000円
- 『田中作子著作集』解説文／池下和彦、野仲美弥子 A5判・528頁・並製本・5,000円
- 吉木幸子遺稿詩集『わが大正の忘れな草／旅素描』　解説文／鈴木比佐雄　A5判・288頁・並製本・2,000円
- 『日下新介全詩集』解説文／佐相憲一、鈴木比佐雄　A5判・608頁・並製本・5,000円
- 『川村慶子全詩集』解説文／佐相憲一、鈴木比佐雄　A5判・560頁・上製本・5,000円
- 『畠山義郎全詩集』解説文／亀谷健樹、磐城葦彦、鈴木比佐雄　編集委員／亀谷健樹、磐城葦彦、安部綱江、杉渕テル、鈴木比佐雄　A5判・528頁・上製本・5,000円
- 『下村和子全詩集』解説文／中野順一、木津川昭夫、福田万里子、中西弘貴、小松弘愛、佐相憲一、鈴木比佐雄　A5判・512頁・上製本・5,000円
- 『増岡敏和全詩集』解説文／宮本勝夫、佐相憲一、鈴木比佐雄　A5判・592頁・並製本・4,000円
- 『大井康暢全詩集』解説文／西岡光秋、平野宏、高石貴、栗和実、西川敏之、佐相憲一、鈴木比佐雄　A5判・480頁・上製本・5,000円
- 『山田かん全詩集』帯文／林京子（作家）　解説文／高塚かず子、田中俊廣、鈴木比佐

雄　編集委員／山田和子、山田貴己、中里嘉昭、鈴木比佐雄　A5 判・624 頁・上製本・5,000 円

- 『福田万里子全詩集』表紙画／福田万里子　題字／福田正人　解説文／下村和子、鈴木比佐雄　A5 判・432 頁・上製本（ケース付）・5,000 円
- 『大崎二郎全詩集』帯文／長谷川龍生　解説文／西岡寿美子、長津功三良、鈴木比佐雄　A5 判・632 頁・上製本・5,000 円

コールサック詩文庫（詩選集）シリーズ

- 17『青木善保詩選集一四〇篇』解説文／花嶋堯春、佐相憲一、鈴木比佐雄　四六判・232 頁・上製本・1,500 円
- 16『小田切敬子詩選集一五二篇』解説文／佐相憲一、鈴木比佐雄　四六判・256 頁・上製本・1,500 円
- 15『黒田えみ詩選集一四〇篇』解説文／くにさだきみ、鳥巣郁美、鈴木比佐雄　四六判・208 頁・上製本・1,500 円
- 14『若松丈太郎詩選集一三〇篇』解説文／三谷晃一、石川逸子、鈴木比佐雄　四六判・232 頁・上製本・1,500 円
- 13『岩本健詩選集①一五〇篇（一九七六～一九八一）』解説文／佐相憲一、原圭治、鈴木比佐雄　四六判・192 頁・上製本・1,500 円
- 12『関中子詩選集一五一篇』解説文／山本聖子、佐相憲一、鈴木比佐雄　四六判・176 頁・上製本・1,500 円
- 11『大塚史朗詩選集一八五篇』解説文／佐相憲一、鈴木比佐雄　四六判・176 頁・上製本・1,500 円
- 10『岸本嘉名男詩選集一三〇篇』解説文／佐相憲一、鈴木比佐雄　四六判・176 頁・上製本・1,500 円
- 9『市川つた詩選集一五八篇』解説文／工藤富貴子、大塚欽一、鈴木比佐雄　四六判・176 頁・上製本・1,500 円
- 8『鳥巣郁美詩選集一四二篇』解説文／横田英子、佐相憲一、鈴木比佐雄　四六判・224 頁・上製本・1,500 円
- 7『大村孝子詩選集一二四篇』解説文／森三紗、鈴木比佐雄、吉野重雄　四六判・192 頁・上製本・1,500 円
- 6『谷崎眞澄詩選集一五〇篇』解説文／佐相憲一、三島久美子、鈴木比佐雄　四六判・248 頁・上製本・1,428 円
- 5『山岡和範詩選集一四〇篇』解説文／佐相憲一、くにさだきみ、鈴木比佐雄　四六判・224 頁・上製本・1,428 円
- 4『吉田博子詩選集一五〇篇』解説文／井奥行彦、三方克、鈴木比佐雄　四六判・160 頁・上製本・1,428 円
- 3『くにさだきみ詩選集一三〇篇』解説文／佐相憲一、石川逸子、鈴木比佐雄　四六判・256 頁・上製本・1,428 円
- 2『朝倉宏哉詩選集一四〇篇』解説文／日原正彦、大掛史子、相沢史郎　四六判・240 頁・上製本・1,428 円
- 1『鈴木比佐雄詩選集一三三篇』解説文／三島久美子、崔龍源、石村柳三　四六判・232 頁・上製本・1,428 円

新鋭・こころシリーズ詩集

- 中道侶陽詩集『綺羅』四六判・112 頁・1,500 円
- 羽島貝詩集『鉛の心臓』四六判・128 頁・1,500 円
- 洞彰一郎詩集『遠花火』四六判・128 頁・1,500 円
- 畑中暁来雄詩集『資本主義万歳』四六判 ·128 頁 ·1,500 円
- 松尾静子詩集『夏空』四六判・128 頁・1,500 円
- 林田悠来詩集『晴れ渡る空の下に』四六判 ·128 頁 ·1,500 円
- 藤貫陽一詩集『緑の平和』四六判・128 頁・1,500 円
- 中林経城詩集『鉱脈の所在』四六判・128 頁・1,500 円
- 尾内達也詩集『耳の眠り』四六判・128 頁・1,428 円
- 平井達也詩集『東京暮らし』四六判・128 頁・1,428 円
- 大森ちさと詩集『つながる』四六判・128 頁・1,428 円
- おぎぜんた詩集『アフリカの日本難民』 四六判・128 頁・1,428 円
- 亜久津歩詩集『いのちづな うちなる〝自死者〟と生きる』四六判 ·128 頁・1,428 円

「詩人のエッセイ」シリーズ

- 堀田京子エッセイ集『旅は心のかけ橋──群馬・東京・台湾・独逸・米国の温もり』解説文／鈴木比佐雄 四六判・224 頁・1,500 円
- 矢城道子エッセイ集『春に生まれたような──大分・北九州・京都などから』帯文／淺山泰美 装画／矢城真一郎 解説文／鈴木比佐雄 四六判・224 頁・1,500 円
- 佐相憲一エッセイ集『バラードの時間──この世界には詩がある』写真／佐相憲一 四六判・240 頁・1,500 円
- 奥主榮エッセイ集『在り続けるものへ向けて』写真／奥主榮 解説文／佐相憲一 四六判 ·232 頁 ·1,500 円
- 中村純エッセイ集『いのちの源流～愛し続ける者たちへ～』帯文／石川逸子 写真／亀山ののこ 解説文／佐相憲一 四六判・288 頁・1,500 円
- 門田照子エッセイ集『ローランサンの橋』帯文／新川和枝 解説文／鈴木比佐雄 四六判 ·248 頁 ·1,500 円
- 中桐美和子エッセイ集『そして、愛』帯文／なんば・みちこ 解説文／鈴木比佐雄 四六判・208 頁・1,428 円
- 淺山泰美エッセイ集『京都 桜の縁《えに》し』帯文／松岡正剛 写真／淺山泰美・淺山花衣 栞解説文／鈴木比佐雄 四六判・256 頁・1,428 円
- 名古きよえエッセイ集『京都・お婆さんのいる風景』帯文／新川和枝 写真／名古きよえ 解説文／鈴木比佐雄 四六判・248 頁・1,428 円
- 山口賀代子エッセイ集『離湖《はなれこ》』帯文／小柳玲子 装画／戸田勝久 写真／山口賀代子 栞解説文／鈴木比佐雄 四六判・200 頁・1,428 円
- 下村和子エッセイ集『遊びへんろ』帯文／加島祥造 四六判・248 頁・1,428 円
- 淺山泰美エッセイ集『京都 銀月アパートの桜』帯文／新川和枝 写真／淺山泰美 栞解説文／鈴木比佐雄 四六判 ·168 頁・1,428 円
- 山本衞エッセイ集『人が人らしく 人権一〇八話』推薦のことば／沢田五十六 栞解説文／鈴木比佐雄 四六判・248 頁・1,428 円

エッセイ集

- 田村政紀『今日も生かされている――予防医学を天命とした医師』四六判・192 頁・1,800 円
- 千葉貞子著作集『命の美容室 ～水害を生き延びて～』A5 判 176 頁・上製本・2,000 円解説文／佐相憲一
- 田巻幸生エッセイ集『生まれたての光――京都・法然院へ』解説／淺山泰美　四六判・192 頁・並製本・1,620 円
- 平松伴子エッセイ集『女ですから』四六判・256 頁・並製本・1,500 円
- 橋爪文 エッセイ集『８月６日の蒼い月――爆心地一・六㎞の被爆少女が世界に伝えたいこと』跋文／木原省治　四六判・256 頁・並製本・1,500 円
- 岡三沙子エッセイ集『寡黙な兄のハーモニカ』跋文／朝倉宏哉（詩人）　装画（銅版画）／川端吉明　A5 判・160 頁・並製本・1,500 円
- 伊藤幸子エッセイ集『口ずさむとき』解説文／鈴木比佐雄 A5 判・440 頁・上製本・2,000 円
- 間渕誠エッセイ集『昭和の玉村っ子――子どもたちは遊びの天才だった』解説文／鈴木比佐雄　A5 判・160 頁・並製本・1,000 円
- 吉田博子エッセイ集『夕暮れの分娩室で――岡山・東京・フランス』帯文／新川和江　解説文／鈴木比佐雄　A5 判・192 頁・上製本・1,500 円
- 鳥巣郁美 詩論・エッセイ集『思索の小径』 装画・挿画／津高和一　栞解説文／鈴木比佐雄 A5 判・288 頁・上製本・2,000 円
- 鈴木恭左右エッセイ集『越辺川《おっぺがわ》のいろどり――川島町の魅力を語り継ぐ』解説文／鈴木比佐雄　A5 判・304 頁＋カラー８頁・並製本・1,500 円
- 石田邦夫『戦場に散った兄に守られて～軍国主義時代に青春を送りし～』栞解説文／鈴木比佐雄　A5 判・160 頁・上製本・2,000 円
- 五十嵐幸雄・備忘録集Ⅲ『ビジネスマンの余白』写真／猪又かじ子　栞解説文／鈴木比佐雄　A5 判・352 頁・上製本・2,000 円
- 五十嵐幸雄・備忘録集Ⅳ『春風に凭れて』写真／猪又かじ子　栞解説文／鈴木比佐雄 A5 判・312 頁・上製本・2,000 円
- 中津攸子 俳句・エッセイ集『戦跡巡礼 改訂増補版』装画／伊藤みと梨　帯文／梅原猛題字／伊藤良男　解説文／鈴木比佐雄　四六判・256 頁・上製本・1,500 円
- 中原秀雪エッセイ集『光を旅する言葉』銅版画／宮崎智晴　帯文／的川泰宣　解説／金田晉　四六判・136 頁・上製本・1,500 円
- 金田茉莉『終わりなき悲しみ――戦争孤児と震災被害者の類似性』監修／浅見洋子　解説文／鈴木比佐雄　四六判・304 頁・並製本・1,500 円
- 壺阪輝代エッセイ集『詩神（ミューズ）につつまれる時』帯文／山本十四尾　A5 判・160 頁・上製本・2,000 円
- 金光林エッセイ集『自由の涙』帯文／白石かずこ 栞解説文／白石かずこ、相沢史郎、陳千武、鈴木比佐雄　翻訳／飯島武太郎、志賀喜美子 A5 判・368 頁・並製本・2,000 円

評論集

- 鈴木正一評論集『〈核災棄民〉が語り継ぐこと――レーニンの『帝国主義論』を手掛りにして』解説／鈴木比佐雄　四六判・160 頁・並製本・1,620 円

- 石村柳三『石橋湛山の慈悲精神と世界平和』序文／浅川保　四六判・256 頁・並製本・1,620 円
- 中村節也『宮沢賢治の宇宙音感―音楽と星と法華経―』解説文／鈴木比佐雄　B5 判・144 頁・並製本・1,800 円
- 井口時男評論集『永山則夫の罪と罰――せめて二十歳のその日まで』　解説文／鈴木比佐雄　四六判 224 頁・並製本・1,500 円
- 浅川史評論集　『敗北した社会主義　再生の闘い』序文／鈴木比佐雄　四六判 352 頁・上製本・1.800 円
- 高橋郁男評論集『詩のオデュッセイア――ギルガメシュからディランまで、時に磨かれた古今東西の詩句・四千年の旅』跋文／佐相憲一　四六判・384 頁・並製本・1,500 円
- 千葉貢評論集『相逢の人と文学――長塚節・宮澤賢治・白鳥省吾・淺野晃・佐藤正子』栞解説文／鈴木比佐雄　四六判・304 頁・上製本・2,000 円
- 鎌田慧評論集『悪政と闘う――原発・沖縄・憲法の現場から』栞解説文／鈴木比佐雄　四六判・384 頁・並製本・1,500 円
- 清水茂詩論集『詩と呼ばれる希望――ルヴェルディ、ボヌフォワ等をめぐって』解説文／鈴木比佐雄　四六判・256 頁・並製本・1,500 円
- 金田久璋評論集『リアリテの磁場』解説文／佐相憲一　四六判・352 頁・上製本・2,000 円
- 宮川達二評論集『海を越える翼――詩人小熊秀雄論』解説文／佐相憲一　四六判・384 頁・並製本・2,000 円
- 佐藤吉一評論集『詩人・白鳥省吾』解説文／千葉貢　A5 判・656 頁・並製本・2,000 円
- 稲木信夫評論集『詩人中野鈴子を追う』帯文／新川和江　栞解説文／佐相憲一　四六判・288 頁・上製本・2,000 円
- 新藤謙評論集『人間愛に生きた人びと――横山正松・渡辺一夫・吉野源三郎・丸山眞男・野間宏・若松丈太郎・石垣りん・茨木のり子』解説文／鈴木比佐雄　四六判・256 頁・並製本・2,000 円
- 前田新評論集『土着と四次元――宮沢賢治・真壁仁・三谷晃一・若松丈太郎・大塚史朗』解説文／鈴木比佐雄　四六判・464 頁・上製本・2,000 円
- 若松丈太郎『福島原発難民　南相馬市・一詩人の警告 1971 年～ 2011 年』帯文／新藤謙解説文／鈴木比佐雄　四六判・160 頁・並製本・1,428 円
- 若松丈太郎『福島核災棄民――町がメルトダウンしてしまった』帯文／加藤登紀子　解説文／鈴木比佐雄　四六判・208 頁（加藤登紀子「神隠しされた街」CD 付）・並製本・1,800 円
- 片山壹晴詩集・評論集『セザンヌの言葉――わが里の「気層」から』解説文／鈴木比佐雄 A5 判・320 頁・並製本・2,000 円
- 尾崎寿一郎評論集『ランボーをめぐる諸説』四六判・288 頁・上製本・2,000 円
- 尾崎寿一郎評論集『ランボーと内なる他者「イリュミナシオン」解読』四六判・320 頁・上製本・2,000 円
- 尾崎寿一郎評論集『ランボー追跡』写真／林完次　栞解説文／鈴木比佐雄　四六判・288 頁・上製本・2,000 円
- 尾崎寿一郎評論集『詩人 逸見猶吉』写真／森紫朗　栞解説文／鈴木比佐雄　四六判・400 頁・上製本・2,000 円
- 芳賀章内詩論集『詩的言語の現在』解説文／鈴木比佐雄　A5 判・320 頁・並製本・2,000 円

- 森徳治評論・文学集『戦後史の言語空間』写真／高田太郎　解説文／鈴木比佐雄　A5判・416頁・並製本・2,000円
- 大山真善美教育評論集『学校の裏側』帯文／小川洋子（作家）解説／青木多寿子　A5判・208頁・並製本・1,500円
- 長沼士朗『宮沢賢治「宇宙意志」を見据えて』跋文／大角修　四六判･312頁･上製本･2,000円
- 佐々木賢二『宮澤賢治の五輪峠――文語詩稿五十篇を読み解く』解説文／鈴木比佐雄　四六判・560頁・上製本・2,000円

国際関係

- デイヴィッド・クリーガー詩集『神の涙――広島・長崎原爆　国境を越えて』増補版　四六判216頁・並製本・1,500円　訳／水崎野里子　栞解説文／鈴木比佐雄
- デイヴィッド・クリーガー詩集『戦争と平和の岐路で』Ａ５判192頁・並製本・1.500円　訳／結城文　解説文／鈴木比佐雄
- 『原爆地獄 The Atomic Bomb Inferno――ヒロシマ 生き証人の語り描く一人ひとりの生と死』編／河勝重美・榮久庵憲司・岡田悌次・鈴木比佐雄　解説文／鈴木比佐雄　日英版・Ｂ５判・カラー256頁・並製本・2,000円
- 日本・韓国・中国　国際同人詩誌『モンスーン 2』A5判・96頁・並製本・1,000円
- 日本・韓国・中国　国際同人詩誌『モンスーン《MONSOON》 1』A5判・96頁・並製本・1,000円
- ベトナム社会主義共和国・元国家副主席グエン・ティ・ビン女史回顧録『家族、仲間、そして祖国』序文／村山富市（元日本国内閣総理大臣）　監修・翻訳／冨田健次、清水政明 他　跋文／小中陽太郎　四六判・368頁・並製本・2,000円
- 平松伴子『世界を動かした女性グエン・ティ・ビン ベトナム元副大統領の勇気と愛と哀しみと』帯文・序文／早乙女勝元　栞解説文／鈴木比佐雄　A5判・304頁・並製本・1,905円　【ベトナム平和友好勲章受賞】
- デイヴィッド･クリーガー詩集『神の涙―広島･長崎原爆 国境を越えて』帯文／秋葉忠利(元広島市長）栞解説文／鈴木比佐雄 日英詩集・四六判・200頁・並製本・1,428円
- デイヴィッド・クリーガー 英日対訳 新撰詩集『戦争と平和の岐路で』解説文／鈴木比佐雄　A5判・192頁・並製本・1,500円
- 高炯烈（コヒョンヨル）詩集『長詩 リトルボーイ』訳／韓成禮　栞解説文／浜田知章、石川逸子、御庄博実　A5判・220頁・並製本・2,000円
- 高炯烈詩集『アジア詩行――今朝は、ウラジオストクで』訳／李美子　写真／柴田三吉　栞解説文／鈴木比佐雄　四六判・192頁・並製本・1,428円
- 鈴木紘治『マザー･グースの謎を解く――伝承童謡の詩学』A5判･304頁･並製本・2,000円
- 堀内利美図形詩集『Poetry for the Eye』解説文／鈴木比佐雄、尾内達也、堀内利美　A5判・232頁（単語集付、解説文は日本語）・並製本・2,000円
- 堀内利美日英語詩集『円かな月のこころ』訳／郡山直　写真／武藤ゆかり　栞解説文／吉村伊紅美　日英詩集・四六判・160頁・並製本・2,000円
- 堀内利美図形詩集『人生の花　咲き匂う』栞解説文／鈴木比佐雄　A5判・160頁・並製本・2,000円

絵本・詩画集など

- キャロリン・メアリー・クリーフェルド日英詩画集『神様がくれたキス The Divine Kiss』B5 判・フルカラー 72 頁・並製本・1,800 円　訳／郡山　直　序文／清水茂
- 井上摩耶×神月 ROI 詩画集『Particulier 〜国境の先へ〜』B5 横判・フルカラー 48 頁・上製本・2,000 円　跋文／佐相憲一
- 島村洋二郎詩画集『無限に悲しく、無限に美しく』B5 判・フルカラー 64 頁・並製本・1,500 円　解説文／鈴木比佐雄
- 正田吉男 絵本『放牛さんとへふり地蔵──鎌研坂の放牛地蔵』絵／杉山静香、上原恵 B5 判・フルカラー 32 頁・上製本・1,500 円　解説文／鈴木比佐雄
- 大谷佳子筆文字集『夢の種蒔き──私流遊書（わたしのあそびがき）』解説文／鈴木比佐雄 B5 判・96 頁・並製本・1,428 円
- 吉田博子詩画集『聖火を翳《かざ》して』帯文／小柳玲子　栞解説文／鈴木比佐雄　A4 変形判・136 頁・上製本・2,000 円
- 多田聡詩画集『ビバ！しほりん』絵／赤木真一郎、赤木智惠　B5 判・フルカラー 32 頁・上製本・1,428 円
- 日笠明子・上野郁子の絵手紙集『絵手紙の花束〜きらら窯から上野先生へ〜』A4 変形判・フルカラー 48 頁・並製本・1,428 円
- 渡邉倭文子ほか共著『ことばの育ちに寄りそって　小さなスピーチクリニックからの伝言』写真／柴田三吉　A4 判・80 頁・並製本・1,428 円
- 黒田えみ詩画集『小さな庭で』四六判・128 頁・上製本・2,000 円

10 周年記念企画「詩の声・詩の力」詩集

- 山岡和範詩集『どくだみ』A５判 96 頁・並製本・1,500 円　解説文／佐相憲一
- 江口 節 詩集『果樹園まで』A５変形判 96 頁・並製本 1,500 円
- 秋野かよ子詩集『細胞のつぶやき』A５判 96 頁・並製本・1,500 円　解説文／佐相憲一
- 尹東柱詩集／上野 都 翻訳『空と風と星と詩』四六判 192 頁・並製本・1,500 円　帯文／詩人　石川逸子
- 洲　史　詩集『小鳥の羽ばたき』A５判 96 頁・並製本・1,500 円　解説文／佐相憲一
- 小田切敬子詩集『わたしと世界』A５判 96 頁・並製本・1,500 円　解説文／佐相憲一
- みうらひろこ詩集『渚の午後　ふくしま浜通りから』A５判 128 頁・並製本・1,500 円 解説文／鈴木比佐雄　帯文／柳美里
- 阿形蓉子詩集『つれづれなるままに』A５判 128 頁・並製本・1,500 円　装画／阿形蓉子 解説文／佐相憲一
- 油谷京子詩集『名刺』A５判 96 頁・並製本・1,500 円　解説文／佐相憲一
- 木村孝夫詩集『桜螢　ふくしまの連呼する声』四六判 192 頁・並製本・1,500 円　栞解説文／鈴木比佐雄
- 星野　博詩集『線の彼方』A５判 96 頁・並製本・1,500 円　解説文／佐相憲一
- 前田 新 詩集『無告の人』A５判 160 頁・並製本・1,500 円　装画／三橋節子　解説文／鈴木比佐雄
- 佐相憲一詩集『森の波音』A５判 128 頁・並製本・1,500 円
- 高森 保詩集『1 月から 12 月 あなたの誕生を祝う詩』A５判 128 頁・並製本・1,500 円

解説文／鈴木比佐雄

- 橋爪さち子詩集『薔薇星雲』Ａ５判 128 頁・並製本 1,500 円 《第 12 回日本詩歌句随筆評論大賞　奨励賞》
- 酒井 力詩集『光と水と緑のなかに』Ａ５判 128 頁・並製本・1,500 円　解説文／佐相憲一
- 安部一美詩集『夕暮れ時になると』Ａ５判 120 頁・並製本・1,500 円　解説文／鈴木比佐雄　《第 69 回福島県文学賞詩部門正賞》
- 望月逸子詩集『分かれ道』Ａ５判 128 頁・並製本・1,500 円　帯文／石川逸子　栞解説文／佐相憲一
- 二階堂晃子詩集『音たてて幸せがくるように』Ａ５判 160 頁・並製本・1,500 円　解説文／佐相憲一
- 高橋静恵詩集『梅の切り株』Ａ５判 144 頁・並製本・1,500 円　跋文／宗方和子　解説文／鈴木比佐雄
- 末松努詩集『淡く青い、水のほとり』Ａ５判 128 頁・並製本・1,500 円　解説文／鈴木比佐雄
- 林田悠来詩集『雨模様、晴れ模様』Ａ５判 96 頁・並製本・1,500 円　解説文／佐相憲一
- 勝嶋啓太詩集『今夜はいつもより星が多いみたいだ』Ａ５判128頁・並製本・1,500円《第46 回 壺井繁治賞》
- かわいふくみ詩集『理科室がにおってくる』Ａ５判 96 頁・並製本・1,500 円　栞解説文／佐相憲一

既刊詩集

〈2006 年刊行〉……………………………………………………………………………………

- 朝倉宏哉詩集『乳粥』栞解説文／鈴木比佐雄　A5 判・122 頁・上製本・2,000 円
- 山本十四尾詩集『水の充実』栞解説文／鈴木比佐雄 B5 変形判・114 頁・上製本・2,000 円

〈2007 年刊行〉……………………………………………………………………………………

- 宮田登美子詩集『竹藪の不思議』栞解説文／鈴木比佐雄 A5 判・96 頁・上製本・2,000 円
- 大掛史子詩集『桜鬼（はなおに）』栞解説文／鈴木比佐雄 A5 判・128 頁・上製本・2,000 円【第 41 回日本詩人クラブ賞受賞】
- 山本衞詩集『讃河』栞解説文／鈴木比佐雄　A5 判・168 頁・上製本・2,000 円【第 8 回中四国詩人賞受賞】
- 岡隆夫詩集『二億年のイネ』栞解説文／鈴木比佐雄　A5 判・168 頁・上製本・2,000 円
- うおずみ千尋詩集『牡丹雪幻想』　栞解説文／鈴木比佐雄　B5 変形判・98 頁・フランス装・2,000 円
- 酒井力詩集『白い記憶』栞解説文／鈴木比佐雄　A5 判・128 頁・上製本・2,000 円
- 山本泰生詩集『声』栞解説文／鈴木比佐雄　A5 判・144 頁・上製本・2,000 円
- 秋山泰則詩集『民衆の記憶』栞解説文／鈴木比佐雄　A5 判・104 頁・並製本・2,000 円
- 大原勝人詩集『通りゃんすな』栞解説文／鈴木比佐雄　A5 判・104 頁・並製本・2,000 円
- 葛原りょう詩集『魂の場所』栞解説文／長津功三良、鈴木比佐雄　A5 判・192 頁・並製本・2,000 円
- 石村柳三詩集『晩秋雨』栞解説文／朝倉宏哉、鈴木比佐雄 A5 判・200 頁・上製本・2,000 円

〈2008 年刊行〉……………………………………………………………………………………

- 浜田知章詩集『海のスフィンクス』帯文／長谷川龍生　栞解説文／浜田文、鈴木比佐雄 A5 判・128 頁・上製本・2,000 円

- 遠藤一夫詩集『ガンタラ橋』栞解説文／鈴木比佐雄　A5判・128頁・上製本・2,000円
- 石下典子詩集『神の指紋』帯文／山本十四尾　栞解説文／鈴木比佐雄　A5判・128頁・上製本・2,000円
- 星野典比古詩集『天網』帯文／山本十四尾　栞解説文／鈴木比佐雄　A5判・128頁・上製本・2,000円
- 田上悦子詩集『女性力（ウナグヂキャラ）』帯文／山本十四尾　栞解説文／鈴木比佐雄 A5判・144頁・上製本・2,000円
- 壷阪輝代詩集『探り箸』帯文／山本十四尾　栞解説文／鈴木比佐雄　A5判・128頁・上製本・2,000円
- 下村和子詩集『手妻』栞解説文／鈴木比佐雄　A5判・128頁・上製本・2,000円
- 豊福みどり詩集『ただいま』帯文／山本十四尾　栞解説文／鈴木比佐雄　A5判・128頁・上製本・2,000円
- 小坂顕太郎詩集『五月闇』栞解説文／鈴木比佐雄　A5判・128頁・上製本・2,000円
- くにさだきみ詩集『国家の成分』栞解説文／鈴木比佐雄 A5判・152頁・上製本・2,000円
- 山本聖子詩集『宇宙の舌』栞解説文／鈴木比佐雄　A5判・128頁・上製本・2,000円
- 鈴木文子詩集『電車道』栞解説文／鈴木比佐雄　A5判・176頁・上製本・2,000円
- 中原澄子詩集『長崎を最後にせんば──原爆被災の記憶』（改訂増補版）栞解説文／鈴木比佐雄　A5判・208頁・上製本・2,000円【第四十五回福岡県詩人賞受賞】
- 亜久津歩詩集『世界が君に死を赦すから』栞解説文／鈴木比佐雄　A5判・160頁・上製本・2,000円
- コールサック社のアンソロジーシリーズ『生活語詩二七六人集　山河編』編／有馬敲、山本十四尾、鈴木比佐雄　A5判・432頁・並製本・2,000円

〈2009年刊行〉……………………………………………………………………………………

- 吉田博子詩集『いのち』装画／近藤照恵　帯文／山本十四尾　栞解説文／鈴木比佐雄　A5判・128頁・上製本・2,000円
- 黛元男詩集『地鳴り』装画／田中清光　栞解説文／鈴木比佐雄　A5判・136頁・上製本・2,000円
- 長津功三良詩集『飛ぶ』帯文／吉川仁　栞解説文／福谷昭二　A5判・144頁・並製本・2,000円
- 堀内利美詩集『笑いの震動』栞解説文／鈴木比佐雄　A5判・176頁・上製本・2,000円
- 貝塚津音魚詩集『魂の緒』装画／渡部等　帯文／山本十四尾　栞解説文／鈴木比佐雄　A5判・128頁・上製本・2,000円【栃木県現代詩人会新人賞受賞】
- 石川早苗詩集『蔵人の妻』栞解説文／鈴木比佐雄　A5判・128頁・上製本・2,000円
- 吉村伊紅美詩集『夕陽のしずく』装画／清水國治　栞解説文／鈴木比佐雄　A5判・144頁・上製本・2,000円
- 山本十四尾詩集『女将』題字／川又南岳　AB判・64頁・上製本・2,000円
- 中村藤一郎詩集『神の留守』題字／伊藤良男　栞解説文／鈴木比佐雄　A5判・208頁・上製本・2,000円
- 上田由美子詩集『八月の夕凪』装画／上田由美子　栞解説文／鈴木比佐雄　A5判・160頁・上製本・2,000円
- 山本倫子詩集『秋の蟷螂』栞解説文／鈴木比佐雄　A5判・160頁・上製本・2,000円
- 宇都宮英子詩集『母の手』栞解説文／鈴木比佐雄　A5判・128頁・上製本・2,000円

〈2010年刊行〉……………………………………………………………………………………………

- 山佐木進詩集『そして千年樹になれ』写真／猪又かじ子　栞解説文／鈴木比佐雄　A5判・112頁・並製本・2,000円
- 杉本知政詩集『迷い蝶』装画／岸朝佳　栞解説文／鈴木比佐雄　A5判・144頁・並製本・2,000円
- 未津きみ詩集『ブラキストン線 —十四歳の夏—』栞解説文／鈴木比佐雄 A5判・176頁・上製本・2,000円
- 水崎野里子詩集『ゴヤの絵の前で』栞解説文／佐相憲一　A5判・128頁・並製本・2,000円
- 石村柳三詩集『夢幻空華』写真／片岡伸　栞解説文／牧野立雄、水崎野里子、鈴木豊志夫　A5判・264頁・並製本・2,000円
- 秋山泰則詩集『泣き坂』装画／宮浦真之助（画家）　帯文・解説文／小澤幹雄　A5判・128頁・並製本・2,000円
- 北村愛子詩集『今日という日』装画／藤田孝之　栞解説文／鈴木比佐雄　A5判・176頁・並製本・2,000円
- 郡山直詩集『詩人の引力』写真／仲田千穂　栞解説文／鈴木比佐雄　A5判・208頁・並製本・1,428円
- 徳沢愛子詩集『加賀友禅流し』装画／太田秀典（加賀友禅作家）　栞解説文／鈴木比佐雄　A5判・184頁・上製本・2,000円
- 多田聡詩集『岡山発津山行き最終バス』装画／江草昭治　栞解説文／鈴木比佐雄 A5判・160頁・上製本・2,000円
- 矢口以文詩集『詩ではないかもしれないが、どうしても言っておきたいこと』写真／CPT提供　栞解説文／鈴木比佐雄　A5判・224頁・並製本・2,000円
- 鳥巣郁美詩集『浅春の途（さしゅんのみち）』帯文／山本十四尾　装画／木村茂　栞解説文／鈴木比佐雄　A5判・128頁・上製本・2,000円
- 直原弘道詩集『異郷への旅』帯文／山本十四尾　写真／柴田三吉　栞解説文／鈴木比佐雄　A5判・152頁・並製本・2,000円
- 酒木裕次郎詩集『筑波山』帯文／山本十四尾　写真／武藤ゆかり　栞解説文／鈴木比佐雄　A5判・112頁・上製本・2,000円
- 安永圭子詩集『音を聴く皮膚』帯文／山本十四尾　装画／安永圭子　栞解説文／鈴木比佐雄　A5判・136頁・上製本・2,000円
- 山下静男詩集『クジラの独り言』栞解説文／鈴木比佐雄 A5判・136頁・上製本・2,000円
- 皆木信昭詩集『心眼（こころのめ）』写真／奈義町現代美術館　栞解説文／鈴木比佐雄 A5判・144頁・上製本・2,000円
- 岡三沙子詩集『わが禁猟区』装画（銅版画）／川端吉明　栞解説文／鈴木比佐雄　A5判・144頁・上製本・2,000円

〈2011年刊行〉……………………………………………………………………………………………

- 北村愛子詩集『見知らぬ少女』装画／藤田孝之　栞解説文／鈴木比佐雄　A5判・176頁・並製本・2,000円
- 浅見洋子詩集『独りぽっちの人生《せいかつ》──東京大空襲により心をこわされた子たち』跋文／原田敬三　栞解説文／鈴木比佐雄　A5判・160頁＋カラー16頁・上製本・2,000円
- 片桐ユズル詩集『わたしたちが良い時をすごしていると』栞解説文／鈴木比佐雄　四六判・128頁・並製本・2,000円

- 星野明彦詩集『いのちのにっき 愛と青春を見つめて』装画／星野明彦　栞解説文／鈴木比佐雄　A5判・352頁・並製本・2,000円
- 田中作子詩集『吉野夕景』栞解説文／鈴木比佐雄　A5判・96頁・上製本・2,000円
- 岡村直子詩集『帰宅願望』装画／杉村一石　栞解説文／鈴木比佐雄　A5判・160頁・上製本・2,000円
- 木村淳子詩集『美しいもの』写真／齋藤文子　栞解説文／鈴木比佐雄　A5判・136頁・上製本・2,000円
- 岡田恵美子詩集『露地にはぐれて』栞解説文／鈴木比佐雄　A5判・176頁・上製本・2,000円
- 野村俊詩集『うどん送別会』栞解説文／鈴木比佐雄　A5判・240頁・上製本・2,000円
- 福本明美詩集『月光《つきあかり》』栞解説文／鈴木比佐雄　A5判・120頁・上製本・2,000円
- 池山吉彬詩集『惑星』栞解説文／鈴木比佐雄　A5判・136頁・並製本・2,000円
- 石村柳三詩集『合掌』装画／鈴木豊志夫　栞解説文／佐相憲一　A5判・160頁・並製本・2,000円
- 田村のり子詩集『時間の矢──夢百八夜』栞解説文／鈴木比佐雄　A5判・192頁・上製本・2,000円
- 青柳俊哉詩集『球体の秋』栞解説文／鈴木比佐雄　A5判・176頁・上製本・2,000円
- 井上優詩集『厚い手のひら』写真／井上真由美　帯文／松島義一　解説文／佐相憲一　A5判・160頁・並製本・1,500円
- 牧葉りひろ詩集『黄色いマントの戦士たち』装画／星 純一　栞解説文／鈴木比佐雄　A5判・136頁・上製本・2,000円
- 大井康暢詩集『象さんのお耳』栞解説文／鈴木比佐雄　A5判・184頁・上製本・2,000円
- 片桐歩詩集『美ヶ原台地』栞解説文／鈴木比佐雄　A5判・160頁・並製本・2,000円

〈2012年刊行〉…………………………………………………………………………………

- 大原勝人詩集『泪を集めて』栞解説文／鈴木比佐雄　A5判・136頁・並製本・2,000円
- くにさだきみ詩集『死の雲、水の国籍』栞解説文／鈴木比佐雄　A5判・192頁・上製本・2,000円
- 司 由衣詩集『魂の奏でる音色』栞解説文／鈴木比佐雄　A5判・168頁・上製本・2,000円
- 宮﨑睦子詩集『美しい人生』栞解説文／鈴木比佐雄　A5判・160頁・上製本・2,000円
- 佐相憲一詩集『時代の波止場』帯文／有馬 敲　A5判・160頁・並製本・2,000円
- 浜本はつえ詩集『斜面に咲く花』栞解説文／佐相憲一　A5判・128頁・上製本・2,000円
- 芳賀稔幸詩集『広野原まで──もう止まらなくなった原発』帯文／若松丈太郎　栞解説文／鈴木比佐雄　A5判・136頁・上製本・2,000円
- 真田かずこ詩集『奥琵琶湖の細波（さざなみ）』装画／福山聖子　帯文／嘉田由紀子（滋賀県知事）　栞解説文／鈴木比佐雄　A5判・160頁・上製本・2,000円
- 大野 悠詩集『小鳥の夢』栞解説文／鈴木比佐雄　A5判・160頁・上製本・2,000円
- 玉造 修詩集『高校教師』栞解説文／佐相憲一　A5判・112頁・上製本・2,000円
- 田澤ちよこ詩集『四月のよろこび』栞解説文／鈴木比佐雄　A5判・192頁・上製本・2,000円
- 日高のぼる詩集『光のなかへ』栞解説文／鈴木比佐雄　A5判・208頁・並製本・2,000円
- 結城文詩集『花鎮め歌』栞解説文／鈴木比佐雄　A5判・184頁・上製本・2,000円
- 川奈 静詩集『いのちの重み』栞解説文／鈴木比佐雄　A5判・136頁・並製本・2,000円

〈2013年刊行〉…………………………………………………………………………………

- 二階堂晃子詩集『悲しみの向こうに――故郷・双葉町を奪われて』解説文／鈴木比佐雄 A5 判・176 頁・上製本・2,000 円【第 66 回福島県文学賞 奨励賞受賞】
- 東梅洋子詩集『うねり 70 篇 大槌町にて』帯文／吉行和子（女優） 解説文／鈴木比佐雄　四六判・160 頁・並製本・1,000 円
- 岡田忠昭詩集『忘れない』帯文／若松丈太郎　栞解説文／鈴木比佐雄　A5 判・64 頁・並製本・500 円
- 白河左江子詩集『地球に』栞解説文／鈴木比佐雄　A5 判・160 頁・上製本・2,000 円
- 秋野かよ子詩集『梟が鳴く――紀伊の八楽章』栞解説文／鈴木比佐雄　四六判・144 頁・並製本・2,000 円
- 中村真生子詩集『なんでもない午後に――山陰・日野川のほとりにて』帯文／梅津正樹（アナウンサー） 栞解説文／鈴木比佐雄　四六判・240 頁・並製本・1,400 円
- 武西良和詩集『岬』栞解説文／鈴木比佐雄　A5 判・96 頁・並製本・2,000 円
- うおずみ千尋詩集『白詰草序奏――金沢から故郷・福島へ』栞解説文／鈴木比佐雄　B５判変形・144 頁・フランス装・1,500 円
- 木島 章詩集『点描画』栞解説文／佐相憲一　A5 判・160 頁・並製本・2,000 円
- 上野 都詩集『地を巡るもの』栞解説文／鈴木比佐雄　A5 判・144 頁・上製本・2,000 円
- 松本高直詩集『永遠の空腹』栞解説文／鈴木比佐雄　A5 判・112 頁・上製本・2,000 円
- 田島廣子詩集『くらしと命』栞解説文／佐相憲一　A5 判・128 頁・並製本・2,000 円
- 外村文象詩集『秋の旅』栞解説文／鈴木比佐雄　A5 判・160 頁・並製本・2,000 円
- 川内久栄詩集『木箱の底から――今も「ふ」号風船爆弾が飛び続ける 増補新版』栞解説文／鈴木比佐雄　A5 判・176 頁・上製本・2,000 円
- 見上 司詩集『一遇』栞解説文／鈴木比佐雄　A5 判・160 頁・並製本・2,000 円
- 笠原仙一詩集『明日のまほろば～越前武生《たけふ》からの祈り～』栞解説文／佐相憲一　A5 判・136 頁・並製本・1,500 円
- 黒田えみ詩集『わたしと瀬戸内海』四六判・96 頁・並製本・1,500 円
- 中村 純詩集『はだかんぼ』栞解説文／鈴木比佐雄　A5 判・128 頁・並製本・1,500 円
- 志田静枝詩集『踊り子の花たち』栞解説文／佐相憲一 A5 判・160 頁・上製本・2,000 円
- 井野口慧子詩集『火の文字』栞解説文／鈴木比佐雄　A5 判・184 頁・上製本・2,000 円
- 山本 衛詩集『黒潮の民』栞解説文／鈴木比佐雄　A5 判・176 頁・上製本・2,000 円
- 大塚史朗詩集『千人針の腹巻き』栞解説文／鈴木比佐雄 A5 判・144 頁・並製本・2,000 円
- 大塚史朗詩集『昔ばなし考うた』解説文／佐相憲一　A5 判・96 頁・並製本・2,000 円
- 根本昌幸詩集『荒野に立ちて――わが浪江町』帯文／若松丈太郎　解説文／鈴木比佐雄　A5 判・160 頁・並製本・1,500 円

〈2014 年刊行〉……………………………………………………………………………………

- 伊谷たかや詩集『またあした』栞解説文／鈴木比佐雄 A5 判・144 頁・上製本・2,000 円
- 池下和彦詩集『父の詩集』四六判・168 頁・並製本・1,500 円
- 青天目起江詩集『緑の涅槃図』栞解説文／鈴木比佐雄 A5 判・144 頁・上製本・2,000 円
- 佐々木淑子詩集『母の腕物語――広島・長崎・沖縄、そして福島に想いを寄せて 増補新版』栞解説文／鈴木比佐雄　A5 判・136 頁・並製本・1,500 円
- 高炯烈詩集『ガラス体を貫通する』カバー写真／高中哲　訳／権宅明　監修／佐川亜紀　解説文／黄鉉産　四六判・256 頁・並製本・2,000 円
- 速水晃詩集『島のいろ――ここは戦場だった』装画／疋田孝夫　A5 判・192 頁・並製本・

2,000 円
- 栗和実詩集『父は小作人』栞解説文／鈴木比佐雄　A5 判・160 頁・並製本・2,000 円
- キャロリン・メアリー・クリーフェルド詩集『魂の種たち SOUL SEEDS』訳／郡山直　日英詩集・A5 判・192 頁・並製本・1,500 円
- 宮﨑睦子詩集『キス・ユウ（KISS YOU）』栞解説文／鈴木比佐雄　A5 判・160 頁・上製本・2,000 円
- 守口三郎詩集『魂の宇宙』栞解説文／鈴木比佐雄　A5 判・152 頁・上製本・2,000 円
- 李美子詩集『薬水を汲みに』帯文／長谷川龍生　A5 判・144 頁・並製本・2,000 円
- 中村花木詩集『奇跡』栞解説文／佐相憲一　A5 判・160 頁・並製本・2,000 円
- 金知栄詩集『薬山のつつじ』栞解説文／鈴木比佐雄　日韓詩集・A5 判・248 頁・並製本・1,500 円

〈2015 年刊行〉……………………………………………………………………………

- 井上摩耶詩集『闇の炎』装画／神月 ROI　栞解説文／佐相憲一　A5 判・128 頁・並製本・2,000 円
- 神原良詩集『ある兄妹へのレクイエム』装画／味戸ケイコ　解説文／鈴木比佐雄　A5 判・144 頁・上製本・2,000 円
- 佐藤勝太詩集『ことばの影』解説文／鈴木比佐雄　四六判・192 頁・並製本・2,000 円
- 悠木一政詩集『吉祥寺から』栞解説文／鈴木比佐雄　A5 判・128 頁・上製本・1,500 円
- 皆木信昭詩集『むらに吹く風』栞解説文／鈴木比佐雄　A5 判・128 頁・上製本・2,000 円
- 渡辺恵美子詩集『母の和音』帯文／清水茂　栞解説文／鈴木比佐雄　A5 判・128 頁・上製本・2,000 円
- 朴玉璉詩集『追憶の渋谷・常磐寮・1938 年──勇気を出せば、みんなうまくいく』解説文／鈴木比佐雄　A5 判・128 頁・上製本・2,000 円
- 坂井一則詩集『グレーテ・ザムザさんへの手紙』栞解説文／鈴木比佐雄　A5 判・128 頁・上製本・2,000 円
- 勝嶋啓太×原詩夏至 詩集『異界だったり 現実だったり』跋文／佐相憲一　A5 判・96 頁・並製本・1,500 円
- 堀田京子詩集『大地の声』栞解説文／鈴木比佐雄　A5 判・160 頁・並製本・1,500 円
- 木島始『木島始詩集・復刻版』解説文／佐相憲一・鈴木比佐雄　四六判・256 頁・上製本・2,000 円
- 島田利夫『島田利夫詩集』解説文／佐相憲一　A5 判・144 頁・並製本・2,000 円

〈2016 年刊行〉……………………………………………………………………………

- 和田文雄『和田文雄 新撰詩集』論考／鈴木比佐雄　A5 判・416 頁・上製本・2,500 円
- 佐藤勝太詩集『名残の夢』解説文／佐相憲一　四六判 192 頁・並製本・2,000 円
- 望月逸子詩集『分かれ道』帯文／石川逸子　栞解説文／佐相憲一　A 5 判 128 頁・並製本・1,500 円
- 鈴木春子詩集『古都の桜狩』栞解説文／鈴木比佐雄　A5 判 128 頁・上製本・2,000 円
- 高橋静恵詩集『梅の切り株』跋文／宗方和子　解説文／鈴木比佐雄　A5 判 144 頁・並製本・1,500 円
- ひおきとしこ詩抄『やさしく うたえない』栞解説文／鈴木比佐雄　A5 判 128 頁・並製本・1,500 円
- 高橋留理子詩集『たまどめ』栞解説文／鈴木比佐雄　A5 判 176 頁・上製本・2,000 円

- 林田悠来詩集『雨模様、晴れ模様』解説文／佐相憲一　A5 判 96 頁・並製本・1,500 円
- 美濃吉昭詩集『或る一年～詩の旅～』解説文／佐相憲一 A5 判 208 頁・上製本・2,000 円
- 末松努詩集『淡く青い、水のほとり』解説文／鈴木比佐雄　A5 判 128 頁・並製本・1,500 円
- 二階堂晃子詩集『音たてて幸せがくるように』解説文／佐相憲一　A5 判 160 頁・並製本・1,500 円
- 神原良詩集『オタモイ海岸』装画／味戸ケイコ　跋文／佐相憲一　A5 判 128 頁・上製本・2,000 円
- 下地ヒロユキ詩集『読みづらい文字』解説文／鈴木比佐雄　A5 判 96 頁・並製本・1.500 円

〈2017 年刊行〉……………………………………………………………………………………………

- ワシオ・トシヒコ定稿詩集『われはうたへど』四六判 344 頁・並製本・1,800 円
- 柏木咲哉『万国旗』解説文／佐相憲一　A5 判 128 頁・並製本 1,500 円
- 星野博『ロードショー』解説文／佐相憲一　A5 判 128 頁・並製本 1,500 円
- 赤木比佐江『一枚の葉』解説文／佐相憲一　A5 判 128 頁・並製本 1,500 円
- 若松丈太郎『十歳の夏まで戦争だった』栞解説文／鈴木比佐雄　A5 判 128 頁・並製本 1,500 円
- 鈴木比佐雄『東アジアの疼き』A5 判 224 頁・並製本 1,500 円
- 吉村悟一『何かは何かのまま残る』　解説文／佐相憲一　A5 判 128 頁・並製本 1,500 円
- 八重洋一郎『日毒』解説文／鈴木比佐雄　A5 判 112 頁・並製本 1,500 円
- 美濃吉昭詩集『或る一年～詩の旅～Ⅱ』解説文／佐相憲一　A 5 判 208 頁・上製本・2,000 円
- 根本昌幸詩集『昆虫の家』帯文／柳美里　装画／小笠原あり　解説文／鈴木比佐雄　A 5 判 144 頁・並製本・1,500 円
- 青柳晶子詩集『草萌え』帯文／鈴木比佐雄　栞解説文／佐相憲一　A 5 判 128 頁・上製本・2,000 円
- 守口三郎詩集『劇詩 受難の天使・世阿弥』栞解説文／鈴木比佐雄　A 5 判 128 頁・上製本・1,800 円
- かわいふくみ詩集『理科室がにおってくる』栞解説文／佐相憲一　A 5 判 96 頁・並製本・1,500 円
- 小林征子詩集『あなたへのラブレター』本文書き文字／小林征子　装画・題字・挿絵／長野ヒデ子　A 5 変形判 144 頁・上製本・1,500 円
- 佐藤勝太詩集『佇まい』解説文／佐相憲一　四六判 208 頁・並製本・2,000 円
- 堀田京子詩集『畦道の詩』解説文／鈴木比佐雄　A 5 判 248 頁・並製本・1,500 円
- 福司満・秋田白神方言詩集『友ぁ何処サ行った』解説文／鈴木比佐雄　A 5 判 176 頁・上製本・2,000 円【2017 年 秋田県芸術選奨】

〈2018 年刊行〉……………………………………………………………………………………………

- 田中作子愛読詩選集『ひとりあそび』解説文／鈴木比佐雄　A5 変形判 128 頁・上製本 1,500 円
- 洲浜昌三詩集『春の残像』A5 判 160 頁・並製本・1,500 円　装画／北雅行
- 熊谷直樹×勝嶋啓太 詩集『妖怪図鑑』A5 判 160 頁・並製本・1,500 円　解説文／佐相憲一　人形制作／勝嶋啓太
- たにともこ詩集『つぶやき』四六判 128 頁・並製本・1,000 円　解説文／佐相憲一
- 中村恵子詩集『神楽坂の虹』A5 判 128 頁・並製本・1,500 円　解説文／鈴木比佐雄

- ミカヅキカゲリ 詩集『水鏡』A5 判　128 頁・並製本・1,500 円　解説文／佐相憲一
- 清水マサ詩集『遍歴のうた』A5 判 144 頁・上製本・2,000 円　解説文／佐相憲一
  装画／横手由男
- 高田一葉詩集『手触り』A5 判変型 96 頁・並製本・1,500 円　解説文／佐相憲一
- 青木善保『風が運ぶ古茜色の世界』A5 判 128 頁・並製本 1,500 円　解説文／佐相憲一
- せきぐちさちえ詩集『水田《みずた》の空』A5 判 144 頁・並製本・1,500 円　解説文／鈴木比佐雄
- 小山修一『人間のいる風景』A5 判 128 頁・並製本 1,500 円　解説文／佐相憲一
- 神原良 詩集『星の駅―星のテーブルに着いたら君の思い出を語ろう…』A5 判 96 頁・上製本・2,000 円　解説文／鈴木比佐雄　装画／味戸ケイコ
- 矢城道子詩集『春の雨音』A5 判 128 頁・並製本・1,500 円
- 堀田京子 詩集『愛あるところに光は満ちて』四六判 224 頁・並製本・1,500 円
  解説文／鈴木比佐雄
- 鳥巣郁美詩集『時刻《とき》の帷《とばり》』A 5 判 160 頁・上製本・2,000 円　解説文／佐相憲一
- 秋野かよ子『夜が響く』A5 判 128 頁・並製本 1,500 円　解説文／佐相憲一
- 坂井一則詩集『世界で一番不味いスープ』A5 判 128 頁・並製本・1,500 円　装画／柿崎えま　栞解説文／鈴木比佐雄
- 植松晃一詩集『生々《しょうじょう》の綾《あや》』A5 判 128 頁・並製本・1,500 円　解説文／佐相憲一
- 松村栄子詩集『存在確率―わたしの体積と質量、そして輪郭』A5 判　144 頁・並製本・1,500 円　解説文／鈴木比佐雄
- 畠山隆幸詩集『ライトが点いた』解説文／佐相憲一　A5 判 112 頁・並製本・1,500 円

〈2019 年刊行〉……………………………………………………………………………………

- 葉山美玖詩集『約束』解説文／鈴木比佐雄　A5 変形判 128 頁・上製本 1,800 円
- 梶谷和恵詩集『朝やけ』栞解説文／鈴木比佐雄　A5 判 96 頁・並製本・1,500 円
- みうらひろこ詩集『ふらここの涙　九年目のふくしま浜通り』解説文／鈴木比佐雄
  A5 判 152 頁・並製本・1,500 円
- 安井高志詩集『ガヴリエルの百合』解説文／依田仁美・鈴木比佐雄　四六判 256 頁・並製本・1,500 円
- 小坂顕太郎詩集『卵虫』栞解説文／鈴木比佐雄　A5 判変型 144 頁・上製本・2,000 円
- 石村柳三『句集 雑草流句心・詩集 足の眼』解説文／鈴木比佐雄　A5 判 288 頁・並製本・2,000 円
- 栗原澪子詩集『遠景』A 5 変形 128 頁・フランス装グラシン紙巻・2,000 円
- 坂井一則詩集『ウロボロスの夢』A 5 判 152 頁・上製本・1,800 円
- 美濃吉昭詩集『或る一年 ～詩の旅～ Ⅲ』解説文／鈴木比佐雄　A5 判 184 頁・上製本・2,000 円
- 長田邦子詩集『黒乳／白乳』解説文／鈴木比佐雄　A5 判 144 頁・並製本・1,500 円
- いとう柚子詩集『冬青草をふんで』解説文／鈴木比佐雄　A5 判 112 頁・並製本・1,500 円
- 鈴木春子詩集『イランカラプテ・こんにちは』解説文／鈴木比佐雄　A5 判 160 頁・並製本・1,500 円

アンソロジー詩集

- アンソロジー詩集『生活語詩二七六人集―山河編―』有馬敲・山本十四尾・鈴木比佐

雄　A5 判・432 頁・並製本・2,200 円
- アンソロジー詩集『現代の風刺 25 人詩集』編／佐相憲一・有馬敲　A5 判・192 頁・並製本・2,000 円
- アンソロジー詩集『SNS の詩の風 41』編／井上優・佐相憲一　A5 判・224 頁・並製本・1,500 円
- エッセイ集『それぞれの道～ 33 のドラマ～』編／秋田宗好・佐相憲一　A5 版 240 頁・並製本・1,500 円
- 詩文集『生存権はどうなった』編／穂苅清一・井上優・佐相憲一　A5 判 176 頁・並製本・1,500 円
- 『詩人のエッセイ集 大切なもの』編／佐相憲一　A5 判 238 頁・並製本・1,500 円

句集・句論集

- 川村杳平俳人歌人論集『鬼古里の賦』解説／鈴木比佐雄　四六判・608 頁・並製本・2,160 円
- 長澤瑞子句集『初鏡』解説文／鈴木比佐雄　四六判・192 頁・上製本・2,160 円
- 『有山兎歩遺句集』跋文／呉羽陽子　四六判・184 頁・上製本・2160 円
- 片山壹晴 随想句集『嘴野記』解説文／鈴木比佐雄　A5 判・208 頁・並製本・1,620 円
- 宮崎直樹『名句と遊ぶ俳句バイキング』解説文／鈴木比佐雄　文庫判 656 頁・並製本・1,500 円
- 復本一郎評論集『江戸俳句百の笑い』四六判 336 頁・並製本・1,500 円
- 復本一郎評論集『子規庵・千客万来』四六判 320 頁・並製本・1,500 円
- 福島晶子写真集 with HAIKU『Family in 鎌倉』B5 判 64 頁フルカラー・並製本・1,500 円
- 藤原喜久子 俳句・随筆集『鳩笛』A5 判 368 頁・上製本・2,000 円 解説文／鈴木比佐雄
- 辻直美 遺句集・評論・エッセイ集『祝祭』 四六判・352 頁・並製本・2,000 円 解説文／鈴木比佐雄

歌集・歌論集

- 田中作子歌集『小庭《さにわ》の四季』Ａ５判 192 頁・上製本（ケース付）2,000 円　解説文／鈴木比佐雄
- 宮﨑睦子歌集『紅椿』Ａ５判 104 頁・上製本（ケース付）2,000 円　解説文／鈴木比佐雄
- 髙屋敏子歌集『息づく庭』四六判 256 頁・上製本・2,000 円　解説文／鈴木比佐雄
- 新藤綾子歌集『葛布の襖』四六判 224 頁・並製本・1,500 円　解説文／鈴木比佐雄
- 大湯邦代歌集『玻璃の伽藍』四六判 160 頁・上製本・1,800 円　解説文／依田仁美
- 大湯邦代歌集『櫻さくらサクラ』四六判 144 頁・上製本・1,800 円　解説文／鈴木比佐雄
- 栗原澪子歌集『独居小吟』四六判 216 頁・上製本・2,000 円　解説文／鈴木比佐雄

小説

- 青木みつお『荒川を渡る』四六判 176 頁・上製本 1,500 円　帯文／早乙女勝元
- ベアト・ブレヒビュール『アドルフ・ディートリッヒとの徒歩旅行』四六判 224 頁・上製本 2,000 円　訳／鈴木俊　協力／ FONDATION SAKAE STÜNZI

- 崔仁浩『夢遊桃源図』四六判 144 頁・並製本・2,000 円　訳／井手俊作　解説文／鈴木比佐雄
- 崔仁浩『他人の部屋』四六判 336 頁・並製本・2,000 円　訳／井手俊作　解説文／鈴木比佐雄
- 日向暁『覚醒 ～見上げればオリオン座～』四六判 304 頁・並製本・1,500 円　跋文／佐相憲一　装画／神月 ROI
- 黄英治『前夜』四六判 352 頁・並製本・1,500 円
- 佐相憲一『痛みの音階、癒しの色あい』文庫判 160 頁・並製本・900 円

◎コールサック 108 号 原稿募集！◎ ※採否はご一任ください

【年 4 回発行】

＊3 月号（12 月 30 日締め切り・3 月 1 日発行）

＊6 月号（3 月 31 日締め切り・6 月 1 日発行）

＊9 月号（6 月 30 日締め切り・9 月 1 日発行）

＊12 月号（9 月 30 日締め切り・12 月 1 日発行）

【原稿送付先】

〒173-0004　東京都板橋区板橋 2-63-4-209　コールサック社　編集部

（電話）03-5944-3258　（FAX）03-5944-3238

（E-mail）鈴木比佐雄　suzuki@coal-sack.com

鈴木　光影　m.suzuki@coal-sack.com

座馬　寛彦　h.zanma@coal-sack.com

ご不明な点等はお気軽にお問い合わせください。編集部一同、ご参加をお待ちしております。

「年間購読会員」のご案内

ご購読のみの方	◆『年間購読会員』にまだご登録されていない方 ⇒４号分（108・109・110・111号） ……4,800円＋税＝5,280円
寄稿者の方	◆『年間購読会員』にまだご登録されていない方 ⇒４号分（108・109・110・111号） ……4,800円＋税＝5,280円 ＋ 参加料……ご寄稿される作品の種類や、 ページ数によって異なります。 （下記をご参照ください）

【詩・小詩集・エッセイ・評論・俳句・短歌・川柳など】
・1～2ページ……5,000円+税＝5,500円／本誌4冊を配布。
・3ページ以上……
ページ数×（2,000円+税＝2,200円）／ページ数×2冊を配布。
※1ページ目の本文･文字数は1行28文字× 47行（上段22行･下段25行）
2ページ目からは､本文･1行28文字× 50行（上下段ともに25行）です。
※俳句・川柳は1頁（2段）に22句、短歌は1頁に10首掲載できます。

コールサック（石炭袋）107号

編集者　鈴木比佐雄　座馬寛彦　鈴木光影
発行者　鈴木比佐雄
発行所　㈱コールサック社
装丁　松本菜央
製作部　鈴木光影　座馬寛彦
発行所（株）コールサック社　2021年9月1日発行

本社　〒173-0004 東京都板橋区板橋2-63-4-209
電話 03-5944-3258　FAX 03-5944-3238
suzuki@coal-sack.com
http: //www.coal-sack.com

郵便振替 00180-4-741802
落丁本・乱丁本はお取り替えいたします。
ISBN978-4-86435-496-7　C0092　￥1200E
本体価格　1200円+税

新発売

＼子どもと一緒に芭蕉の名句と遊ぶ／

俳句かるたミックス

MIX 三句ス

今、俳句は世界50カ国以上で愛され広がっている世界文学となりました。
松尾芭蕉は俳句の始祖であり、その歴史の中で最も重要な俳句詩人です。
松尾芭蕉の俳句を三つのカードに分けて、混ぜて、組み合わせる、
新しいカードゲームです。あなたもこれで遊んで日本文化を体験しませんか。

企画／鈴木比佐雄　監修／夏石番矢　イラスト／いずみ朔庵

俳句入門に最適　松尾芭蕉の俳句が自然に覚えられる　英語版もセット

イラスト付きで意味が分かりやすい　全俳句の現代口語訳説明書つき

「俳句かるたミックス」特設 Web サイトで遊び方動画を公開中！
http://www.coal-sack.com/haiku-karuta/　「俳句かるたミックス」で検索！

【遊び方】①芭蕉を知ろう！　俳句の5・7・5を赤・黄・緑に色分けした取り札3種類を組み合わせて、正しい芭蕉の俳句を完成させよう（かるた、神経衰弱、ババ抜き式）。
②芭蕉を超える !?　芭蕉の俳句を勝手に組み合わせて、あなただけの新しい俳句を作っちゃおう（ポーカー式）。
③英語ハイク、Basho に親しもう！　英語版かるたでも遊んじゃおう（かるた式）。

松尾芭蕉 30 句（日本語版・英語版）　説明書付き　2,000円＋税

＊書店、山寺芭蕉記念館・芭蕉翁記念館のミュージアムショップ、弊社 HP などでご購入いただけます。

（ご注意）

・この用紙は、機械で処理しますので、金額を記入する際は、枠内にはっきりと記入してください。また、本票を汚したり、折り曲げたりしないでください。

・この用紙は、ゆうちょ銀行又は郵便局の払込機能付きATMでもご利用いただけます。

・この払込書を、ゆうちょ銀行又は郵便局の渉外員にお預けになるときは、引換えに預り証を必ずお受け取りください。

・この用紙による払込料金は、ご依頼人様が負担することとなります。

・ご依頼人様からご提出いただきました払込書に記載されたおところ、おなまえ等は、加入者様に通知されます。

・この受領証は、払込みの証拠となるものですから大切に保管してください。

収入印紙

３万円以上
貼　　付

印

この場所には、何も記載しないでください。

払　込　取　扱　票

00	東京

口座記号番号							金額	千	百	十	万	千	百	十	円
00180	4	741802					※								
加入者名	コールサック社						料金		備考						

通信欄	※ コールサック（石炭袋）年間購読会員　4号分（5,280円） （　　号より）
ご依頼人	おところ（郵便番号　　）※ おなまえ 様 （電話番号　-　-　）

日附印

各票の※印欄は、ご依頼人において記載してください。

裏面の注意事項をお読みください。（ゆうちょ銀行）（承認番号東第54665号）

これより下部には何も記入しないでください。

切り取らないでお出しください。

記載事項を訂正した場合は、その箇所に訂正印を押してください。

振替払込請求書兼受領証

口座記号番号	00180 — 4 741802							
加入者名	コールサック社							
金額	千	百	十	万	千	百	十	円
	※							
ご依頼人	おなまえ ※ 様							
料金	（消費税込み） 円	日附印						
備考								

この受領証は、大切に保管してください。

最新受賞図書

永山絹枝 評論集
『魂の教育者 詩人近藤益雄
綴方教育と障がい児教育の理想と実践』

第49回 壺井繁治賞

四六判360頁・上製本・2,000円　カバー写真／城台巌　解説文／鈴木比佐雄

与那覇恵子 詩集
『沖縄から見えるもの』

第33回福田正夫賞

A5判176頁・並製本・1,500円　解説文／鈴木比佐雄

永瀬十悟 句集
『三日月湖』

第74回現代俳句協会賞

文庫判256頁・上製本・1,500円　装画／澁谷瑠璃　解説文／鈴木光影

葉山美玖 詩集
『約束』

第16回 日本詩歌句随筆評論大賞 詩部門優秀賞／第26回 埼玉詩人賞

A5判128頁・上製本・1,800円　解説文／鈴木比佐雄

井上摩耶 詩集
『鼓動』

第50回 横浜詩人会賞

A5判128頁・並製本・1,500円　解説文／佐相憲一

洲浜昌三 詩集
『春の残像』

第50回 中四国詩人賞

A5判160頁・並製本・1,500円　装画／北雅行

崔龍源 詩集
『遠い日の夢のかたちは』

第14回 日本詩歌句随筆評論大賞 詩部門優秀賞

A5判144頁・並製本・1,500円

勝嶋啓太 詩集
『今夜はいつもより星が多いみたいだ』

第46回 壺井繁治賞

A5判128頁・並製本・1,500円

北畑光男 評論集
『村上昭夫の宇宙哀歌』

第14回 日本詩歌句随筆評論大賞 随筆・評論部門優秀賞

四六判384頁・並製本・1,500円　帯文／高橋克彦（作家）　装画／大宮政郎

原詩夏至 歌集
『レトロポリス』

第10回詩歌句随筆評論大賞・短歌部門大賞／第7回日本短歌協会賞・次席

A 5判144頁・並製本　1,500円　解説文／鈴木比佐雄

坂田トヨ子 詩集
『源氏物語の女たち』

第48回 福岡市文学賞詩部門

A5判128頁・並製本・1,500円　装画／三重野睦美　解説文／鈴木比佐雄

小野田陽子 文集
『福島双葉町の小学校と家族
～その時、あの時～』

重版

第41回 福島民報出版文化賞特別賞

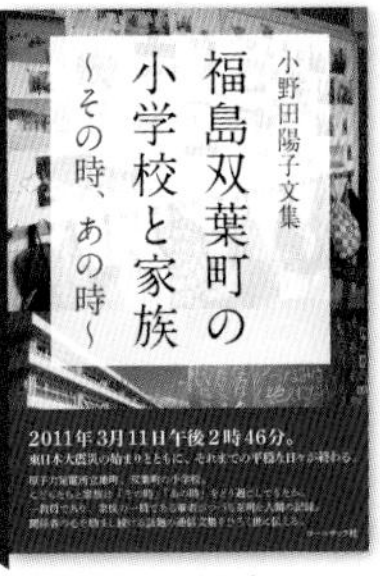

四六判304頁・並製本・1,500円　序文／二階堂晃子　跋文／佐相憲一

エッセイ・評論・研究書・その他の著作集

五十嵐幸雄　備忘録集Ⅴ
日々新たに
四六判288頁・上製本・2,000円
写真／五十嵐幸雄

吉田美恵子
原発事故と小さな命
──福島浜通りの犬・猫救済活動
四六判192頁・並製本・1,500円
解説文／鈴木比佐雄

詩人のエッセイシリーズ⑭
淺山泰美エッセイ集
『京都　夢みるラビリンス』

京都に生まれ育った詩人が、失われゆく京都の古（いにしえ）の佇まい、亡き作家・芸術家たちの面影を留めるように綴る
四六判240頁・並製本・1,500円
写真／淺山泰美

中村雪武
『詩人 吉丸一昌の
ミクロコスモス
──子供のうたの系譜』
B５判296頁・並製本・
2,000円　推薦文／中村節也

二階堂晃子エッセイ集
『埋み火
福島の小さな叫び』
四六判192頁・並製本・1,500円
解説文／鈴木比佐雄

堀田京子 作　味戸ケイコ 絵
『ばばちゃんのひとり誕生日』
B5判32頁・上製本・1,500円

子どもと一緒に芭蕉の名句と遊ぶ　MIX 三句ス

俳句かるたミックス

◆ 俳句入門に最適
◆ 松尾芭蕉の俳句が自然に覚えられる
◆ 英語版もセット
◆ イラスト付きで意味が分かりやすい
◆ 全俳句の現代口語訳説明書つき

企画／鈴木比佐雄　監修／夏石番矢　イラスト／いずみ朔庵

松尾芭蕉30句（日本語版・英語版）　説明書付き
2,000円＋税

「俳句かるたミックス」特設Webサイトで遊び方動画を公開中！
http://www.coal-sack.com/haiku-karuta/　「俳句かるたミックス」で検索！
＊書店、山寺芭蕉記念館・芭蕉翁記念館のミュージアムショップ、弊社HPなどでご購入いただけます。

宮沢賢治・村上昭夫関係

コールサック文芸・学術文庫

『村上昭夫著作集〈上〉
小説・俳句・エッセイ他』
北畑光男 編
文庫判256頁・並製本 1,000円
解説文／北畑光男

最新刊

『村上昭夫著作集〈下〉
未発表詩95篇・『動物哀歌』
初版本・英訳詩37篇』
北畑光男 編
文庫判320頁・並製本 1,000円
解説文／北畑光男・渡辺めぐみ・他

末原正彦
『朗読ドラマ集
宮澤賢治・中原中也
・金子みすゞ』
四六判248頁・上製本・2,000円

最新刊

桐谷征一
『宮沢賢治と
文字マンダラの世界
―心象スケッチを絵解きする』
A5判400頁・上製本・2,500円

吉見正信

第25回宮沢賢治賞
四六判・並製本・2,000円

『宮澤賢治の
原風景を辿る』
384頁・装画／戸田勝久

『宮澤賢治の
心といそしみ』
304頁・カバー写真／赤田秀子
解説文／鈴木比佐雄

【吉見正信　近刊予定】第三巻『宮澤賢治の「デクノボー」思想』

第28回 宮沢賢治賞奨励賞

森 三紗
『宮沢賢治と
森荘已池の絆』
四六判320頁
上製本・1,800円

中村節也
『宮沢賢治の宇宙音感
――音楽と星と法華経』
B5判144頁・並製本・1,800円
解説文／鈴木比佐雄

高橋郁男
『渚と修羅
震災・原発・賢治』
四六判224頁・並製本・1,500円
解説文／鈴木比佐雄

佐藤竜一
『宮沢賢治の詩友・
黄瀛《こうえい》の生涯
日本と中国　二つの祖国を生きて』
四六判256頁・並製本・1,500円
解説文／鈴木比佐雄

佐藤竜一
『宮沢賢治
出会いの宇宙
賢治が出会い、心を通わせた16人』
四六判192頁・並製本・1,500円
装画／さいとうかこみ

赤田秀子写真集
『イーハトーブ・ガーデン
――宮沢賢治が愛した樹木や草花』
B 5判64頁フルカラー・
並製本・1,500円

重版

小説・歴史・学術

中津攸子
『仏教精神に学ぶ
み仏の慈悲の光に生かされて』
四六判256頁・
並製本・1,500円

『万葉の語る
天平の動乱と仲麻呂の恋』
四六判256頁・
並製本・1,500円

『令和時代に
万葉集から学ぶ古代史』
四六判256頁・
並製本・1,500円

村上政彦
『台湾聖母』
四六判192頁・
並製本・1,700円

平松伴子 小説集

『平凡な女 冬子』
四六判304頁・
並製本・1,500円

『従軍看護婦』
四六判192頁・
上製本・1,800円

黄輝光一
『告白 〜よみがえれ魂〜』
四六判240頁・並製本・1,500円

石川逸子
『道昭 三蔵法師から
禅を直伝された僧の生涯』
四六判480頁・並製本・1,800円

北嶋節子
『ほおずきの空』
四六判336頁・
上製本1,500円

北嶋節子
『暁のシリウス』
四六判272頁・
上製本1,500円

北嶋節子
『茜色の街角』
四六判336頁・上製本
1,500円

原 詩夏至小説集
『永遠の時間《とき》、
地上の時間《とき》』
四六判208頁・並製本1,500円

コールサック小説文庫

第5回 松川賞特別賞

橘かがり
『判事の家 増補版
松川事件その後 70 年』
272頁・900円

具志川市文学賞

大城貞俊
『椎の川』
256頁・900円

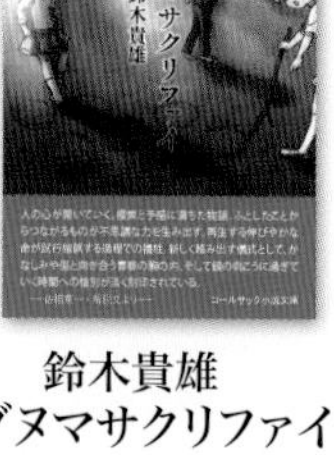

鈴木貴雄
『ツダヌマサクリファイ』
96頁・900円

北嶋節子
『エンドレス
記憶をめぐる５つの物語』
288頁・900円

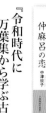